À N'IMPORTE QUEL MOMENT

Une nouvelle de Déjouer le système

Brenna Aubrey

Traduit par Suzanne Voogd

Silver Griffon Associates
Orange, CA, US

Titre original: At Any Moment
Traduit de l'anglais par Suzanne Voogd
Relecture par Valérie Dubar

ISBN 978-1-940951-27-0
Silver Griffon Associates
P.O. Box 7383
Orange, CA, USA 92863

*Pour tous les survivants et en mémoire de tous ceux qui n'ont
pas survécu.*

Remerciements

Je dois mille mercis à ceux qui ont aidé ce livre à surgir : Sabrina Darby, Courtney Milan, Kate Mckinley, Minx, Tessa Dare, Natasha Boyd, Leigh Lavalle et Carey Baldwin. Un grand merci également à mon équipe de production : Eliza Dee, S. G. Thomas et Sarah Hansen.

Merci à mes étonnants collègues auteurs pour leur soutien: Bella Andre, Roxie Rivera, Mimi Strong, Maya Rodale, Marquita Valentine, Elena Dillon, Debra Hollande, Michelle Pickett, S.M. Butler, Viv Daniels, Le groupe NAAU, les Super auteurs, les dames de LOL, les gars et les filles de SPRT et les membres de Romance Divas.

Un grand merci à tous les lecteurs et les blogueurs qui ont aimé, lu, chroniqué et parlé de Déjouer le système. Adam et Mia sont tout autant les vôtres que les miens.

Toute ma gratitude à ma famille. Merci à mon mari, parfois affectueusement nommé «l'éditeur». Des câlins et des baisers à mes adorables petits gars, les héros pour quelques futures héroïnes chanceuses. Je vous aime pour toujours. xoxox.

Deuxième chance

" Respawns, deuxièmes chances et ce que les jeux vidéo peuvent nous apprendre sur la vie " — Posté sur le blog de *Geekette*.

LES GUEULES DE BOIS DE LA PREMIERE DracoCon ANNUELLE SE SONT estompées et nous avons essuyé le sommeil de nos yeux. Notre anticipation pour la prochaine extension de Dragon Epoch a encore grandi et cette quête secrète insaisissable demeure hors de notre portée. Je vais utiliser ce moment pour observer que certaines vérités des jeux vidéo peuvent apprendre les dures réalités de la vie aux gamers.

À première vue, c'est une idée étrange, non ? Vous pensez que Geekette a perdu la tête. Vous jouez pour vous détendre et pour traîner avec vos amis en ligne et vous amusez. Des leçons de vie, Geekette ? Tu es folle !

Mais pensez au moment où vous êtes face à une quête difficile, un ennemi apparemment impossible à battre ou un donjon rempli de pièges que vous n'arrivez pas à traverser. Une fois que la vie de votre personnage est réduite à zéro, que se passe-t-il ? Respawn !

Vous réapparaissez dans votre base sous forme de fantôme et après une attente minime, tous les objets et toute la santé de votre personnage vous sont restitués. Vous avez appris quelque chose de votre rencontre avec ce monstre dont l'attaque vous a pris par surprise, ou ce piège à cause duquel vous avez été transpercé par une lance et cloué au mur. Vous y retournez avec plus de connaissance et peut-être, après quelques — ou quelques centaines — d'essais, vous accomplissez ce que vous cherchiez à faire.

Ne serait-ce pas fabuleux si la vie avait une touche respawn ?

Oups, avez-vous accidentellement *dit à votre petite amie ce que vous pensiez de ses fesses dans ce nouveau jean ? Ou avez-vous pris le temps de regarder son cul au moment où elle vous a posé la question ? Grosse erreur ! Et maintenant, je suis sûre que vous en payez les conséquences. Mais si vous aviez la possibilité d'appuyer sur la touche respawn, vous pourriez retourner à ce moment précis en sachant qu'une hésitation, une seconde supplémentaire pour jeter un coup d'œil vous coûteront votre tête. Touche respawn. 'Non, bébé, tu es vraiment magnifique dans ce nouveau jean !' Leçon apprise !*

L'attrait d'une deuxième chance est également intéressant pour les erreurs plus sérieuses de sa vie. Pourquoi ne pouvons-nous pas ressusciter quand on a merdé, pour recommencer – même si cela implique d'apparaître sous la forme d'un fantôme en bikini de cotte de mailles ?

Nous avons de la chance que notre cher Dragon Epoch n'ait pas de Mode Hardcore, qui mène à la redoutée mort permanente. La permadeath serait une façon sacrément déprimante de finir le jeu. Votre barbare de niveau cinquante vient de mourir ? Il est temps de recommencer dans la clairière en tant que mage de feu de niveau un ramassant des jonquilles pour le général Sylvan Wood. Mais même alors, au pire vous pouvez recommencer avec un nouveau personnage, laissé tomber toutes vos casseroles et faire table rase du passé.

N'aimeriez-vous pas appuyer sur une touche pour recommencer certaines parties de votre vie ?

En apprenant, nous faisons tellement d'erreurs. Et en avançant tant bien que mal dans nos vies sans cette merveilleuse touche respawn, nous rendons presque impossible l'acte de démêler tout le bazar que nous créons en apprenant ces leçons importantes.

J'aimerais un bouton respawn pour la vie. Il est temps d'avoir une deuxième chance.

Chapitre Un
Mia

CECI ETAIT LA SUITE DE L'HISTOIRE EXPLIQUANT COMMENT j'avais complètement foutu ma vie en l'air. Je suppose que le cancer a également joué un rôle dans ce bazar, mais j'avais déjà déraillé avant que les problèmes médicaux commencent. J'aurais aimé pouvoir blâmer le cancer, mais ce n'était pas un cancer du cerveau. Non, apparemment mon cerveau avait eu un autre problème avant l'apparition du cancer.

J'avais toujours essayé d'être une personne optimiste. J'ai toujours estimé savoir faire contre mauvaise fortune bon cœur. Père absent ? Mère malade ? Frais de scolarité monstrueux ? J'ai mis en place une vente aux enchères pour vendre ma virginité et gagner l'argent dont j'avais besoin.

J'arrivais toujours à contourner les situations merdiques en réfléchissant. Mais ça... ça... je n'y étais pas préparée et cela m'avait complètement bouleversée. Je ne pouvais plus réfléchir. Nous étions en plein cauchemar et je n'avais pas de touche deuxième chance. Étant donné le regard de zombie dans les yeux sombres d'Adam, je savais qu'il en souhaitait une, lui aussi.

C'était enfin lundi matin après un week-end totalement atroce. Nous venions tous les deux de découvrir ma grossesse et Adam venait d'apprendre pour le cancer. Je jetai un coup d'œil vers lui sans tourner la tête. Il gardait les yeux rivés sur la route, les mains serrant le volant en vinyle blanc de sa Porsche vintage. Il ne me vit pas l'étudier, mais son port raide et la concentration qu'il réservait toujours à sa conduite étaient révélateurs. Malgré les apparences, il était visiblement distrait. Son cerveau fonctionnait toujours, comme un de ses ordinateurs. Il ne s'éteignait jamais et maintenant, il était passé en mode de résolution de problèmes.

Seulement, tous les problèmes ne pouvaient pas être résolus, même pas par un génie de l'informatique.

— Euh, alors, j'aimerais que tu restes dans la salle d'attente... dis-je.

Sa joue gonfla quand il serra la mâchoire.

— J'ai beaucoup de questions à poser aux médecins.

— Mais... il va m'examiner et...

Ridicule. On aurait dit que j'étais complètement folle. Enfin, j'étais exténuée, mais l'idée qu'il me voie torse nu... non. Hors de question.

Il me regarda du coin de l'œil, sûrement pour voir si j'étais sérieuse ou non. J'inspirai profondément en espérant qu'il n'était pas d'humeur à se disputer, car de mon côté je ne l'étais carrément pas.

Il s'engagea dans le parking et il se gara. Puis, avant de sortir, il se tourna vers moi.

— S'il te plaît, laisse-moi venir. J'attendrai que tu sois déshabillé pour venir dans la pièce, mais... j'aimerais vraiment être là.

Je regardai par la vitre pendant un long moment. C'était normal, en fait. Ceci affectait également son avenir.

— D'accord, je...

Il prit ma main dans la sienne.

— Tu n'as pas besoin de t'expliquer. Je comprends. Mais ceci est important. Nous avons besoin de connaître toutes les données, d'accord ?

Je baissai les yeux et je hochai la tête en déglutissant. Je savais ce qu'il voulait dire par 'connaître toutes les données'. Adam était en mission pour me convaincre que je faisais le mauvais choix en décidant de porter le bébé jusqu'au terme. Bien sûr, il m'avait assuré qu'il s'agissait de ma décision, qu'il serait d'accord avec ce que je finirais par décider, mais je n'étais toujours pas certaine à cent pour cent qu'il n'allait pas intervenir et dominer cette situation comme il le faisait toujours. J'inspirai profondément.

Il toucha ma joue en me caressant avec des doigts légers comme des plumes, puis il se tourna et ouvrit la portière. Avant qu'il puisse faire le tour pour ouvrir la mienne, je l'avais ouverte et j'étais sortie. Il ne dit rien quand il arriva de mon côté, leva les sourcils, puis ferma la portière derrière moi.

— Adam...

— Oui ?

— Merci d'être là... mais j'ai besoin que tu ne fasses pas ce que tu fais d'habitude quand tu essaies de prendre le contrôle.

Il pinça les lèvres, mais il hocha la tête.

— Je me comporterai bien, promis.

Je l'embrassai sur la joue et il me fit un léger sourire. Il me prit par la main et nous entrâmes ensemble.

Les choses étaient toujours bizarres entre nous, mais meilleures qu'au cours des derniers mois. Au moins, nous essayions de tenir le coup pendant cet affreux changement de situation dans nos vies. Nous avions passé les derniers jours constamment ensemble et la situation était crispante, mais supportable.

Néanmoins, la tension dans la salle d'examen du médecin aurait pu être coupée au couteau.

Quand Dr Metcalfe entra et qu'il me demanda d'ouvrir ma tenue pour l'examen, je jetai un regard gêné en direction d'Adam. Il baissa la tête en se concentrant sur sa tablette. Le médecin regarda la cicatrice et le creux dans mon sein gauche, où la peau avait été retirée, et il remarqua que cela avait 'joliment guéri'. Puis il fit l'examen des seins habituel.

— Y a-t-il des endroits douloureux ? demanda-t-il.

Je serrai les lèvres puis j'avalai la boule de nervosité dans ma gorge.

— Oui, en fait.

Le médecin se redressa et j'ajustai la tenue pour me couvrir.

— Quel sein ? demanda-t-il.

— Les deux.

— Un endroit particulier ?

J'éclaircis ma gorge en évitant le regard d'Adam de l'autre côté de la pièce.

— Partout.

Le médecin fronça les sourcils.

— Pourriez-vous...

— Je suis enceinte, lâchai-je avant qu'il ait le temps de finir sa phrase.

Dr Metcalfe se mâchouilla la lèvre inférieure et il regarda encore mon dossier.

— Cela n'est pas précisé...

— Je viens de le découvrir. Un test de grossesse.

— Et vos dernières règles étaient... ?

Je dus alors expliquer que je n'avais pas eu mes règles pendant des mois à cause du traitement hormonal que j'avais subi. Comme j'avais cru ne pas risquer de tomber enceinte. Il secoua la tête.

— Vous pouvez ovuler malgré la thérapie aux hormones.

Ouais, manifestement. Je ravalai un sanglot de frustration et je me frottai le front. Dr Metcalfe sembla surmonter sa surprise momentanée.

— Eh bien, cela signifie que nous ne pouvons pas commencer la chimiothérapie comme prévu.

Du coin de l'œil, je vis Adam se raidir sur sa chaise. Il s'éclaircit la gorge, se leva et s'approcha de la table d'examen. Je serrai l'affreuse tenue d'examen autour de moi.

— Quelles sont ses possibilités ? demanda Adam.

Le médecin me jeta un regard furtif avant de répondre.

— Cela dépend de si elle choisit d'interrompre sa grossesse.

— Si je ne le fais pas ?

— Alors, nous attendons jusqu'à la quatorzième semaine... vous en êtes à combien ?

— Six semaines, répondit Adam.

Je tournai la tête pour le regarder. Apparemment, il avait tout calculé. Heureusement, car je n'en avais aucune idée.

Le médecin leva les sourcils.

— Cela fait au moins un délai de huit semaines.

— Quels sont les risques d'attendre ? demanda Adam.

Il était raide, faisant face aux médecins comme s'il négociait pour le travail. C'était presque comme si je n'étais pas là.

— Avec son type de cancer du sein et son stade... si elle avait pu commencer maintenant, sans cette complication et avec une chimio complète, elle aurait eu des chances de survie de quatre-vingt-cinq pour cent.

Le médecin avait à présent toute l'attention d'Adam. Il semblait concentré sur tout ce que disait le Dr Metcalfe, serrant la mâchoire, clairement pas ravi du pourcentage que je connaissais déjà.

— Et maintenant ? Si elle continue sa grossesse et retarde la chimiothérapie ? Comment cela change-t-il le pronostic ?

Le médecin me regarda et inspira longuement.

— C'est difficile à dire. Vous voulez un nombre exact ? Je ne peux pas vous le donner. Vous souhaitez une estimation grossière ? Elle présente un carcinome sensible aux hormones et ne retarde pas seulement le traitement, mais elle expose également le tissu des seins aux hormones de la grossesse. En outre, si elle poursuit la chimio au second trimestre, un médicament moins agressif devra être utilisé, et il n'est pas aussi efficace avec son type de cancer. Au mieux, je dirais des chances de survie de cinquante-cinq pour cent.

Ma mâchoire tomba, tout comme mon cœur et mon estomac. Les choses se produisaient au ralenti. J'étais dans un rêve, sous l'eau. Adam dégainait des questions aussi vite que le médecin pouvait y répondre, et je m'enfonçai en moi-même. Leur conversation me parvenait de très loin. Je clignai des yeux en essayant de lutter contre le choc, la colère, l'impuissance. *Maintenant n'est pas un bon moment pour vomir mes entrailles.*

Pendant qu'ils parlaient, je glissai de la table d'examen et je me précipitai vers le lavabo, me penchant au-dessus, serrant pathétiquement la 'tenue' de papier crépon pendant que mon estomac se vidait.

Quand je me redressai enfin après m'être rincé la bouche, je faillis tomber en arrière à cause du vertige. Des mains retinrent mes épaules. Je m'appuyai contre un corps solide qui me soutenait de derrière. Ses bras glissèrent autour de moi et c'était doux et douloureux. Je m'appuyai contre lui en me détendant, en me calmant. Mais à l'intérieur, tout était sensible et piquant. Son contact était à la fois douloureux et réconfortant.

— Ça va ? Chuchota-t-il.

Je ne pus pas parler. Je ne pensais pas en avoir la force. Je haussai les épaules.

— Le docteur est parti. Tu peux t'habiller si tu veux. Avais-tu d'autres questions pour lui ? Il a dit que nous pouvions aller nous asseoir dans son bureau, si c'était le cas.

Je secouai la tête. Il me relâcha lentement. J'eus presque envie de pleurer en perdant ses bras autour de moi. Il m'avait tellement manqué. Et maintenant, il était de retour... mais dans ces circonstances, il n'y avait pas vraiment de quoi se réjouir. Il y avait cette douleur qui ne voulait pas partir, cette douleur que je ressentais chaque jour depuis notre rupture.

Je ravalai l'émotion qui gonflait dans ma gorge. Il était tendu. Je le sentais dans tous ses muscles pendant qu'il se tenait près de moi. Il se préparait au combat. Il anticipait que cela allait être épique. Il n'avait pas tort.

Je tournai le dos au lavabo en essuyant ma bouche du dos de la main et j'attrapai mon drôle de soutien-gorge rembourré et mon haut.

— Peux-tu te tourner, s'il te plaît ? Demandai-je.

Ma voix était rauque et cassée. Il me regarda de ses yeux indéchiffrables. C'était une demande ridicule, vraiment. Il avait vu mon corps nu des centaines de fois et il l'avait touché presque aussi souvent. Mon Dieu, ce qu'il l'avait touché ! Mes joues brûlèrent à ce souvenir et je détournai le regard.

Il tourna le dos en attrapant sa tablette et il tapota furieusement dessus. Il recherchait sans doute certains des termes utilisés par le médecin.

J'enlevai le peignoir en papier qui couvrait mon torse et je regardai mes seins. Celui de droite était parfait, intact. Le gauche était traversé par une vilaine cicatrice rouge et un trou en forme de cuillère. Je jetai un coup d'œil vers le dos d'Adam. Il trouverait peut-être cette mutilation répugnante. Il n'avait jamais hésité à exprimer son appréciation de ma poitrine. J'enfilai le soutien-gorge et je l'attachai. Il n'était pas sexy, pas comme ces petites choses en dentelle que j'adorais porter quand j'avais les sous pour m'en offrir un. Celui-ci ressemblait plutôt à un soutien-gorge de vieille dame. Solide, avec un bon soutien. Fonctionnel.

À cause du traitement contre le cancer, on me volait lentement mais sûrement ma jeunesse, entre les cicatrices sur mon corps, la thérapie aux hormones et le redouté monstre de la chimio, qui me tournait autour, comme un de ces dragons géants dessinés sur les bords des cartes anciennes. J'allais bientôt être aussi fripée et encore plus chauve que ma grand-mère.

En tant que fille d'une survivante du cancer, je savais ce que représentait la chimio. J'avais vu ma mère traverser tout cela. L'idée me retournait les entrailles de terreur. La grossesse était peut-être une façon inconsciente de causer l'ultime délai avant l'horreur. Sachant ce que je savais, j'aurais sans doute sauté du balcon et cassé mes deux jambes pour retarder l'inévitable.

Quand j'eus enfilé mon tee-shirt, Adam se retourna en fermant une application sur sa tablette et il en ouvrit une autre. Cela ressemblait à un calendrier.

— Ton rendez-vous suivant est à treize heures.

Je levai la tête d'un coup en attrapant mon sac.

— Le rendez-vous suivant ?

— La seconde opinion dont nous avons parlé. Tu vas devoir signer quelques papiers en sortant pour obtenir tes dossiers et les résultats des tests.

Je signai les papiers et des copies de mes tests et de mon dossier furent transférées sur une clé USB qu'Adam avait donnée au personnel. Quand ils la rendirent, je la pris à toute vitesse et je la fourrai dans ma poche. Je n'avais pas l'intention de lui donner accès à des photos de mon nichon mutilé. Carrément pas.

Étant donné que Jordan, le meilleur ami playboy d'Adam, avait joué les entremetteurs avec des filles sexy ces derniers temps, Adam avait sans doute côtoyé — et rien de plus, je l'espérais — des mannequins et des actrices. Et c'était sans parler de la nuée de stagiaires au travail que j'avais mentalement surnommées les groupies d'Adam. Elles aimaient faire l'inventaire des tenues qu'il portait au travail et noter à quel point il était canon d'un jour à l'autre. Cela avait été l'enfer de devoir écouter ces conneries jour après jour tout en essayant de les ignorer.

Non pas qu'il sortirait avec une de ces stagiaires. Elles devaient avoir dix-huit ou dix-neuf ans. Mais elles avaient des corps parfaits et j'étais certaine qu'aucune d'entre elles n'avait un gros trou dans le sein gauche. Aucune d'entre elles ne serait bientôt plus chauve que le capitaine Jean-Luc Picard du vaisseau spatial *Enterprise*.

Je surpris Adam à me regarder quelques fois. Enfin, c'était plutôt que je le sentais me regarder. Les yeux sombres d'Adam avaient une façon d'attirer vos yeux sur lui comme des aimants.

— Quoi ? Finis-je par dire.

Il secoua la tête, déverrouilla la voiture et ouvrit la portière pour moi, attendant patiemment que je monte.

Je m'arrêtai et je croisai les bras en me tournant vers lui.

— Tu manigances quelque chose.

Il fronça les sourcils.

— Pourquoi penses-tu cela ?

— En dehors du fait que tu manigances toujours quelque chose, tu n'as pas encore parlé des pronostics de Dr Metcalfe.

Il posa un bras sur le bord de la portière ouverte et il me regarda – il me regarda vraiment, de cette façon que je trouvais intimidante.

— Qu'y a-t-il à dire, Mia ? dit-il en inspirant longuement puis en détournant le regard. Ces chiffres parlent d'eux-mêmes. Tu es une femme intelligente. Et j'espère que tu deviendras oncologue. Si tu étais à la place de ce médecin, que recommanderais-tu à ta patiente ?

J'eus soudain un peu de mal à respirer, comme si un bandeau avait été attaché autour de ma poitrine. Au lieu de répondre, je laissai tomber mes bras le long de mon corps et je me glissai dans le siège passager. Adam ferma doucement la portière pour moi et il fit le tour jusqu'au côté gauche de la voiture pour se glisser derrière le volant. Je baissai la tête en frottant mes tempes contre le début d'un mal de tête. Son utilisation de 'j'espère' n'était pas passée inaperçue. Il y avait de grandes chances que je ne commence pas la fac de médecine avant longtemps si je poursuivais cette grossesse.

Il ne démarra pas la voiture, il resta assis à me regarder. Je m'enfonçai dans mon siège et je soupirai en le fixant. Je secouai la tête.

— Je ne peux pas le faire. C'est un seul avis, une seule estimation. Son chiffre n'est peut-être même pas exact.

On se dévisagea un moment – longtemps après que la gêne se soit installée. J'avais envie qu'il s'approche et qu'il me prenne dans ses bras. Et c'était étrange... si j'avais tellement envie qu'il me tienne, pourquoi ne le demandai-je pas, ou mieux, pourquoi ne me penchai-je pas vers lui pour lui faire un câlin ? Je déglutis et je clignai des yeux.

— Je dois m'arrêter quelques minutes au bureau pour prendre des affaires, dit-il.

— Tu ne vas pas travailler aujourd'hui ?

Il me regarda comme si j'étais folle de poser la question et il se retourna pour démarrer la voiture.

Vingt minutes plus tard, au campus de Draco Multimédia, l'entreprise d'Adam, je baissai les vitres de sa voiture en lui disant que j'allais l'attendre pendant qu'il cherchait ses affaires. Il me promit qu'il ne mettrait pas plus de dix ou quinze minutes, mais je savais que sa secrétaire lui demanderait de signer des papiers, ou bien que quelqu'un appellerait, ou qu'il serait arrêté une demi-douzaine de fois en route vers son bureau. J'aurais pu l'accompagner, mais je voulais éviter ce retour gênant au travail. Le vendredi précédent, j'avais rapidement vidé mon bureau sans aucune explication pendant que Mac, mon supérieur, et les stagiaires avec lesquels je travaillais me regardaient la bouche ouverte. Je m'en étais moquée. Je ne pouvais penser qu'au test de grossesse que je venais de prendre et à la confrontation houleuse dans le bureau d'Adam.

Je fis un jeu sur mon téléphone pour éviter de rester assise à penser à tout ce qu'il se passait. J'avais trop réfléchi pendant le week-end et cela m'épuisait et commençait à me donner la nausée.

Mon jeu fut interrompu lorsque Heath, mon colocataire et meilleur ami, m'envoya un texto. *Hé, tu as pu te rendre à ton rendez-vous chez le médecin ?*

Je tapai ma réponse : *Oui. En route pour le 2ème.*

Toute seule ?

Non. A est avec moi.

D'accord. Je serai à la maison quand tu rentres.

Exactement comme il l'avait promis et malgré mes craintes du contraire, Adam revint environ un quart d'heure plus tard avec la sacoche de son ordinateur portable accrochée à son épaule solide. Il monta en voiture et nous nous rendîmes au rendez-vous suivant.

Le deuxième médecin se trouvait dans une espèce de bâtiment médical chic à Newport Beach, juste à côté du Hoag Hospital (mi-country club, mi-établissement médical pour les riches et parfois célèbres). La recherche du meilleur hôpital d'Orange County avait dû le conduire là.

Après avoir pris vingt minutes pour parcourir mes examens et mes dossiers de la clé USB, elle leva les yeux vers moi d'un air sombre. Ses chiffres n'étaient pas aussi bons que ceux du Dr Metcalfe.

Moins de cinquante pour cent si je poursuivais la grossesse. Elle était tout à fait sérieuse et catégorique quand elle affirmait que je ne devais pas poursuivre sur cette voie.

— Je recommande une interruption de grossesse et une chimiothérapie immédiate.

Et c'est à ce moment-là, avachie sur sa belle table d'examen, que je sentis mes yeux se remplir de larmes. Je croisai le regard d'Adam à travers ma vue brouillée. Son visage était froid, impassible. Je l'imaginais me dire 'je te l'avais bien dit'. Je détournai le regard et je clignai des yeux, sans pouvoir respirer.

J'eus l'impression que le monde entier autour de moi s'écroulait.

Chapitre Deux
Adam

J'OBSERVAI EMILIA DE PRES QUAND LE MEDECIN DELIVRA SON pronostic. Elle essaya courageusement de cacher sa réaction émotionnelle qui ne demandait qu'à s'exprimer. Le médecin nous laissa et je me levai en m'approchant d'Emilia qui était assise sur la table d'examen. Elle ne leva pas la tête et ne bougea pas, les yeux rivés sur un point fixe, son esprit très loin de ce point dans le temps.

Je déglutis, me sentant presque étouffé par la même vieille culpabilité, mais je la repoussai par nécessité. Je ne pouvais pas me laisser aller aux émotions, pas maintenant. Il s'agissait d'un moment critique et nous devions agir rapidement. Ma seule inquiétude était la santé et la survie d'Emilia. Tout le reste pouvait être géré plus tard, quand elle irait mieux. J'espérais qu'à ce moment-là, il resterait encore assez de morceaux de notre relation que nous pourrions ramasser et recoller.

Je priai un Dieu dans lequel je ne croyais pas vraiment pour qu'elle écoute ce que les médecins lui avaient dit aujourd'hui. J'avais eu le temps de me remettre du choc de la découverte, que non seulement elle était enceinte, mais qu'elle avait également un cancer, et depuis j'avais pris le temps d'analyser la façon dont j'avais géré les choses : j'avais décidé que j'aurais dû faire tout le contraire de ce que j'avais fait.

J'avais donc passé tout le week-end à préparer une stratégie et un plan. Ces visites chez les médecins en faisaient partie. J'espérais — car je ne le savais pas avec certitude — qu'elle suivrait l'avis médical. Emilia était une femme intelligente, mais elle était maintenant guidée purement par les émotions. Depuis que nous avions argumenté samedi matin au sujet de son besoin d'interrompre la grossesse et que, j'avais fait face à son refus catégorique, j'avais décidé de me mettre en retrait et de la soutenir. Nous n'avions plus mentionné la chose, car je craignais que plus elle lutterait contre moi, plus elle camperait sur ses positions.

J'espérais qu'elle écouterait l'avis médical, mais dans le cas contraire, je n'allais pas abandonner, je comptais trouver quelque chose ou quelqu'un qu'elle écouterait. Pour cette raison, j'avais établi un plan B.

Emilia resta silencieuse jusqu'à la voiture garée sur le parking. J'ouvris la portière pour elle et elle se glissa à l'intérieur, les épaules voûtées. Quand je m'assis à la place du conducteur, elle regardait droit devant elle. Je tendis la main et je pris une des siennes. Elle était froide et sans vie et elle ne retourna pas la pression quand je pliai sa main dans la mienne.

— Mia, dis-je doucement. Ça va ?

Elle cligna des paupières.

— Qu'est-ce que tu crois ?

— Je suis désolé.

— Ce n'est pas de ta faute.

Elle enfouit son visage dans ses mains et rit avec amertume.

— Je parie que tu préférerais avoir couché avec ce mannequin de Jordan au lieu de sauter dans mon lit.

Je l'attirai dans mes bras. Elle posa sa tête sur mon épaule.

— Maintenant, tu dis n'importe quoi.

Elle attrapa mes épaules en me serrant contre elle.

— Adam, je suis désolée.

— Je ne veux pas que tu t'excuses. Tout ce que je veux, c'est que tu aies les meilleures chances de survie.

Après un long câlin silencieux, elle dit doucement :

— Peux-tu me ramener à la maison, maintenant ?

J'hésitai. La maison. Pour moi, sa maison était la mienne, où nous avions vécu ensemble jusqu'à notre séparation deux mois auparavant. C'était douloureux de comprendre que pour elle il s'agissait de l'appartement de Heath.

Quand je m'engageai sur l'autoroute, elle somnolait dans le siège à côté de moi – heureusement. Je savais qu'elle était épuisée. Je n'avais pas enlevé le toit afin que le vent dans la voiture ne l'empêche pas de dormir. Elle n'avait pas assez dormi ces derniers temps. Sa tête tomba en avant et tout ce que je pus voir était cette touffe ridicule de cheveux blancs qu'elle avait teints récemment aux couleurs de l'arc-en-ciel pour les accorder à son costume de fée pour la fête de l'entreprise à notre convention de Las Vegas. La coloration était permanente, sans doute parce qu'elle s'était dit qu'elle perdrait bientôt ses cheveux à cause de la chimio qu'elle devait commencer cette semaine. Elle ressemblait à une rock star punk délavée des années quatre-vingt-dix.

Je pris le chemin le plus long et elle ne s'éveilla que lorsque je sortis de l'autoroute. Au lieu de me diriger tout droit sur Chapman Avenue vers la maison de Heath, je tournai à droite vers North Tustin et la maison de mon oncle.

Elle cligna des yeux en se réveillant, demandant d'un air groggy :

— Pourquoi allons-nous chez Peter ?

Quand je ne répondis pas, elle me jeta un regard noir en comprenant soudain. Elle se redressa sur son siège.

— Adam, arrête la voiture.

Au lieu de l'écouter, je changeai de vitesse, j'appuyai sur l'accélérateur et je montai la colline vers le lycée.

— Adam, dit-elle en serrant les dents.

— Il faudra que tu le lui dises tôt ou tard.

Elle siffla entre ses dents comme si je venais de lui donner un coup de poing dans l'estomac.

— Arrête. Cette. Putain. De. Voiture.

Nous étions environ à deux pâtés de maisons de la maison de Peter. Je me garai contre le trottoir le plus proche et j'éteignis le contact. J'hésitai, en regardant par la vitre et en serrant le volant. Emilia était assise à côté de moi, raide, en train de fulminer. J'avais été prêt à risquer sa colère parce que si Kim était la seule à pouvoir la raisonner, alors elle était mon arme secrète. Au point où j'en étais, j'étais prêt à faire n'importe quoi. J'étais désespéré à ce point.

J'attendis qu'elle reprenne son souffle. Ses joues étaient encore plus pâles que d'habitude et les articulations de ses mains étaient blanches autour du siège.

J'enlevai les mains du volant et je la regardai attentivement.

— Mia... c'est ta mère. Tu dois le lui dire.

Elle appuya la paume de sa main sur son front.

— Il n'y a rien que je *doive* faire.

J'inspirai profondément pour me calmer et je regardai par la vitre en essayant de reprendre mes esprits.

Elle s'agita dans le siège à côté de moi.

— Ramène-moi chez Heath, s'il te plaît.

Après une longue pause, elle se tourna pour me regarder.

— Je te ramènerai chez Heath à une condition. D'abord, tu m'écoutes.

Sa mâchoire se serra puis se détendit et elle finit par hocher la tête en évitant mon regard.

— Quand nous étions seulement des amis sur internet, je me souviens avoir veillé en ligne avec toi jusqu'à six heures du matin la nuit où tu as appris pour le cancer de ta mère. Tu t'en souviens ?

Elle se mordit la lèvre.

— Bien sûr.

— Je sais à quel point cela a été douloureux pour toi. Je sais également que tu essaies de la protéger maintenant...

— Ne fais pas comme si cela venait de moi. C'est toi qui es fâché contre moi parce que je ne vous l'ai pas dit, mais ce que tu dois comprendre...

Je levai la main pour l'interrompre.

— Nous ne parlons pas de moi maintenant, Emilia. Nous parlons de ta mère. Elle a le droit de savoir. Elle a le droit d'être forte pour toi, de t'aider. Tu vas avoir besoin de monde. C'est peut-être affreusement difficile pour toi à admettre.

Elle se frotta le front d'une main tremblante.

— Je sais que j'ai besoin de... mais... je... bon sang, je me souviens de ce que j'ai ressenti quand elle me l'a dit. Je me souviens du sentiment d'impuissance, de ne pouvoir absolument rien faire. C'était la pire chose que j'ai jamais dû traverser dans ma vie et j'ai voulu lui épargner — elle me regarda — et à toi aussi.

Je me mordis la langue pour garder la réponse irritée à sa place, c'est-à-dire dans ma bouche. *Parce que le découvrir comme je l'ai fait a été tellement mieux...*

Elle écarquilla les yeux. Apparemment, elle avait vu ce que je pensais et je me maudis de ne pas avoir mieux caché mes pensées. J'avais toujours été si doué pour cela, avant.

Elle inspira profondément.

— Je sais que j'ai aussi été lâche. Je ne peux pas expliquer ce qui m'a traversé la tête parce que cela paraît ridicule. Cela a commencé par une petite chose. D'abord un soupçon, une biopsie. Et puis, le diagnostic est tombé et je... C'était comme si avoir ce cancer revenait à tous vous décevoir. Il y avait tous ces problèmes entre nous avant et puis... j'ai pensé que cela allait nous achever. J'étais comme un bien endommagé.

Je soufflai de surprise, mais je ne dis rien. Elle déglutit en me jetant un regard nerveux avant de continuer.

— Je sais que mes excuses ont l'air stupide.

— Oui, ce sont des excuses, répondis-je doucement. Il n'y a jamais de bon moment pour un événement merdique. Mais rejeter tout le monde ? C'est de cette façon que tu empires les choses pour tous – et pour toi-même. Parce qu'en faisant cela, tu nous as rendus plus qu'impuissants. Et que tu veuilles l'admettre ou non, tu as besoin de notre aide.

Elle soupira.

— Je pensais que ce serait un peu de chirurgie rapide et quelques radiations. Alors je ne pensais pas que c'était vraiment nécessaire d'ennuyer qui que ce soit...

Je la fusillai du regard. Je ne pus pas m'en empêcher. Un putain de cancer et elle ne voulait pas nous 'ennuyer'.

— Ne nous inquiétons pas du passé, d'accord ? C'est fait. Parlons d'aujourd'hui. De maintenant. Ta mère a besoin de le savoir. Elle mérite de le savoir. Et elle mérite de l'entendre de ta part.

Tout comme je méritais de l'entendre...

Elle secoua la tête.

— Ne me force pas.

— Je ne le ferai pas. Mais... penses-y de cette façon : et si elle ne t'avait jamais parlé de son cancer ? Tu étais à l'école. Elle aurait pu te le cacher pendant des mois sans problème. Qu'aurais-tu ressenti en découvrant qu'elle avait traversé cela toute seule ? Et elle finira par le découvrir, un jour ou l'autre. Tu ne pourras pas le lui cacher pour toujours. S'il te plaît, Mia.

Elle appuya les paumes de ses mains contre ses yeux et elle se mit à sangloter, le corps tremblant.

— J'ai peur, Adam ! D'accord ? Je ne sais pas ce que j'ai le plus peur de lui dire, le cancer ou la grossesse.

Je tendis la main et j'enlevai une de ses paumes de son visage. Mes doigts se fermèrent autour de sa main.

— Je serai là. Je t'aiderai.

Elle resta longtemps immobile et silencieuse. Elle inspira profondément puis, la tête baissée, elle finit par hocher la tête. Par acquiescer.

— D'accord, chuchota-t-elle et sa main se serra autour de la mienne.

Après une longue pause, j'enlevai lentement ma main de la sienne et je démarrai la voiture. Quelques minutes plus tard, je m'engageai dans l'allée de Peter. Kim était restée un jour de plus quand je l'avais contactée hier pour le lui demander. Heath arriverait bientôt, lui aussi. C'était notre intervention pour Emilia.

Chapitre Trois
Mia

JE SORTIS LENTEMENT DE LA VOITURE, LES MUSCLES RAIDES d'irritation. Adam avait été préparé à gérer ceci avec la même autorité qu'il employait pour le reste, jusqu'à ce qu'il écoute mes suppliques d'arrêter la voiture. Je n'avais pas été préparée à son ton posé. À ses demandes délicates. C'était différent...

J'inspirai profondément, le cœur battant. Adam hésita, debout près de moi. Je regardai la porte ornée de rouge de la maison de Peter en sachant que ma mère se trouvait là, en sachant que j'étais sur le point de jeter une bombe alors qu'elle venait juste de trouver un nouvel amour et que les choses allaient enfin bien pour elle.

— Donne-moi une minute, murmurai-je.

Il ne bougea pas, détournant le regard en enfonçant les mains dans ses poches.

— Prends le temps qu'il te faudra.

Adam n'avait pas tort, il était temps de le dire à maman. Je m'étais demandée à quel moment j'allais le lui dire et je n'avais pas arrêté de le retarder. Il valait mieux que je m'en débarrasse d'une seule fois rapide et douloureuse.

Un poids sombra dans mon estomac et ma poitrine se serra quand je hochai la tête et qu'il se tourna vers la porte d'entrée. Je le suivis sur les marches du perron. Il ouvrit la porte sans frapper — comme il le faisait toujours — et il cria :

— Hé, on est là.

Maman fut la première personne que je vis et Adam fit un pas de côté pour qu'elle puisse me saluer en se jetant à mon cou. Je vis à son regard qu'elle n'était pas au courant. Ses traits étaient marqués par une inquiétude incertaine. J'aimais penser savoir à quoi ressemblerait son visage si elle était au courant du diagnostic. J'avais vu ce visage un millier de fois quand je m'imaginais le lui dire. Dans mes pensées, je ne dépassais jamais les premiers mots avant de craquer à l'idée de devoir la détruire ainsi.

Je savais comment cela avait été deux ans auparavant quand elle avait reçu son diagnostic. J'en avais été malade et maman n'était que très récemment libre de son cancer. Et si le stress de mon diagnostic la rendait à nouveau malade ?

Je m'écartai de ma mère, incapable de la regarder dans les yeux. Elle posa les mains de chaque côté de mes joues.

— Mia, dit-elle doucement, quoi que ce soit, nous le traverserons, d'accord ? Je suis là pour toi.

Je regardai au fond de ses yeux marron qui ressemblaient tant aux miens et je ne pus plus contenir mes émotions. Je me remis à sangloter. Encore.

Elle me serra dans ses bras. Nous étions seules dans la cuisine. Adam s'était déjà éloigné. Je penchai la tête contre l'épaule de ma mère et j'étouffai mes pleurs autant que possible, mais je tremblais si fort que je ne pouvais même plus réfléchir, encore moins me calmer.

— Chut, dit-elle en lissant mes cheveux comme elle le faisait quand j'étais une petite fille.

Elle me conduisit dans le salon où Adam et Peter étaient assis dans des fauteuils en face de nous. Maman me guida afin que je m'asseye à côté d'elle sur le canapé. D'une façon ou d'une autre, la présence des autres me forçait à essayer de me calmer et d'arrêter de brailler comme un bébé. Adam se leva, attrapa une boîte de mouchoirs et les posa sur la table basse devant moi. J'attrapai une poignée de mouchoirs et je m'essuyai le visage.

— Adam, nous devrions peut-être sortir, dit Peter doucement.

— Non, finis-je par dire d'une voix tremblante. C'est bon. Tu devrais être là pour elle.

Je me tournai vers ma mère qui avait levé les sourcils en entendant mes paroles. Je posai une main sur chaque épaule, je reniflai et je me redressai en essayant de trouver la force de dire ces mots terribles.

— Je... euh... commençai-je d'une voix tremblante.

Je m'éclaircis la gorge.

— J'ai un cancer, maman.

Au début, ma mère ne réagit pas. Puis, au bout de trois secondes, on aurait dit que quelqu'un lui avait écrasé le pied avec une botte à semelle en fer et qu'elle essayait de ne montrer aucune réaction.

J'inspirai donc profondément et je continuai à parler.

— C'est un, euh, carcinome, stade deux, dans le sein gauche. J'ai eu une ablation de tumeur mammaire en octobre et une thérapie aux hormones et je, euh, dois commencer la chimio.

Les lèvres de ma mère disparurent dans sa bouche et je vis qu'elle essayait de faire de son mieux pour ne pas pleurer. Elle essayait de faire ce que j'avais fait quand elle m'avait fait part de son diagnostic.

Elle finit par craquer après avoir essayé de se retenir pendant une minute.

— Oh, mon bébé, dit-elle en me prenant dans ses bras et en m'attirant contre elle.

Personne ne comprenait aussi bien ce qu'allait vivre un patient avec le cancer qu'une personne n'ayant survécu au cancer. Ma mère connaissait intimement toutes les épreuves qui m'attendaient.

Presque toutes les épreuves.

— Pourquoi ne me l'as-tu pas dit ? demanda-t-elle d'une voix étranglée.

— Je ne l'ai dit à personne.

— Pas même à Adam ? demanda-t-elle en s'écartant de moi pour le regarder.

Ce fut à ce moment-là que je me sentis vraiment cruelle pour la première fois. J'avais pensé être forte pour eux. J'avais pensé faire le choix d'affronter ma bataille — une bataille que j'étais la seule à pouvoir mener — sans les accabler.

Ce fut la première fois que je me rendis compte à quel point j'avais été égoïste.

Je me redressai et je regardai Adam. Son visage était inexpressif, mais ses yeux étaient lourds de reproches et de douleur. Je regardai ma mère.

— Je ne l'ai dit qu'à Heath.

Ma mère secoua la tête sans me comprendre. Un million d'excuses surgirent dans ma tête. J'avais peur. Je ne savais pas quoi faire. J'étais perdue. Je voulais être forte. Je voulais combattre le cancer à ma façon.

Mais toutes ces excuses n'étaient que poussière. Elles n'avaient aucun sens pour ceux qui m'aimaient.

— Alors, tu as obligé Heath à nous le cacher ? Oh, Mia, c'était tellement injuste pour lui. Mais... elle posa une main sur mon bras et me secoua l'épaule afin que je la regarde à nouveau. Ce n'est pas le moment de parler de la façon dont tu as géré la chose. Maintenant, parlons de la suite. Quand commences-tu la chimio ? Et où ?

Je me redressai en m'écartant d'elle. Je gardai les yeux rivés sur elle. Je ne pouvais pas croiser le regard qui m'immobilisait depuis l'autre côté de la pièce. Il avait compté là-dessus. Il savait que cela me briserait le cœur de dire à ma mère que j'allais refuser la chimio. Je serrai les dents en essayant d'avaler la pilule.

— Kim, il y a une complication, dit doucement Adam. Mira ne peut pas commencer la chimio cette semaine parce qu'elle est enceinte.

Je fermai les yeux – essentiellement pour ne pas voir la réaction de ma mère. Mais j'étais lâche à cause du soulagement que j'avais ressenti quand Adam le lui avait dit pour moi. J'avais envie de tomber à ses pieds de gratitude.

Ma mère tourna soudain la tête vers moi. Elle ouvrit la bouche pour dire quelque chose, mais, apparemment incapable de trouver les mots, elle la referma. Son visage devint blanc comme le mur derrière elle.

La sonnette d'entrée retentit et Adam se leva et il se précipita dans le couloir. Peter se pencha en avant.

— Kim, puis-je t'apporter de l'eau ou autre chose ?

Elle secoua vigoureusement la tête et il se redressa en la regardant attentivement. Ma mère se retourna vers moi, à nouveau bouche bée.

Adam revint dans la pièce avec Heath qui se dirigea immédiatement vers ma mère. Elle se leva et se jeta presque dans ses bras, le serrant contre elle et pleurant sur son épaule. Adam avait dû demander à Heath de venir. Je me rendis compte que j'avais eu raison quand j'avais dit à Adam que je savais qu'il complotait quelque chose. Il avait organisé un rendez-vous pour qu'ils puissent tous décider ensemble de ce que j'allais devoir faire. Je lui jetai un regard, mais je fus distraite par les sanglots de ma mère.

Je les regardai en ayant l'impression qu'un couteau me traversait le sternum. Une vague de nausée m'attaqua et mon estomac se retourna. Je ravalai la bile amère au fond de ma gorge.

Maman finit par s'écarter de Heath et elle se décala sur le canapé pour lui laisser la place à un bout. Puis elle se tourna vers moi en s'essuyant le visage du dos de la main. Heath se pencha en avant, prit quelques mouchoirs et les lui tendit. Elle s'essuya les yeux. Sans le regarder, elle lui dit :

— Heath, je suis vraiment désolée d'avoir été aussi fâchée contre toi à Noël quand tu n'as pas voulu me dire ce qu'avait Mia. Cela a dû être impossible pour toi.

Heath posa une main sur le dos de ma mère et il ne dit rien. Il avait l'air sur le point de pleurer, lui aussi. Je collai les paumes de mes mains sur mes yeux comme pour endiguer mes propres larmes.

— Veux-tu parler de ce que tu vas faire ? demanda maman.

J'avais trop peur de découvrir mes yeux. Après quelques minutes de silence, je marmonnai :

— Je sais ce que je veux faire.

J'inspirai profondément, puis je laissai tomber mes mains en me redressant. Je regardai Adam. Il était immobile comme une statue, aussi impassible et indéchiffrable qu'il l'avait été dans le bureau du médecin aujourd'hui.

— Mais cela signifie ne pas faire de chimio.

Maman me prit la main et la posa sur ses genoux en la serrant fort.

— Mia, tu as besoin de la chimio.

Je soufflai en tremblant et je secouai la tête. Je ne pouvais pas le dire. Je ne pouvais pas lui dire que sa fille choisissait de renoncer à la chimio. Du coin de l'œil, je vis Adam se lever avec raideur et tourner le dos vers la pièce pour regarder par la fenêtre. J'observai ses épaules tendues.

— Maman, et si tu avais choisi de ne pas m'avoir ? Je ne peux pas le faire.

La mâchoire de ma mère tomba.

— Mes circonstances étaient complètement différentes. Je ne me battais pas pour ma vie, Mia. Tu ne peux pas te comparer à moi !

— Après la chimio, il est possible que je ne puisse plus jamais avoir de bébé…

— Est-ce une raison suffisante pour risquer ta vie ? Une vie bien remplie ? Tu as vingt-deux ans – tu es toi-même encore un bébé !

J'ouvris la bouche pour répondre, mais elle m'interrompit en me serrant l'épaule avec tant de force que l'on aurait dit qu'elle se cramponnait à la vie.

— Tu as encore toute la vie devant toi. Tu vas aller en fac de médecine. Tu vas être médecin. Tu vas sauver des vies. Mais maintenant, tu as la vie la plus importante à sauver : la tienne.

Je luttai pour reprendre mon souffle. J'avais l'impression que ma poitrine était comprimée par des tonnes d'acier. C'était un cauchemar. Ils voulaient tous la même chose. Pas un — pas un seul — ne voyait mon côté du problème. Il y avait une vie, un futur enfant, qui grandissait en moi. Un enfant qui méritait de vivre.

Puis une autre voix se fit entendre, un autre chuchotement dans mon cerveau : ne méritais-je pas de vivre, moi aussi ?

Avant le diagnostic, avant l'appel du médecin, j'avais été aux anges. J'attendais les réponses des facs de médecine — j'avais été acceptée dans ma fac de rêve — et j'avais un homme merveilleux qui m'aimait et que j'aimais. La douleur de la perte se répandit à nouveau dans ma poitrine. Elle avait fait autant partie de ma vie quotidienne pendant les quelques derniers mois que les tests sanguins à n'en plus finir et les médicaments violents que j'avais été obligée de digérer. Et ce qui allait venir était encore pire.

— Est-ce vraiment si mal de croire que mon enfant a le droit de vivre ? dis-je d'une toute petite voix.

Maman me regarda, figée sur place. Puis elle toucha ma joue.

— Non, ma chérie, ce n'est pas mal du tout. Mais... je te supplie de te souvenir que *mon* enfant a le droit de vivre également, de finir sa vie. Ne sacrifie pas *mon* bébé, je t'en supplie.

Je me sentis soudain sur le point de m'écrouler à cause du poids de tous leurs regards. Tout le monde sauf Adam me regardait en attendant une sorte de proclamation... une décision.

Je posai mes mains sur mes tempes et je les frottai.

— J'ai besoin de réfléchir. Je ne peux pas prendre une telle décision maintenant. S'il te plaît. Peux-tu le comprendre ?

Ma mère me regarda avec des yeux si tristes que cela me brisa le cœur. Elle se mordit la lèvre pour l'empêcher de trembler. Mais elle hocha la tête.

— D'accord, dit-elle. Tu as encore un peu de temps ? S'il te plaît, s'il te plaît ne t'isole plus, d'accord ? C'est tout ce que je demande. Je t'en supplie. Laisse-nous t'aimer.

Laisse-nous t'aimer. Était-ce ce que j'avais fait ? Les avais-je repoussés en les empêchant d'éprouver ces sentiments ? Je me tournai et je regardai Adam qui me regardait à nouveau de ses yeux sombres. On se fixa du regard d'un bout à l'autre de la pièce et mes entrailles furent douloureuses. J'avais du mal à respirer. Je n'avais pas envie de réfléchir à cela. Je ne voulais pas le faire. Je voulais me coucher et attendre que les choses m'arrivent. Je n'avais aucun désir de penser à ces choix difficiles. Ma vie commençait à ressembler à un plantage monumental. Et il y en aurait d'autres avant que je puisse réparer la situation, recommencer, s'il me restait encore la volonté de le faire.

Je déclarai que j'étais épuisée et que j'avais besoin de dormir. Je n'avais pas très bien dormi depuis presque une semaine. Depuis que j'avais découvert ma grossesse et qu'il y avait eu la confrontation explosive avec Adam. Le jour où il avait appris pour mon cancer. Tout ça.

Le réveillon du Nouvel An était le lendemain et je ne voulais pas accueillir une nouvelle année qui allait être pleine de tristesse, de cœurs brisés, et de tension entre Adam et moi.

J'allai me tenir à côté du siège passager de sa voiture avant de décider que ce serait sans doute plus pratique de rentrer à la maison avec Heath, puisque je vivais avec lui désormais. Les choses avaient été tendues entre Heath et moi depuis avant l'explosion. Cela faisait des semaines qu'il me mettait la pression, pour que je leur dise à tous. Et j'avais refusé. J'avais abusé de sa loyauté pour qu'il ne parle pas. Il avait dû faire face à Adam et à ma mère qui exigeaient des réponses sur ce qu'il se passait vraiment avec moi. Je lui étais vraiment redevable.

Je me tournai pour marcher vers la voiture de Heath quand je sentis une main sur mon bras qui m'arrêta. Peter se tenait sur les marches du perron avec un bras autour des épaules de ma mère et Heath lui parlait à voix basse pendant qu'elle sanglotait dans une poignée de mouchoirs.

Je me tournai pour faire face à Adam. Sa main serra mon épaule avant de glisser le long de mon bras.

— Ça va ?

Je soupirai et je détournai le regard.

— J'étais fâchée que tu me conduises ici... que tu planifies tout, dis-je en avalant une grosse boule dans ma gorge. Mais maintenant, j'ai l'impression qu'un poids a été ôté de mes épaules.

Il hocha la tête.

— Je suis désolé de t'avoir contrariée.

Au moins, il ne dit pas que je le méritais. Je scrutai à nouveau son visage avant de regarder ailleurs. Je savais très bien qu'il était toujours en colère contre moi. Il cachait si bien ses sentiments qu'il fallait parfois un petit coup d'œil, une légère tension des muscles du visage ou un éclat encore plus bref dans ses yeux pour comprendre ce qu'il se passait dans son esprit.

Je savais que je l'avais blessé. Nous nous étions fait souffrir. Beaucoup. Et je ne voyais que plus de la souffrance dans l'avenir avant que nous puissions commencer à guérir, si c'était un jour possible. Ma gorge se serra à cause d'une nouvelle vague de culpabilité. S'il pouvait mettre sa colère de côté à un moment pareil, alors je le pouvais aussi.

Il s'éclaircit la gorge.

— Je sais que tu es trop fatiguée maintenant, mais pourrons-nous parler demain matin ?

Je me demandais s'il aurait quelque chose de nouveau à me dire. Serait-ce encore pareil ? Allait-il encore crier et insister afin que j'avorte ? La fatigue tirait sur chaque centimètre de mon corps, pesait sur moi. Tout ce que je voulais, c'était arrêter de lutter, arrêter de me battre. Mais je sentis que malgré tout le reste, je voulais qu'il soit avec moi, qu'il me tienne. Je lui demandai presque si je pouvais rentrer avec lui pour cette nuit-là.

— Euh, ouais, bien sûr.

— Je passe te prendre pour le petit-déjeuner ?

Je n'avais pas pris de petit-déjeuner depuis plus d'une semaine. C'était le moment de la journée où je me sentais le plus mal. Mais je n'avais vraiment pas envie de commencer une dispute avec lui. Et même si j'avais essayé de l'éviter au cours des dernières semaines, il semblait qu'à présent j'avais besoin de sa présence presque autant que d'oxygène. Je pouvais mordiller un morceau de pain grillé et boire quelques gorgées de jus de fruit si cela permettait de passer du temps ensemble.

— D'accord, passe me prendre quand tu veux.

Il se pencha pour m'embrasser sur la joue. Quand il se pencha, je sentis son odeur incroyable et mon cœur s'arrêta de battre. Je fis passer mes bras autour de sa taille et je l'attirai contre moi. Il hésita – ce ne fut que pendant une fraction de seconde, mais je le perçus. Il était raide avant de se détendre, ses mains glissant le long de mon dos pour se poser sur mes omoplates, puis le mouvement imperceptible de sa tête quand il se tourna pour sentir mes cheveux. Je collai mon visage contre son épaule et il me tint dans ses bras. Je fermai les yeux et je profitai de cette odeur d'océan salé et d'homme. J'inspirai.

C'était bon. Si bon. Mais ce fut terminé presque aussitôt. Il s'écarta, d'abord avec un petit sursaut, puis lentement, comme s'il se rappelait qu'il ne devait pas être si abrupt, comme s'il manipulait un chiot ou un chaton fragile. Ce fut physiquement douloureux. Cette séparation me coupait comme un poignard, profondément dans mon cœur.

— Adam... je suis désolée, chuchotai-je.

Il leva la main et il me caressa la joue.

— Moi aussi.

Le regard que nous échangeâmes dans la lumière faiblissante me pinça le cœur, et de nouvelles larmes menaçaient, brûlant mes yeux.

Un respawn et une deuxième chance auraient été fantastiques à ce moment-là. Si seulement.

Si seulement j'avais pu recommencer à partir du jour où j'avais reçu la lettre d'admission de Hopkins. J'aurais vraiment pu mieux le gérer. Mais j'avais été si focalisée sur cette réussite – cette réussite monumentale qui avait été mon seul espoir, mon seul rêve au cours des années précédentes. Je pensais avoir échoué misérablement quand je n'avais pas réussi à passer l'examen d'entrée à l'université.

Cela avait été le moment où nous avions tous les deux commencé à faire de grosses erreurs stupides.

Adam coinça une mèche de mes cheveux derrière mon oreille.

— Tu dois arrêter de le répéter, d'accord ? Il faut dépasser cela. Pas de récriminations, contre soi et contre l'autre, d'accord ? Après tout, c'était ta règle.

Je souris avec ironie.

— Tu aimes bien établir des règles, hein ?

— La vie est pleine de règles. Même les jeux ont des règles.

Je hochai la tête. Ceci n'était pas un jeu, loin de là. J'ouvris la bouche et je lui demandai presque — *presque* — si je pouvais rentrer à la maison avec lui. J'avais envie qu'il me serre dans ses bras. J'avais envie de le sentir allongé à côté de moi, d'écouter le bruit paisible de sa respiration dans son sommeil. Cela faisait trop longtemps. Beaucoup trop longtemps.

Mais j'avais trop peur qu'il dise non, alors j'espérai en silence qu'il me le propose.

— Dors bien, dit-il d'une voix douce.

Je fermai les yeux, j'avais senti un poids tomber sur moi. Les choses n'étaient plus pareilles et elles ne le seraient pas pendant longtemps, peut-être toujours. Il y avait quelque chose d'absent ou de réservé dans sa voix et dans la façon dont il me regardait. À ce moment-là, je sus exactement ce que c'était : la confiance.

Il ne me faisait plus confiance. Et non, je n'avais plus pleinement confiance en lui non plus.

— Toi aussi, dis-je.

Il m'accompagna jusqu'à la jeep de Heath et il m'ouvrit la portière. Autrefois, il aurait insisté pour me conduire chez moi, même en sachant que Heath y allait de toute façon. Mais pas ce soir.

Chapitre Quatre
Adam

APRES ENCORE UNE AUTRE LONGUE NUIT SANS SOMMEIL, JE rentrai sur Orange en conduisant en pilote automatique. Je pouvais sans doute faire le trajet les yeux fermés désormais. Je n'avais presque jamais pris cette route avant de fréquenter Emilia.

C'était tôt le matin du réveillon du Nouvel An et il y avait moins de voitures que d'habitude. Les gens n'avaient sans doute que des demi-journées au travail — comme les employés qui travaillaient encore à Draco — et ils avaient l'intention de terminer les fêtes avec un espoir lumineux pour la nouvelle année.

Je me demandais ce que cela faisait, car, quelle que soit la façon dont j'envisageais la chose, l'année que nous allions vivre ne me semblait pas joyeuse. Au moins, Emilia et moi nous nous parlions toujours. Mais notre relation un peu faible était sur le point d'être frappée très durement par des choses sombres. Pour nous, il n'y avait pas grand-chose à célébrer.

Je m'arrêtai à une pâtisserie spécialisée pour récupérer quelques affaires pour le petit-déjeuner, puis j'allai la chercher chez Heath.

Elle ouvrit la porte. Ses étranges cheveux arc-en-ciel étaient tirés en queue de cheval qui passait dans l'arrière d'une casquette bleu marine avec le logo de l'entreprise Draco. Elle portait un jean ample et une veste en denim. Sa bouche marqua un faible sourire quand elle ouvrit la porte.

— Salut, dit-elle.

— Salut. Je me disais que nous pourrions aller manger le petit-déjeuner au parc. Et peut-être parler ?

Elle pâlit visiblement quand je mentionnai le petit-déjeuner – même ses lèvres roses parfaites furent presque blanches. Elle semblait sur le point de vomir sur mes chaussures. Mais son sourire ne s'effaça pas et elle hocha doucement la tête.

En marchant vers la voiture, elle glissa sa main froide dans la mienne. Je fermai mes doigts autour des siens presque sans y penser. J'aurais dû être fâché contre elle. Une partie de moi exigeait toujours que je le sois. Mais je voyais bien ce qu'elle était : perdue, seule, aussi terrifiée que je l'étais, et la femme que j'aimais plus que tout au monde.

On roula jusqu'à un parc proche qui avait des collines et de grands arbres et des chemins de randonnée, une ligne de pins qui faisait presque un kilomètre et demi et un endroit semi-privé pour nous asseoir à une table de pique-nique vide. Elle était assise en face de moi et elle garda la tête baissée quand je posai un plateau de café et de pâtisseries.

Elle jeta un coup d'œil à la boîte.

— J'espère que tu ne seras pas vexé si je ne mange rien.

— Je ne serais pas vexé, mais je pense que tu devrais manger quelque chose. Tu dois prendre des forces.

Elle fronça les sourcils.

— Je pourrai le faire cet après-midi, quand prendre des forces ne rimera pas avec rendre mon petit-déjeuner.

Je grimaçai en attrapant une des tasses.

— Eh bien, bois au moins un peu de café.

Elle regarda la tasse avant de détourner les yeux.

— Je ne devrais pas.

Je me figeai, la tasse à mi-chemin vers ma bouche. Je savais ce que ses paroles impliquaient et cela me rendait furieux et mort de peur à la fois. Je reposai ma tasse, mais je ne dis rien.

Elle me regarda, sans être surprise par ma réaction. J'étais sûrement aussi pâle qu'elle maintenant.

— Tu as donc pris une décision, dis-je d'un ton monocorde, ma voix aussi morte que l'intérieur de mon corps à ce moment-là.

Elle détourna les yeux en se balançant sur son siège. Deux joggers passèrent à côté de nous, un peu trop près. Je leur jetai un regard noir. Elle s'éclaircit la gorge et elle inspira profondément.

— Je sais que j'ai dit qu'il s'agissait de mon corps et de ma décision. Et c'est le cas, mais... je ne veux pas t'exclure.

Je croisai mes doigts sur la table devant moi et je les étudiai au lieu de la regarder.

— Et qu'est-ce que cela signifie ?

Elle se tourna pour me regarder, mais même avec le poids de son regard sur moi, je ne levai pas les yeux.

— Cela signifie que nous en parlons. D'une voix calme. Nous faisons ce que nous n'avons pas pu faire depuis des mois : nous communiquons.

Je levai alors la tête et nos regards se croisèrent. Ce fut puissant, comme un coup physique. Ma poitrine se serra et j'eus du mal à respirer. Je tendis la main et j'entourai son poignet délicat.

— Merci.

Elle ne sourit pas.

— Ne me remercie pas encore.

Je retins ma respiration.

— Je veux rester enceinte.

Je ravalai une boule de la taille d'une balle de golf dans ma gorge.

— Alors, c'est la fin de la discussion ?

Elle secoua la tête.

— Non. C'est le début. À toi de me dire ce que tu veux.

Je clignai des yeux.

— Je te veux, toi. Je veux que tu sois en bonne santé. Je veux que tu aies les meilleures chances de survie possible. Quatre-vingt-cinq pour cent, ce n'est pas très bon, mais au moins c'est mieux que...

Elle retira sa main.

— Non, ne fais pas ça. Ne parle pas de nombres et de pourcentages. Dis-moi ce que tu ressens. Dis-moi ce que tu veux.

Je serrai les dents de frustration.

— Je ne peux pas ne pas parler des chiffres, Mia, d'accord ? Tout dans ma vie tourne autour des nombres et des pourcentages. Tout. C'est mon travail. C'est de la façon que fonctionne mon cerveau.

Elle inspira et elle détourna la tête au moment où une légère brise joua dans quelques mèches de ses longs cheveux blancs et multicolores qui dansèrent autour de ses épaules.

— Nous parlons d'un embryon. D'une nouvelle vie, un petit toi et moi. Dans huit mois, ce sera un bébé, notre bébé. Que ressens-tu à ce sujet ?

La seule sensation que j'avais, c'était un engourdissement glacé, une peur certaine.

— Pour être honnête, je ne ressens rien d'autre que de la peur. Je ne peux pas te perdre.

Elle fronça ses sourcils sombres.

— Si nous interrompons la grossesse, il se pourrait que je ne puisse plus jamais porter d'enfant. Tu pourrais ne jamais devenir père.

Je secouai la tête et je regardai ailleurs.

— Pour commencer, ce n'est pas le plus important pour moi maintenant...

— Ça le sera, un jour.

— Peut-être. Mais je sais ce que je veux maintenant. J'ai besoin que tu guérisses. J'ai besoin que tu fasses tout ce que tu peux pour lutter contre la maladie.

Emilia cligna des paupières.

— D'accord, et l'autre raison ?

— L'autre, c'est qu'il existe d'autres manières de devenir parents. Si cela devient important pour moi, il existe d'autres voies.

— Pour toi, peut-être, mais pas pour moi. La chimio a de grandes chances de faire passer mon corps par une ménopause prématurée et définitive.

Je m'agitai sur le banc dur.

— Hier, j'ai passé la journée entière à faire des recherches là-dessus. Tu ne peux pas faire un prélèvement d'ovules à cause des hormones impliquées et du timing, mais tu peux faire congeler une partie de ton tissu ovarien...

Elle ne me regardait pas. Son visage était inexpressif, comme si elle était ailleurs.

— Mia... dis-je en secouant sa main.

Elle leva les yeux vers moi, mais elle regarda à travers moi.

— Tu ne me dis rien que je ne puisse trouver moi-même sur Google ou auprès de mon médecin. Tu ne me dis pas ce que toi seul peux me dire.

— Je ne peux pas te dire ce que tu veux entendre. Que je suis heureux que tu sois enceinte. Je ne le suis pas.

Elle souffla lentement, clairement énervée.

— Je ne veux pas que tu me dises ce que je veux entendre. Je veux entendre ce que tu ressens. Que ressens-tu ?

Je marquai une pause, je regardai ailleurs en étudiant les longues ombres du matin que nous projetions sur le chemin derrière nous. Je m'éclaircis la gorge qui venait de se serrer.

— J'ai peur.

Elle hocha sèchement la tête.

— Et ?

— C'est tout ce qu'il y a. La peur. Je t'aime et j'ai besoin que tu survives. J'ai besoin que tu aies les meilleures chances.

— Et... qu'en est-il du bébé ?

— Ce n'est pas un bébé.

— Dans huit mois...

— Dans huit mois, si j'ai mon mot à dire, tu en auras terminé avec ta chimiothérapie, tu seras déclarée libérée de ton cancer et je pourrai enfin respirer.

Elle fronça les sourcils.

— Je n'ai jamais eu beaucoup de famille. Cela a toujours été juste ma mère et moi. En grandissant, je voulais des frères et des sœurs ou même des cousins, des tantes et des oncles. J'avais ma grand-mère et nous la voyions de temps en temps, mais... j'ai toujours voulu de la famille. Je pensais qu'après être devenu médecin, j'aurais peut-être un enfant...

— Toi et moi nous pouvons former une famille. Nous nous avons l'un et l'autre.

Sa main frotta son front.

— Un jour, tu auras besoin de plus.

— Nous ne vivons pas 'un jour', nous vivons maintenant.

Elle me regarda d'un air exaspéré.

— Un jour, j'aurai besoin de plus. Et ceci est ma seule chance.

— Nous sommes jeunes. Nous ne devrions pas avoir à faire face à cela maintenant, mais c'est le cas. La vie n'est pas juste.

— Adam, dit-elle à voix basse, tremblant à la seconde syllabe de mon nom.

J'attendis qu'elle rassemble ses esprits et qu'elle s'éclaircisse la gorge.

— Il y a une possibilité pour que je ne survive pas malgré tout. Si je ne survivais pas, tu aurais quand même le bébé... notre enfant.

Je serrai le poing sur la table.

— Je ne vais pas répondre à cela, car ce n'est pas une possibilité. Je vais devoir emprunter les mots de ta mère : s'il te plaît, ne te sacrifie pas. Tu as tant de choses à attendre de la vie. La fac de médecine à l'automne...

Elle secoua la tête.

— Je n'irai pas en fac de médecine.

Je me raidis, j'étais à présent complètement choqué.

— Arrête ça. Tu abandonnes ton rêve, maintenant ? Tu laisses déjà gagner le cancer.

— Je veux vivre. Je n'abandonne pas.

J'inspirai et je soufflai lentement. Je ne pouvais pas la manipuler. Même si j'essayais, la porte fragile que nous avions ouverte entre nous claquerait et resterait fermée. J'avais déjà appris que la manipuler pour qu'elle fasse ce que je voulais ne faisait qu'empirer les choses. J'avais terriblement merdé dans le passé, mais je n'étais pas un imbécile : au moins, j'avais appris de mes erreurs.

Je repris sa main.

— Je ne peux pas prétendre comprendre comment c'est pour toi. Je sais seulement ce que c'est de l'extérieur. Mais s'il te plaît, il y a tant de gens qui veulent ce qu'il y a de mieux pour toi. Qui ont besoin de toi. Moi, ta maman, Heath, tous nos amis...

Elle baissa la tête et la visière de sa casquette cacha son visage.

— Mia, chuchotai-je. Je suis désolé que nous ne puissions pas tout avoir. Je l'aurais vraiment souhaité. Mais nous devons choisir ce qu'il y a de plus important. Pour moi, c'est toi. Pour toi, j'espère que c'est également toi.

Elle posa sa main libre sur son visage et elle se contenta de hocher la tête.

Je me levai de mon côté de la table et je me glissai sur le banc à côté d'elle.

Elle fondit contre moi avant même que j'aie le temps de passer un bras autour d'elle. Elle était molle et son corps se relâcha immédiatement. Je dus presque l'attraper contre moi pour la maintenir assise. Elle se tourna et colla son visage contre mon torse. Je serrai les bras autour d'elle.

Je la tins ainsi pendant de très longues minutes. Elle avait attrapé des poignées de mon tee-shirt et elle se cramponnait comme à une bouée de sauvetage. Elle ne bougea pas et j'arrivais à peine à savoir si elle respirait. Et j'aurais donné jusqu'à mes derniers centimes pour savoir ce qu'il se passait dans sa tête. Moi aussi, je retenais ma respiration, en espérant qu'elle ferait le choix que j'avais besoin qu'elle fasse.

Elle tourna la tête sur le côté et elle posa sa joue contre ma clavicule. Elle ne pleurait pas, mais lorsqu'elle parla, sa voix trembla.

— Si je le fais, je le regretterai pour toujours.

— Si tu le fais et que tu vis pour le regretter, alors pose ce poids sur mes épaules. Elles sont solides. Elles le supporteront.

Elle soupira et je la serrai contre moi.

— J'ai besoin de temps, chuchota-t-elle après un long moment.

— Tu n'en as pas beaucoup, lui rappelai-je.

— S'il te plaît, Adam, dit-elle d'une voix étouffée contre mon épaule.

J'ouvris la bouche. Je voulais la pousser pour qu'elle prenne la décision maintenant afin de pouvoir agir le jour même, mais je ne le pouvais pas. Il fallait que cela vienne d'elle. Et j'étais impuissant, complètement impuissant à prendre les choses en main.

— Quoi qu'il se passe, quoique tu décides... ma voix se brisa et je m'éclaircis la gorge. Je t'aime.

— Je sais.

— Veux-tu que nous passions la journée ensemble ou préfères-tu être seule ?

— On peut rester ensemble ?

Je la tins contre moi et je me penchai pour poser un baiser sur son visage.

— Bien sûr.

Je ne savais pas du tout ce que le lendemain allait nous réserver. Je ne savais pas du tout si cette douleur allait finir par nous séparer pour de bon, mais pour l'instant elle souhaitait que nous restions ensemble et je le voulais également.

Et peut-être allions-nous créer des souvenirs agréables pendant lesquels nous pourrions oublier ce nuage menaçant qui planait au-dessus de nous et vivre dans l'instant présent, être avec elle, être amoureux.

Chapitre Cinq
Mia

Nous passames le Nouvel An dans la salle audiovisuelle d'Adam : son petit cinéma privé. On y regarda l'épisode spécial de Noël de *Doctor Who* avec presque une semaine de retard. Puis on se gava de rediffusions de *Battlestar Galactica*, en faisant comme si cet affreux dernier épisode n'existait pas. Pendant une heure, on imagina nos propres histoires et on inventa ce qui pouvait arriver aux personnages au lieu d'atterrir sur une terre primitive quarante mille ans dans le passé et de décider de mourir en tant que paysans et hommes des cavernes.

Quand je me mis à somnoler dans mon fauteuil inclinable, Adam me porta sur deux étages jusqu'à sa chambre et il me posa doucement sur le lit. En arrivant, j'étais à nouveau presque réveillée.

— Est-ce minuit passé ? demandai-je d'une voix endormie.

— Il est minuit et quart.

— Ah. C'est une nouvelle année.

Le lit se creusa quand Adam se laissa tomber à côté de moi.

— Oui, dit-il en enlevant les cheveux de mon visage.

Il s'éclaircit la gorge.

— Tu veux dormir habillée ?

— Je peux te prendre un tee-shirt ?

Il se leva et il en sortit un d'un tiroir, et en attrapa un autre pour lui, avec un bas de pyjama. Je le regardai se déshabiller, son corps magnifique défini par la faible lumière argentée de la lune qui entrait par les fenêtres. Son torse et ses abdos étaient superbes, ils m'avaient manqué. Ma gorge se serra. Je fus soudain réveillée et je le désirai. J'étais peut-être malade et enceinte, mais je n'étais pas morte. Pas encore, du moins.

Une fois habillé, il vint de mon côté du lit et je me laissai tomber sur le dos. Il se baissa et il déboutonna mon jean. Allait-il me déshabiller ? Oh, c'était trop, mais je ne bougeai pas. Je profitai de la sensation de ses mains sur moi. La dernière fois... eh bien, il valait mieux ne pas penser à la dernière fois, n'est-ce pas ? Nous étions tous les deux complètement ivres et cela nous avait conduits au désastre.

Malgré tout, je n'étais pas morte et je le désirais encore tellement que c'en était douloureux. Il tenait le haut de mon jean dans ses mains, prêt à le descendre le long de mes jambes.

— Soulève-toi, murmura-t-il.

C'est donc ce que je fis, comme une enfant impuissante, et je frissonnai quand le denim frotta mes jambes en les exposant à son regard. Adam aimait beaucoup mes jambes. Je le savais. Mais dans la pénombre, je n'arrivais pas à voir où étaient ses yeux et s'il les regardait. Peut-être était-il trop concentré sur sa tâche ?

Je m'assis pour retirer mon tee-shirt.

— Peux-tu te tourner, s'il te plaît ? chuchotai-je.

Il ne dit rien, se figeant subitement. Je m'éclaircis la gorge pour m'expliquer.

— C'est que... je suis désolée. Je me sens laide à cet endroit.

Je détestais l'idée qu'il puisse voir ma défiguration, l'idée de l'éventuel dégoût qu'il aurait en voyant mes cicatrices, les minuscules points noirs qui avaient été tatoués sur moi pour marquer les endroits nécessitant la radiothérapie. La longue et laide cicatrice toujours rose du côté gauche de mon sein, à l'endroit où elle était plissée autour du tissu mammaire manquant.

Il leva une main vers mon visage et me caressa la joue.

— Il n'y a pas moyen que, tu sois laide un jour. Tu as toujours été belle à mes yeux.

Ses mots me firent encore plus mal, mais avant que j'aie le temps de répondre, il se déplaça sur le lit et il se tourna. Je ne dis rien, mais j'enlevai vite mon tee-shirt et mon soutien-gorge et j'enfilai son grand tee-shirt pour la nuit. Avant qu'il puisse se retourner, je serrai mes bras autour de son cou et j'embrassai sa joue rugueuse.

J'aimais vraiment beaucoup ses joues piquantes quand il m'embrassait le soir où tôt le matin avant de se raser. Après avoir fait l'amour, j'étais sensible dans tous les endroits où il m'avait embrassée et je savourais le rappel légèrement douloureux que ses poils et lui étaient passés par là.

Je voulais être capable de tout éteindre, cette douleur intérieure constante, ces pensées qui menaçaient de me rendre folle. J'avais envie de sentir... son corps, ses mains, ses baisers partout sur moi. Mais quand il se tourna et embrassa mes lèvres, sa bouche resta fermée, malgré mes efforts. Je me laissai retomber sur le lit en l'attirant avec moi.

— J'ai besoin de toi, dis-je.

Ma voix fut peut-être très suppliante.

Au lieu de se coucher sur moi, il se glissa à côté de moi, toujours en m'embrassant, éloignant sa bouche de la mienne pour parsemer ma mâchoire et mon cou de baisers. Je sentis son désir s'éveiller contre ma jambe, mais il n'y avait aucune passion dans la façon dont il m'embrassait. C'était plutôt... affectueux.

— S'il te plaît ? demandai-je.

Il ne répondit pas immédiatement, mais il arrêta de m'embrasser et il me serra contre lui. Il était dur, alors je savais que son corps le voulait, mais apparemment son esprit n'était pas d'accord.

— Je suis fatigué... commença-t-il.

Je savais que ce n'était pas la vraie raison. Je connaissais Adam et il manquait rarement — je corrige : jamais — une occasion de faire l'amour. Du moins, c'était le cas pendant les quelques mois que nous avions été ensemble, un couple sain.

— Tu es toujours en colère contre moi, dis-je.

Ce n'était pas une question.

Il hésita.

— Non.

— Alors... ?

— C'est trop tôt. C'est... je suis désolé, mais je ne peux pas m'empêcher de m'inquiéter pour toi, dans cet état.

Je hochai la tête, incapable d'expliquer ou même de comprendre cette souffrance qui s'élevait comme des piquants dans ma gorge.

Il sembla le percevoir.

— Mia, je te désire. Mais nous ne devrions rien faire ce soir.

Ce fut difficile d'expliquer l'amertume qui recouvrit la souffrance. Le timing n'était peut-être pas bon. Peut-être était-ce parce que tout était si incertain...

Mais il n'était pas honnête avec moi. Il était en colère, rempli de ressentiment. J'avais besoin de lui, mais cela ne comptait pas pour lui. J'inspirai profondément et ses mains furent douces en me guidant pour que je me repose contre lui.

Je me rappelai qu'il avait besoin de temps, lui aussi. Son esprit était toujours en train de fonctionner et il ne se reposerait sans doute pas avant que les choses soient réglées entre nous... d'une façon ou d'une autre.

Nous n'avions aucune idée de ce qu'allait être notre futur, même deux jours plus tard. Mais dans ses bras, je m'étais toujours sentie belle, comme la femme la plus importante, la plus désirée et la plus magnifique au monde. Le centre de son univers.

Je posai ma tête contre son épaule et il passa les bras autour de moi. Je voulais que les choses redeviennent comme avant que tout soit cassé.

Je le voulais plus que tout.

Mais cela n'arriverait jamais, si ? Les quelques mois de bonheur étaient à présent gâchés pour toujours.

J'appuyai ma joue contre le milieu de son torse et je m'endormis, bercée par le rythme des battements de son cœur.

***

Quand je me réveillai, la lumière baignait la chambre et le lit était vide à côté de moi. J'entendis couler la douche alors je restai allongée sur le dos et je regardai le plafond incliné en bois. Je m'étais torturée avec une décision qui allait changer ma vie. Une décision pour laquelle je savais ne pas être assez adulte.

Mon acte de naissance déclarait peut-être que j'avais vingt-deux ans, mais à l'intérieur, je me sentais comme une petite fille, immature, effrayée. J'avais peur de sortir de ma coquille, de prendre un risque. Au fond de moi, j'étais cette petite fille dans le corps d'une femme. Tout le monde autour de moi avait l'air tellement plus assuré, plus en lien avec leur personnalité d'adulte. Adam en particulier.

Il n'avait peut-être pas toujours raison, mais il était toujours sûr de ce qu'il voulait et de ce qu'il faisait. Je fermai les yeux et je ressentis une pointe de douleur en pensant à lui.

Sans m'en rendre compte, mes mains descendirent sur mon ventre où je les gardai. J'avais son enfant en moi. Jusqu'il y a cinq jours, je ne savais même pas qu'il existait. Mais maintenant que je le savais, je le voulais plus que tout – peut-être plus que ma propre vie. Mais comment pouvais-je le lui dire ? À lui ou à ma mère ou à n'importe qui d'autre ?

Et comment pouvais-je désirer cet enfant plus que ma propre vie ? J'étais une scientifique. Cette forme de vie n'était pas viable et bientôt mon corps ne serait plus un endroit hospitalier pour ses propres systèmes, encore moins pour un autre complètement dépendant. Ce choix n'avait absolument aucun sens pour mon cerveau de biologiste. Mon esprit scientifique savait qu'il ne s'agissait pas encore d'un bébé. Je savais qu'une grossesse sur quatre avortait spontanément dans ces débuts. Souvent avant même que la femme soit au courant.

La même chose pouvait m'arriver. Je ne pouvais pas prendre cette décision à la légère, mais étais-je vraiment seule à devoir prendre cette décision ?

En tant que féministe, je croyais fortement aux droits de la femme de choisir. Toute femme avait le droit de déterminer ce qui arrivait à son corps. Je me battrais pour le droit d'une femme de choisir, et jamais au grand jamais je ne dirais que ce choix dépendait de quelqu'un d'autre. C'était quelque chose de si personnel, de dépendant de la situation. Mais ce à quoi je faisais face, était-ce vraiment un choix ?

C'était ce qui me restait le plus en travers de la gorge, ce qui me coupait le souffle d'impuissance. On me volait mon choix.

Parce que ma vie ne me concernait pas uniquement. Elle concernait également tous ceux qui m'aimaient : Adam, ma mère, mes amis. Elle concernait mon futur, toutes les années qu'il me restait encore à vivre pour moi-même... pour eux.

La colère et l'amertume me brûlèrent les yeux. J'avais fait ce choix pour eux, parce que je les aimais et parce que je voulais vivre pour eux. Mais ce n'était pas juste. C'était tellement injuste. Afin de pouvoir sauver ma propre vie, je devais détruire cette minuscule vie en moi avant même qu'elle ait eu une chance.

Quand Adam sortit de la salle de bains, une serviette autour de la taille et une autre autour de ses épaules pour se sécher les cheveux, il me trouva dans cette position. Allongée sur le dos, les deux mains sur le ventre. Le visage neutre, ses yeux sombres se focalisèrent sur mes mains et il les plissa légèrement avant de détourner le regard. Il avait facilement compris ce qui me passait par la tête. Ce n'était pas difficile.

Au cours des derniers jours, nous avions constamment pensé à cela.

Je m'assis et je regardai par la fenêtre pendant qu'il s'habillait. Quand il eut terminé, il vint s'asseoir à côté de moi sur le lit.

— Salut, dit-il.

— Bonjour.

— Tu veux petit-déjeuner ?

Je secouai la tête.

— Pas même un peu de thé ou une tranche de pain ?

Je secouai la tête plus fort.

— Tu es verte.

Je hochai la tête.

— Et tu ne parles pas.

Je soutins son regard. Mon cœur bondit dans ma gorge. Il me semblait distant, réservé. Je le désirais tellement. Je voulais rester ici et être avec lui. Je voulais son amour. Cela me semblait encore plus inaccessible que jamais. Comme un rêve distant que je n'avais aucun espoir d'atteindre un jour.

Et ce que je voulais plus que tout, c'était de vivre. Pour lui. Pour ma mère. Pour mes amis. Je trouverais une façon de vivre avec moi-même plus tard.

— Je vais le faire, finis-je par croasser.

Il fronça les sourcils.

— Quoi ?

— L'avortement. Je vais le faire.

Adam eut l'air sur le point de s'évanouir de soulagement. Pendant un long moment, il ne bougea pas, ne sourit pas, ne respira pas. Il ne fit que me regarder.

— Demain ? demanda-t-il.

Je hochai la tête.

Il soupira.

— D'accord.

J'étais gelée de l'intérieur. Je me sentais engourdie. Pourquoi devais-je me sentir coupable alors que j'essayais de sauver ma propre vie ? Je ne pouvais pas répondre à cette question. Une part de moi voulait se recroqueviller et mourir sur place. Une autre partie de moi, une plus grande part, se préparait à la lutte épique qui allait venir.

— J'ai besoin de toi, dis-je. J'ai besoin de ton aide.

Il posa sa main sur mon visage, autour de ma joue.

— Je suis là. Je serai toujours là.

Je me laissai tomber et il me serra contre lui. Je fermai les yeux et j'essayai de ne pas penser à la partie de moi qui était roulée en boule et qui se balançait dans un coin, voulant déjà pleurer à cause de la perte que nous allions subir.

Chapitre Six
Adam

EMILIA PASSA LE RESTE DE LA JOURNÉE DU NOUVEL AN DANS SA chambre chez Heath une fois que je l'eus déposée. Connor, le nouveau petit ami de Heath, était là et ils étaient sur le canapé en train de regarder *Sherlock*. Je restai quelques minutes pour échanger des bavardages. Les choses entre Heath et moi étaient toujours tendues. Je lui en voulais d'avoir aidé Emilia à garder ses secrets. Il m'en voulait de l'avoir mise enceinte.

Cela passerait – peut-être, au bout d'un moment. Je l'espérais, parce que j'aimais bien Heath. Malgré tout, j'avais l'intention de le priver de sa colocataire. J'allais très bientôt devoir parler de l'organisation avec Emilia. Une fois que les choses se seraient calmées, je voulais la convaincre de revenir vivre avec moi. J'avais besoin qu'elle soit près de moi et besoin de savoir qu'elle allait bien. J'avais besoin de prendre soin d'elle.

Mais pour l'instant, il fallait que je la laisse un peu seule. Elle avait pris une décision très difficile et même si j'étais si soulagé que je n'arrivais pas à réfléchir, je savais qu'elle devait également douter et se détester. J'espérais que cela ne durerait pas longtemps. Elle avait besoin de toutes ses forces, de toute sa volonté pour affronter ce qui l'attendait.

Je la suivis dans sa chambre.

— Alors... tu veux que je passe te prendre demain matin ?

Emilia ramassait des vêtements éparpillés sur le sol et elle les jetait dans une panière à linge en s'excusant pour le bazar.

Elle s'éclaircit la gorge.

— Oui... il faudra que je prenne rendez-vous.

— Je l'ai... euh... déjà fait, après avoir parlé ce matin.

Elle se redressa et me regarda pendant un long moment tendu.

Je me balançai d'un pied sur l'autre.

— Cela te... cela ne te gêne pas ?

Elle pinça les lèvres et elle inspira profondément avant de souffler.

— Tu ne peux pas faire ça...

Je me figeai. Et merde. J'avais encore fait le con. Je passai une main dans mes cheveux.

— Je suis désolé. Je n'y ai même pas réfléchi. J'essayais d'être... je voulais t'épargner cette corvée. Je sais à quel point c'est dur pour toi... du moins, j'essaie de comprendre à quel point c'est dur.

Elle fronça les sourcils puis elle s'assit sur le lit et ne dit rien. Elle tapota alors un endroit du lit à côté d'elle. J'allai lentement m'y asseoir.

Elle leva les yeux vers moi d'un air sombre.

— Nous ne pouvons pas continuer ainsi, à faire les mêmes erreurs sans relâche. Je sais que c'est parti d'une bonne intention... mais envisage les choses de mon point de vue. On dirait que tu as bondi sur l'occasion et que tu as pris ce rendez-vous aussi vite parce que tu avais peur que je change d'avis.

Je déglutis. Cela avait peut-être été inconscient, mais je ne l'avais pas fait pour cette raison.

— Je suis désolé. J'ai merdé.

J'inspirai profondément avant de souffler. Ma gorge se serra.

— Tu peux, tu sais...

Elle pencha la tête sur le côté et il y avait une question dans ses yeux.

La peur me donna l'impression que mon cœur poignardait ma poitrine à chaque battement douloureux.

— Tu peux changer d'avis.

Elle cligna des yeux et elle détourna le regard.

— Quel que soit mon choix, il y aura toujours le regard de quelqu'un que je n'oserai pas affronter : soit ce sont vos regards, soit c'est le mien, dans le miroir.

J'avais besoin qu'elle le fasse — nous en avions tous besoin — et je ne pus donc rien faire d'autre que lui laisser cette porte de sortie. Oui, j'avais dit ces paroles parce que j'y avais été obligé, parce que je n'avais aucune idée de ce que cela faisait d'être dans sa position.

— Tu es forte, Mia. Tu vas traverser cette épreuve et je serai présent à chaque étape, si tu me veux bien.

Ses yeux restèrent misérables, mais un léger sourire tira sur les coins de sa bouche. Elle laissa tomber sa tête sur mon épaule.

— Oui, je te veux.

Je fermai les yeux et je tournai la tête, sentant ses cheveux, cette odeur de pêche et de vanille qui submergeait mes sens. Je fus pris d'un besoin de la protéger qui se répandit dans tous les muscles. Mais, quel que soit mon désir de veiller sur elle, je ne pouvais pas la protéger contre la plus grande menace d'entre toutes.

On se mit d'accord afin que je passe la prendre le lendemain matin et je partis. Il y eut un moment embarrassant où je pense qu'Emilia voulut m'embrasser pour dire au revoir. Et je l'aurais fait, mais Heath passa la tête par la porte à ce moment-là pour s'assurer qu'Emilia allait bien, ou peut-être pour m'empêcher de faire quoi que ce soit avec elle, à en juger par le regard qu'il me jeta.

La seconde oncologue que nous avions vue m'avait donné les coordonnées d'un médecin qui la prendrait tout de suite étant donné les circonstances. Son bureau fut celui que j'avais appelé cet après-midi-là. J'avais également appelé l'oncologue pour planifier le rendez-vous suivant.

Tôt le lendemain matin, je fus de retour chez Heath. C'était une journée fraîche qui promettait de la pluie pour plus tard. Une journée sombre et grise. Vraiment adaptée à ce que nous étions sur le point de faire.

Je ne m'étais pas impliquée émotionnellement. J'étais en mode de résolution de problèmes. Je devais être fort pour elle. C'était mon rôle, un rôle que je prenais au sérieux. J'espérais seulement qu'elle puisse faire ce que je lui avais demandé de faire : poser son fardeau sur mes épaules. J'étais prête à porter ce poids. Emilia l'avait un jour appelé un bébé, un enfant, notre enfant. Mais j'avais refusé d'y penser de cette façon. À la place, c'était un obstacle pour sa guérison, une menace possible contre sa vie. Je ne voulais pas l'envisager autrement.

On ne dit pas grand-chose en route vers le bureau du médecin. Elle garda son visage pâle baissé, à regarder ses mains serrées sur ses genoux. Je ne pris pas la peine de faire la conversation. Elle ne leva pas la tête une seule fois et ce fut la première fois que je me demandai quel genre d'effets tout ceci aurait sur le long terme, au-delà du cancer. Sa volonté de se battre serait-elle affectée ? Je serrai la mâchoire. Une étape à la fois. Nous aborderions ce problème plus tard.

Je remplis les papiers quand nous arrivâmes en laissant des blancs pour qu'elle complète les informations que je ne connaissais pas, comme son dossier médical. Elle subit un rapide examen pour confirmer la date de la conception. Puis le médecin lui donna une petite tasse en plastique avec deux pilules et un verre d'eau.

— Vous reviendrez pour un examen et d'autres médicaments dans deux jours, puis pour le test sanguin dans sept jours. Souvenez-vous de suivre les informations inscrites sur les papiers s'il y a des symptômes inhabituels.

Emilia hocha vaguement la tête, puis elle prit l'eau dans une main et les pilules dans l'autre. Le médecin quitta la pièce en nous laissant seuls. Depuis que nous étions arrivés, elle ne m'avait pas regardé ni directement adressé la parole. Maintenant, elle observait les pilules comme s'il s'agissait de serpents à sonnette.

— Je ne peux pas le faire.

Cette même peur froide me serra la gorge. Elle était en train de changer d'avis.

— Mia...

Elle fronça les sourcils en se concentrant sur les pilules et sa main se mit à trembler.

— Je pensais que je le pouvais.

Je posai doucement mes mains sur ses épaules et je me baissai pour être à la hauteur de ses yeux.

— Regarde-moi.

Elle ne le fit pas.

— Le dix-huit août, c'est la date du terme. J'ai regardé.

Sa lèvre trembla.

Je bougeai les mains pour les poser sur ses joues. Enfin, son regard croisa le mien.

Les larmes qui emplissaient ses yeux magnifiques me déchirèrent le cœur. Elle les chassa vaillamment et elle déglutit. Je caressai sa joue avec mon pouce.

— Adam... chuchota-t-elle. Je ne peux pas.

Mon attention se concentra sur elle, elle était tout mon univers à cet instant critique.

— Tu le peux. Mia, j'ai besoin que tu le fasses... tellement. S'il te plaît.

Ma voix se brisa et je fus incapable de dire un autre mot, car ma gorge était fermée, bloquée par la peur et la douleur.

Elle se figea et baissa les yeux. Toute la couleur qu'elle avait eue dans ses joues avait disparu depuis longtemps. En fait, elle était si pâle qu'elle semblait sur le point de s'évanouir.

Je déglutis.

— Tu as besoin d'une minute ? Je peux sortir. Je... je ferai tout ce dont tu as besoin. Et – j'avalai de l'air, me sentant soudain malade. Si tu ne le peux pas, si tu changes d'avis, je serai aussi là pour toi.

Son regard se posa soudain sur moi, comme pour s'assurer que j'étais sérieux. Je l'étais, mais mon Dieu, je priais toutes les divinités pour qu'elle ne choisisse pas de mener cette grossesse à terme. On se regarda dans les yeux.

— Tu ferais cela ? dit-elle en s'étranglant.

— Je veux que tu restes dans ma vie aussi longtemps que possible, d'une façon ou d'une autre. Ceci est ton choix. Tu sais ce que j'en pense. Mais je ne peux pas faire pression sur toi autrement qu'en te disant à quel point tu comptes pour moi. Et je ne trouve même pas les mots pour te le dire correctement. Mais je vais sortir, je serai juste de l'autre côté de la porte et je te laisse réfléchir.

— Non, dit-elle d'une voix qui était une sorte de sanglot tremblotant. J'ai besoin que tu me tiennes. S'il te plaît. Tiens-moi et ne dis rien.

Je hochai la tête en la prenant dans mes bras. Elle me tourna le dos et je calai sa tête sous mon menton, en entourant sa taille de mes bras. Elle me parut fine, frêle, fragile.

— Plus serré, chuchota-t-elle.

Le remède pour tout ce qui me fait souffrir, avait-elle dit un jour au sujet de mes câlins. Maintenant, mes paroles n'avaient pas de pouvoir. Elle savait ce que je voulais… mais ce que je voulais ne signifiait rien à ce moment précis. J'étais perdu, à sa merci.

Elle resta immobile pendant un long moment silencieux. Elle ne pleurait pas. Elle ne tremblait pas.

Puis, au bout de plusieurs minutes de torture, elle porta la tasse avec les pilules à ses lèvres. Elle se mit à trembler et avec un sanglot murmura tout bas :

— Je suis désolée… je suis tellement désolée.

Elle jeta la tête en arrière, prit l'eau et avala. Puis elle se relâcha dans mes bras. J'eus vraiment l'impression qu'elle craquait. Tous ses muscles tremblèrent. J'enfouis mon visage dans ses cheveux et elle se calma. Je souhaitai qu'il y ait un moyen afin que je lui transfère ma propre force et ma santé. Elle en aurait besoin pour la bataille qu'elle allait devoir affronter. Elle aurait besoin de tout ce qu'elle avait.

Mais tout d'abord, elle devait guérir de ce choix. Il fallait qu'elle ne s'en veuille pas. Même si cela voulait dire qu'elle m'en attribue la responsabilité.

Elle finit par s'écarter de moi pour se rendre au lavabo et s'asperger le visage d'eau. Je remarquai qu'elle ne pleurait toujours pas : elle n'avait pas eu une seule larme depuis qu'elle avait dit hier qu'elle allait avorter. Je ne savais pas si c'était bon ou mauvais signe.

Elle se pencha au-dessus du lavabo comme si elle allait y tomber, elle avait l'air malade. Puis, elle se mit à rire : c'était un bruit ironique et blessé, comme si elle riait et pleurait en même temps.

— J'ai des nausées matinales abominables, mais si je vomis ceci, cela ne va pas fonctionner. N'est-ce pas ironique ?

Elle enfouit son visage dans ses mains. Je m'approchai d'elle.

— Ça va aller ?

C'était une question stupide. Bien sûr que ça n'allait pas. De tant de manières différentes.

Elle se raidit, et elle s'écarta du lavabo et de moi.

— Ça va, dit-elle d'une voix rauque et sèche. Ramène-moi à la maison, s'il te plaît.

Je me sentis abattu.

— Bien sûr. Puis-je... veux-tu que je reste avec toi ?

Elle baissa la tête.

— Je ne vais pas être d'une compagnie agréable.

— Je suis là pour toi, pas le contraire.

— Mais Heath...

—... comprendra, j'en suis certain.

Je me grattai la mâchoire un instant en l'examinant et en me demandant pourquoi elle était évasive maintenant. Commençait-elle déjà à m'en vouloir ?

Je la reconduisis à l'appartement. Les crampes avaient commencé et elle était pâle comme la pierre. Je la raccompagnai jusqu'à sa chambre et elle s'allongea sur le lit, sans même que j'aie à le lui demander.

— Je vais sortir et aller chercher les antidouleurs de ton ordonnance et quelques autres affaires. Envoie-moi un texto si tu as besoin de quoi que ce soit. Je reviens vite.

Je revins une heure plus tard et je lui tendis les médicaments qu'elle refusa de prendre, en me disant que ce n'était pas encore si douloureux. Elle était roulée en boule sur le lit, le front brillant de sueur, et même moi je voyais que la douleur était considérable.

— Mia, prends tes médicaments, s'il te plaît.

— Je vais les prendre, mais pas tout de suite. S'il te plaît, n'insiste pas.

Je sortis mon ordinateur portable et j'utilisai mon login spécial pour lui donner accès à Dragon Epoch. C'était la version bêta de l'extension totalement neuve et inédite qui ne sortirait pas avant quelques mois. Elle se redressa, quelque peu intéressée quand je lui montrai certaines des nouvelles fonctionnalités. Elle s'appuya sur mon bras en respirant fort. Je luttai contre l'envie d'essayer de lui faire avaler ses pilules en me demandant pourquoi elle ne voulait pas d'antidouleurs maintenant alors qu'elle n'avait eu aucun scrupule pour les piqûres injectées pendant le traitement du cancer. Elle finit par se laisser glisser sur le lit, les yeux à demi fermés.

— Adam, chuchota-t-elle.

Je posai l'ordinateur sur le côté et je me tournai vers elle.

— Tu peux me tenir pendant un moment ?

— Bien sûr, dis-je en m'allongeant à côté d'elle.

Elle se tourna vers le mur et elle se colla contre mon torse.

— Ça va ? demandai-je doucement.

Elle mit longtemps à répondre. Quand elle répondit enfin, sa voix était groggy, au bord de l'épuisement.

— J'ai besoin de dormir. Pendant très, très longtemps. Quand je me réveillerai, tout sera terminé. Peut-être vais-je me réveiller et tout ceci n'aura été qu'un cauchemar.

Je ne répondis pas, car je la sentis se relâcher dans mes bras. Je me demandai quelles parties de l'année passée elle souhaitait effacer. Nous regrettait-elle autant que la douleur que notre relation tordue lui avait apportée ? Elle avait lutté avec force pour ne pas être entraînée dans ceci. Elle avait peut-être inconsciemment su quelque chose que je ne savais pas. Quand elle serait guérie, peut-être allait-elle décider que ce n'était pas sain pour elle.

Je repoussai cette peur qui me hantait et je me rappelai que j'étais là pour elle. J'étais celui qui était en bonne santé. J'allais la protéger jusqu'à mon dernier souffle, s'il le fallait.

Chapitre Sept
Mia

J'EUS L'IMPRESSION QUE MON CORPS SE BRISAIT EN DEUX, COMME mon cœur. Pendant une semaine, je ne quittai ma chambre que pour aller à la salle de bains. Heath m'apporta de la nourriture, et Adam aussi. Je mangeai un peu, parce qu'ils n'allaient pas me laisser tranquille sinon. Mais je ne pris pas les antidouleurs et Adam me disputa à ce sujet avant que je le fasse taire.

Depuis, je prenais quelques pilules du flacon et je les jetais quand il n'était pas là pour me voir. Mais il n'était pas stupide. Je ne pouvais pas cacher ma douleur et il savait que je ne serais pas dans cet état si je les avais prises.

Après notre dispute, il ne me jetait ses regards profondément inquiets que lorsqu'il pensait que je ne les remarquerais pas. Je n'étais pas du tout contre les médicaments. Mais dans ce cas précis... eh bien... je ne savais pas vraiment l'expliquer. Quelque chose en moi me poussait fortement à tout ressentir, toutes les émotions de ce qu'il se passait, la douleur physique. J'avais peur d'être engourdie. Alors je ressentis tout.

Une chose que je ne pouvais pas me permettre, c'était de tomber en dépression. Cela irait à l'encontre de la raison pour laquelle je traversais tout ceci : la dépression inhiberait ma survie au cancer. Et il fallait que je survive, en particulier après l'avortement. Je l'avais fait pour tous ceux qui m'aimaient, alors je n'allais pas abandonner.

Mais Adam ne comprenait pas et je n'avais pas les mots pour le lui expliquer. Tout ce que je sentais dans ses muscles très raides quand il venait me voir et qu'il me tenait dans ses bras quand je le lui demandais, c'était de l'inquiétude, des soucis et oui, une profonde culpabilité. Cela rendait les discussions difficiles et, pour être honnête, je ne pensais pas vraiment pouvoir en parler, même si nous l'avions souhaité.

Un des jours où Adam dut travailler quelques heures dans l'après-midi et que je me sentais assez bien pour déménager jusqu'au canapé et regarder la télé, William, le cousin d'Adam me rendit visite avec une boîte en plastique sous le bras.

— Bonjour, Mia, dit-il en hochant la tête quand il s'assit sur une chaise face à l'endroit où j'étais couchée sur le canapé. Dans les situations sociales, il était toujours très formel et rigide. J'étais habituée à ses petites excentricités autistiques, mais parfois je voyais que cela mettait Heath mal à l'aise. Je m'assis en cherchant à me rappeler si je m'étais brossé les cheveux ce matin. Gênée, je passai une main dans les cheveux pour les rassembler en une queue de cheval improvisée. William le remarqua à peine.

— Comment te sens-tu ? dit-il en regardant le plancher devant lui.

William n'était pas au courant pour ma grossesse ni la raison pour lesquelles je ne me sentais pas bien. Mais Peter et ma mère lui avaient parlé du cancer. Ils le lui avaient dit gentiment, mais maman m'avait dit qu'il avait été très perturbé et qu'il avait souffert d'une crise de panique. Peter avait pu le calmer, mais ils en avaient tous parlé et ils avaient décidé qu'il valait mieux qu'il ne vienne pas me rendre visite avant qu'il puisse gérer ses émotions.

Apparemment, aujourd'hui était ce jour. Je prenais donc toutes les précautions pour le mettre à l'aise. Alors que l'idée de le faire aurait dû m'épuiser, c'était en fait réconfortant de savoir que je pouvais sortir de ma propre misère et m'inquiéter pour quelqu'un d'autre pendant un petit moment.

— Ça va bien, William.

Il hocha la tête et leva les yeux jusqu'à mon menton avant de les baisser. Il frotta ses mains sur le devant de son jean et sembla déjà ne plus savoir quoi dire.

— Comment va le travail ?

Il grogna et haussa les épaules.

— Ça va. Il y a beaucoup de choses à faire. Nous avons des dates limites pour la nouvelle extension.

— Oui, j'ai du mal à attendre sa sortie.

Il fronça les sourcils.

— Malheureusement, tu le dois.

Son interprétation littérale me fit sourire. J'essayais d'habitude de ne pas me servir d'expressions toutes faites avec William, car elles n'étaient pas son fort.

Il frotta à nouveau ses paumes sur ses genoux avant de se pencher pour ramasser la boîte qu'il avait posée à côté de lui quand il était entré.

— J'ai quelque chose pour toi.

Il me tendit la boîte.

Je la pris.

— Oh, merci.

Cela ressemblait à une boîte pour matériel de pêche. Je le savais parce que Heath en avait une similaire qui était pleine d'affaires qu'il prenait pour camper. Je jetai un regard craintif vers William et il me dit :

— Tu veux que je l'ouvre pour toi ?

— Euh, non... merci. Tu sais que je ne pêche pas, hein ?

William me regarda comme si je venais de lui parler en martien. Au lieu de dire autre chose, j'ouvris la boîte. À l'intérieur, dans tous les petits compartiments conçus pour contenir les affaires de pêche, il y avait de petits morceaux de mousse découpés pour remplir chaque carré. Au milieu de chaque carré de mousse se trouvait une petite figurine en étain – les figurines qu'il adorait peindre dans son ancienne chambre quand il rendait visite à son père.

J'en touchai une en la sortant doucement de son compartiment.

— Oh, William... elles sont vraiment magnifiques.

Une douzaine de figurines minutieusement peintes, toutes dans des poses différentes et représentant différents types de personnages. Il y avait un bouffon et un chevalier dans son armure, un savant et un homme qui tenait une carte et un sextant.

— Ce sont celles que tu as admirées quand tu étais chez mon père.

J'écarquillai les yeux en regardant mieux la boîte et je me rendis compte qu'il avait parfaitement raison. Il s'agissait des figurines que j'avais enlevées de l'étagère derrière sa table de travail pour les regarder de plus près. Parmi les centaines de figurines qui étaient posées à cet endroit, il s'était souvenu de celles que j'avais spécifiquement admirées.

Je sortis les figurines de la boîte et je les disposai sur la table basse devant moi.

— Je vais leur trouver un endroit spécial. Afin que je puisse toujours les voir. Il doit falloir une éternité pour les peindre.

— Pas une éternité. Sinon, je n'en finirais jamais une. En fonction de la figurine, elles prennent environ six à neuf heures. D'abord, je dois les couvrir d'une première couche de peinture, puis je fais la plus grande quantité de couleur de base...

Et il continua ainsi pendant dix minutes, expliquant chaque étape sans relâche alors que je hochais la tête, que je souriais et que j'examinais chaque figurine.

À un moment, Heath lui apporta de la bière — espérant sans doute que cela allait interrompre son monologue —, mais William ne se tut pas avant l'arrivée d'Adam. Il fut visiblement mal à l'aise en voyant son cousin.

— Salut, Liam, dit Adam en se laissant tomber dans le canapé à côté de moi et en se penchant pour m'embrasser sur la joue.

William hocha froidement la tête en direction d'Adam. Je levai les sourcils et Adam les fronça avant de faire comme s'il n'avait pas remarqué qu'il venait de se faire snober.

William regarda sa montre puis sa bouteille de bière presque finie d'un air consterné.

— Je dois attendre encore quarante-cinq minutes pour métaboliser la bière avant de pouvoir rentrer en voiture.

— Je pense que c'est bon, William, dit Heath. Tu es grand et ce n'est qu'une...

Mais Adam l'interrompit d'un geste de la main.

— Ouais, autant que tu laisses tomber, Heath, et que tu le laisses rester. Cela ne sert à rien d'argumenter.

Heath se leva pour répondre à un texto et je tendis la main pour prendre celle d'Adam. William nous regarda avec intérêt alors je levai nos mains et je souris.

— Tu vois, William ? Tout va bien entre nous. Tu n'as plus besoin d'être fâché contre Adam, d'accord ?

— J'étais fâché contre vous deux, dit-il simplement. Vous vous êtes tous les deux comportés de façon immature.

Adam et moi nous échangeâmes un regard surpris. Je n'avais pas eu l'intention d'ouvrir cette boîte de Pandore. Il y eut un silence gêné, mais William continua.

— Si vous vous étiez parlé, vous n'auriez pas eu les problèmes qui ont suivi.

— Tu as tout à fait raison, dit Adam en me serrant la main. Mais nous ne voulons vraiment pas en parler maintenant. Ce n'est pas productif.

William fronça légèrement les sourcils en regardant son cousin, puis il hocha la tête.

— Comment avez-vous... comment avez-vous commencé à sortir ensemble ?

Adam et moi nous échangeâmes un long regard mal à l'aise. De nos amis, seul Heath était au courant de nos débuts sordides : les enchères de virginité, Adam gagnant les enchères et faisant semblant qu'il n'était pas mon ami en ligne depuis plus d'un an. C'était un bazar compliqué qui était soit a) trop compliqué à expliquer, b) trop gênant à expliquer, c) pas leurs affaires, ou d) toutes les réponses précédentes.

— Nous nous sommes rencontrés dans le jeu, Liam. Je te l'ai déjà dit, répondit Adam.

— Oui, mais, vous n'étiez alors que des amis. Quand lui as-tu demandé de sortir avec toi et comment est-ce arrivé ?

Je changeai de position dans le canapé et je luttai contre l'envie de glousser en voyant la gêne d'Adam. C'était drôle, en fait, de le voir transpirer, mais je décidai de l'aider et je répondis.

— Adam et moi nous avons décidé de nous rencontrer et après avoir passé un peu de temps ensemble — en tant qu'amis — les choses ont évolué.

Les sourcils sombres d'Adam se levèrent brièvement en entendant mon arrangement soigneux de la vérité, que William sembla accepter. Le cousin d'Adam fronça les sourcils, puis il frotta son pouce contre son front.

— Alors, comment passe-t-on de connaître quelqu'un — peut-être même d'être un ami — à une relation romantique ?

Adam ouvrit la bouche pour répondre, puis il la referma, l'air de ne pas du tout savoir comment répondre à cette question. Je dus dissimuler mon rire derrière ma main libre. William posait vraiment cette question à la mauvaise personne ! Adam n'avait eu aucune relation amoureuse avant moi. Seulement une série de coups d'un soir avec différentes partenaires au cours des années – que j'appelais sans gentillesse des 'plans cul'. En fait, notre inexpérience mutuelle dans le domaine des relations expliquait en grande partie pourquoi notre relation avait eu des problèmes en si peu de temps.

Je me tournai vers le cousin d'Adam.

— William ? Je suis curieuse, y a-t-il quelqu'un que tu aimerais inviter à sortir ?

William baissa les yeux avec un petit sourire, puis il rougit et se redressa.

— Oui.

Puis il se leva et il attrapa ses clés.

— Cela ne fait que quarante minutes, mais je peux passer les cinq dernières à marcher jusqu'à la voiture.

J'étais sur le point de me lever, mais Adam m'arrêta.

— William, peux-tu dépenser quinze secondes de ce temps à me faire un câlin ? dis-je.

Il se baissa avec raideur et il me laissa lui faire un câlin.

— Merci pour les figurines. Je les adore.

Et il partit. Adam verrouilla la porte derrière lui et il s'assit à côté de moi avec un sourire sur les lèvres, en secouant la tête.

— Le pauvre ne sait pas que je suis la dernière personne à laquelle il faut demander des conseils au sujet des femmes.

— Hum, dis-je en me penchant pour poser ma tête sur son épaule, profitant de la sensation de son bras autour de moi. Je pense que tu t'en sors assez bien avec les dames... trop bien, en fait.

Il rit et il me borda dans mon lit peu de temps après. Mais quand il pensa que mes yeux étaient fermés, je le vis prendre le flacon de pilules et vérifier son contenu.

***

Une semaine plus tard, avec l'aide d'un test sanguin, je fus officiellement déclarée comme n'étant plus enceinte et prête à commencer la chimiothérapie. Ce fut dit d'un ton aussi détaché que si l'on m'annonçait que mon taux de globules rouges était bas, par exemple.

Je fis de mon mieux pour paraître courageuse devant tous ceux qui m'entouraient. Je pris garde à ce que ces sentiments de nullité et de vide face à ce que j'avais fait ne se voient pas de l'extérieur. Heath vint régulièrement me voir. Ma mère vint tous les jours pour passer quelques heures avec moi. Nous parlions d'autre chose, jamais de ce qui arrivait à mon corps... comment j'avais laissé mon combat contre le cancer tuer la petite vie à l'intérieur de moi, cellule par cellule se divisant rapidement.

Et Adam. Il passa beaucoup de temps chez moi. Pendant les premiers jours, les choses étaient tendues entre Heath et lui, mais ensuite, tout sembla revenir à la normale.

Adam et moi nous nous entendions très bien en superficie. Mais en dessous, c'était étrange, comme s'il y avait une sorte de barrière invisible entre nous. C'était ironique, puisque nous avions tous les deux révélé tous nos secrets. Nous semblions enfin nous être ouverts l'un à l'autre, seulement nous n'arrivions pas vraiment à changer et à voir l'autre pour ce qu'il était.

Cela allait-il s'améliorer ? Ou bien la fin de notre relation n'était-elle qu'une affaire de temps ? Nous traînions beaucoup plus de casseroles que les gens de notre âge d'habitude. Et nous étions en train de patauger dans le pire à ce moment-là. Je m'inquiétais de ce que serait notre futur, encore plus, je pense, que mon propre avenir. Je partais du principe que je serais encore là pour m'inquiéter de tout cela.

Parfois, je le surprenais me regardant avec ses yeux sombres presque indéchiffrables, mais j'arrivais à y détecter une sorte de vive inquiétude. Ce regard faisait mal au cœur. Je ne doutais pas qu'il m'aimait encore. Mais il semblait qu'un ingrédient essentiel à cet amour manquait à présent. Nous nous étions fait souffrir et il n'avait pas encore été tout à fait capable de voir au-delà, malgré toutes ses tentatives honnêtes pour se concentrer sur les problèmes plus importants dans notre vie à ce moment-là.

— Alors, commença Adam quand nous fûmes assis côte à côte sur mon lit, chacun de nous avec un ordinateur portable posé sur les jambes.

J'étais encore un peu faible à cause de la douleur, mais assez consciente pour relever les subtilités de son comportement.

— Avec tout ce qu'il se passe, je n'ai pas encore eu l'occasion de te dire que la quête cachée a été débloquée.

J'hésitai et j'étudiai son visage. Il regardait son écran et il tapait comme un fou sur son clavier.

— Je... euh... je sais, dis-je.

Il s'arrêta de taper et il me regarda avec un léger sourire.

— Je sais que tu sais.

J'écarquillai les yeux.

— Comment as-tu su que c'était moi ?

— L'autre jour, tu as laissé ton matos allumé sur l'écran de connexion. Je connaissais le nom du personnage qui l'a débloqué.

Je levai un sourcil.

— Qu'est-ce que cela va faire ? Vas-tu supprimer mon compte ?

Il fronça les sourcils.

— Pourquoi le ferais-je ?

— Afin que je n'en parle pas sur mon blog.

Il haussa les épaules.

— Tu peux en parler sur ton blog si tu en as envie. Et tu peux en parler comme tu veux.

Je lui jetai un regard de côté.

— Tu veux dire... que ça ne te gêne pas si je déballe tous les secrets ?

Il me regarda encore.

— Je n'ai aucun contrôle sur ta façon de gérer ton scoop.

Je fronçai les sourcils... il devait y avoir des choses qu'il ne me racontait pas. Ou peut-être était-ce mon propre malaise à l'idée de traiter de son projet adoré sur lequel il avait passé tant de temps.

— Mais c'est ta grande quête secrète. Tu adores cette quête.

— Elle était faite pour que les joueurs y prennent plaisir. Il est temps. J'inventerai autre chose d'encore plus frustrant pour qu'ils puissent le chercher.

Je ricanai.

— Plus frustrant ? Je ne sais pas si c'est possible.

— Tu me connais, n'est-ce pas ? C'est tout à fait possible.

Je hochai la tête.

— Oh oui, tu domines le marché de la frustration.

— En outre, tu l'as débloquée, mais tu ne l'as pas résolue. Et tu ne sais même pas ce que cette quête est censée accomplir.

— Si, je le sais... sauver la pauvre princesse elfe sans défense Ally... euh... Alloreah'ala ou je ne sais quelle prononciation. Comment le prononces-tu, d'ailleurs ?

Il haussa les épaules.

— Je n'en ai aucune idée. J'ai assemblé un tas de voyelles et d'apostrophes pour que cela semble elfique. Sais-tu comment prononcer la moitié des noms elfiques dans les livres de Tolkien ?

Je souris.

— Non. Mais je sais que cette quête est une quête basique de sauvetage de la princesse.

Les coins de sa bouche sensuelle montèrent.

— Tu n'en es pas certaine.

— Qu'est-ce que cela pourrait être d'autre ? Elle a été capturée et enlevée, emprisonnée sous les montagnes par de gros méchants trolls. Évidemment que la quête est de la sauver.

Il s'appuya contre le mur en me regardant.

— D'accord, si c'est ce que tu veux penser.

Je plissai les yeux en le regardant et son sourire s'élargit.

— T'es pourri, dis-je.

La magnifique fossette que j'aimais tant apparut juste au-dessous de sa bouche sur la gauche.

— Parfois, oui.

Je frappai son biceps dur du dos de la main et je retournai à l'article de mon blog : un commentaire sur un autre jeu que j'avais testé en version bêta. Cet article avait été commencé sans être terminé à cause des événements chaotiques récents. J'eus presque terminé quand Adam, qui semblait avoir fini ce sur quoi il travaillait, se tourna vers moi.

— Il y a quelque chose dont je veux te parler, commença-t-il.

Je levai un doigt pour finir d'écrire mes pensées avant d'appuyer sur le bouton enregistrer et de fermer mon ordinateur.

Je me tournai vers lui.

— Tu veux que j'emménage chez toi, dis-je d'un ton pragmatique.

Il leva les sourcils.

— Euh, oui. Bien joué. Tu sais lire dans les pensées, maintenant ?

Je souris. J'aurais bien aimé. J'aurais adoré savoir ce qui lui passait par la tête la plupart du temps. Il cachait si bien ses sentiments et ses pensées.

— Non. Mais je te connais assez bien pour prédire que tu allais très vite aborder le sujet.

— Je voulais savoir si... enfin, j'aimerais m'occuper de toi.

J'hésitai. La dernière fois que nous avions habité ensemble, les choses ne s'étaient pas bien passées entre nous et je ne voulais pas miner le sol fragile sur lequel nous étions à présent.

— Je n'ai pas besoin que quelqu'un s'occupe de moi.

Il serra la mâchoire.

— Ce sont des conneries.

— Je suis peut-être assez forte pour m'en sortir toute seule.

Il pinça la bouche et je vis l'irritation passer dans ses yeux sombres avant qu'il regarde ailleurs.

— Peut-être. Mais il y a peut-être des gens qui veulent t'aider malgré tout.

Je soupirai.

— Laisse-moi réfléchir. La dernière fois que nous avons habité ensemble...

— Ça ne sera pas comme la dernière fois. Je ferai tout ce que je peux pour m'en assurer.

Il était tendu et je posai la tête sur son épaule.

— Je suis désolée. Je sais que tu veux prendre soin de moi. Mais j'aimerais penser que j'ai mon indépendance pendant un peu plus longtemps.

Malgré ce que je venais de lui dire, je savais que j'allais bientôt être très malade et à la merci de ceux qui voudraient bien m'aider.

***

Adam fut obligé de travailler le soir précédant mon opération de pose d'un Port-à-Cath pour la chimio et l'ablation d'une partie de mon tissu ovarien pour qu'il soit congelé en vue d'une éventuelle utilisation ultérieure (étant donné que la procédure était encore expérimentale). Je supposai qu'il préparait la voie et qu'il mettait en œuvre des choses qui lui permettraient de prendre plus de temps libre pour le passer avec moi.

J'étais assise sur le canapé et je lisais le dernier roman de *Game of Thrones* pendant que Heath faisait du boucan dans l'appartement. Il semblait organiser des choses, les déplacer. Après avoir sorti la quatrième caisse de bazar pour la porter au garage, je levai la tête.

— Hé, que se passe-t-il ?

Il haussa les épaules et il ne me regarda pas.

— Je suis juste en train de faire un peu de place. On commence à être un peu à l'étroit et mon garde-meuble est presque plein.

Je levai les sourcils. Heath n'était pas la personne la plus rangée que je connaisse et il passait en général son temps libre à jouer à des jeux au lieu de nettoyer. Il payait quelqu'un pour venir nettoyer son appartement chaque semaine.

Je m'éclaircis la gorge.

— Ça va ?

— N'est-ce pas moi qui devrais te poser la question ?

— C'est juste que je me demande... Cela fait quelques jours que je n'ai pas vu Connor. Tout se passe bien ?

Il soupira et il s'assit.

— Connor devenait un peu... trop dépendant de mon affection.

Je me penchai en avant, inquiète.

— Comment ça, 'devenait' ? Tu n'as pas rompu avec lui, si ?

Heath regarda puis détourna les yeux.

— Non. Après tout, je ne suis pas toi.

Je me rassis, abattue. C'était blessant.

— Je suppose que je l'ai mérité.

Il passa une main dans ses cheveux.

— Je suis désolé.

Je ne dis rien. Je tripotai les bords des pages de mon livre et j'avalai une boule qui s'était soudain formée dans ma gorge. Les paroles de Heath avaient fait mal, mais c'était vrai, j'avais mérité ce commentaire. J'avais rompu avec Adam après une seule dispute, même si cela avait été une grosse dispute. Il avait fait quelque chose pour tromper ma confiance, mais au lieu de lui donner une chance de s'expliquer, ou même une deuxième chance, je l'avais repoussé. J'avais pensé que c'était plus facile. C'était presque comme si cette dispute m'avait donné une excuse pour lui épargner toute cette histoire de cancer. J'avais été comme une croisade solitaire, me jurant d'être assez forte pour tout surmonter par moi-même. Mais je m'étais appuyée sur Heath, et beaucoup plus que je ne l'aurais dû.

Je levai les yeux vers lui. Était-il finalement amer à cause de cela ? Ma gorge se serra. Il se leva et il vint s'asseoir à côté de moi sur le canapé. On se regarda, puis il tendit un bras.

— Je suis désolé. Viens ici, poupée.

Je me penchai en avant et il me prit dans ses bras.

— J'espère que tout se passe bien entre Connor et toi, dis-je en regardant dans le vide par-dessus son épaule.

Il me relâcha et recula.

— Tout ira bien. Il voulait passer plus de temps avec moi et il n'y a pas assez d'heures dans la journée.

Je pinçai les lèvres en le regardant. Ce qu'il ne disait pas, c'était qu'il se sentait obligé d'être à la maison pour s'occuper de moi et me conduire à mes rendez-vous. Même si je lui avais répété qu'il n'y était pas obligé.

Je tendis le bras et je pris sa main.

— Merci de supporter mes idioties.

— Euh, mouais, je ne t'ai pas vraiment rendu service.

Je clignai des paupières, mes yeux brûlaient.

— Merci d'être là pour moi, même si je ne suis pas parfaite.

Il ne dit rien.

— Heath ?

Il leva le regard vers moi.

— Ouais ?

— Je suis désolée. Je ne te l'ai pas encore dit, pendant tout ceci. Je suis tellement désolée. Je t'ai mis dans une position affreuse.

— Tu avais peur. Je comprends.

— C'est toujours le cas.

Il fronça les sourcils en me regardant.

— Ouais, pour nous tous. Mais la différence est que la plupart du temps nous ne laissons pas la peur nous faire faire des choses stupides. Qui a dit... quelque chose au sujet du courage n'étant pas l'absence de peur, mais le triomphe sur la peur ?

Je soupirai en me frottant le front.

— C'était Nelson Mandela ou Eléonore Roosevelt ou quelqu'un du genre.

Il se mit à rire.

— Difficile de confondre ces deux-là. J'essaie de te dire que tu ne peux pas laisser la peur te guider tout le temps. Tu dois y faire face et la vaincre. Cela aide à grandir en tant que personne.

Je souris en lui donnant un faux coup de poing.

— Quand es-tu devenu aussi sage ?

— Il n'y a pas une grande différence entre un sage et Monsieur je-sais-tout.

Je souris.

— Ce n'est pas faux. Pourquoi ne demanderais-tu pas à Connor de venir vivre ici ?

Il me jeta un regard du coin de l'œil.

— J'y ai réfléchi...

Je ris.

— C'est pour cela que tu nettoies comme tu ne l'as jamais fait ? Tu ranges pour faire de la place pour les affaires de ton petit ami ?

— Alors, cela ne te gênerait pas ?

— Pourquoi cela me gênerait-il ? C'est chez toi. Tu as le droit de demander à ton petit ami de venir vivre avec toi.

— Toi et moi nous étions colocataires avant que je me mette avec Brian. Puis j'ai déménagé, et je t'ai obligé à emménager dans ce studio-taudis.

— Ce n'était pas un taudis !

— Tu sais ce que je veux dire. Je ne veux pas que tu penses devoir partir si Connor emménageait.

Je me penchai en avant et je lui fis une tape sur l'épaule.

— Eh bien, merci. J'apprécie. Maintenant, demande-lui.

Quand il m'attira dans ses bras en me remerciant, je ne pus pas m'arrêter de penser à ses paroles au sujet de la peur. C'était exactement ce qui m'avait empêché d'accepter l'offre d'Adam d'emménager avec lui. La peur de tout ce qui allait arriver, allait-elle me pousser à faire d'autres mauvais choix ?

Chapitre Huit
Adam

EMILIA SUBIT LES OPERATIONS CHIRURGICALES MINEURES ET puis quelques jours plus tard nous nous rendîmes à l'hôpital pour la première séance de chimiothérapie. Elle allait endurer un total de douze séances, une pour chaque semaine des trois prochains mois.

Et par ce matin lumineux, à huit heures nous étions assis dans une pièce privée du centre médical d'UCI pendant qu'une infirmière parcourait une check liste et qu'elle piqua le doigt d'Emilia pour faire quelques tests sanguins rapides. Emilia ne dit pas grand-chose. Elle était assise dans un fauteuil inclinable confortable avec une grande poche de perfusion posée à côté et elle affichait le même regard morne depuis plusieurs jours. Ses yeux dorés n'avaient pas brillé depuis quoi ? Des semaines ? Des mois ? Elle ne ressemblait plus à la Mia dont j'étais tombé amoureux. C'était comme si elle devenait une ombre d'elle-même.

Elle baissa le bras et attrapa ma main.

— Tu n'étais pas obligé de venir, tu sais… mais merci.

Je n'étais pas obligé de venir ? Quoi ? Je fronçai les sourcils.

— Alors, tu voulais faire ça seule également ?

Elle haussa légèrement les épaules.

— Je suis désolée. Ce n'est pas ce que je voulais dire.

— Mais tu as spécifiquement demandé à ta mère et moi de ne dire à aucun de tes amis que tu venais aujourd'hui. Y avait-il une raison ?

Elle inspira profondément avant de souffler.

— Ce n'est pas facile...

— De demander de l'aide ? Ouais. Je remarque que c'est presque impossible.

Elle grimaça en évitant mon regard.

— As-tu seulement considéré que nous ne voulons pas seulement t'aider, mais que nous en avons besoin ? C'est pour avoir l'impression de faire quelque chose et de ne pas rester immobile en se sentant complètement impuissant et exclu.

Emilia cligna des paupières et fronça les sourcils, comme si l'idée ne lui avait même pas traversé l'esprit.

— Je ne veux pas t'exclure... plus maintenant.

Je soupirai.

— C'est une de ces choses qui ne peut pas continuer entre nous comme par le passé. Comme quand j'ai pris un rendez-vous pour toi sans te le demander. Je peux mal interpréter tes intentions tout aussi facilement que tu le fais pour moi. Tu ne veux pas montrer de faiblesse en demandant de l'aide, alors tu dis que tu n'as pas besoin de moi. Ou alors, tu n'as pas envie d'avoir besoin de moi... et de tes autres amis.

Elle leva la tête et croisa mon regard, les sourcils pincés, cette minuscule vallée apparaissant sur son front entre les sourcils.

— Je suis désolée. Tu as raison.

Elle poussa un long soupir comme si cela lui faisait mal de l'admettre.

Je mis la main derrière mon oreille et je dis :

— Qu'est-ce que tu as dit ?

Je souris et elle fit une grimace en me tirant la langue.

— Je ne le dirai qu'une seule fois.

— Mais sérieusement, Mia… laisse-moi être là pour toi. S'il te plaît ?

On se regarda pendant un long moment de silence, puis elle relâcha l'air qu'elle avait bloqué dans ses poumons.

— D'accord. Je ferai de mon mieux.

— Fais-le, ou ne le fais pas, mais il n'y a pas d'essai.

Elle fit enfin un grand sourire.

— Tout ce que tu diras, Maître Yoda.

Je regardai ma montre.

— Ta mère va arriver d'un moment à l'autre.

Elle eut soudain l'air très effrayé et elle s'agita dans l'immense fauteuil inclinable. Je lui caressai la joue.

— Tout ira bien.

— Je vais être Gerbera McVomi.

Je grimaçai.

— Quelle belle image.

— Cette séance, c'est celle où je serai penchée sur la cuvette des toilettes pendant les vingt-quatre prochaines heures. Tu n'as pas besoin d'être là pour ça.

Je levai les sourcils et je m'éclaircis la gorge.

Ses lèvres formèrent un O quand elle se rendit compte pourquoi je la reprenais. Puis elle secoua la tête.

— Waouh, ça me vient vraiment automatiquement.

À ce moment-là, la mère d'Emilia entra dans la pièce avec un sourire courageux déjà collé sur son visage.

— Salut ! dit-elle d'une voix enjouée.

Elle se baissa et embrassa sa fille sur la joue.

— Je t'ai apporté des affaires de la maison.

Kim sortit un sac avec une peluche tout abîmée, des chaussettes chaudes et un mug isotherme avec une paille qu'elle pourrait remplir avec de l'eau glacée, sans doute pour qu'Emilia puisse rester hydratée pendant son traitement.

Le visage d'Emilia devint tout rouge.

— Maman ! grogna-t-elle en lui prenant le chien en peluche et en le cachant vite derrière elle dans le fauteuil. Elle me jeta un regard et je luttai pour ne pas sourire.

— C'est ta peluche ? demandai-je. C'est mignon.

Elle fronça les sourcils et leva le poing.

— Ne dis rien, sinon tu vas le regretter !

— Mia ! Gronda Kim.

Emilia tira la langue à sa mère.

— Pas d'interruptions du comité d'humiliation, je vous prie.

Je ricanai.

— Tes menaces violentes me feraient peut-être peur s'ils mettaient un peu de sérum de super soldat dans cette perf.

Elle regarda la poche de médicament orange fluo posée sur un plateau, prête à être injectée dans son corps. Avec une grimace, elle dit :

— Ça a l'air radioactif. Cela me transformera peut-être en Spider-Woman.

Je ricanai.

— Vachement plus sexy que Gerbera McVomi.

— C'est sûr.

Après quelques plaisanteries supplémentaires, elle sembla plus à l'aise, mais mon cœur se serra dans ma poitrine quand l'infirmière revint et qu'elle expliqua le processus avant d'insérer la perfusion dans le port qu'Emilia avait à présent dans le torse. Je fis semblant de ne pas le remarquer lorsqu'Emilia sortit subrepticement le chien en peluche de derrière son dos et le posa à côté d'elle.

Je me levai et je marchai vers la fenêtre, les mains dans les poches, en essayant de cacher mon inquiétude, ma peur et ma souffrance avant de me tourner à nouveau vers elle.

Chapitre Neuf
Mia

" Tous les secrets ne durent pas " — Posté sur le blog de Geekette.

*A*VEZ-VOUS DEJA EU UN SECRET QUE VOUS AVIEZ TRES ENVIE DE *raconter, mais qui vous causerait de très gros problèmes si vous le révéliez ? Quel est ce poids du secret qui peut rendre la révélation si satisfaisante ?*

Eh bien... j'ai un secret. Il se pourrait que cela ait un rapport avec LE secret. Vous savez duquel je parle.

Pas Victoria's Secret, même si l'armure bikini en cotte de mailles pourrait être conçue par elle. Parfois, je m'attends à ce que mon personnage sorte d'un défilé de mode avec ses ailes d'ange collées sur son dos, toutes couvertes de bave d'hommes.

Ce n'est pas le secret du Moblin dans Zelda.

Et ce n'est pas le niveau secret de la vache dans Diablo.

Et non, je ne vous taquinais pas non plus. J'ai un secret. Un secret de Dragon Epoch. Ce secret-là.

Contrairement aux sites qui se servent du crowdsourcing pour résoudre une quête complexe et dissimulée depuis longtemps en quelques heures, j'agirai comme votre guide au lieu de votre gourou.

Avez-vous parcouru chaque centimètre des Golden Mountains, tué tous les monstres générés par l'ordinateur un milliard de fois, examiné le moindre butin, interrogé tous les personnages non joueurs vivant dans cette zone et toutes les zones adjacentes ?

Eh bien, je ne suis pas étonnée que vous soyez frustré. Vous cherchez au mauvais endroit.

Le premier indice de la Geekette est de commencer par le commencement.

Au cas où vous ne me croiriez pas, je posterai une capture d'écran (dont les détails révélateurs seront floutés, évidemment) qui prouvera que j'ai débloqué la quête secrète.

Et maintenant, si vous voulez bien m'excuser, j'ai une princesse à sauver.

***

Je crois que c'était le deuxième jour AC (après chimio) que je repris connaissance dans l'obscurité de ma chambre de l'appartement de Heath. Je n'avais pas vraiment de moyen de m'assurer de la date. Il se pouvait bien que ce soit le troisième ou le cinquième ou le dixième jour. Mais ce que je savais, c'est que j'étais morte de soif. J'aurais pu avaler un lac, mais la bouteille d'eau à côté de mon lit était vide.

Je sortis donc du petit abri qu'était ma chambre. J'avais mal aux articulations et la peau sur mes mains et mes pieds me donnait l'impression d'être trop serrée. Des signes classiques de rétention d'eau. J'allais sans doute me déplacer en clapotant comme une baleine avant de tout expulser en urinant.

Et je ne parle même pas de la chaleur brûlante dans ma poitrine ou du mal de tête terrible. À ce moment-là, je ne savais pas ce qui était pire, le cancer ou le médicament pour le combattre. La chimio me donnait envie d'une mort rapide. J'avais presque envie de sangloter à l'idée de onze séances supplémentaires.

Je me dirigeai à tâtons vers la cuisine, bouteille d'eau dans la main. J'étais à mi-chemin avant de devoir faire une pause à cause de la fatigue. L'appartement était complètement silencieux et sombre en dehors de la lumière venant du salon. Heath avait dû sortir. Tant mieux pour lui… et c'était ma chance de prouver que je n'avais pas besoin que l'on me garde comme si j'avais trois ans.

Je me redressai au bout de quelques minutes, je fis quelques pas de plus avant de me cogner contre la porte du placard dans le couloir. Il y eut soudain quelqu'un à côté de moi.

J'ouvris la bouche pour commencer à râler contre la vie, le monde et tout ce qu'il contenait, y compris l'air que je respirais.

— Heath…

Ma vue se brouilla quand je tournai la tête en cherchant à distinguer la silhouette à côté de moi : elle n'était pas aussi grande que Heath et les cheveux étaient bruns au lieu de blonds.

— Besoin d'eau ? Je ne t'ai pas entendue sortir de ta chambre, dit Adam en tendant la main vers ma bouteille d'eau en métal. J'aurais dû vérifier, mais tu dormais et je ne voulais pas te réveiller.

Je retirai la bouteille quand il essaya de l'attraper.

— Que fais-tu là ?

Il se redressa.

— Je donne un soir de libre à Heath. Je lui ai dit que je camperais là au cas où tu aurais besoin de quelque chose pendant la nuit. Heath est sorti au cinéma avec Connor.

— J'allais la remplir moi-même.

— Mais je suis là pour ça.

Je le soupçonnais d'être resté tout le week-end et de ne pas être là seulement un soir pour permettre une pause à Heath.

Il me prit la bouteille d'eau des mains et je la lâchais en résistant seulement un peu.

— Tu veux des glaçons ?

Je hochai la tête et il me guida pour m'asseoir sur le canapé dans le salon où il avait été assis. Je sentis la chaleur que son corps y avait laissée et au lieu d'être irrité parce que je brûlais déjà, je me laissai couler dans cette chaleur. Il y avait une douleur à l'arrière de ma gorge, dans mes yeux. J'inspirai et je soupirai en frissonnant. Les émotions se mélangeaient en moi, chaotiques, causant des étincelles comme des atomes coincés dans une réaction chimique.

Il revint avec la bouteille glacée et il me la tendit. Je remontai les genoux sous moi et il s'assit à côté de moi en me regardant de près.

— Tu te sens bien ?

— Oh, super, dis-je d'une voix rauque entre deux gorgées désespérées. Je vois très bien pourquoi la chimio bat le cancer. C'est tellement affreux que même moi je n'aie plus envie d'habiter mon corps. Je suis sûre que c'est pour ça que le cancer décide de décamper.

Il sourit à moitié, comme si rire de ma blague serait exagéré, serait peut-être même irrespectueux. Je me frottai les mains. J'avais l'impression qu'elles étaient gonflées et pourtant elles ne l'étaient pas.

— Tu as mal à la main ? demanda-t-il.

— J'ai mal partout. Je pense que j'ai même une migraine.

Il fronça les sourcils.

— Je suis désolé. Je sais au moins à quel point c'est horrible.

Je secouai la tête.

— Sérieusement, je n'arrive pas à croire que tu en subisses tout le temps, dis-je en appuyant ma main contre la douleur qui palpitait dans mon front.

— On apprend à vivre avec ce mal, dit-il en me regardant de près. Tu as beaucoup dormi. Plusieurs jours de suite.

Je continuai à me frotter le front, la seule partie de mon visage que je pouvais encore supporter de toucher.

— Ouais, quel jour sommes-nous, d'ailleurs ?

— Dimanche soir.

Deux jours. J'avais perdu deux jours. Je soufflai.

— Merde.

— Il faut que tu manges quelque chose.

Je frissonnai et je secouai la tête.

— S'il te plaît. Je peux te trouver tout ce que tu veux. Même si c'est un morceau de pain sec.

Je le regardai en levant un sourcil.

— Ou... pas, je suppose.

Mes paupières étaient lourdes et ma tête faisait toujours mal, mais je n'avais pas envie de retourner dans l'obscurité et d'être à nouveau toute seule. J'étais certaine qu'après avoir passé deux jours au lit, je devais sentir très mauvais. C'était aussi bien que je ne puisse pas le sentir.

— Que faisais-tu ici ?

Il haussa les épaules.

— Je jouais sur ma tablette.

— Tu ne t'ennuies pas à mourir à rester assis là tout le week-end ?

Il me regarda de ses yeux sombres.

— Non. Pourquoi ? Tu essaies de te débarrasser de moi ?

— Je pense qu'il faudrait plusieurs bâtons de dynamite et quelques enclumes pour se débarrasser de toi.

Il sourit.

— Alors, je suis comme ce coyote dans les cartoons ?

— Ouais, sauf que Bip Bip ne court pas très vite ces jours-ci.

Ma tête tomba sur son épaule.

— Je dois admettre qu'elle a l'air assez épuisée. Je suppose que je n'aurai pas besoin de mon skateboard à moteur Acme pour la poursuivre.

Il se déplaça et m'attira contre lui. Je fermai les yeux.

C'était agréable, malgré les horreurs qui se passaient dans mon corps. Je déglutis.

— Elle a peut-être arrêté de courir parce qu'elle n'a plus envie d'être pourchassée.

— Quand va-t-elle emménager avec le coyote pour qu'il puisse s'occuper d'elle ?

Je fronçai les sourcils malgré le brouillard dans ma tête. En réalité, j'étais un peu surprise qu'il n'ait pas une nouvelle fois abordé le sujet plus tôt.

— Bip, bip, soufflai-je avec un léger rire en espérant qu'il me laisserait éviter le sujet avec un peu de grâce.

Il ne répondit pas et il me caressa doucement le dos.

— De quoi as-tu besoin ? Tu veux t'asseoir et regarder un film ou... ?

Mes paupières étaient de plus en plus lourdes.

— C'est agréable... de rester là...

Mes mots trébuchaient les uns sur les autres, ma langue me paraissant soudain épaisse.

Il tourna la tête et il posa un baiser sur mes cheveux.

— D'accord. Alors, nous pouvons rester assis comme cela.

Je m'endormis au son de sa voix sortant de son torse musclé, savourant la sensation de vibration contre ma joue.

Chapitre Dix
Adam

JE M'APPUYAI CONTRE LE DOSSIER DU CANAPE ET JE L'ECOUTAI dormir. Je savais que j'aurais dû la porter jusque dans sa chambre. Elle n'aurait pas le repos nécessaire en restant appuyée contre moi. Mais je n'arrêtais pas de me dire 'juste cinq minutes de plus'. Je tournai la tête et je sentis ses cheveux. C'était son odeur, non diluée, non masquée par les produits capillaires. Je fermai les yeux en sentant ma poitrine se serrer encore une fois. L'odorat était une passerelle vers des souvenirs très vifs. Je savourai ceux qui remontèrent avec cette odeur : la première fois que je l'avais embrassée dans le couloir de son minuscule studio, la première fois que je l'avais touchée à Amsterdam dans cette magnifique robe noire étincelante. La sensation de sa peau saine et rayonnante sous mes mains.

Je reculai la tête en la tournant pour regarder le mur, ne souhaitant pas me torturer davantage. Ces moments de bonheur — des passages très brefs dans notre passé proche — ne rendaient le présent que plus douloureux.

Je regardai son visage pâle en souhaitant pouvoir être celui qui prenait soin d'elle. Pouvoir faire plus que le peu de baby-sitting que je faisais ce soir-là. Je la tins dans mes bras pendant presque une heure de plus jusqu'à ce que Heath et Connor entrèrent par la porte d'entrée et arrivèrent dans la pièce sur la pointe des pieds.

— Elle a mangé quelque chose ? Chuchota Heath.

Je secouai la tête, mais je pointai le doigt vers la bouteille d'eau. Connor la prit et alla la remplir dans la cuisine.

Je m'extirpai lentement d'Emilia en la soulevant de mon torse puis je me penchai et je la pris dans mes bras pour la porter jusqu'à sa chambre. J'essayai de ne pas penser à quel point, elle était plus légère dans mes bras, plus frêle. Je la posai doucement sur le lit et quand je me relevai pour partir elle tendit la main et me serra fort le poignet.

— Adam, dit-elle.

Je m'arrêtai et je m'assis à côté d'elle sur le lit en lui caressant la joue.

— J'ai besoin de toi, poursuivit-elle.

Quelque chose dans ce simple aveu me frappa comme un coup de poing dans le torse. J'inspirai profondément.

— Je ne vais nulle part.

Elle sembla alors satisfaite et sa respiration redevint vite stable et régulière. Je me penchai pour l'embrasser.

Je me sentais totalement impuissant. C'était un sentiment auquel je n'étais pas habitué. Cela me mettait en colère. Je l'évitais normalement à tout prix. Je savais comment garder mes distances émotionnellement. Ma détermination devint plus forte et je décidai de le faire.

Je la quittai quand Heath entra pour prendre ma place à côté de son lit avec la bouteille remplie d'eau. Puis je rentrai chez moi, mon travail pour la soirée ne faisant que commencer.

Chapitre Onze
Mia

— Tu dois le faire, Mia.

Je soupirai en regardant ma mère finir de plier mon linge. J'étais serrée dans le coin de ma petite chambre de l'appartement de Heath, assise dans un fauteuil avec mon roman sur les genoux pendant que maman finissait d'associer toutes les chaussettes par paires.

— Je ne le *dois* pas. Je pourrais…

— Ce n'est pas juste pour Heath. Et ce n'est pas juste pour Adam, non plus.

Ma mère essayait de me convaincre de retourner vivre dans la maison d'Adam. Elle avait besoin de retourner au ranch pour s'en occuper. Sa jument préférée allait mettre bas d'un instant à l'autre et sa gardienne n'était pas équipée pour le gérer. Dans tous les cas, elle était restée absente plusieurs semaines de plus que prévu à cause de mon cancer-surprise.

Je tripotai mon livre en faisant tourner les pages entre le pouce et l'index.

— Peut-être.

— De quoi as-tu peur ?

De l'histoire qui se répète ? De retourner au milieu des disputes ?

— Nous avons été trop vite la dernière fois. Je pense que cela va nous porter malchance. Je sais que cela paraît bête et superstitieux, mais…

La bouche de ma mère se tordit sur le côté pendant qu'elle réfléchit. Elle me regarda en baissant les paupières.

— À quel point as-tu essayé, Mia ?

Je fronçai les sourcils.

— Qu'est-ce que ça veut dire ?

Elle attrapa un tas de tee-shirts pliés et elle ouvrit un tiroir dans ma commode.

— Eh bien, d'après ce que j'ai compris, tu as déménagé après une seule dispute. Ce n'est pas comme s'il t'avait jetée dehors.

Je serrai la mâchoire. Maman ne savait pas la moitié de ce qu'il s'était passé entre Adam et moi. L'indignation me brûla la gorge. Je me sentis jugée.

— Il m'a donné un ultimatum. Je n'accepte pas les ultimatums.

Elle secoua la tête.

— Je ne dis pas qu'il n'a pas fait d'erreurs non plus. Vous en avez commis tous les deux.

Je pinçai les lèvres d'irritation.

— Mais d'une façon ou d'une autre, mon erreur était plus grosse que la sienne ?

Maman vint se rasseoir sur le lit, les mains sur les genoux.

— Non. Mais d'après ce que je sais, Adam n'a pas essayé de cacher une maladie sérieuse à tous ses proches.

L'air quitta mes poumons. Nous y voilà. Je me demandais à quel moment ma mère allait me confronter à ce sujet. Apparemment, elle avait estimé que je me sentais maintenant assez bien.

— Je sais que tu es toujours fâchée contre moi et je sais que je le mérite, mais...

— Je ne suis pas vraiment fâchée, mais plutôt... déçue, blessée. Je connais ton entêtement légendaire. Je le connais depuis que tu es bébé.

Mais tu dois arrêter. Tu dois grandir un jour et te rendre compte que tout ne peut pas se passer comme tu le veux tout le temps.

Une vague d'amertume me submergea.

— Les choses ne se sont pas vraiment passées comme je le voulais ces derniers temps.

Le visage de ma mère devint si soudainement sérieux que j'eus l'impression qu'elle allait éclater en sanglots. Cela me fit mal au cœur.

— J'aimerais vraiment pouvoir y faire quelque chose, Mia. Sincèrement.

Je clignai des yeux, sentant soudain mes yeux brûler aussi.

— Je suis désolée, maman. Je suis désolée de t'avoir blessée. Je suis désolée de vous avoir tous blessés.

Elle se mordit la lèvre en me regardant.

— Je le sais. Je sais que tu fais de ton mieux.

Apparemment, mon mieux n'était pas assez bien. Pas vraiment. Je baissai les yeux en évitant son regard et j'espérai qu'elle laisserait tomber le sujet de mon déménagement chez Adam.

Elle ne dit rien pendant un long moment. Puis, comme si elle ne savait pas quoi faire d'autre, elle se tourna et ramassa mes chaussettes qu'elle se mit à fourrer dans mon tiroir du haut – où il ne restait pas beaucoup de place. Je me frottai le front.

— Alors, tu ne vas même pas l'envisager ? finit-elle par demander.

— Pourquoi penses-tu que c'est une si bonne idée ?

Je croisai les bras sur ma poitrine. La meilleure façon d'éviter une question difficile était de poser une autre question. Mais je savais également que cette tactique ne lui était pas inconnue.

Elle me regarda en plissant les yeux.

— Parce que tu ne peux pas faire ceci toute seule. Je te connais. Je sais que tu veux tout faire par toi-même. Dieu sait à quel point cela a été frustrant d'être ta mère et de devoir gérer ton entêtement. Tu as insisté pour attacher tes lacets même quand tu ne savais pas comment. Ensuite, tu trébuchais jusqu'à ce que tes genoux soient en sang avant de laisser quelqu'un t'aider à les attacher. Mais c'est une chose quand on a six ans. C'en est une autre de faire face aux traitements médicaux qui t'attendent sans aide.

— Mais j'ai Heath...

Même en le disant, je sus qu'elle avait raison, que ce n'était pas juste. Maman le remarqua très vite.

— Tu as déjà posé une très lourde charge sur ses épaules, Mia. Parfois, j'ai l'impression qu'il va craquer. Tu dois lui accorder une pause. Et tu dois lui laisser la chance de passer un peu de temps avec son nouveau petit ami sans avoir à te servir d'infirmière.

Je soupirai.

— Tu as de bons arguments. J'y... euh... j'y réfléchirai, d'accord ?

Elle fronça les sourcils.

— Je ne peux pas partir avant de savoir que l'on s'occupe bien de toi, puisque je ne pourrai pas le faire moi-même. Tu peux m'appeler chez Peter quand tu auras pris ta décision.

— Mais maman, si Rusty met bas...

Maman haussa les épaules et c'est alors que je sus qu'elle ne plaisantait pas.

— Les chevaux ont fait naître des petits à l'état sauvage depuis des milliers d'années.

Je restai bouche bée.

— Maman...

Elle leva les sourcils.

— Tu tires cet entêtement de quelque part. N'essaie même pas.

Je baissai la tête et je me frottai le front. Bizarrement, les larmes me brûlaient les yeux, des larmes qui ne tomberaient pas sur mes joues. Je clignai férocement des paupières, ne souhaitant pas les autoriser à tomber.

— De quoi as-tu peur, Mia ?

J'inspirai et je secouai la tête en haussant les épaules.

— De tout refaire rater ? Parce que même si je ne gâchais pas tout, le reste ne tient qu'à un fil.

— Tu as traversé beaucoup d'épreuves en très peu de temps.

— Tout est un peu flou, murmurai-je en clignant des yeux.

Ma vue semblait être une métaphore pour ma vie.

— C'est comme si tout allait très bien pendant un moment. Merveilleux. Toutes les pièces du puzzle tombaient à leur place et puis...

— Et puis ?

— Est-il avec moi simplement parce que je suis malade, à cause de tout ce qu'il s'est passé ?

Ma mère tapota le lit à côté d'elle et je levai les yeux. Elle hocha la tête d'un air rassurant et je me levai pour m'asseoir. Elle glissa un bras autour de mes épaules.

— Je vais te dire la vérité. Je ne le sais pas. Tu ne le sais pas. Heath ne le sait pas. Le seul qui le sait ? Tu dois *lui* poser ces questions.

Je ne dis rien pendant un moment, regardant le tapis sous nos pieds.

— Et toi ? Restes-tu avec lui parce que tu es malade ? À cause de tout cela ?

Ces sentiments étaient revenus, cette boule désordonnée et lourde au centre de ma poitrine. J'avais du mal à respirer. Je ne voulais pas en parler avec elle. Je secouai la tête. Je supposais que si je restais assise pendant quelques heures, que je ne pensais à rien d'autre et que je démêlais cette boule comme s'il s'agissait de fils entremêlés et que j'examinais chaque pièce, j'allais pouvoir dire ce que signifiaient chaque nuance et chaque pincement : amour, douleur, désir, distance, solitude, méfiance, regret, culpabilité. Tout était là, plein de nœuds. Et mon cœur était fragile et vulnérable à cause de cette boule.

— J'ai peur que si je vais là-bas, si nous vivons ensemble, que cela nous fera échouer.

— Ou bien cela pourrait te rendre plus forte. Tu devrais peut-être avoir plus confiance en toi.

Je serrai la tête entre mes mains.

— Pourquoi dois-je m'occuper de tout cela maintenant ?

— Tu as besoin de ne rien faire, si ce n'est de laisser les gens qui t'aiment s'occuper de toi. Ton travail maintenant est de guérir. D'accord ?

— Maman, tu dois retourner au ranch.

Elle me regarda.

— Et toi ?

J'évitai son regard.

— Je parlerai avec Adam.

Elle sembla se détendre à côté de moi.

— Bien.

✳✳✳

Plus tard dans la journée, Adam passa après avoir travaillé un peu au bureau. Il m'apporta une boîte de roulés à la cannelle frais, du pain à la cannelle et de chewing-gums à la cannelle. Depuis que j'avais récupéré une sorte d'appétit après la première dose de chimio, j'avais eu une terrible envie de cannelle pour me débarrasser du goût métallique et rouillé de ma bouche. Je l'avais mentionné ce matin quand il était venu me voir et maintenant, le voilà, comme une espèce de Fée Dragée à la Cannelle qui apportait des cadeaux.

Il s'était pris un sandwich pour lui et on s'assit à la table de la cuisine de Heath. Heath était parti chercher quelques cartons de Connor qui emménageait. Je grignotai mon roulé à la cannelle en léchant le glaçage de mes doigts. Adam me regardait attentivement tout en essayant de le cacher. J'avalais à peu près un tiers du roulé avant de le poser.

— Du lait ? demanda-t-il.

— Je ne peux pas. C'est sur la liste des 'Non', dis-je en faisant référence à mes restrictions alimentaires.

Il hocha la tête et mordit son sandwich d'un air pensif. J'agitai les mains sous la table devant moi.

— Euh, finis-je par dire.

Il marcha et avala en me regardant.

— Si... si cette proposition d'emménager avec toi tient toujours... j'aimerais l'accepter.

Adam s'essuya la bouche avec une serviette. Ses yeux s'illuminèrent.

— Bien sûr... oui. Bien sûr que ça tient toujours.

— Cependant, je veux te dire quelque chose.

Je m'éclaircis la gorge.

— Euh. Cela me fait un peu peur. À cause de ce qu'il s'est passé la dernière fois.

Adam tendit la main de l'autre côté de la table et prit la mienne. Sa paume chaude l'enveloppa.

— La dernière fois, c'était différent. Nous avons tous les deux fait des conneries.

Je hochai la tête.

— D'accord...

— Pas de récriminations, tu te souviens ? Je pense que l'on peut dépasser cela. Et toi ?

Je fronçai les sourcils, mais j'acquiesçai lentement.

— Je l'espère, en tout cas, dis-je.

Sa main bougeait sur la mienne, traçant les lignes de ma paume avec son index. Son contact chatouillait, brûlait. Mes doigts se fermèrent autour des siens, mais je ne savais pas si c'était parce que je voulais l'attirer plus près ou l'arrêter. C'était si confus.

— Prends ton sac et ta brosse à dents. Allons-y.

Je levai la tête, stupéfaite.

— Maintenant ?

Il fronça les sourcils.

— Bien sûr. Pourquoi pas ?

— Ah.

Il se leva, fermant le carton de pâtisseries qui restaient et remettant tout dans le sac avec lequel il était arrivé.

— Allez, viens. Je demanderai à quelqu'un de venir demain pour récupérer le reste de tes affaires.

— Mais...

Il s'arrêta et il se tourna vers moi, attendant que je termine.

Je me souvins du soir où j'avais pour la première fois dit à maman que j'étais malade. Le soir où ce que j'avais le plus désiré, c'était de rentrer avec lui, qu'il me serre dans ses bras. J'avais un souvenir vague de deux jours avant, quand j'avais émergé de mon coma de chimio et qu'il avait été présent, à camper sur le canapé tout le week-end. Il m'avait ramenée dans ma chambre et je n'avais pas voulu le lâcher, je ne l'avais pas lâché tant que je ne m'étais pas endormie.

J'inspirai profondément. Il était temps d'arrêter d'avoir si peur.

— Ouais... je, euh... je vais attraper mon tee-shirt et quelques vêtements pour demain.

Il fit un petit sourire et il hocha la tête.

— Je vais mettre ça dans la voiture et je reviens pour ton sac. À tout de suite.

Les mains tremblantes, je rassemblai vite mes affaires et j'envoyai un texto à Heath pour lui dire où j'allais. Puis-je sautai dans la voiture et on partit.

Une demi-heure plus tard, nous nous trouvions au pont qui enjambait la petite partie du port pour nous conduire à Bay Island. Adam insista pour que nous prenions une des petites voitures de golf qui se trouvait de l'autre côté du pont au lieu de marcher la centaine de mètres jusqu'à sa maison. Quand j'hésitai, il insista en disant que j'avais l'air fatigué.

J'avais sans doute juste l'air d'une merde, puisque c'était mon nouveau look... merci la chimiothérapie ! Et je n'étais même pas encore chauve, même si je savais que cela ne tarderait pas. J'aurais pu marcher, mais je n'insistai pas. Adam voulait prendre soin de moi. Il s'inquiétait. J'allais donc faire ce qu'il voulait. Après tout ce que nous avions traversé, je me rendis compte qu'une dispute pour quelque chose d'aussi simple et trivial était tout simplement inutile. Il y avait des choses plus importantes dans la vie.

On descendit et il prit mon sac à dos en le serrant comme si le sac et moi pouvions disparaître d'un instant à l'autre. Il avait attendu que j'accepte, que je vienne vivre avec lui. Même s'il ne le montrait pas, je voyais qu'il était content que j'accepte enfin. Sinon, pourquoi m'aurait-il fait sortir si vite de l'appartement de Heath, comme s'il avait peur que je change d'avis si je restais une nuit de plus ?

Quand on arriva devant sa porte d'entrée, c'était la fin de l'après-midi et de longues ombres nous précédaient. Une brise fraîche soufflait du port et l'odeur familière de Back Bay m'assaillit. Il n'y avait qu'en Californie du Sud, pendant un hiver particulièrement chaud, que nous pouvions nous vanter d'avoir 27 °C en janvier alors que le reste du pays était coincé sous une énorme couche de glace.

Adam déverrouilla la porte d'entrée et il l'ouvrit pour moi, me guidant à l'intérieur en posant doucement sa main dans le creux de mon dos. Mes muscles se serrèrent à son contact, et j'eus soudain conscience que cela faisait un moment que je désirais plus que simplement un câlin ou une main serrée.

Maintenant que l'horreur de la première dose de chimio s'était estompée en grande partie, je ne me sentais que légèrement mal au lieu de souhaiter ma propre mort rapide et sans douleur.

Je me rétablissais. J'avais lu des choses à ce sujet. À chaque traitement, j'allais mettre un peu plus de temps à me rétablir, avec de moins en moins de jours où je me sentais bien entre les traitements. J'essayai de ne pas réfléchir à ce qui m'attendait et à la place je choisis d'adopter ma nouvelle philosophie de vivre dans le présent. Je me promis de ne pas m'inquiéter de ce qui arriverait demain et de choisir d'accepter et d'apprécier ce que j'avais aujourd'hui.

Et aujourd'hui, j'avais un très beau et très attentionné jeune homme à mon service. Cette nuit, nous dormirions dans le même lit et cela faisait bien trop longtemps que je ne l'avais pas senti de cette façon. Mon cœur s'accéléra. Peu importe si j'avais toujours mal à la tête et que mes articulations étaient encore un peu raides. J'étais toujours en vie, bon sang, et pour aujourd'hui, pourquoi ne pas en profiter ?

Adam regarda sa montre quand nous hésitâmes dans l'entrée. Avant de passer la nuit ici pour le Nouvel An, je n'étais pas venue depuis presque deux mois, juste après notre voyage à Vegas et la terrible dispute que nous avions eue quand il avait trouvé les seringues d'antidouleur dans mon sac. Je déglutis pour chasser une boule de nerfs coincée dans la gorge et je regardai autour de moi. Tout était encore exactement pareil. La maison semblait toujours aussi inhabitée et immaculée.

— Miss Emilia ! s'exclama Cora, la bonne d'Adam, en sortant de la cuisine et en m'accueillant avec son sourire éclatant habituel, et avec un câlin et un baiser sur la joue.

Puis elle posa les mains sur mes joues.

— Tu sembles fatiguée. J'ai préparé le dîner. Mr Drake m'a dit que vous arriviez.

Je regardai Adam. Il haussa les épaules.

— Je lui ai envoyé un texto quand je suis allé à la voiture.

— Le repas est au frigo. Vous pouvez le réchauffer quand vous voulez.

Elle discuta avec Adam, lui disant que Chef serait là le lendemain matin pour préparer le petit-déjeuner. Il dit avoir besoin de préparer une liste de courses pour elle avec des restrictions alimentaires.

— Hé, je vais monter me rafraîchir un peu, dis-je en les interrompant.

Je me tournai pour les dépasser lorsqu'Adam me prit le poignet pendant qu'il terminait de donner des instructions à Cora qui devait les transmettre à Chef.

Je m'arrêtai en frétillant à côté de lui. Il me regarda.

— Juste une minute, d'accord ?

Le visage de Cora s'illumina.

— Mr Drake a une surprise pour toi.

Je me tournai pour le regarder. Il grimaça en direction de Cora, comme si elle avait dit quelque chose qu'elle n'aurait pas dû.

Elle jeta les bras en l'air et secoua la tête.

— Je vais partir. Ça ira pour demain ?

— Oui, très bien. Merci pour tout, dit-il en m'escortant vers les escaliers.

Je lui jetai un coup d'œil.

— J'ai habité ici, au cas où tu l'aurais oublié. Je connais le chemin jusqu'à la chambre.

Il y avait un petit sourire sur sa bouche sexy, qu'il cacha presque instantanément.

— Ce n'est pas là que nous allons.

Étonnée, je le suivis en haut des marches. Je savais que cela ne servait à rien de lui demander de quoi il parlait. Avec Adam, tout était révélé au moment opportun, *son* moment opportun. Alors quand nous tournâmes à gauche dans le couloir au lieu de tourner à droite vers la chambre à coucher, je me grattai mentalement la tête.

Adam me prit par la main et me conduisit dans une chambre d'amis.

— Entrez dans mon TARDIS, jeune femme.

— C'est plus grand à l'intérieur ! Dis-je presque automatiquement en regardant autour de moi, les yeux écarquillés, émerveillée par la transformation de la pièce.

Adam ricana.

— C'est ce qu'*elle* a dit.

Je fis une grimace.

— Pervers.

Tout le temps que j'avais vécu ici, pendant un mois avant qu'Adam parte en randonnée, le mois de sa randonnée et un mois après cela quand nous avions vécu ensemble avant que je décide de déménager, je ne m'étais rendue dans cette pièce que quelques fois. Cette chambre était presque aussi spacieuse que la chambre à coucher que j'avais partagée avec Adam.

Mais aujourd'hui, elle paraissait très différente. Elle avait été redécorée et même rénovée par endroit. Les fenêtres étaient différentes : elles étaient immenses et montaient jusqu'au plafond à partir d'une banquette de fenêtre refaite à neuf qui longeait tout le mur. La pièce était décorée en deux nuances de vert, ma couleur favorite, et crème. L'ensemble était doux et apaisant avec des accents de vert forêt et de vert menthe. Il y avait un fauteuil inclinable moderne et ergonomique dans le coin avec un bureau rétractable complété par un ordinateur portable tout neuf. La salle de bains, qui était magnifique avant, avait également été redécorée pour être assortie au reste. Il y avait une magnifique douche carrelée en tons d'émeraude, mais je remarquai que de nouveaux embouts pour des jets de vapeur avaient été installés. La baignoire encastrée dans le sol était neuve. Elle était à la hauteur du sol carrelé et derrière elle se trouvait une nouvelle cheminée à gaz. C'était une baignoire à débordement entourée par un rebord qui permettait à l'eau de passer par-dessus le bord puis de disparaître.

— C'est incroyable ! M'exclamai-je. Tu as été bien occupé ces derniers mois.

Adam sourit.

— Ces dernières trois semaines, en réalité. Mon décorateur s'est dépêché.

Je levai les sourcils.

— Tu attendais des invités importants ?

— Oui, dit-il en me regardant attentivement. Toi.

Mon cœur sauta quelques battements, mais je ne savais pas vraiment si c'était de plaisir ou de déception. Il avait fait tout cela, de gros travaux en très peu de temps, une modification majeure d'une partie de sa maison, pour moi. Mais, c'était pour que j'y vive, que j'y reste. Que j'y dorme. Seule. Alors qu'il dormait au bout du couloir.

Je lui tournai le dos pour qu'il ne voie pas le mélange d'émotions sur mon visage. Je sortis de la salle de bains et je retournai dans la magnifique chambre. Je regardai la vue par les immenses fenêtres : elles donnaient sur une partie de Back Bay de Newport Harbor. Les bateaux à voile rentraient après une longue journée de loisirs sur l'océan. De petits bateaux électriques pleins de touristes et d'habitants allaient leur petit bonhomme de chemin sur les eaux calmes tout en manœuvrant autour des plus grands bateaux à moteur.

— Ce qu'il y a de mieux dans cette chambre, ce sont les fenêtres, dit Adam en venant se tenir derrière moi.

— Ce sont de belles fenêtres, dis-je doucement.

Il ramassa ce qui ressemblait à une télécommande sur la table de nuit couverte de marbre.

— Mais ce ne sont pas toujours des fenêtres, parfois c'est un mur.

Il appuya sur un bouton et soudain les fenêtres devinrent opaques et prirent une teinte de coquille d'œuf, comme si elles faisaient partie du mur. Nous nous tenions dans la semi-obscurité, la seule lumière provenant d'une fenêtre de toit de la salle de bains derrière nous.

— Que s'est-il passé ? demandai-je, surprise.

— Pas besoin de rideau occultant. Il suffit d'appuyer sur ce bouton pendant la nuit et la pièce reste dans l'obscurité jusqu'à ce que tu appuies sur cet autre bouton le matin. Tu peux même les programmer pour qu'elle devienne transparente à un moment précis de la journée. Ou, si tu veux laisser passer un peu de lumière seulement...

Il appuya sur un autre bouton et la fenêtre fut de retour, mais avec un effet dépoli.

— Puis-je projeter des films et des vidéoconférences dessus, comme les fenêtres de Tony Stark ?

Il sourit.

— Pas encore. Quand ils inventeront une fenêtre Iron Man, je les installerai dans ma chambre en premier.

Et voilà, encore ce pincement au cœur quand il parlait de sa chambre. Il y avait ma chambre et sa chambre. Il n'y avait pas 'notre' chambre. Est-ce que cela voulait dire qu'il n'y avait pas de 'nous' ? Je lui tournai à nouveau le dos.

— Cependant, ce ne sont pas que des fenêtres et un mur, c'est aussi de la lumière.

Il appuya sur un autre bouton et les fenêtres redevinrent opaques, mais elles brillèrent d'une lumière dorée qui imitait la lumière indirecte. Il appuya sur un autre bouton et une série de minuscules lumières blanches apparut à l'endroit où les murs rejoignaient le plafond.

Je marchai vers une bibliothèque basse qui longeait le mur perpendiculaire aux fenêtres. Quelques photos encadrées étaient posées dessus. Une de mon cheval, Snowball, qui se trouvait encore au ranch à Anza. Une de Heath et moi lors d'une visite à Palm Springs quand nous étions en seconde. Une de ma mère montant sa jument favorite, Rusty. Une des magnifiques photos de couchers de soleil sur le désert prises par Heath au parc national d'Anza-Borrego. Et une d'Adam et moi debout à côté de Diamond Falls – la cascade spectaculaire de Sainte-Lucie – le lendemain de la première fois où nous avions fait l'amour. Mon cœur se serra en nous voyant si heureux à l'époque, si amoureux même si aucun de nous ne voulait l'admettre à l'autre ni à nous-mêmes, à ce moment-là. Je pris la photo, fascinée à l'idée que ces deux personnes étaient les mêmes que celles qui se tenaient dans cette pièce, s'entendant à merveille alors que nous avions l'impression d'être très éloignés l'un de l'autre.

— Alors, qu'en penses-tu ?

Je déglutis et je posai la photo. Je ne voulais surtout pas lui montrer ma déception. Il avait fait quelque chose de magnifique, de merveilleux. C'était un geste adorable. Je me collai un sourire sur le visage et je me tournai vers lui.

— Je n'arrive pas à croire que tu aies fait tout cela. Tu ne savais même pas si j'allais revenir.

Il posa la télécommande et il haussa les épaules.

— Je l'ai espéré. Et je voulais m'assurer que tu sois bien installée. Alors j'ai demandé qu'elle soit faite. Juste au cas où.

Juste au cas où. Il avait dépensé des milliers et des milliers de dollars sur une rénovation urgente 'juste au cas où'.

Il s'approcha de moi et me regarda au fond des yeux. Je continuai à feindre mon sourire ravi. Il posa une main sur ma joue et je fermai les yeux. C'était magique quand il me touchait, comme un millier de mots, de sentiments et de gestes enveloppés en une fraction de seconde. Il me caressa la joue du bout des doigts.

— Comme je te l'ai dit, je veux prendre soin de toi.

C'était vrai. Il voulait prendre soin de moi, depuis une distance de cinquante mètres, à l'autre bout d'un long couloir séparé par deux portes.

Il fronça les sourcils.

— Ça va ? Tu sembles distraite.

— Je crois que je dois vomir. Et tu n'as pas besoin de le voir.

Je me forçai à chasser une vague de nausée qui m'avait prise comme un tsunami.

Je me tournai et je filai dans la salle de bains où je tombai à genoux, dans la position familière de la prière aux dieux de porcelaine. Même si les premiers jours affreux de la séance de chimiothérapie étaient derrière moi, j'avais encore la nausée au moins une fois par jour et parfois plus. C'était peut-être la vraie raison pour laquelle Adam avait décidé de m'installer dans ma propre chambre : pour qu'il n'ait pas à m'entendre régurgiter quotidiennement. J'espérais que cela signifiait qu'il resterait dans l'autre pièce pendant que je vomissais mes entrailles.

Chapitre Douze
Adam

Je restai fige sur place quand Emilia se rendit aux toilettes. J'étais immobilisé par l'incertitude, car la première chose que je voulus faire, c'était l'accompagner pour la réconforter, mais elle m'avait spécifiquement demandé de rester loin.

Je m'approchai de l'armoire et j'attrapai une couverture et quelques oreillers que je lui apportai. C'était étrange, car elle n'avait presque rien mangé chez Heath. Qu'avait-elle donc dans l'estomac qu'elle puisse vomir ?

Elle était à quatre pattes, la tête dans les toilettes et ses longs cheveux étalés tout autour d'elle. Je me baissai et je mis ses cheveux en arrière.

— Quelle part de 'tu n'as pas besoin de le voir' ne comprends-tu pas ? S'étrangla-t-elle, mais, d'après le ton de sa voix, elle était troublée plus qu'irritée ou fâchée. Je ne bougeai pas, je maintins simplement ses cheveux en arrière pendant que je posai les oreillers et la couverture à côté d'elle.

— C'est pour quoi faire ? demanda-t-elle.

— Pour tes genoux, et la couverture, s'il fait froid sur le sol.

Elle toussa encore, puis elle s'assit en s'essuyant les lèvres du dos de la main. Je remplis un verre au robinet pour qu'elle puisse se rincer la bouche.

— Tu es adorable.

Je m'assis par terre à côté d'elle.

— Chut, il ne faut pas que ça se sache. De toute façon, mon équipe de développeurs ne le croirait jamais.

Après s'être rincé la bouche, elle me regarda à nouveau avec cet air énigmatique. Elle semblait... triste. Mon cœur se serra. Elle paraissait tout le temps triste en ce moment.

Assise sur les talons, elle me fît un petit sourire. Je lui pris le gobelet vide.

— Besoin d'aide pour te relever ?

Elle tripotait ses cheveux, peignant avec ses doigts ceux que j'avais retenus en arrière.

— Je, euh, j'aimerais rester là un peu, juste au cas où.

Elle me jeta un coup d'œil, puis elle attrapa un des oreillers que j'avais apporté et elle le fourra sous ses fesses avec un soupir de satisfaction. Elle posa l'autre contre le mur et y appuya son dos.

— Euh, je devrais peut-être te trouver une chaise longue pour t'asseoir dans ce genre de moments.

— Une chaise de toilettes ? Ta décoratrice aura une crise cardiaque.

Je haussai les épaules en appuyant contre ma partie du mur plaquée de marbre, le froid s'insinuant dans mon tee-shirt. J'étais content qu'elle ait une couverture pour rester au chaud. Je ne plaisantais pas. J'allais envoyer un mail à ma décoratrice cette nuit-là et lui faire trouver quelque chose. Que ce soit une chaise de toilettes ou un canapé commode ou quoi que ce soit.

— Il y avait autre chose que je voulais te donner, dis-je.

Je sortis une boîte de ma poche.

Elle la regarda et déglutit et je me rendis compte que son hésitation venait du fait que c'était une boîte à bijoux. La dernière fois que je lui avais donné une boîte à bijoux, les choses ne s'étaient pas bien passées. Je l'ouvris pour apaiser ses craintes en lui montrant que ce n'était pas une autre bague de fiançailles. En outre, qui faisait une proposition en mariage dans les toilettes ?

Elle leva les sourcils quand son regard se posa sur ce qu'il y avait dans la boîte, puis elle fronça les sourcils, manifestement intriguée. Elle tendit la main et elle caressa l'intérieur de la boîte.

— Prends-le. Il ne va pas te mordre.

Elle me tira la langue.

— Tu n'as pas envie que je souffle mon haleine de vomi vers toi, mon vieux.

— Non, j'ai l'impression que cela pourrait être une arme fatale.

— Même toi tu ne pourrais pas imaginer un dragon avec une haleine plus mortelle.

Je me penchai en avant et elle sortit l'objet de la boîte, laissant pendre la chaîne en or. Elle regarda l'objet qui y était accroché et elle leva les yeux vers moi d'un air interrogateur.

— Une boussole ?

Je hochai la tête.

Un autre travail en urgence, cette fois par un bijoutier, qui avait reproduit une boussole antique en or sur un fond plat en lapis-lazuli et un motif constitué de petits diamants en forme de constellation sur la surface.

— On dirait le logo de ton entreprise.

Je fus ravi qu'elle l'ait reconnu.

— En quelque sorte. Les deux s'inspirent de la constellation du Dragon.

Elle hocha la tête en touchant la surface.

— A-t-elle un sens particulier ? En dehors du nom de ta compagnie ?

— Je voulais te l'offrir... pour te servir de rappel.

Elle passa la chaîne autour de son cou. Elle était longue et le bijou reposait juste au-dessus de ses seins sur le grand tee-shirt gris qu'elle portait.

— Qu'est-ce que cela doit me rappeler ?

— Draco est une constellation dans le ciel, près de l'Étoile du Nord. Elle est toujours dans le ciel, peu importe l'heure de la journée ou la saison.

Elle hocha la tête en me regardant, le visage indéchiffrable. Ses doigts caressèrent la surface en verre.

— D'accord... dit-elle comme un enfant écouterait une histoire, poussant le conteur à continuer.

— C'est la constellation perdue du zodiaque.

J'indiquai le diamant qui représentait une étoile dans la tête du Dragon.

— Voici Thuban. Il y a quatre mille ans, cette étoile était l'Étoile du Nord. Maintenant, elle est oubliée parce que l'axe de la terre a changé. Je l'ai choisi pour symbole de mon entreprise parce qu'elle me rappelait de ne jamais quitter mon objectif des yeux, mon véritable Nord. Alors, j'ai pensé t'offrir ceci pour te le rappeler aussi.

Elle se concentra sur la minuscule reproduction de la constellation.

— Mon véritable Nord. Et ça, c'est quoi ?

J'avais terriblement envie de lui donner cette réponse. Nous. C'est nous, souhaitai-je dire. Je la regardai un long moment en espérant qu'elle trouverait par elle-même. Ce n'était pas quelque chose que je pouvais lui donner.

— C'est ce que tu dois découvrir. C'est pour que, tu te souviennes de rester forte. D'avoir de l'espoir. De continuer à être la guerrière que je sais que tu es.

Sa lèvre inférieure disparut dans sa bouche et ses yeux se remplirent de larmes. Le reste de son corps se figea. Puis soudain, elle bondit si vite vers moi que je crus qu'elle allait me rentrer dedans. Mais elle passa les bras autour de mon cou et elle serra si fort qu'elle risquait de me couper la respiration.

— Tout doux, gloussai-je.

Waouh... ceci me valut une bien meilleure réaction que la bague de fiançailles. J'avais vraiment merdé pour celle-là, hein ?

Elle me serra fort. Ses genoux étaient presque sur les miens. Je passai les bras autour d'elle pour la tenir doucement contre moi. Elle se balança dans mes bras avant de tourner la tête.

— Si je n'avais pas une haleine de vomi, je t'embrasserais tellement fort maintenant.

Je me tournai, j'embrassai sa joue et je la relâchai.

— Tu penses que tu ne vas plus vomir ?

— Probablement. Je vais me brosser les dents.

Je me levai et je passai dans la chambre pendant qu'elle fouillait dans son sac avant de se brosser les dents. Je jouais avec les fenêtres géniales quand elle entra.

— Je les ai aussi fait installer dans ma chambre. Toute la maison les aura ensuite. Mais j'ai dû attendre et les commander pendant qu'ils les fabriquent. Elles contrôlent également la chaleur qui entre dans la pièce et il est possible de rendre la fenêtre opaque d'un seul côté pour que les gens ne puissent pas regarder à l'intérieur alors que l'on peut voir à l'extérieur.

— Tu es vraiment accro aux gadgets, dit-elle en regardant les fenêtres passer d'opaques à dépolies, à transparentes, puis dans l'autre sens, parfois subitement et d'autres fois progressivement.

J'appuyai sur quelques boutons de plus.

— Tu le dis comme si c'était une mauvaise chose. Cette télécommande est aussi un interphone.

— Un interphone ? Tu veux dire que nous n'avons pas besoin de crier dans le couloir pour nous parler ? dit-elle et sa voix trembla un peu.

Je la regardai, mais je fis semblant de ne pas le remarquer. Je percevais toujours cette étrange nervosité de sa part. Elle m'en avait parlé, elle m'avait dit qu'elle avait peur que nous empruntions le même chemin pourri qu'avant. J'allais tout faire afin que ce ne soit pas le cas. J'espérais avoir pris suffisamment de précautions pour l'éviter.

— Oui, c'est au cas où... eh bien, au cas où tu aurais besoin de moi.

Je lui montrai sur quel bouton il fallait appuyer. Il y en a une dans ta salle de bains et j'en ai une dans ma chambre, dans mon bureau et au rez-de-chaussée.

— Je ne peux pas simplement faire sonner une clochette ? Et puis tu m'apporterais un plateau au lit, vêtu uniquement d'un slip de bain et d'un nœud papillon ?

Je réprimai un gloussement.

— Je ne porte pas de slips de bain.

Elle me regarda d'un air joueur.

— C'est franchement dommage.

J'eus soudain très chaud sous mon col. La façon dont elle me regardait... Je dus respirer profondément et me rappeler qu'elle était malade. Il n'y aurait rien de ce genre, même si mon corps protestait. Elle venait de vomir, assise par terre.

Cependant, avant de pouvoir penser à une autre objection, elle s'avança doucement vers moi en joignant les mains derrière mon cou. Elle tira ma tête vers elle pour l'embrasser.

Je sentis le goût de menthe de son dentifrice et un autre goût, plus fort et médical, comme si elle s'était fait un bain de bouche. Elle serra les mains autour de mon cou et son baiser s'approfondit, sa bouche s'ouvrit. Elle appuya sa poitrine contre moi et... attendez, que devais-je me rappeler, déjà ?

Mes mains glissèrent dans le creux de son dos et je la serrai contre moi. Elle disait quelque chose, mais je l'entendis à peine par-dessus le désir qui rugissait dans mes oreilles. Elle me remerciait pour la chambre, elle me disait que je lui avais manqué. J'ouvris la bouche et je glissai ma langue dans la sienne. Je penchai la tête pour obtenir plus et...

Nous perdions le contrôle. J'écartai doucement la tête, mais elle se mit sur la pointe des pieds pour me suivre. Alors, j'inspirai profondément et je fis un pas en arrière en la tenant toujours par la taille. Elle me regardait avec ses magnifiques yeux bruns, un sourire tremblant sur les lèvres.

— C'était si adorable de ta part, chuchota-t-elle. Je n'arrive pas... je n'arrive pas à croire que tu aies fait tout cela. Mais...

Elle détourna le regard.

— Mais quoi ? L'incitai-je.

Si elle souhaitait que notre communication s'améliore, autant commencer tout de suite.

Elle recula, l'air soudain gêné. Elle mordilla sa lèvre pulpeuse et elle fronça les sourcils d'un air pensif.

— C'est juste que je pensais que nous... que je...

Elle inspira profondément et j'attendis, un peu nerveux quant à la direction allait prendre cette conversation.

— Quand tu voulais que je revienne, je pensais que c'était parce que tu voulais que nous reformions un couple.

Je posai les mains sur ses joues pour la tenir immobile.

— Nous avons besoin de travailler sur notre relation. Je suis d'accord. Mais maintenant, l'important c'est que tu guérisses. Je ne veux pas que tu ressentes une quelconque pression par rapport à nous. Je ne veux pas que les difficultés que nous avons eues se mettent en travers de ta guérison.

— Qu'est-ce qui te fait croire que ce serait le cas ?

Je laissai tomber mes bras le long de mon corps.

— Ce n'est pas un bon moment pour les drames. Et il y a eu beaucoup de drames entre nous. C'est comme ce que tu as dit avant : nous ne pouvons pas continuer à faire les mêmes erreurs. Nous devons tout simplement faire attention.

Elle me regardait, en cachant à peine sa déception et en tripotant la boussole pendant qu'elle me scrutait avec de grands yeux.

— Alors, ce n'est pas parce que je t'ai repoussé avant ?

Je secouai la tête.

— Non. Il ne s'agit pas de te repousser, Mia. Ceci... ceci est censé être chez toi, un petit sanctuaire. Pour que tu puisses guérir.

— Et tu n'y resteras pas avec moi.

Sa voix était basse et calme, mais elle tremblait un tout petit peu. Ce n'était pas difficile d'entendre sa douleur.

— Bien sûr que si... quand tu le voudras. Mais je pense que c'est vraiment important que nous restions positifs et que nous avancions lentement.

Elle écarquilla les yeux de surprise, mais je vis qu'elle commençait à comprendre.

— Avancer... lentement ?

— Étape par étape, d'accord ? Nous avons une longue route à faire et beaucoup de temps. Mais pas aujourd'hui. Nous allons trouver un moyen de régler la situation, mais le plus important maintenant, c'est toi : ta santé, ton bonheur et ton bien-être... d'accord ?

Elle hocha lentement la tête, ne paraissant pas tout à fait d'accord avec ce plan.

— Je veux bien essayer, commença-t-elle doucement.

Je souris.

— Bien.

— Mais il se pourrait que je me sente seule, parfois, commença-t-elle avec un petit sourire.

— Ah, dis-je en faisant semblant de réfléchir. Tu n'as pas apporté ton petit chien en peluche pour te tenir compagnie ?

Elle me frappa le bras du dos de sa main et on rit tous les deux. Peu de temps après, nous descendîmes à la cuisine, main dans la main.

***

Emilia eut la deuxième séance de chimiothérapie quelques jours plus tard. Cette fois, Heath et ses deux amies les plus proches, Alex et Jenna, furent présents en même temps que sa mère et moi. Mais au lieu de rentrer chez Heath ensuite, au lieu de devoir inventer des excuses pour que je puisse rester sur son canapé tout le week-end, elle rentra avec moi, chez elle.

Chapitre Treize
Mia

" Le meta-game, ou les vies que mènent nos personnages, sans nous " – Posté sur le blog de *Geekette*.

JE ME SOUVIENS DE LA PREMIERE FOIS QUE J'AI OUVERT LE JEU DE simulation – vous savez, ceux dans lesquels vos personnages simulent la vraie vie. Ils ont une maison, un travail, des relations. Tout cela exige du travail pour les entretenir. Pour que la maison reste propre, le personnage doit nettoyer les toilettes. Il faut qu'il se lève à six heures du matin pour s'habiller et partir au travail. Au début, c'était très divertissant. J'ai passé de longues heures collée à l'ordinateur pendant ces premiers jours, à cliquer pendant que mes besoins alimentaires et d'hygiène réels étaient ignorés. Après cela, je n'ai plus jamais touché au jeu. Je m'étais rendu compte que les vies de mes personnages étaient encore plus ennuyeuses que la mienne.

Ce n'est pas le cas d'autres jeux que nous connaissons et que nous aimons. Les aventures excitantes où l'on parcourt à toute vitesse les rues de Los Angeles dans une voiture volée ou bien quand on fonce dans l'espace en explorant l'univers avec notre propre vaisseau spatial. Ou... lorsque l'on part pour des quêtes dans Yondareth avec une arme magique dans la main.

Mais que se passe-t-il lorsque nous appuyons sur le bouton de déconnexion ? Dans le monde des MMORPG, où des milliers de personnes interagissent sur un serveur, le monde continue, mais notre personnage en *disparaît jusqu'au moment où nous nous reconnectons. C'est comme si notre personnage prenait quelques vacances de la vie et passait en stase.*

Et si, à la place des aventures fantastiques que mènent nos personnages – ou même les vies plus banales des célèbres jeux de simulation – nous nous connections à un jeu où notre personnage se connecte à un jeu d'ordinateur ?

Ne serait-ce pas l'ultime forme de meta-évasion de la réalité ?

***

Cette seconde séance de chimio ne me laissa pas longtemps abattue, heureusement. J'espérais que ce soit bon signe pour l'avenir. Un graphique était posé sur la table de nuit à côté de mon lit. Il y avait douze carrés dont deux étaient à présent rayés. Deux de faits, encore dix à faire. *Achevez-moi maintenant.*

Peut-être attendais-je que mes super pouvoirs se déclenchent. L'oncologue de ma chimio, un homme merveilleux et très chauve admira ma tête encore pleine de cheveux et m'avertit qu'ils tomberaient sans doute bientôt. Il passa sa main sur son propre crâne chauve et ajouta :

— Mais au moins, les tiens repousseront !

Bien sûr, le cancer n'avait rien de drôle, mais je préférais de loin les plaisanteries à l'apitoiement sur soi-même.

Je tournai la page du dossier médical, car je ne voulais pas penser aux dix traitements qu'il me restait. J'étudiai donc le groupe de figurines que William m'avait offert. Elles étaient si minutieusement peintes, avec tous les détails et les ombres : même les minuscules socles en étain étaient peints pour simuler l'herbe, la terre ou la pierre. Il y avait le Guide avec un sextant et une carte. Le Garde du corps en armure complète. Le Bouffon avec le chapeau rigolo et les vêtements chamarrés. Parfois, je passais des heures à les regarder et à très réarranger. J'imaginais qu'ils représentaient les gens dans ma vie.

Je passai également beaucoup de temps à jouer à Dragon Epoch sur l'ordinateur portable. Puisque c'était un moment durant lequel aucun de mes amis – sauf Adam – ne pouvait se connecter, je travaillai à la quête secrète pour laquelle il ne m'aidait pas du tout. Je n'étais pas assez bête pour lui poser des questions et pour essayer de lui arracher d'autres indices. Il avait un jour cru qu'il était au summum de la générosité en me donnant l'indice 'jaune', bien trop vague. Finalement, l'indice avait été tout à fait valable, mais trop général pour être utile.

Après notre discussion concernant la notion de, demander de l'aide, et le simple fait que j'avais constamment besoin d'aide, travailler par moi-même sur la quête était une façon d'établir mon indépendance et de faire les choses seule. Je passai de longues heures, couchée sur le lit, l'ordinateur portable posé sur les genoux, à chercher des réponses à la suite de la quête.

Mais je n'arrivai à rien et quand je me sentis mieux, la frustration me poussa à quitter le lit. Je décidai de prendre une douche.

Même si je m'étais préparée à leur perte inévitable, je fus néanmoins choquée lorsque la première touffe de cheveux resta dans ma main. Les cheveux étaient secs et morts comme les feuilles d'automne et ils quittèrent ma tête presque sans résister.

J'inspirai brusquement, prise d'une pointe de panique, et mon cœur battait de peur contre ma cage thoracique. Je retirai quatre ou cinq poignées de cheveux et je les laissai tomber sur le sol. Même si cette perte n'était rien par rapport à ce que j'avais déjà souffert, elle me rappelait cependant tout ce que le cancer me prenait. Cette perte n'était peut-être que temporaire, mais elle servait de rappel très poignant de tout ce que j'avais perdu. Ma respiration devint tremblante et haletante et des larmes me brûlèrent les yeux.

Le siphon commençait à se boucher avec l'eau qui coulait de la tête de la douche quand je finis par m'arrêter de tirer et d'arracher mes propres cheveux. Je touchai mon cuir chevelu inégal. La peau y était fragile et sensible.

Je pense que j'essayai d'être courageuse pendant soixante secondes, mais ce fut bientôt trop pour moi et je tremblai de rage et d'angoisse tandis que des larmes coulaient sur mon visage en même temps que l'eau de la douche. Je t'emmerde cancer pour avoir réussi à me voler encore autre chose... mes cheveux et tout ce qu'ils représentaient : la jeunesse, la beauté, la féminité.

Quand la douche se mit à déborder sur le sol de la salle de bains, j'étais à quatre pattes en sanglotant et j'essayais d'enlever les cheveux du siphon pour le déboucher.

Le monde autour de moi tourna subitement et mon estomac se retourna. J'eus envie de vomir, mais je parvins à me retenir. Je n'eus pas autant de succès avec les larmes. Pour cette raison, je ne voyais pas vraiment ce que je faisais et l'eau devint froide tandis que je devenais de plus en plus désespérée.

Il y eut soudain un flot d'air froid et la tête de douche s'éteignit. J'étais recroquevillée dans le bac de douche, lamentable, pliée en deux.

Adam s'agenouilla dans l'eau à côté de moi.

— Mia, lève-toi.

Mais je ne bougeai pas. Je cachai mon visage dans mes mains.

— Je ne veux pas que tu me voies.

— Je t'ai déjà vue nue. Allez, viens. Tu frissonnes.

— Passe-moi une serviette, sanglotai-je.

Oui, il avait déjà tout vu. Mais pas dans cet état. Pas cette version balafrée, mutilée, la peau sur les os. J'allais le dégoûter. Je le savais. Je me dégoûtais chaque fois que je me voyais dans le miroir.

Cette mauviette recroquevillée ne ressemblait pas à la femme confiante et sûre d'elle qui avait un jour enlevé son maillot de bain pour m'exposer à son regard avant de l'attirer dans une douche avec moi. J'avais confiance en mon corps à ce moment-là. Je l'avais désiré et j'avais voulu qu'il me désire. Et c'était arrivé. Il m'avait totalement désirée.

Ce corps-ci appartenait à une femme malade. Une coquille vide. Une femme faible, pleurnicharde et pathétique. Car en même temps que les pertes physiques – le poids, la grossesse, et maintenant les cheveux – il y avait ce qui était invisible : la confiance, l'indépendance, l'émancipation. Le cancer me brisait lentement et sûrement. Je ne connaissais pas cette fille. Elle n'était pas moi. Elle était très loin de ce que j'aurais un jour pu imaginer. Et j'étais certaine qu'il ressentait la même chose. Je ravalai ma honte toujours présente. Elle me poignardait la gorge comme un morceau de verre coupant.

En l'espace de quelques secondes, Adam me tendit une serviette en tournant la tête sur le côté pour qu'il ne puisse pas me voir.

— Lève-toi, je ne te regarde pas.

Je me levai lentement et je marchai vers la serviette dans laquelle je m'enveloppai. Il maintint le regard loin de moi en allant chercher la robe de chambre sur un crochet dans le coin et il me la tendit en m'encourageant à la mettre. Puis il se tourna et il examina la douche, qui était toujours bouchée. Il attrapa la poubelle et entra dans la douche, le bas de son jean désormais trempé. Il déboucha le siphon en retirant les touffes de mes cheveux. L'eau disparut dans les tuyaux avec enthousiasme.

Je regardai son visage impassible dans le miroir en tremblant.

— Je nettoierai ce bazar. S'il te plaît... laisse-moi faire.

Il ne me regarda pas, attrapant quelques serviettes de plus pour absorber l'eau sur le sol.

— Non, tu ne le feras pas.

— Mais...

— Tu ne vas rien nettoyer. N'essaie même pas.

— Adam...

Il s'arrêta, se redressa et me dévisagea dans le miroir avec la poubelle toujours à la main. Il me regarda dans les yeux, le visage très sérieux.

— Ne me contredis pas, Mia. Tu ne nettoies pas. Tu es mon invitée. Mes invités ne font pas le ménage.

Une *invitée*. Ce mot me parut étrange. J'avais vécu ici. Cela avait été ma maison pendant trois mois. Adam l'avait un jour appelée *notre* maison. Mais à présent, j'étais son invitée. Partir fâchée avait dû me faire rétrograder au rang d'invitée.

Il se tourna et finit avec les serviettes mouillées, qu'il rassembla et jeta dans le deuxième lavabo.

— Je demanderai à Cora de faire venir le personnel du ménage dans la matinée.

Je n'avais pas eu le temps de tourner mon attention vers le miroir jusqu'à ce moment-là. Ce que je vis me fit pousser un petit cri d'horreur. Ma tête ressemblait à un mouton avec une sorte de maladie de la mue. Des plaques de cheveux pendaient de ma tête à un seul fil. De grosses touffes avaient été arrachées et une partie des cheveux restait fermement accrochée à sa place.

Je m'étais mentalement préparée à ce moment depuis que l'on m'avait prescrit la radiothérapie. Mais cela me choqua néanmoins, me coupant presque le souffle. Je reniflai et je clignai des yeux, luttant avec force contre de nouvelles larmes. Adam finit de nettoyer la salle de bains, puis il se redressa en me voyant me regarder dans le miroir.

— Mia, inspire profondément.

C'est ce que je fis. Ma respiration était tremblante et faible, comme moi.

— Je ressemble à une lépreuse.

Il s'approcha de moi par-derrière, et il attacha ma robe de chambre que j'avais laissée ouverte (heureusement, j'étais toujours couverte par la serviette). La sensation de ses bras autour de moi était à la fois excitante et étrange. Je voulais qu'il m'attire contre lui, qu'il chuchote dans mon oreille que j'étais toujours belle pour lui. J'évitai son regard dans le miroir.

Je n'étais belle pour personne.

— Viens avec moi, dit-il en prenant ma main et en me faisant sortir de la salle de bains. Il me fit traverser la chambre puis le couloir jusqu'à sa chambre.

— Où allons-nous ?

— Ma chambre.

— Je le vois. Pourquoi ?

— Fais-moi confiance.

Je le laissai me tirer derrière lui, sa main serrant la mienne un peu plus fort en traversant sa chambre pour passer directement dans la salle de bains. Il s'arrêta et il se baissa pour sortir quelque chose du placard du bas. Il avait un sourire ironique quand il se releva.

Malgré moi, je ris en voyant ce que c'était. Une tondeuse électrique.

— Puis-je avoir l'honneur ? dit-il en l'agitant devant lui. Il se pourrait bien que j'aie fantasmé à l'idée de raser la tête d'une femme magnifique.

Je fronçai les sourcils.

— Espèce de taré. Ferme-la et commence.

Il sourit.

— Oh oui, dis-moi des cochonneries. Fais-moi mal, bébé.

Je tapai son torse du dos de la main. J'attrapai une serviette et je la posai dans le lavabo.

— Je ne veux pas être responsable des problèmes d'autres tuyaux.

Je me penchai ensuite au-dessus de la serviette pendant qu'il brancha la tondeuse. Il la plaça doucement contre l'arrière de mon cou puis il la poussa vers l'avant. Elle était froide et me chatouillait le cuir chevelu en bourdonnant sur ma peau sensible. Je fermai les yeux en attendant que ce soit terminé.

— Bon débarras à ces cheveux blancs avec le rose et le mauve. Ce sont des cheveux à la My Little Pony. Je n'ai jamais été aussi ravi de les voir partir !

Je ravalai mon rire.

— C'est du blond platine, espèce d'idiot.

— Idiot ! Ah, tu peux faire mieux que ça. Allez, frappe-moi plus fort !

La tondeuse glissa contre l'arrière de mon oreille et me chatouilla. Je me mis à rire.

— Enfoiré. Enculé. Connard.

— Je rase tous tes cheveux. Tu seras la version féminine de Humpty Dumpty.

— Je t'emmerde, salopard, dis-je en serrant les dents.

— Bon sang, la lumière qui se reflète sur ta tête m'aveugle. Je n'y vois rien.

Il posa exprès la tondeuse contre l'arrière sensible de mon cou et je hurlai en riant.

— Petite bite !

— Es-tu l'épouse de Mr Propre ?

— T'as intérêt à courir quand tu auras terminé, parce que si je t'attrape, je te botte le cul.

— Ah, ça m'intéresse, dit-il en éteignant la tondeuse. C'est fait.

Je ne bougeai pas pendant quelques minutes en inspirant longuement.

— Prête ? Tu as besoin que je te motive ?

— Ferme ton clapet, face de cul, dis-je avant de m'éclaircir la gorge et de me redresser pour me regarder dans le miroir.

Ouais. J'étais sans voix. Je ressemblais au Dr Denfer d'*Austin Powers*. Mon regard se posa sur Adam qui me regardait de très près, s'attendant sans doute à un autre effondrement.

Je levai alors mon petit doigt devant ma bouche et je dis :

— Je l'appellerais Minimoi, dis-je en faisant ma meilleure imitation de Mike Myers.

Le beau visage d'Adam affichait un sourire. Il se détendit, comme s'il était soulagé.

Je levai la main pour toucher mon cuir chevelu.

— Merde, c'est vraiment bizarre.

Il leva la tondeuse.

— Tu veux faire ma tête, maintenant ?

— N'y pense même pas. Comment les petites stagiaires excitées pourront-elles fantasmer à l'idée de passer leurs doigts dans tes cheveux si tu es aussi chauve que moi ?

Et que me restera-t-il pour mes fantasmes ? ajoutai-je mentalement.

Il leva les yeux au ciel. Je passai encore ma main sur la tête.

— Touche ça. C'est vraiment trop bizarre.

Il posa la tondeuse et il passa docilement une main sur ma tête. Il me jeta un regard séducteur dans le miroir. Un regard qui, dans d'autres circonstances, aurait fait tomber ma culotte assez rapidement.

— Merde, je suis trop excité, là.

Je lui donnai un léger coup de coude dans son estomac dur et il souffla comme si je l'avais frappé avec un bâton.

— Tu es la femme chauve la plus *sexy* que j'ai jamais vue.

— Je t'emmerde.

Il leva les mains en l'air.

— Quoi ? Je suis sérieux. Ilia dans le premier film *Star Trek* ? Tu l'as vu ? Celui des années soixante-dix ?

Je fronçai les sourcils.

— Il y a très, très longtemps.

— Ouais, c'était cette fille Deltan. Si sexy que tous les humains qui essayaient de se la faire mouraient. Toujours pas aussi sexy que toi.

Je me tournai et je lui fis face en croisant les bras sur ma poitrine.

— N'importe quoi.

— Carrément. Tu vois *V pour Vendetta* ? La fille chauve dans celui-là : Natalie Portman. Elle était sexy. Très sexy. Mais encore une fois... pas autant que toi.

Je baissai la tête à présent, en essayant de cacher le fait que je riais.

— Tu connais beaucoup d'autres femmes chauves ?

— Demi Moore dans GI Jane. Loin de ton niveau.

— Tu as fait une recherche sur internet ou quoi ?

Il me jeta un drôle de regard.

— Je regarde beaucoup de films.

Je me retournai vers le miroir et je passai la main sur ma tête. Il s'approcha par-derrière et il posa lui aussi sa main sur mon crâne. Il se pencha vers moi comme s'il allait m'embrasser. Mon cœur s'accéléra et je penchai légèrement la tête en arrière. Allait-il m'embrasser ? Me désirait-il ?

Mais avant qu'il me touche, je le vis se raidir et reculer presque aussi vite. Nos regards se croisèrent dans le miroir et je déglutis.

— Ripley, dit-il.

— Quoi ?

— Ripley dans *Alien*. Tu sais... Sigourney Weaver.

Je fronçai les sourcils.

— Elle avait des cheveux.

— Pas dans le troisième. Elle était chauve – chauve comme toi.

— Tu as vu le troisième film ? J'ai entendu dire qu'il était si mauvais qu'il méritait une catégorie à lui tout seul.

Il haussa les épaules.

— Tu es aussi plus sexy que Ripley chauve dans le film *Alien* pourri. J'ai vu beaucoup de mauvais films aussi.

Je me regardai à nouveau.

— Au moins, il me reste mes sourcils et mes cils... pour l'instant.

Adam haussa les épaules.

— Il se peut que tu les gardes.

Je le regardai en haussant les épaules à mon tour.

— Peut-être, peut-être pas. Ce n'est pas comme si je cherchais à impressionner qui que ce soit.

Sauf lui.

— Tu vas porter une perruque ?

L'idée de porter une lourde perruque sur la tête ne m'attirait pas le moins du monde. Cela me tiendrait chaud à la tête, j'allais suer et je n'en voyais pas l'intérêt.

— Je pense que je porterai juste une veste à capuche tous les jours.

Il inclina la tête pour m'observer.

— Pas une mauvaise idée. Je pense que j'ai un ou deux bonnets de laine. Quelque chose à porter quand il ne fait pas vingt-sept degrés.

— Je ne supporte pas l'idée d'une perruque.

— Tu pourrais porter des bandanas. Mais fais attention aux couleurs que tu portes dans les différentes parties d'Orange County.

Je lui fis un faux signe de gang avec la main.

— Oui, parce qu'il y a tellement de gangs à Newport Beach.

Il me sourit et j'eus beaucoup de papillons dans le ventre. Il ressemblait tellement au type dont j'étais tombée amoureuse. Cet homme brillant et sexy avec ce sourire espiègle de petit garçon.

— Je crois que c'est une soirée pour de la glace et *Farscape*.

Je fronçai les sourcils.

— *Farscape*?

Il leva les sourcils.

— Sérieusement? Tu n'as jamais vu *Farscape*? C'est la meilleure science-fiction jamais télévisée. Je vais devoir te forcer à un marathon de cette série afin que toi aussi, tu puisses apprécier le génie de *Farscape*. Et puis là aussi, il y a une femme chauve sexy. Zahn. Elle n'est pas non plus aussi sexy que toi. Et elle est bleue.

Je ris.

— Je suis ravie d'apprendre que je suis mieux qu'une fille chauve bleue.

Sauf que je ne pouvais pas manger de crème glacée. Le régime de la chimio n'autorisait pas les produits laitiers ni le soja. J'étais doublement emmerdée. Pas de yaourt glacé non plus. Il marmonna quelque chose au sujet de commander une machine à granités.

On s'assit dans des fauteuils inclinables dans sa salle de cinéma pour regarder des épisodes de cette série du début des années 2000. Je parvins à regarder les deux premiers épisodes de la série en entier : le voyage fantastique très bizarre et extrêmement bien fait de John Crichton, astronaute brillant et bien foutu venant de la Terre qui a découvert malgré lui comment créer un trou de ver et atterri de l'autre côté de l'univers, où les plantes sont devenues humanoïdes, les vaisseaux spatiaux géants sont des créatures vivantes et une race étrange et autoritaire ressemblant exactement à des humains, les Pacificateurs, règne d'une main de fer tyrannique.

Il était tard quand le second épisode se termina. Il éteignit la télé à grand écran et il vint se tenir devant moi.

— Au lit, crâne d'œuf.

— Je pourrais tout à fait te mettre un coup de pied dans les cacahuètes, marmonnai-je en bâillant.

— Ouais, tu ne fais pas très peur quand tu n'arrives même pas à garder les yeux ouverts.

— Où est mon pistolet de paintball ? Je pourrais tout à fait te *tirer* dans les cacahuètes.

Il grimaça comme s'il se souvenait de la douleur.

— Tu vas déclencher mon syndrome de stress post-traumatique de la guerre du paintball en parlant de cette façon.

J'esquissai un coup de pied dans la direction générale de son entrejambe et il attrapa ma cheville en riant.

— Au lit. Maintenant.

Et je n'eus pas l'énergie de protester. La journée avait été longue et éprouvante.

***

Le lendemain matin, une toute petite femme avec des cheveux blonds et les plus hauts talons qu'il m'a été donné de voir arriva à la maison avec plusieurs sacs de vêtements sur les épaules. Je l'avais déjà rencontrée une fois, quand je vivais avec Adam avant la rupture. Sonia était sa conseillère shopping et elle passait environ une fois par mois avec de nouveaux habits pour lui.

J'avais découvert ce jour-là que ce que j'avais pensé être un talent d'Adam pour bien s'habiller n'était pas vraiment un talent. Il s'appuyait sur Sonia. Et elle travaillait bien. Elle avait non seulement un très bon sens de la mode, mais en plus elle le connaissait assez pour déterminer son propre style. Non pas qu'Adam était du genre à porter quelque chose qu'il n'aimait pas, et en effet, il renvoyait quelques vêtements à chaque livraison.

En général, Sonia faisait livrer les vêtements depuis le grand magasin dans lequel elle travaillait, au centre commercial chic de Newport, Fashion Island. Mais aujourd'hui, elle vint en personne et j'allais apprendre plus tard que c'était à la demande d'Adam.

Car désormais Sonia n'était plus seulement la conseillère d'Adam, mais aussi la mienne. Et même si l'idée que quelqu'un achète mes habits pour moi ne m'enthousiasmait pas au début – en particulier lorsqu'elle commença à parler d'options pour couvrir la tête et de perruques –, ses suggestions m'intriguèrent rapidement.

Elle prit mes mesures et nous regardâmes quelques magazines. Elle me posa une longue liste de questions sur mon propre sens du style et elle avait des échantillons de couleurs. Elle me montra les différentes choses que je pouvais porter sur la tête, depuis des foulards attachés de façon créative aux bérets ou aux bonnets qui serraient le crâne.

Quand elle partit, je fis un gros câlin et un bisou à Adam en le remerciant. Je n'avais pas besoin d'excuse pour avoir envie d'être près de lui, mais j'en profitais dès que j'en avais l'occasion.

Chapitre Quatorze
Adam

PENDANT LES JOURS QUI ONT SUIVI, TOUT CE QU'ELLE SEMBLA faire, c'était dormir, manger, et regarder des épisodes de *Farscape* avec moi. Je ne savais pas si cette fatigue était naturelle avec la chimiothérapie ou si c'était une dépression. Je concentrais tout mon travail sur les moments où elle dormait, choisissant de ne pas me rendre au bureau. Jordan, mon directeur financier, m'apportait toutes les affaires importantes que je devais régler tous les quelques jours et je dois admettre qu'il demanda même des nouvelles de sa santé et qu'il sembla inquiet.

Je m'attendais néanmoins à 'la discussion' et je finis par l'avoir.

— Alors, euh... je peux te demander... que se passe-t-il entre vous deux, en fait ?

Je le regardai par-dessus les paperasses qu'il avait alignées pour que je les signe, mais je ne répondis pas.

— Tous les deux, vous êtes, euh... tu sais ?

Je commençai à signer.

— Amis ? Oui, nous sommes amis.

— Mais vous n'êtes pas... ensemble...

— En quoi cela te regarde-t-il ? demandai-je en ôtant le premier papier de la pile et en passant au suivant.

Il tendit une main et détourna nerveusement le regard.

— D'accord... j'essaie juste de veiller sur toi, mon vieux. Après la dernière fois...

Je serrai les dents.

— Ceci n'est pas la dernière fois.

— Tu en es sûr ? Adam, tu as un gros cœur et je sais que tu es triste pour elle, mais elle t'a bouleversé pendant des mois.

Mon stylo se figea et je me redressai.

— Je ne suis pas triste pour elle. Je l'aime. Nous avons dépassé cela… du moins, nous essayons, jusqu'à ce que des gens qui nous veulent du bien le ramènent sur le tapis.

Jordan inspira profondément avant de souffler.

— Très bien. D'accord. Fais… fais juste attention, d'accord ? Tu ne sais pas du tout comment tout ceci va… comment ça va se terminer…

Sa voix devint inaudible et il grimaça comme si, en entendant ce qu'il disait, il s'était rendu compte à quel point il était ridicule.

Comme s'il avait besoin de me rappeler que je ne savais pas comment tout allait finir. Ses quatre-vingt-cinq pour cent de chances l'avaient fait pour moi. Ce nombre planait au-dessus de ma tête tous les jours. J'étais resté sans voix la première fois que je l'avais entendu chez le médecin, et depuis je le cachais derrière un visage courageux. Évidemment, je n'avais aucune idée de ce qu'il allait se passer, mais je n'avais pas besoin que Jordan me rappelle cette peur bien trop réelle.

Je ne dis rien pendant longtemps, avançant dans le tas, lisant chaque page en diagonale pour savoir ce que je signais. Puis je me redressai et je rebouchai le stylo en le regardant.

— Écoute. Je comprends ce que tu me dis, mais ça va. Et elle, ça ira aussi. Elle va s'en sortir.

Il hocha la tête, se pencha pour ramasser la pile et puis il s'arrêta en me regardant.

— Ouais, elle s'en sortira. Mais après ? Que se passera-t-il alors ?

— Je comprends qu'elle ne soit pas ta personne préférée…

Probablement parce qu'il préférait les femmes idiotes et qu'Emilia dépassait de loin sa limite supérieure de QI pour une femme. Certains hommes étaient vraiment intimidés par une femme intelligente. Mais je n'avais pas la patience pour cela aujourd'hui, même si cela partait d'une bonne intention. Je serrai les dents.

— Elle a besoin d'amis maintenant. De soutien. Pourquoi ne le proposerais-tu pas au lieu d'être tout le temps critique ?

Jordan fronça les sourcils et il ne dit rien, se balançant d'un pied sur l'autre.

— Je sais que mes conseils dans le passé n'ont fait qu'empirer les choses pour toi, mais... eh bien, si tu veux un jour en parler, je suis là pour toi, mon vieux.

Je ris et il inclina la tête en faisant un sourire d'autodérision.

— Tes conseils sont pourris !

— Hé ! Je me demandais si tu voulais...

Emilia passa le coin du couloir dans mon bureau, manifestement sans savoir que Jordan était présent. Elle s'arrêta dans l'encadrement de la porte et croisa le regard de Jordan, qu'elle appelait parfois son ennemi juré.

Ils restèrent debout à se regarder en silence. Elle n'avait rien sur la tête et Jordan fut la première personne en dehors de moi, sa mère et ma bonne à la voir sans cheveux.

— Salut, Jordan, parvint-elle à dire faiblement son visage rougissant et la couleur s'étalant sur son cuir chevelu nu.

— Mia ! dit-il d'une voix enthousiaste comme si notre conversation n'avait jamais eu lieu. Waouh, tu as l'air...

— Chauve ? l'interrompit-elle, en posant une main gênée sur sa tête. Lustrée ?

Jordan hésita, mal à l'aise.

— J'allais dire : 'beaucoup mieux que ce que j'aurais cru après deux semaines de chimiothérapie'.

Mia leva les sourcils.

— Ah, euh, merci.

— J'espère que tu te sens bien ?

Elle pinça un peu les lèvres, mais elle ne me regarda pas.

— Je me sens très bien, en fait. Au mieux de ma forme.

Jordan ne réagit pas face à ce mensonge manifeste. Tant mieux. Il s'agita pendant un moment puis il fit signe vers la pile de papiers dans sa main.

— Il vaudrait mieux que j'y aille, mais je suis content d'avoir pu te voir. Je suis content de voir que ça va.

Emilia fronça brièvement les sourcils, mais elle le remercia et puis Jordan prit ses affaires et partit.

— Waouh, dit-elle quand la porte d'entrée au rez-de-chaussée s'était refermée.

Elle se tourna vers moi avec un sourire sarcastique.

— Il doit croire que je suis à l'article de la mort.

Je grimaçai.

— Non, ce n'est pas vrai. Pourquoi dis-tu cela ?

— Ce type n'a jamais été agréable avec moi.

Je ris. Elle rit.

— Je suppose que s'il continue à être aussi gentil, je prendrai la peine de me poudrer la tête la prochaine fois.

Elle se frotta à nouveau le crâne.

— Espèce de dévergondée, dis-je. Montrer autant de peau !

Elle me tira la langue.

— Et maintenant, tu me tortures, dis-je.

Elle fit le tour du bureau en chaloupant de manière aguichante, balançant ses hanches minces dans son jogging et elle vint se tenir à côté de moi.

— Ça fonctionne ? chuchota-t-elle à mon oreille en passant les bras autour de mon cou.

— Peut-être...

Je fermai mon ordinateur portable et je tournai ma chaise de bureau pour lui faire face. Je passai mes bras autour de sa taille en faisant atterrir un léger baiser sur sa joue quand elle se laissa tomber sur mes genoux. Elle remonta ses genoux en s'appuyant contre mon torse.

— Ho, dis-je, soudain très mal à l'aise à cause de cette proximité.

J'avais peut-être plaisanté, mais cela faisait un moment, et elle était maintenant assise sur moi dans son jogging sexy et son tee-shirt fin. Je dus mener une lutte mentale contre moi-même pour ne pas poser la main sur son cul. Parce que, bon sang, j'en avais vraiment envie.

— Que se passe-t-il ? demandai-je en tremblant un peu.

Elle se déplaça, ce qui envoya des frissons agréables dans certaines parties inférieures.

— Rien. Je voulais juste te dire 'salut'.

— D'accord, dis-je en cherchant à toute vitesse comment la faire descendre de mes genoux sans la blesser.

— Tu ne vas pas au travail aujourd'hui ?

— Non.

— Pourquoi pas ?

— Tu as un autre traitement demain. J'ai pensé que nous pourrions faire quelque chose avant... avant que tu ne te sentes plus aussi bien.

Elle soupira. Sa main se posa à plat contre mon torse et elle le frotta doucement. Je me mordis l'intérieur de la joue en essayant de penser à autre chose que le fait que cela faisait des mois que je n'avais pas baisé.

— Ça va ? demandai-je.

— Oui. En pleine forme.

— Jordan et ta mère ne sont pas là. Tu n'es pas obligée de me mentir.

— Eh bien, ça va, vraiment. Mais je viens de recevoir un e-mail bizarre.

— De qui ?

— De la part d'un autre blogueur et gamer. Le propriétaire de GameGlomerate. Il veut acheter Geekette.

— Tu rigoles ?

Je me raidis et je me penchai en arrière pour regarder son visage. Elle sourit.

— Je te raconte beaucoup de conneries, mais pas cette fois.

— Ces types sont des crétins. Pourquoi veulent-ils *ton* blog ?

Elle me fit une grimace et puis elle appuya sa tête contre mon épaule. Elle tripota le bouton du col de ma chemise.

— Ne sois pas si surpris. C'est un bon blog.

— C'est un excellent blog. Mais qu'ont-ils l'intention de faire avec ?

Elle haussa les épaules en évitant de me regarder dans les yeux.

— Je pense qu'ils rachètent plusieurs plus petits blogs populaires pour étendre leur plate-forme et leur lectorat.

Je ris.

— Ils pourraient le faire à l'ancienne, en écrivant leur propre contenu. Mais ils ne seront jamais aussi intelligents que toi.

Elle ne dit rien pendant un moment, se contentant de tripoter ma chemise. Je l'observai.

— Tu n'envisages pas de le faire, si ?

Elle haussa les épaules.

— Tu ne vas pas vendre ton blog, Mia.

Elle leva les yeux.

— C'est *mon* blog.

— Tu tolèrerais vraiment que quelqu'un d'autre arrive et te prenne la plate-forme que tu as mis des années à construire ? Tout le contenu que tu as écrit, tous tes liens avec les lecteurs, les autres blogueurs et les commentateurs. Que ferais-tu sans tout cela ? Pourquoi le vendrais-tu ? Tu n'as pas besoin de l'argent.

Elle resta silencieuse un moment, puis elle défit doucement un bouton, ouvrant ma chemise au niveau du cou.

— Je n'ai pas dit que j'allais le vendre. Mais parfois... parler de DE peut être gênant... en particulier avec tout le nouveau trafic depuis la quête secrète.

Je déglutis et je détournai les yeux. Sa main glissa jusqu'au bouton suivant à la base de mon cou.

— Qu'y a-t-il de si gênant ?

Elle haussa les épaules.

— D'une certaine façon, ça ne me semble pas correct... parce que toi et moi nous sommes... parce que nous vivons ensemble.

Ses acrobaties verbales ne m'échappèrent pas. Elle était aussi perdue que moi au sujet de notre relation.

Ses doigts déboutonnèrent le deuxième bouton et je décidai qu'il valait mieux changer de sujet et la faire descendre de mes genoux à toute vitesse.

— Hé, je me disais que nous pourrions sortir le bateau à moteur et descendre jusqu'au bout de la jetée. Ou on pourrait aller à la Fun Zone...

— Ou nous pourrions rester ici, dit-elle en glissant une main dans ma chemise.

J'inspirai profondément pour essayer de reprendre le contrôle de mes hormones. Sa main sur ma peau nue faisait des choses étranges à mes capacités de réflexion. Je pris sa main et je la sortis doucement de ma chemise.

— On ne doit pas se connecter en même temps que Heath et Kat, aujourd'hui ?

Heath n'avait pas pu passer parce qu'il avait un rhume et qu'Emilia ne pouvait pas fréquenter les gens malades. La chimio la rendait très vulnérable aux bactéries et aux virus à cause de son système immunitaire affaibli.

Elle fronça les sourcils en me regardant.

— Je crois que oui.

— Bien. Tu veux sortir pour aller marcher avant de commencer ? Tu seras coincée à la maison pendant quelque temps après-demain.

Elle cligna des yeux et elle glissa de mes genoux en se mettant debout. Je soupirai presque de soulagement.

— Euh... D'accord.

Je me levai et je passai devant elle pour attraper nos pulls et mettre mes chaussures. J'essayai de ne pas tenir compte du regard étonné qu'elle me lança quand je passai. C'était un mélange de surprise et de douleur. J'avais conscience d'avoir rejeté ses avances – et que cela l'avait sûrement blessée. Je notai mentalement que j'allais devoir lui en parler plus tard. Mais pas maintenant.

Parce que maintenant, si je ne sortais pas d'ici, j'allais sans doute faire quelque chose que je risquais de regretter — quelque chose dont j'avais vraiment envie — comme de l'attirer sur mes genoux et de l'embrasser à mort. Je lui avais promis que nous irions doucement, et si je ne campais pas sur mes positions, le désastre ne tarderait pas à se jeter sur nous. J'ordonnai donc à mon corps de se calmer et nous sortîmes pour prendre l'air à l'extérieur où il n'y avait pas de tentations dangereuses.

Chapitre Quinze
Mia

— PRENDS ÇA, ESPECE DE CONNARD VERT ! hurlai-je dans le micro de mon casque.

Je tirai un autre sort de boule de feu et je collai un orc égaré contre un mur de la forteresse que nous traversions. L'orc prit feu sans discuter et il disparut.

— Quelle violence, Mia, dit la voix rieuse de Heath dans le casque.

— Je suis dans cet état d'esprit, répondis-je en utilisant un autre sort de haut niveau sur un monstre de faible niveau et le vaporisant.

Il n'existait pas de pire furie qu'une femme sexuellement frustrée venant d'être rejetée par l'objet de ses désirs.

— Que se passe-t-il, copine ? demanda Kat. Tout va bien ?

Je grinçai des dents et je tirai encore un sort bien trop fort.

— J'ai la putain de pêche.

— D'accord. Alors... quelqu'un sait-il si FallenOne va se connecter ?

Je ne dis rien. Après notre longue promenade sur la plage, il m'avait laissée commencer avec notre groupe pendant qu'il terminait quelque chose au bureau, promettant de nous rejoindre dès que possible. Je n'avais pas vraiment entendu tout ce qu'il m'avait dit, car mentalement, je pansais encore mes blessures. Il avait été parfaitement adorable avec moi pendant toute la promenade, mais je savais qu'il m'en voulait encore. Sinon, pourquoi me repoussait-il encore ? Et quand il avait parlé de faire les choses lentement,

lentement à quel point ? Je n'avais passé ici que quelques semaines, mais je détestais déjà son plan.

Sauf s'il y avait une autre raison… et c'était cette autre raison qui faisait mal. Parce que je n'étais pas idiote. Je me voyais dans le miroir tous les matins. J'avais tout à fait conscience que je commençais à ressembler à la reine des Borg de *Star Trek*. Entre la peau pâle et cireuse, les veines sombres dans mes bras et la tête chauve, j'étais certaine d'être parfaitement sexy. Je ne pouvais franchement pas lui en vouloir d'être dégoûté, même si j'avais espéré qu'il ne le serait pas.

Je clignai des yeux pour chasser ce sentiment en me rappelant que tout ceci n'était que temporaire. Ces pertes ne seraient pas éternelles, contrairement à d'autres…

Je me concentrai sur l'écran devant moi. Une horde de gobelins arriva en courant dans le couloir où nous avions massacré leurs cousins orcs. Je les écrabouillai tous avec mon sort de plus haut niveau.

— Mia ! siffla Heath. Arrête de gaspiller toute ta magie de haut niveau. Nous en aurons besoin plus tard quand nous trouverons le boss.

Heath parlait du gros méchant monstre qui portait le meilleur butin, celui que nous trouverions très probablement à la fin de cette incursion.

Votre ami, FallenOne, est en ligne.

Je soufflai. Bon, apparemment il avait fini de travailler.

— Bon sang, Fallen pourra peut-être te raisonner, dit Kat.

Heath rit fort.

— J'en doute sérieusement.

J'envoyai un message privé à Heath.

Vous dites à Fragged : Arrête où c'est toi que j'écrabouille ensuite !

Fragged vous dit : Qu'est-ce que j'ai fait ?

FallenOne a rejoint votre groupe.

— Salut, Fallen, dit Kat. Tu peux nous rejoindre ? Nous sommes à mi-chemin du couloir sud et Mia pète un câble avec sa magie. Nous aurons besoin d'aide quand nous atteindrons le boss.

La voix d'Adam me parvint dans le casque.

— Je crois que je peux taper du monstre jusqu'à vous.

J'inspirai profondément et je regardai par la fenêtre. J'étais assise dans la banquette de fenêtre, appuyée contre des oreillers, mais je n'y voyais pas très bien à cause de la lumière du soleil qui se reflétait sur mon écran. En outre, je commençais à avoir mal aux fesses à force de rester assise au même endroit, alors je me levai pour aller vers le lit. À ce moment-là, Adam passa la porte, son casque sur la tête et son ordinateur portable en équilibre sur un avant-bras musclé.

Il posa une main sur son micro afin que les autres ne puissent pas l'entendre.

— Ça va ?

— Bien sûr. En pleine forme, dis-je en lui donnant ma réponse préenregistrée.

Il grimaça, une lueur d'irritation passant dans ses yeux sombres.

— Tu ne veux pas jouer aujourd'hui ?

Je haussai les épaules.

— Non, ça va. Juste nerveuse pour demain.

— Que se passe-t-il demain ? À qui parles-tu, Mia ? dit Kat.

Silence. Heath éternua. Merde. Je me figeai. Kat ne savait toujours pas qu'Adam et moi étions – nous avions été – en couple. Elle ne savait absolument pas qui était vraiment FallenOne. Elle était aussi ignorante que Heath et moi l'avions été à la même époque l'année dernière.

Tout ce qu'elle savait, c'était que j'avais voulu vendre ma virginité aux enchères. Elle m'avait donné son soutien, c'était la seule amie qui avait approuvé. Et plus tard, quand elle m'avait posé la question, je lui avais dit que finalement cela n'avait pas été jusqu'au bout. Nous en avions parlé après la rupture d'Adam et moi à Sainte-Lucie et nous n'en avions plus discuté après. Il était toujours possible de tenir les amis en ligne plus à distance que les amis en face à face. Et comme ces derniers mois j'avais voulu éloigner mes amis en face à face – et mon petit-ami –, j'avais repoussé tout le monde et j'en payais encore le prix.

Adam avait toujours la main sur son micro.

— Elle ne le sait pas encore ?

Je lui jetai un regard coupable, puis je me penchai en arrière en posant l'ordinateur sur mes genoux.

— Fallen, tu viens, ou quoi ? J'ai envie de commencer, dit Heath en essayant clairement de distraire Kat de ses questions.

Adam s'assit sur le rebord du lit sans me regarder et il porta son attention sur le jeu. Il traversa la même forteresse que celle où nous combattions les orcs et les gobelins. Notre groupe dut rebrousser chemin sur du territoire que nous avions déjà parcouru pour pouvoir le rejoindre.

— Je sais quel est le problème de Mia, dit Kat avec son ton espiègle familier.

— Quoi donc ? demanda Heath.

— La frustration sexuelle.

Je m'étranglai en levant les yeux de mon écran pour voir le bout du lit. Adam n'avait pas levé la tête, il était concentré sur une bataille contre un groupe de gobelins qui venait de bondir sur son personnage.

— Tu projettes ton propre problème sur moi, Kat. C'est sûrement toi qui as besoin de baiser, répliquai-je.

— Oh, je suis certaine que c'est ton problème. Mais tu ne le sais pas parce que tu es trop pure et virginale.

Adam jeta un regard en coin et Heath commença à tousser de son côté du micro. Je ne savais pas s'il toussait ou s'il riait – ou les deux.

— Euh, dis-je. Ce n'est plus vraiment mon problème.

— Sans rire ! dit-elle. Notre petite vierge a fini par la perdre après l'échec de ses enchères scandaleuses ? C'était qui ? C'était ce beau gars avec lequel tu dansais à la fête des employés à Vegas ?

Oh, pour l'amour du ciel... je regardai Adam. Il baissait la tête comme s'il se concentrait sur l'écran, mais ses épaules tremblaient comme s'il essayait de retenir son rire.

— Il n'était pas si beau que ça, dis-je et lorsqu'Adam releva la tête, je lui tirai la langue. Il loucha.

— Livraison de monstres ! cria Adam quand son personnage courut dans le couloir vers notre groupe suivi par au moins cinq gros orcs.

J'appuyai sur le bouton d'un de mes énormes sorts. Encore une fois, c'était totalement exagéré, mais c'était trop agréable de tous les voir tomber comme des pierres.

— Qu'est-ce qui... ? maugréa Kat.

— Encore une fois... nous aurions pu utiliser ce sort contre le gros boss, Mia. Avec quoi vas-tu le battre maintenant ? Des bâtons et des pierres ? Ça va te prendre une heure de récupérer ce sort.

Heath était clairement irrité.

Je haussai les épaules mêmes si je savais qu'il ne pouvait pas me voir. Je savais que j'étais immature et que je devais sans doute me déconnecter à cause de ma mauvaise humeur. Je causerais moins de dégâts en partant au lieu de tirer tous mes bons sorts à gauche et à droite.

— Mia ne se sent pas bien, dit Adam en me regardant.

Et il avait raison. Il l'avait dit presque exactement au moment où j'avais senti un mal de tête me serrer le crâne. C'était comme si l'on me perçait l'os. J'eus chaud et je me mis à suer.

Soudain, je pus à peine tenir le clavier sur mes genoux quand je me mis à trembler. Sans un mot de plus, Adam se leva et il posa l'ordinateur portable sur le côté.

— Attendez les gars, je suis AFK et Mia aussi, dit Adam en donnant le code universel des gamers qui signifiait que nous n'étions pas disponibles : AFK signifie 'Away From Keybord', c'est-à-dire loin du clavier.

Il arracha son casque et il enleva l'ordinateur de mes jambes en quelques secondes. Il prit le plaid au bout du lit et il m'enveloppa dedans.

— Allonge-toi, chuchota-t-il.

— Aïe, râlai-je en posant une main sur ma tête. D'habitude, je deviens très excitée dans mes parties féminines quand tu me parles de cette façon.

Le visage d'Adam était sérieux quand il me recouvrit du plaid en le calant bien autour de mon corps. Je continuai à trembler.

— Pourquoi as-tu continué à jouer si tu ne te sentais pas bien ?

Je haussai les épaules.

— Cela m'aide à penser à autre chose.

Il appuya le dos de sa main contre mon front.

— Je vais bien, va aider les autres à finir le donjon.

Mais il ne bougea pas.

— Je préférerais prendre soin de toi.

Je claquai des dents.

— Bon sang, c'est vraiment nul. En plus, Kat ne sait rien. Je ne... je ne lui ai pas dit.

Les pensées d'Adam furent inhabituellement transparentes sur son beau visage quand il me regarda pour signifier 'je ne suis absolument pas surpris'.

— Ouais, ouais, je sais, marmonnai-je entre deux frissons.

— Je peux aller te chercher quelque chose ? De l'eau par exemple ?

Je le regardai pendant un moment.

— Attrape-moi mon casque.

Il fronça les sourcils avant de se tourner pour attraper mon ordinateur et mon casque et il les posa à côté de moi. J'enfilai le casque et je regardai l'écran. Kat et Heath étaient en train de se battre contre des gobelins tout en se disputant.

— Comment se fait-il que personne ne m'ait dit pendant tout ce temps que Mia et FallenOne sont en couple et qu'ils ont vécu ensemble ?

Je soupirai. J'avais beaucoup d'explications à donner à la pauvre Kat. Je déglutis.

— Ce n'est pas de sa faute. C'est la mienne. Et c'est une très longue histoire qu'il faudrait que je te raconte au téléphone ou sur Skype sans que les garçons soient présents...

Je levai les yeux. Adam avait repris son ordinateur et il était assis à côté de moi sur le lit, enfilant son casque.

— Ah, eh bien, je veux bien le faire maintenant. Ils peuvent aller jouer pendant que nous parlons.

La voix de Kat était tendue, blessée et perdue. Parce que ce n'était pas suffisant que je blesse Heath, ma mère et Adam en particulier. Maintenant, je devais encore souffrir de la stupidité de mes actes à tous les niveaux et avec toutes les personnes qui comptaient pour moi.

— Pas maintenant Kat, mais bientôt, je te le promets. Je me sens assez mal maintenant et j'ai besoin de me déconnecter.

— Que se passe-t-il ? Heath t'a toussé dessus ou quoi ?

— Non, Kat. J'ai un cancer.

Ces quelques mots terribles alourdirent tout comme une ancre, ou une enclume tombant du ciel.

La main d'Adam entoura la mienne, mais il regardait son écran, parvenant d'une seule main à aider les deux autres à combattre les monstres. Il était le seul à pouvoir faire quelque chose du genre. Je serrai sa main.

— Ha ha. Ouais, d'accord. Non, sérieusement, qu'est-ce qui ne va pas ? Fallen ne t'a pas filé la chaude-pisse, si ?

— J'aimerais que ce soit une blague, répondis-je.

Silence.

J'entendis Heath tousser à l'autre bout. Adam et moi on se regarda. Je tapotai mon micro.

— Kat, tu es toujours là ?

Il y eut un long soupir, puis Kat s'éclaircit la gorge.

— Euh. Oui. Je suis là, dit-elle d'une voix tremblante.

Elle semblait prête à pleurer.

— Je... je suis désolée. Il y a beaucoup de choses que je ne t'ai pas dites.

La seule chose que j'entendis de l'autre côté du micro fut un long reniflement.

— Ça va, Kat ? finis-je par dire.

— Non. Non, ça ne va pas, dit-elle d'une voix tremblante. Je dois me déconnecter. Je vous verrai plus tard.

J'eus le cœur lourd en regardant l'écran. Persephone, son personnage, se téléporta hors du donjon au moment critique où une bande de gobelins – vraiment trop pour nous – attaqua nos personnages. Elle était notre guérisseuse et mis à part mes sorts de soin pourris, nous n'avions aucun moyen de survivre.

Au bout de quelques secondes, nos personnages étaient morts et ils flottaient dans le cimetière sous la forme de fantômes. Heath poussa un long soupir.

— Eh bien, c'était un timing excellent, maugréa-t-il entre deux quintes de toux.

— Je suis désolée, chuchotai-je. Je ne savais pas qu'elle le prendrait si mal.

— Mia, je t'adore, mais parfois tu ne comprends vraiment rien, dit Heath.

Je levai les yeux vers Adam qui avait serré la mâchoire en entendant les paroles de Heath. Mais il ne dit rien. Je ne savais pas s'il était d'accord avec Heath ou s'il se préparait à l'attaquer. Finalement, il resta silencieux.

— Je sais, acquiesçai-je. Il faut peut-être que je grandisse un peu.

— Poupée, il n'y a personne au monde qui t'aime plus que moi. Et je ne veux pas que tu déprimes. Je lui parlerai. Elle s'en remettra. Garde tes forces. J'aimerais être avec toi demain. Mais c'est le round numéro trois. Plus que neuf autres après ça.

Je me laissai retomber contre l'oreiller, les larmes aux yeux. Plus que neuf doses d'enfer pur et dur. Youpi.

On se déconnecta et Adam resta longtemps assis à côté de moi.

J'eus enfin le courage de lui poser la question qui m'avait brûlé les lèvres toute la journée.

— Alors, cet après-midi, quand j'étais assise sur tes genoux… tu n'as pas aimé ça ?

Il ne répondit pas pendant de longues minutes pesantes. Puis il s'éclaircit la gorge.

— J'ai aimé ça. Sans doute un peu trop, même.

Je clignai des yeux. Je me sentis un tout petit peu mieux.

— Tu le dis comme si c'était une mauvaise chose.

Il se déplaça à côté de moi pour pouvoir me regarder dans les yeux.

— Nous sommes censés aller lentement, tu te souviens ?

— C'était ton idée, pas la mienne.

Un autre silence.

— C'est vrai.

— Alors, lentement à quel point ?

Il inspira profondément avant de souffler.

— On pourrait peut-être improviser.

— Alors, ça veut dire… on ne s'embrasse pas, on ne se tripote pas ?

Il parut très mal à l'aise.

— On, euh… on improvise ? répéta-t-il.

Je soupirai et il caressa ma tête nue, ma joue. Je m'endormis, mais je sentis son baiser sur mon crâne lisse avant qu'il se lève pour partir.

Heath avait raison. J'étais totalement ignorante. Et maintenant que je commençais à avoir conscience de ce que je faisais, je semblais ne pas du tout savoir comment me sortir des trous que je m'étais creusés. J'avais plus que jamais besoin d'avoir des gens autour de moi, mais à cause de mes propres actions, tout le monde était plus distant. Mia Strong était bien une île. Mais elle était putain de seule et elle mourait d'envie que quelqu'un vienne la sauver de sa solitude.

J'avais rêvé des figurines de William. Elles étaient de taille réelle et animées, et pourtant toujours en métal. Elles ne pouvaient me parler qu'en chuchotant, mais elles semblaient toutes parler à la fois et je n'arrivais pas à les entendre par-dessus le souffle du vent et l'orage autour de moi. Mais je savais – j'étais certaine qu'elles avaient des choses importantes à me dire. Des informations vitales. Des choses que je devais savoir pour ma propre survie. Mais je ne pouvais pas les entendre.

Je me réveillai à deux heures du matin, collante de sueur et brûlante. Ma bouche était sèche, mon pyjama trempé et j'avais un mal de tête aussi gros que la villa dans laquelle je vivais à présent. Je sortis en trébuchant du lit et je m'aspergeai le visage et toute la tête d'eau froide, trempant encore plus mon tee-shirt et mon jogging.

C'était vraiment injuste que ma dernière nuit de liberté avant une autre dose de chimio soit gâchée par cet avant-goût de la ménopause. Comme si j'avais besoin que l'on me rappelle que j'étais maintenant aussi stérile et sans vie de l'intérieur que la Lune. Et sans doute aussi peu engageante, si j'en jugeais par l'effet de mes avances sur Adam.

Je titubai hors de la salle de bains, à présent complètement trempée, et j'enlevai mes vêtements avant d'attraper un débardeur fin et un bas de pyjama. Mais je me sentais oppressée, je suffoquais dans l'air immobile de ma chambre. Et je ne savais toujours pas comment ouvrir mes belles fenêtres neuves.

En outre, je n'avais aucune envie de tourner et retourner dans mon lit pendant des heures en pensant à l'horreur qui serait injectée dans mes veines dans quelques heures. La nuit avant chaque traitement de chimio était un peu comme j'imaginais qu'un ancien prisonnier devait se sentir en anticipant sa prochaine incarcération. Il savait exactement quelles horreurs l'attendaient, et il savait également qu'il ne pouvait pas l'éviter une fois que le jury aurait déclaré coupable de tous les chefs d'accusation.

L'intraveineuse allait me donner l'impression de sentir le poids froid des menottes autour de mes poignets et de mes chevilles. Le goût métallique presque instantané dans ma bouche et le mal de tête diffus seraient les bruits de la porte de prison qui se ferme, m'emprisonnant pendant des jours.

Je détestais la chimiothérapie presque autant que je détestais le cancer. Et maintenant, elle sapait lentement ma volonté de vivre, de survivre, de me battre.

Je poussai un soupir tremblant et je frottai mon crâne lisse, geste qui remplaçait celui d'enrouler mes longs cheveux autour de mon doigt. Je me glissai par la porte de mon petit sanctuaire – bientôt ma prison – et je regardai dans le couloir en direction de la chambre d'Adam.

J'ouvris et je refermai les poings plusieurs fois en combattant l'envie de longer le couloir et me glisser dans le lit à côté de lui. J'en avais tellement envie – j'avais tellement envie de lui. Je voulais écouter sa respiration paisible, me coller contre son corps dur, sentir ses bras m'envelopper. Sentir ses lèvres me caresser le cou. Mais je ne pouvais pas oublier notre courte conversation avant de m'endormir : son insistance pour que nous avancions lentement.

Pouvais-je lui en vouloir ? Tout ceci semblait l'effrayer autant que moi à l'idée de revenir vivre ici. Et nous nous entendions plutôt bien, alors il n'avait sans doute pas tort. Mais cela m'ennuyait malgré tout.

J'y réfléchis en descendant l'escalier à tâtons dans le noir et j'allumai une lumière tamisée au-dessus du bar. Je pouvais voir le chemin jusqu'aux portes vitrées qui ouvraient sur la plage privée de ce côté de Bay Island, où la magnifique maison d'Adam surplombait Back

Bay de Newport Beach. En sortant, l'air frais caressa ma peau brûlante et j'inspirai profondément, me sentant déjà plus calme. La paix m'envahit même si mon cœur battait encore vite.

Je tripotai le pendentif à mon cou. Je n'enlevais jamais la boussole. Je ne savais toujours pas vraiment ce qu'Adam avait essayé de me dire le jour qu'il me l'avait donnée, mais l'avoir près de mon cœur était un rappel constant de lui, de sa gentillesse, de son amour – et de mon amour pour lui. Je n'avais pas vraiment besoin d'un rappel pour ce dernier élément. À chaque fois que je pensais à lui, le pincement de mon cœur s'en chargeait tout seul.

Je me couchai sur le sable frais et je regardai le ciel trouble, voilé d'épais nuages. Je réfléchis longtemps à nous deux, la boussole appuyant contre mon sternum. J'espérais sans certitude que notre relation survive. Mais nous n'avions pas été assez forts une fois déjà, et avec tout ce qu'il s'était passé depuis, je ne savais vraiment pas comment nous pourrions l'être.

Chapitre Seize
Adam

JE M'ETAIS RENDORMI, LA TETE CONTRE MON BRAS, PENCHE SUR mon bureau. Je frottai mon cou douloureux et je regardai l'horloge en me souvenant que j'allais devoir ramener Emilia à l'hôpital au matin. Il valait mieux que j'aille dormir quelques heures dans un lit pour pouvoir être là pour elle. Me forcer à travailler pour penser à autre chose ne me sembla pas si efficace qu'autrefois.

Je longeai le couloir jusqu'à sa chambre, ayant l'intention de voir comment elle allait avant d'aller me coucher seul. Elle avait été faible et tremblante ce soir-là, perturbée par la réaction abrupte de Kat lorsque celle-ci avait appris la nouvelle. Malgré tout, elle avait réussi à s'endormir. Elle avait besoin de toutes ses forces pour demain. Mais quand j'atteignis sa chambre, je trouvai la porte grande ouverte et son lit vide. Les vêtements qu'elle avait portés formaient une pile sur le sol.

Elle était peut-être descendue pour manger quelque chose ? J'espérais que ce soit le cas, car elle n'allait sans doute pas manger pendant plusieurs jours, à en croire les traitements précédents. Je descendis les marches, mais la cuisine et le bar étaient vides. Cependant, une petite lumière était restée allumée dans l'alcôve près des portes vitrées qui menaient à la plage. L'une des portes était entrebâillée.

Était-elle allée se promener à cette heure de la nuit ? C'était parfaitement sans danger, bien sûr, mais si elle s'était sentie faible et qu'elle s'était évanouie quelque part ? Je passai la porte en un éclair et après avoir attendu que mes yeux s'adaptent à l'obscurité, j'examinai l'étendue de sable devant moi. Les chaises et les chaises longues étaient toutes vides, mais après avoir avancé vers l'eau, je distinguai une forme humaine étalée dans le sable frais, à quelques pas du bord de l'eau. Je m'éclaircis la gorge bruyamment pour lui faire savoir que j'étais là sans lui faire peur.

J'espérais qu'elle ne se soit pas endormie ici.

Elle tourna la tête et elle se releva sur ses coudes pour regarder derrière elle. Il faisait très sombre. Le peu de lune était obscurci par les nuages de la côte. Je m'assis près d'elle dans le sable, la fraîcheur traversant immédiatement mon jean.

Elle ne portait qu'un pantalon de pyjama fin et un débardeur qui l'était encore plus, mais elle ne semblait pas avoir froid.

— Ça va ? demandai-je sans préambule.

Elle hocha la tête en répondant comme après coup :

— Oui.

Je m'arrêtai et elle parut éviter mes yeux, retournant son regard vers le ciel.

— Que fais-tu ici ?

— Je n'arrivais pas à dormir. J'avais très chaud.

Elle haussa les épaules avant de continuer.

— Il faisait bon ici. Je pouvais respirer.

— Qu'est-ce qui ne va pas ?

Elle attendit avant de répondre, gardant les yeux rivés sur le ciel.

— Je ne trouve pas Draco.

Je levai les yeux. On ne voyait pas d'étoiles. La noirceur de la nuit était complètement couverte par le gris terne des nuages côtiers.

Elle respira en tremblant puis elle me jeta un coup d'œil avant que son regard ne s'échappe comme un oiseau effrayé.

— Tu m'as dit que Draco est toujours dans le ciel, peu importe l'heure de la nuit, peu importe que l'on se trouve dans l'hémisphère Nord. On peut toujours le trouver. Mais je ne le vois pas ce soir. Qu'est-ce que cela signifie ?

Je tendis la main et je touchai sa joue douce et fraîche du dos de la main. Elle tremblait si légèrement que c'était presque impossible à remarquer.

— Tu ne peux pas voir Draco parce que tu ne peux pas voir les étoiles ce soir. C'est à cause des nuages côtiers.

Sa respiration sortit en tremblant de ses lèvres et elle ferma les yeux. Je continuai à lui caresser la joue.

— Je veux le voir. J'ai besoin de le voir.

— Tu vas devoir me faire confiance. Tu ne peux pas le voir, mais il est là, je te le promets. Tu as confiance en moi ?

Elle laissa retomber sa tête et se coucha à plat sur le sable. Je me penchai sur elle, la regardant dans les yeux, à l'envers. Soudain, j'eus du mal à respirer. Je caressai encore une fois sa joue. Ses paupières battirent comme les ailes d'un papillon. Elle était aussi délicate que l'un d'eux. Aussi fragile. Et je n'avais jamais pensé à elle de cette façon.

Elle était vulnérable. Elle était à la merci de ceux qui l'entouraient. Et de moi. Ma gorge se serra.

Elle me regarda longtemps, puis elle passa la main autour de mon cou comme si elle avait peur que je m'éloigne.

— Tu sais ce que j'aime le plus dans tes yeux ? demanda-t-elle.

Je fronçai les sourcils, perdu à cause du changement abrupt de conversation.

Son pouce se déplaça dans ma nuque et j'essayai d'ignorer le doux picotement qu'évoquait ce contact. J'eus envie d'enlever son bras, mais elle était si fragile. Et je l'avais déjà repoussée un peu plus tôt.

— Ils sont si jolis – tes yeux. Et si différents.

Je soupirai en essayant de chasser ce moment par un rire. L'intensité d'Emilia était inhabituelle, mais pas surprenante. Pas besoin d'être un génie pour comprendre pourquoi elle était d'humeur sombre.

— Les hommes n'aiment pas être traités de 'jolis'.

Elle me fit une grimace et j'aperçus ma Mia.

— Ouais. Dommage pour toi. Tes yeux sont vraiment jolis. D'une façon tout à fait virile, bien sûr.

Je souris, mais je ne répondis pas.

Elle serra mon cou plus fort en m'attirant près d'elle. Nos yeux ne se trouvaient qu'à quelques centimètres, mais je ne me détournai pas, malgré l'intensité de son regard qui me donna l'impression de fixer un spot de 1000 watts.

— Ils sont si sombres, si mystérieux. Je les voyais comme des rideaux, ou des stores. Ils cachent ce qu'il se passe à l'intérieur. Mais ce soir, je les vois comme des... miroirs. Ils reflètent tout. Je peux m'y voir.

Ma respiration devint un peu irrégulière.

— Oh, répondis-je en chuchotant si bas que mes paroles semblèrent être avalées par les bruits ambiants autour de nous, l'eau qui léchait la plage, le sifflement distant de l'autoroute, même de bon matin. Ah, tu es là, Mia. Tu es tout à fait là.

Et puis sans réfléchir, juste en ressentant, ma bouche descendit jusqu'à la sienne. J'étais penché sur elle, nos têtes orientées dans des directions différentes. Ma lèvre supérieure se ferma sur sa lèvre inférieure et elle s'ouvrit à moi et je la goûtai. Je l'embrassai à l'envers. Ce baiser contenait plus que de la passion, plus qu'une déclaration de désir. Il contenait de l'amour. Mon amour. Son amour. Ils entrèrent en collision comme des vagues s'écrasant contre une barrière qui les empêchait de se rencontrer. Comme cette jetée solide qui protégeait le port des pires conditions météorologiques sur la côte sud.

— Des baisers de Spiderman, murmura-t-elle contre ma bouche.

J'embrassai son menton, ses joues et le bout de son nez. Elle faisait référence au célèbre baiser de Spiderman et Mary Jane dans le premier film Marvel. Ignorant complètement que Spiderman était son voisin Peter Parker, Mary Jane avait enlevé le masque du bas de son visage et elle l'avait embrassé passionnément sous la pluie alors qu'il pendait à l'envers dans sa toile. Des baisers de Spiderman.

Mais étais-je aussi masqué pour elle que Peter Parker l'avait été pour Mary Jane ? De bien des manières, oui. Je portais un masque parce que ce n'était pas le moment de régler toutes les conneries qui avaient eu lieu entre nous. Mes mensonges. Ses mensonges. Nos secrets respectifs. Ils avaient créé une barrière entre nos cœurs et il était impossible de dire si nous allions pouvoir les surmonter. Mais ce n'était vraiment pas le moment de les tester. Ces jours-ci, je ne me souciais que d'une seule chose. Sa survie.

Une mince larme argentée coula du coin de son œil. Je fis semblant de ne pas la remarquer et je reculai en lui caressant la joue.

— Je suis désolée... pour tout, chuchota-t-elle.

— Je sais. Moi aussi, je suis désolé pour tout.

Elle respira en tremblant.

— Comment allons-nous tout surmonter ? Est-ce possible ?

— Chut, dis-je pour l'apaiser avec un doigt sur sa bouche. Ce n'est pas le moment.

Elle me regarda encore. Ses larmes s'arrêtèrent, ses yeux s'écarquillèrent légèrement lorsqu'elle se rendit compte que j'écartais tout. N'était-elle pas d'accord ? Voulait-elle forcer la conversation que nous avions évitée depuis le moment où j'avais appris pour son cancer, sa grossesse, l'énorme fossé qui s'était creusé entre nous quand nous ne regardions pas ?

— Quand sera le bon moment, Adam ?

Je respirai puis je poussai un soupir en touchant encore sa joue.

— Quand tu seras de nouveau forte et en bonne santé. Allez, viens. Tu dois dormir. Ce sera une longue journée pour toi demain.

Et juste au moment où je me préparai à ses protestations en essayant de contrer mentalement son argument, elle se contenta de hocher la tête et elle commença à se relever sans mon aide. Je me levai à côté d'elle et elle glissa sa petite main dans la mienne. Je la serrai fermement en la tirant vers la porte d'entrée. Elle soupira et elle s'appuya contre moi.

— Je ne veux pas dormir seule ce soir. S'il te plaît… je peux dormir avec toi ?

Je voulus lui dire non, l'encourager à retourner dans sa chambre. Je voulus la repousser encore. Parce qu'elle se rapprochait trop. Les précautions autour de mes sentiments et cette toute petite résistance à lâcher les rancunes du passé allaient se faire tabasser. Mais elle avait besoin de moi. Et j'avais besoin qu'elle ait besoin de moi.

Elle vint dans ma chambre et je me changeai, je me couchai sur le lit et je la serrai contre moi, l'enveloppant dans mes bras et enfouissant mon visage dans son cou, m'immergeant dans son odeur. Cette douleur toujours présente, comme une croûte arrachée à mon âme, s'intensifia.

Elle s'endormit en quelques minutes, si immobile et frêle dans mes bras. Et mes pensées vagabondaient parmi les possibilités que le futur nous réservait – y compris les plus impensables, mais trop probables que je ne m'autorisais jamais à envisager.

Si je la perdais, je perdais tout.

Mais il y avait plusieurs façons de la perdre. Elle allait survivre. Il le fallait. Mais cela ne signifiait pas que cela nous arriverait à nous, en tant que couple. Je devais l'admettre... j'avais des doutes. Après tout, nous étions humains, et beaucoup d'eau avait coulé sous ce pont : il y avait eu beaucoup de choses blessantes entre nous. Ce serait une longue et difficile route jusqu'au pardon mutuel. L'amour était là... oh oui. Mais de tels obstacles requéraient plus que de l'amour.

Mes yeux se fermèrent enfin des heures plus tard, et après ce qui me sembla être quelques secondes, mon réveil cria dans mes oreilles et l'endroit où elle avait dormi à côté de moi était vide et froid.

Chapitre Dix-sept
Mia

" Les amitiés en ligne : sont-elles authentiques ? " — Posté sur le blog de Geekette.

QU'EST-CE QU'UN AMI 'REEL' PAR RAPPORT A UN AMI EN LIGNE ? S'AGIT-il des mêmes relations ou du moins, sont-elles similaires ? Devrions-nous leur coller la même etiquette ? Des études récentes sur le phénomène des réseaux sociaux ont montré qu'une personne a généralement beaucoup plus d'amis virtuels que d'amis réels. Cependant, ces mêmes études affirment que les amis virtuels ne peuvent pas remplacer les amis en face à face, parce que les expériences de la réalité ne peuvent pas être partagées de la même façon à travers une messagerie et des commentaires sur notre réseau social favori.

En ce qui concerne les jeux en ligne, ce n'est pas le cas.

Nous pourrions avancer qu'avec nos amis en ligne, nous contrôlons complètement comment nous nous présentons. Nous avons le temps de formuler nos réponses. Nous pouvons sélectionner les informations que nous partageons. Nous n'avons pas de langage corporel, d'étranges tics ou de manque d'assurance à cacher. Ces faits peuvent conduire à croire que nos amis gamers ne peuvent pas nous connaître comme nos amis en face à face. Les jeux en ligne nous permettent de former un tampon autour de nous, d'ériger une façade de mots écrits. Nous pouvons même nous procurer un avatar qui servira de visuel afin d'éviter d'exposer notre véritable identité.

Mais ces amis en ligne que nous tenons à une telle distance sont, de bien des façons, nos proches compagnons d'armes. Nous partons en guerre ensemble, nous passons de longues heures à travailler ensemble sur des quêtes. Virtuellement, nous faisons l'aventure ensemble. Nous attendons de longues heures afin que le bon monstre apparaisse avec les objets dont nous avons besoin. Nous plaisantons. Nous jouons. Nous créons des souvenirs. Et il s'agit peut-être de souvenirs partagés en 'bits' et 'bytes' plutôt que d'histoires partagées autour du feu de camp, mais y a-t-il vraiment une difference ? Il s'agit de nos compagnons. Nous combattons ensemble dans des guerres virtuelles. Nous nous réconfortons quand nous sommes déçus.

Et parfois... parfois, nous nous rencontrons en personne. Et nous découvrons que la même alchimie qui nous a liée en tant qu'amis dans le jeu existe encore plus dans la vraie vie. Parce qu'au lieu de former ce lien par rapport à la géographie, comme ce serait le cas avec des camarades de classe ou des colocataires, nous avons partagé des expériences épiques. Des événements qui, plus tard, continueront à nous faire glousser et commencer des phrases de cette façon : 'tu te souviens de la fois où nous nous sommes battus contre le Dragon de Cendres dans le château de Ashenstorm et qu'il nous a fallu huit heures pour nettoyer l'endroit parce que nous n'arrêtions pas de mourir les uns après les autres ? '

Nous avons passé des heures et des heures ensemble, à nous aider, à résoudre des problèmes. Et parfois, quand les choses sont devenues plus personnelles, nous nous sommes aidés avec les problèmes de la vie réelle, parlant quelquefois toute une nuit pour combattre la solitude et l'isolation que nous pouvons ressentir.

D'autres fois, ces amitiés virtuelles se sont épanouies en autre chose. Des amis réels pour la vie. Ou des amants. Ou des compagnons pour la vie.

Et quand on y pense vraiment, même si l'interaction est différente, ces sentiments méritent-ils moins l'étiquette d'amitié ?

Non, certainement pas.

***

Mon troisième round de mort par intraveineuse fut délivré par des infirmières souriantes et un très gentil oncologue, Dr Rivera, que j'aurais adoré avoir pour grand-père. C'était le directeur de la division d'oncologie à l'École de Médecine de UCI et il avait amené quelques étudiants avec lui pour la tournée des chimios. Après m'avoir parlé pendant quelques minutes, il envoya les étudiants devant et il s'assit en face de moi.

— J'ai entendu dire que tu seras toi aussi une étudiante en médecine, Mia. Est-ce vrai ?

Je jetai un regard en direction d'Adam, qui était assis à côté de moi, en train de lire. Ma mère était toujours à Anza, la jument n'ayant toujours pas mis bas, et Heath était encore malade, alors il n'y avait que lui et moi. Je souhaitai soudain qu'il ne soit pas là pour écouter cette conversation.

— Euh. Eh bien, je l'aurais été. Mais c'est retardé pour l'instant.

Le médecin eut l'air pensif.

— Tu auras terminé avec la chimiothérapie à l'automne. Dr Tahan de Johns Hopkins dit qu'il est impatient de t'avoir dans son programme.

Je m'agitai dans ma chaise. Adam semblait lire un e-mail sur sa tablette, mais je savais qu'il écoutait.

— Je ne ferais sans doute pas partie de son programme. Je l'ai prévenu...

— Mia, ma chère, dit Dr Rivera en posant sa main sur la mienne. Tu peux faire des plans pour le futur. Tu as traversé beaucoup d'épreuves, mais ne perds pas de vue tes rêves et tes objectifs.

— Je ne les ai pas perdus, dis-je.

Il sourit.

— Bien sûr, tu pourrais rester à SoCal et venir dans notre école. Nous serions absolument ravis de t'accueillir, et j'ai vu que tu as demandé le report chez nous également. Mais je serai le premier à admettre que nous ne pouvons sans doute pas concurrencer JHU dans le domaine que tu veux étudier.

Je souris.

— Nous verrons. Pour l'instant, j'essaie simplement de trouver comment ne pas vomir mon déjeuner. Je ne suis pas vraiment à l'étape où je peux y réfléchir.

Dr Rivera redevint sérieux, fronçant ses sourcils broussailleux au-dessus de ses yeux enfoncés.

— As-tu participé à des sessions de thérapie de groupe, Mia ? Je pense que cela te ferait du bien.

— Je me renseignerai, dis-je.

Bien entendu, c'était ma façon de le rejeter. Je n'avais aucune intention d'assister à des thérapies de groupe. Je ne savais pas dévoiler mon âme aux gens que j'aimais le plus au monde. Comment allais-je pouvoir énumérer la série de tragédies à un tas d'inconnus ? Et j'étais certaine qu'il y aurait beaucoup de critiques par rapport à ma décision de commencer la chimio tout de suite. Après tout, ce n'était pas difficile de l'imaginer. Je me jugeais moi-même tous les jours pour cette décision.

Adam ne dit rien, mais je le vis me regarder pendant le reste de la séance. Je me mis à faire des bulles avec un chewing-gum contre les nausées, faisant l'ignorante en évitant son regard. Je savais que nous allions continuer à jouer à ce jeu bizarre et silencieux où l'on faisait semblant de très bien se porter sans discuter des plus gros problèmes entre nous. C'était presque comme si nous espérions tous les deux que feindre la disparition de ces problèmes suffirait à les chasser. Mais il ne voulait pas parler de tout cela maintenant parce qu'il pensait que je ne le supporterais pas.

— Ce médecin n'avait pas tort, dit Adam sur le trajet du retour.

Je ne sentais pas encore les gargouillements de la nausée habituelle, mais le mal de tête commençait à venir. Je me laissai glisser au fond de mon siège et je le regardai. Ses traits étaient complètement indéchiffrables derrière ses lunettes de soleil d'aviateur.

— Je refuse la thérapie de groupe.

— D'accord, mais la thérapie en privé, alors ? Cela pourrait te faire du bien.

Je lui jetai un regard en coin.

— Oui, peut-être. Et peut-être pas. Je pense que je m'en sortirais très bien sans.

Je ponctuai mon affirmation en croisant les bras.

— Et par rapport à ce qu'il a dit sur la fac de médecine ?

Je ne dis rien, me contentant de masser mon front en espérant que mon langage corporel suffirait à lui faire abandonner le sujet.

Il me regarda encore.

— Je pense que c'est une bonne idée que tu prépares des projets pour l'automne.

Il voulait dire que c'était une bonne idée de faire des projets qui n'impliquent pas la possibilité que je ne survive pas. Je serrai mes bras plus fort. J'aurais aimé pouvoir chasser les peurs qui me rongeaient en me suggérant que je faisais partie des quinze pour cent qui ne survivaient pas. J'aurais aimé pouvoir le rassurer en montrant que je n'avais pas abandonné, car il en avait manifestement besoin.

L'espoir était toujours là, mais il avait pris des coups et il était difficile à voir. Je regardai encore Adam. Je n'allais pas lutter contre lui. S'il avait besoin de voir que je ne risquais pas d'abandonner, alors je trouverais un moyen de le lui montrer.

— Je le ferai... quand je me sentirai mieux.

***

Cette séance passa avec les horreurs habituelles. Mais au bout de quatre jours, je commençai à me sentir mieux. Je mangeai même un peu, alors Adam se dit que nous devions sortir.

Je n'aimais pas l'idée de sortir, cependant. Mon apparence me mettait toujours mal à l'aise et les endroits sympas ne m'autorisaient pas à garder ma capuche. Et – manque de chance – l'hiver fut inhabituellement doux et je n'étais pas à l'aise avec des bonnets en laine qui me faisaient transpirer.

Mais Heath se sentait mieux et Adam suggéra que nous achetions de la nourriture à emporter et que nous allions lui rendre visite chez lui. L'idée me plut. On acheta de la nourriture grecque – ma préférée – et on se rendit chez lui.

J'avais une clé de l'appartement de Heath, mais maintenant qu'il vivait avec Connor, je ne l'utilisais jamais. À la place, je frappai à la porte pendant qu'Adam sortait la nourriture de la voiture.

Ce qu'il se produisit lorsque la porte s'ouvrit me laissa bouche bée. Une magnifique femme rousse de taille moyenne aux courbes séduisantes ouvrit la porte et me regarda d'un air stupéfait. Nous nous étions rencontrées en personne pour la première fois quelques mois avant, à DracoCon.

J'eus le souffle coupé.

— Kat ?

— Contente de te voir toi aussi, ma vieille, grogna-t-elle avant de me faire un câlin. Tu es chauve, d'ailleurs.

— Comme une Ferengi, oui. C'est joli, n'est-ce pas ?

— Carrément pas. Mais tu es quand même plus canon que moi.

Je ris.

— Qu'est-ce que tu fiches ici ?

— Tu me caches ton cancer et tu me demandes de te donner des explications ? Je suis peut-être venue te voir.

— C'est Heath qui t'a aidée à organiser ça ?

— Ouais, je passe quelque temps avec lui et son petit ami. Il a dit que je pouvais loger ici aussi longtemps que je le voulais.

J'entendis un bruit derrière moi et je supposai qu'Adam m'avait rejoint. Kat leva la tête en écarquillant les yeux.

— Fallen ?

Adam sourit.

— Kat. Ravi de te rencontrer enfin en personne.

— Ouais... contente d'être enfin mise au courant.

Je me tournai vers lui.

— Tu savais qu'elle était ici ?

— Ouais.

Je lui fis une grimace.

— Ah bravo.

Kat regardait Adam en fronçant les sourcils.

— Tu m'as l'air tellement familier, Fallen. Ne me dis pas que tu étais à la Convention et que je n'étais pas au courant !

Adam rit et il détourna timidement la tête.

— Je vais poser ça à la cuisine, dit-il en passant entre nous.

— J'aurais mon câlin plus tard, alors, dit Kat quand il passa devant elle, les bras chargés de kebabs, de brochettes et de différentes variétés de houmous. Elle le regarda passer et quand il tourna le dos, elle fit semblant de se rafraîchir le visage avec les mains.

— Il est carrément beau, Mia. Pas étonnant que tu aies voulu le garder secret. Tu ne voulais pas que je te le pique, hein ?

Je ris.

— Quelque chose de ce genre. Les hommes perdent la tête pour les rousses. Et puis, comme je n'ai plus un seul cheveu sur le caillou, je n'aurais jamais pu rivaliser.

— Sérieusement. Putain. Il a un ami aussi canon que lui ?

Je levai un sourcil.

— Personne n'est aussi canon que lui. Mais il y en a quelques-uns qui s'en rapprochent.

— Nous en parlerons plus tard. Je vais aller lui faire mon câlin et voir si son corps est aussi dur qu'il en a l'air.

— Pétasse. S'il regarde ton cul, je te casse la gueule.

— Tu es un peu trop maigre pour ce genre de menaces, ma chère, dit-elle en se retournant et en nous guidant vers la cuisine.

Heath m'arrêta en chemin.

— Salut, poupée, dit-il en me prenant dans ses bras. Tu te sens mieux ?

— C'est moi qui devrais te poser la question, Jean-Michel Typhoïde. Tu ne vas pas me filer ta maladie, n'est-ce pas ?

— Si en parlant de maladie, tu veux dire coolitude, alors non. Je ne peux pas la transmettre de cette façon. Cela fait des années que tu attends ça.

Il me fit un bisou sur la joue.

Je m'extirpai de ses bras.

— Il vaut mieux que j'aille voir. Adam plaît à Kat.

— Tu m'étonnes. À qui ne plaît-il pas ?

Je poussai un soupir.

— Allez, vas-y. Défends ton territoire, me gronda-t-il. Non pas que tu en aies vraiment besoin, tu sais.

Je haussai les épaules.

Heath m'arrêta en posant une main sur mon épaule avant que je passe la porte.

— Je suis sérieux. Je sais que tu te sens comme une merde et que tu en as l'air ces jours-ci...

— Waouh, merci...

— Mais tu n'as pas besoin de t'inquiéter pour lui. Il est de ton côté jusqu'à la fin.

J'avalai une soudaine boule dans ma gorge et je levai les yeux – très haut – vers Heath. Il était beaucoup plus grand que moi alors je dus pencher la tête en arrière.

— La fin de quoi ?

Il fronça les sourcils.

— Merde, je suis désolé. C'était vraiment un choix de mots pourri.

Je me tournai pour entrer dans la cuisine.

— Je suis d'accord. Mais nous avons tous le droit à des erreurs.

— Des erreurs ? Quelles erreurs ? demanda Kat qui venait apparemment de faire un câlin à Adam.

— Des erreurs de jugement. Comme de laisser une rousse coquine quitter son nouveau travail pour voyager jusqu'ici depuis Vancouver – plus de mille six cents kilomètres...

—... pour voir une amie malade, m'interrompit Kat. Et je perdrais encore une fois mon boulot sans hésiter. Exactement comme je sais que tu ferais la même chose pour moi. Tu ne vas pas te débarrasser de moi, Geekette.

Je souris.

— Très bien !

— Qu'est-ce que ça a de bien ? demanda Heath en riant. Tu n'es pas coincé avec elle et son addiction aux Lucky Crispy Sugar Flakes. Sérieusement, elle mange les pires céréales sucrées au monde.

Kat remua les sourcils.

— J'ai un très beau dentiste. J'aime avoir une excuse pour lui rendre visite.

— Alors c'est vrai ? lui demandai-je. Tu as vraiment perdu ton travail pour venir me voir ?

Elle balaya mes paroles de la main.

— Pff. C'était un travail merdique de toute façon. J'en chercherai un autre quand je rentrerai... si je rentre. Je dois dire que le temps ici est incroyable. Comment pourrais-je retourner à Vancouver après avoir passé un hiver ici ?

— Il pourrait y avoir quelque chose pour toi chez Draco, Kat. Peut-être quelque chose de cool comme testeur de jeux. Parce que je sais que tu serais vraiment honnête, dit Adam.

— Un travail chez Draco ? Ce serait génial, putain ! Vous connaissez quelqu'un qui pourrait m'y faire entrer ?

Je regardai Adam en levant les sourcils.

— Est-ce que le PDG, ça compte ?

— On parle de l'entreprise de jeux vidéo, n'est-ce pas ? Le propriétaire du jeu auquel nous sommes tous terriblement accros ?

Parce que ce serait très décevant si vous parliez tous de Draco, collecte de déchets ou de Draco, snack-bar.

Je me mis à glousser et Adam et Heath me regardèrent tous les deux, la bouche ouverte. Je fermai la mienne, gênée.

— Quoi ?

Heath regarda Adam, puis il se tourna vers moi.

— Je pense que nous sommes tous les deux contents de te voir rire à nouveau. Cela faisait longtemps.

Kat se glissa à côté de moi et passa un bras autour de mes épaules.

— Alors, ma venue a servi à quelque chose.

Adam nous regarda toutes les deux, son regard devenant plus intense et pensif.

— Je suis le premier à l'admettre.

En se tournant vers Kat, il ajouta : Kat, si tu veux rester, alors je peux m'assurer que tu aies un travail.

Kat leva les sourcils.

— Ah ? Et comment vas-tu faire ? Je dois faire une pipe au PDG de Draco ou quelque chose du genre ?

J'ouvris la bouche pour répondre, mais le ricanement de Heath m'interrompit.

— Non, ça, c'est le travail de Mia.

Je rougis et je ne regardai pas Adam, même si j'aurais aimé. Je commençai à me sentir mieux et quand c'était le cas, ma libido revenait en général elle aussi. Et cela faisait un moment. Un long moment.

Mais Adam semblait vouloir prendre les choses lentement.

On s'assit pour manger la nourriture grecque et l'on expliqua tout à Kat. Elle était toujours bouche bée et pâle de surprise quand nous partîmes quelques heures plus tard.

***

Le lendemain, Kat était assise avec moi dans ma chambre de la maison d'Adam. Nous avions tous été d'accord pour qu'elle reste aussi longtemps qu'elle le voulait chez Heath. Je pouvais lui prêter ma voiture, puisque je ne m'en servais presque pas. Et en Californie du Sud, ne pas avoir de voiture, ce n'était pas une option. C'était trop difficile de se déplacer sans cet outil indispensable. Heath était ravi de la laisser vivre dans la chambre d'amis et elle allait chercher du travail, de préférence chez Draco.

Nos partagions nos playlists sur la sono de mon petit sanctuaire. Adam était allé travailler, ce qu'il faisait en général les premiers jours où je commençais à me sentir mieux après un traitement. Kat me jetait des regards furtifs et je voyais qu'elle voulait connaître les détails de ce qu'il se passait entre nous.

— Tu n'as qu'à me poser la question, soupirai-je après plus d'une demi-heure de sa timidité déplacée.

— Il est aussi bien au lit qu'à regarder ?

Je restai bouche bée.

— Je ne vais pas parler de ça.

En particulier parce que cela faisait si longtemps que je ne m'en souvenais presque plus. Presque. Adam était canon, c'était sûr. Et il était encore mieux au lit. Mais il ne partageait plus cela avec moi.

— Pour être honnête, le souvenir commence à s'estomper…

Elle écarquilla les yeux.

— Tu n'as rien fait depuis que tu es malade ?

— Qui peut lui en vouloir ? Je commence à ressembler à Skeletor, après tout.

Elle eut un petit rire de dédain.

— Oh, allez, tu es encore tellement jolie.

— Je suis très loin de mon poids idéal...

— Ton poids idéal, c'est Adam Drake sur toi.

Je ris malgré moi. Kat n'était pas au courant des autres complications : la grossesse, la terrible décision d'avorter, l'avortement lui-même. Je n'aimais pas penser à ces choses-là et encore moins en parler. En dehors de nous deux, seuls Heath, ma mère et Peter étaient au courant. Et d'après moi, cela faisait beaucoup trop.

Je ravalai ces idées noires typiques et je les enfermai au fond de moi. J'étais devenue plutôt douée à ce petit jeu.

— Ouais, il pense peut-être que mes organes vont tomber comme mes cheveux, dis-je en essayant d'en rire.

— Mais, il y a d'autres façons, tu sais. Vous n'avez pas besoin de faire ça comme des animaux pour vous amuser un peu.

Je la regardai en me disant que le temps fort de ma vie sexuelle ces derniers temps, c'était de me faire jouir quand je ne supportais plus d'attendre. Ou que la seule fois où l'on me tripotait, c'était chez le médecin pour un examen de routine. Ma vie sexuelle était tout à fait déprimante.

— Eh bien, pourquoi ne pas, tu sais, pratiquer de sexe oral ? Je veux dire... tu n'as aucun cheveu sur le corps, c'est bien ça ? Même pas... en bas ?

— Je suis chauve partout, sauf mes sourcils et mes cils.

— Considère les avantages. Je veux dire, en dehors des vomissements, bien sûr, tu n'as pas besoin de te raser ! Pas d'épilation des jambes. Pas de maillot brésilien. Tu es complètement nue là-dessous. Cela devrait être l'âge d'or du cunnilingus. Tu n'as pas besoin de t'inquiéter qu'il s'étouffe avec des boules de poils comme un chat ou de te faire mal avec le rasoir.

Je m'étranglai en riant à l'image mentale évoquée par ses mots. J'essayai de ne pas tenir compte de la chaleur qui monta du centre de mon être alors que j'imaginais la tête sombre d'Adam entre mes jambes, léchant et suçant, me conduisant à l'orgasme. Mon Dieu, cela me ferait du bien. Vraiment.

— Et tu sais, quand tu iras mieux, tu pourras te faire faire une reconstruction, n'est-ce pas ? Tu pourrais demander la taille que tu veux.

Je levai les sourcils avant de jeter un regard gêné en direction de ma poitrine très peu impressionnante.

— Je suis un bonnet B parfaitement respectable. Et puis l'opération n'a été que sur un sein et il faut bien sûr que je les garde de la même taille.

— C'est d'un ennui... répondit Kat, dont les yeux bleus profonds débordaient d'humour. Non, vois-tu, tu dois procéder ainsi : tu veux un joli C ou même un D. Ça le rendra fou. Largement assez pour une poignée ! Tu peux les faire remonter tous les deux et puisque tout le monde sait ce que tu traverses, on ne te jugera pas si tu les fais grossir un peu. Ou même beaucoup.

Je secouai la tête.

— Je n'aurai pas de chirurgie reconstructrice avant un moment. Je ne le laisse même pas voir ces bébés jusque là.

Les sourcils roux de Kat montèrent sur son front.

— Tu ne vas pas le laisser voir ou toucher tes lolos et tu te demandes pourquoi c'est le grand vide ? Je parie que si tu allais dans sa chambre cette nuit et que tu remontais ton tee-shirt, il te sauterait dessus.

Cela me fit réfléchir un moment. Je pensai à la cicatrice voyante qui partait de mon aisselle jusqu'à mon téton et à la peau froncée en dessous. C'était répugnant et cette idée le répugnait, lui aussi. Il ne l'avait pas vue, même si cela n'avait pas été loin. Mais il était sorti avec des amies mannequins de Jordan pendant que nous étions séparés. Je ne savais pas jusqu'où il était allé avec elles ni même s'il avait pu tâter du sein pendant ce temps. Il n'y avait pas moyen qu'il s'intéresse aux miens et cette idée me faisait souffrir.

— Peut-être.

Kat me regarda et son regard s'adoucit, ses plaisanteries diminuant un peu.

— Essaye. Je parie qu'il va...

Je hochai la tête.

— D'accord.

Elle resta quelques heures de plus. Nous avions sorti nos ordinateurs portables pour que je puisse lui montrer mon travail sur la quête secrète, mais j'étais vraiment dans une impasse.

Quand Adam rentra, elle choisit de partir. Quand elle me fit un câlin, elle mima le fait de soulever son tee-shirt et elle pointa le doigt vers le dos d'Adam d'un air entendu. Je ricanai et je lui dis qu'elle était bête avant de l'embrasser sur la joue.

Et cette nuit-là, je faillis le faire. Quand il me raccompagna à ma chambre après que nous avons passé la soirée à regarder d'autres épisodes de *Farscape*, j'hésitai devant ma porte en me tournant vers lui comme une adolescente timide qui se demandait si son premier amour allait l'embrasser sur le porche. Je voulais plus qu'un baiser. Je voulais qu'il me plaque contre le mur, qu'il appuie son corps dur contre le mien, qu'il arrache mes vêtements, qu'il entre en moi. Il l'avait déjà fait et le souvenir de son contact me brûlait. Cela me manquait. Il me manquait.

Je voulus l'embrasser et sa bouche atterrit sur ma joue. Je serrai les bras autour de son cou en posant un baiser à la base de sa gorge.

— Adam, chuchotai-je. Je te veux. Ce soir.

Il se raidit. Cela dura une fraction de seconde. Il ne dit rien, me caressant le dos d'une main.

— Je suis vraiment fatigué ce soir...

Il ne me désirait pas. Je déglutis et je faillis reculer et soulever mon tee-shirt comme Kat l'avait suggéré. Mais c'était très difficile de faire changer Adam d'avis une fois qu'il était décidé. Et il semblait très décidé à ne pas me toucher. J'aurais aimé savoir pourquoi. Avait-il vraiment peur que nous recommencions les mêmes erreurs ? Ou était-ce toujours sa colère contre les circonstances de notre rupture ? Avait-il peur de me faire mal ? Mon estomac tomba dans mes talons... m'en voulait-il à cause de la grossesse et de l'avortement ? Ou n'était-il simplement pas intéressé ?

— Je sais que tu voulais que nous allions lentement, mais je ne pensais pas que cela signifiait ce rythme glacial.

Un sourire étira ses lèvres et il fit glisser son doigt le long de ma joue. Je déglutis et je fermai les yeux.

— Je suis désolé, Mia. Je te promets que nous passerons toute la journée de demain ensemble. Je ne retourne pas au travail avant la semaine prochaine.

Je soufflai et il m'embrassa encore, cette fois sur la bouche, comme si cela allait m'apaiser. Je lui pris presque la tête pour forcer les choses. Presque. Même fatigué, il devait être au moins un petit peu en manque.

Je ne savais pas du tout comment procéder pour découvrir son problème. Évidemment, je pouvais lui poser la question. Mais obtiendrai-je la vérité ou bien une excuse comme quoi il était trop fatigué pour me répondre ? Je poussai un petit soupir et je m'écartai avec un sourire courageux plaqué sur le visage.

— Je suis désolée pour tes longues journées de travail. Je sais que tu essayais juste de t'en débarrasser et on dirait que le temps que tu passes avec moi quand je suis malade t'oblige à travailler deux fois plus dur quand je me sens mieux.

— Ça ne me dérange pas. Je veux être là pour toi.

— Kat peut rester avec moi ces jours-là, maintenant. Cela ne doit pas être agréable de m'écouter vomir mes entrailles toute la journée.

Et c'est sans doute terrible pour la libido. Comment puis-je m'attendre à ce qu'il me désire encore après ?

Il fronça les sourcils.

— Elle peut être là pour toi, elle aussi. Mais cela ne signifie pas que je n'y serais pas. Tu es ma priorité.

— Je t'aime, dis-je d'une voix qui avait baissé à mesure que la conversation avançait.

Il se pencha et il m'embrassa sur le front, sur le bout du nez, sur le menton.

— Je t'aime aussi. Bonne nuit, douce Mia.

Je m'écroulai dans ma chambre, mais je ne fermai pas la porte. Je ne fermais plus la porte ces jours-ci, pleine d'espoir qu'il soit tenté de se glisser dans ma chambre. Il y avait suffisamment de barrières entre nous. Je n'avais pas besoin d'en avoir aussi qui soient physiques. Je savais que si je me couchais maintenant, j'allais rester empêtrée dans ma frustration sexuelle pendant des heures. Alors à la place, je me rendis à la salle de bains – dont je laissai également la porte ouverte – et je remplis la grande baignoire à débordement d'eau chaude.

Après avoir trempé quelques minutes, je fantasmai à l'idée qu'il vienne dans la salle de bains, qu'il enlève ses vêtements – qui pour une raison ou pour une autre étaient mouillés et collés sur sa silhouette musclée – et qu'il se glisse dans la baignoire avec moi. Il me frotterait avec ses mains savonneuses jusqu'à ce que chaque centimètre de mon corps frissonne et exige son contact. Et puis il me tirerait sur lui, et il me pénètrerait en posant la bouche sur mes seins.

Je gémis et je passai la main entre mes jambes en imaginant son corps magnifique. La dernière fois que je l'avais vu nu, c'était quand nous avions été ensemble à Vegas. Mais cette fois-là, il n'avait pas été question de faire l'amour. Il y avait eu très peu d'amour cette nuit-là. Nous nous étions retrouvés parce que nous ne pouvions pas rester séparés. Cela avait été explosif, érotique et totalement ensorcelant. Mais cela avait débouché sur un désastre. Un moment qui avait changé nos vies pour toujours et qui nous avait peut-être brisés. Et cela, au moins, avait été entièrement de ma faute.

Dernièrement, quand je me faisais jouir, il y avait toujours une pointe de culpabilité, comme si une partie de moi pensait que je ne méritais pas de ressentir à nouveau un quelconque plaisir sexuel. Je le faisais néanmoins, mais cela ne me plaisait plus autant qu'avant. Ce n'était pas comme le plaisir que nous avions à être ensemble. Et je pensais alors que c'était peut-être la véritable raison pour laquelle Adam ne pouvait pas me toucher. À cause de cette dernière fois.

Et, je me disais que cette dernière fois était peut-être notre toute dernière fois.

Chapitre Dix-huit
Adam

APRES M'ETRE BROSSE LES DENTS ET AVOIR ENFILE MON pyjama, le souvenir de notre conversation tournant en rond dans ma tête, je décidai de retourner dans la chambre d'Emilia… juste pour un petit moment. Cela faisait plus de trois mois que je ne l'avais pas touchée de quelque façon érotique que ce soit. Oui, j'en mourais d'envie, et elle aussi, apparemment. Je l'avais tenue à distance, mais je voyais bien qu'elle commençait à être exaspérée.

Nous allions devoir en parler très bientôt. Mais pour l'instant, je me faisais confiance pour lui donner ce dont elle avait besoin sans permettre que cela aille trop loin. Nous n'étions pas encore prêts. Je n'étais pas prêt. Peu importe ce que voulait mon corps, car je savais que je ne le pouvais pas encore.

Je longeai le couloir et je me glissai dans sa chambre faiblement éclairée, jetant un coup d'œil à son lit vide. La lumière était vive dans la salle de bains et j'entendis des éclaboussements dans la baignoire. Je fis un pas vers la salle de bains avant de me souvenir qu'elle n'aimait pas me montrer son corps altéré. Je me figeai à côté de la porte, indécis, quand je l'entendis soupirer. Je fis un pas en arrière, mais je ne bougeai plus quand elle laissa échapper un gémissement très doux. Je fermai les yeux, connaissant très bien ce bruit.

Emilia se faisait jouir, sûrement par désespoir que je ne la touche. Et même si le fait d'écouter à la porte me sembla être une invasion de sa vie privée, je ne bougeai pas, captivé, mon propre corps réagissant à ses soupirs et ses gémissements, me souvenant de ce que c'était que d'évoquer ce plaisir chez elle. J'adorais avoir le contrôle de son corps, être responsable de ces bruits, cette récompense. Fantasmait-elle en pensant à moi pendant qu'elle se masturbait ?

Je bandai en me souvenant que cela faisait tout aussi longtemps pour moi que pour elle. Toutes les cellules de mon corps voulurent entrer dans cette salle de bains, attirer son corps mouillé et nu contre moi et lui faire des choses délicieusement coquines. Mais je ne bougeai pas. À la place, je m'appuyai contre le mur et j'écoutai comme un pervers voyeur. Il ne fallut pas longtemps avant qu'elle souffle doucement dans l'orgasme. Il n'y eut rien d'explosif ou d'étourdissant. Juste un petit geste naturel, sans doute pas plus excitant qu'un éternuement ou une quinte de toux. J'allais partir pour lui rendre son intimité, mais je ne pus pas bouger un muscle quand j'entendis son premier sanglot.

Elle pleura plus bruyamment que son orgasme. Je fermai les yeux, ma poitrine se serrant inexplicablement. Elle renifla et elle sanglota et je me sentis mal. Parce que j'étais impuissant à changer ce qu'elle ressentait.

Était-ce le rejet ? Était-ce la solitude ? Mon comportement lui faisait-il croire que je la trouvais laide ? Elle passait sans doute en revue tous les scénarios sauf le bon : la profonde culpabilité qui imprégnait chaque respiration, chaque battement de cœur. La véritable raison pour laquelle je ne pouvais pas la regarder dans les yeux. Parce que la dernière fois que nous avions été ensemble n'avait pas été un acte d'amour de ma part, mais un acte de possession. Comme un homme des cavernes, j'avais marqué mon territoire, je l'avais déclaré mienne encore et encore et je l'avais prise. Le souvenir suffisait à faire rougir mon corps d'excitation et à me tordre les entrailles de dégoût. Le résultat des événements de cette nuit-là avait mis sa vie en danger.

Je sortis doucement de sa chambre et je retournai à la mienne comme un chien battu. Si j'avais eu une queue, elle aurait été fermement serrée entre mes jambes.

Inutile de dire que je ne dormis pas très bien, mais j'étais bien déterminé à nous faire traverser ces épreuves. Nous pouvions en parler. Le lendemain, je demandai donc à Chef de nous préparer un pique-nique qu'Emilia puisse garder dans son ventre. Des nourritures simples et bio, ainsi que le gingembre confit qui, associé aux médicaments contre les nausées, fonctionnait bien pour l'empêcher d'être trop malade entre ses doses de chimiothérapie.

Nous allions prendre le bateau électrique, le Duffy, faire un petit tour de Back Bay, déjeuner un peu, prendre peut-être une célèbre banane givrée à la Balboa Fun Zone avant de retourner à la maison. Avec un sourire joyeux, Emilia enfila un bonnet de laine. Elle portait son haut à capuche et un jean, même s'il ne faisait pas si froid. Elle devait avoir chaud, mais il était hors de question qu'elle expose sa tête chauve au monde. Même ici où personne ne le remarquerait vraiment.

On passa devant de nombreux bateaux amarrés et des lions de mer qui se prélassaient sur la bouée à l'entrée de l'océan. Emilia regarda passer les villas en commentant les différentes maisons luxueuses appartenant aux habitants riches et célèbres de Californie du Sud.

On parla de tout. C'était comme au bon vieux temps. Elle sourit et elle rit comme si rien de gênant n'avait eu lieu entre nous la nuit précédente.

— Alors, Heath me parlait de ce nouveau truc par rapport aux films de *Star Wars*.

Je levai un sourcil.

— Quoi, le nouveau qui sort l'année prochaine ?

— Pas vraiment. Mais la bonne nouvelle, c'est qu'après les prequels, il ne peut sans doute pas être pire, c'est déjà ça. Et même si tous les acteurs d'origine sont plutôt vieux, au moins ils seront dedans. Alors nous verrons à quoi ressemble Han Solo en grand-père.

Je levai les yeux au ciel.

— Enthousiasmant.

— Heath dit qu'il existe une nouvelle façon de regarder les six premiers films. Les gens devraient les regarder dans ce qui s'appelle 'l'ordre à la machette'.

— L'ordre à la machette ? C'est quoi ?

— Cela signifie que tu fais comme si l'épisode I n'avait jamais été créé.

Je levai les sourcils.

— Ça me paraît prometteur. Et cet ordre à la machette implique-t-il de supprimer Jar Jar Binks des autres épisodes à coups de machette ?

Elle rit.

— Parfois, la façon dont fonctionne ton cerveau me dérange vraiment.

Je hochai la tête.

— Merci.

— Non, l'ordre à la machette dicte que la saga *Star Wars*, au lieu de se concentrer sur la grandeur et la décadence d'Anakin Skywalker comme George Lucas aimerait nous le faire croire, concerne en fait Luke Skywalker.

Je fronçai les sourcils.

— D'accord. Je comprends pour les épisodes IV, V et VI, mais qu'en est-il pour les deux autres ? Il n'est même pas né avant les cinq dernières minutes de l'épisode III.

— Ouais, alors l'ordre à la machette affirme que tu devrais commencer à regarder la saga avec l'épisode VI, *Un Nouvel Espoir*, puis l'épisode V, *L'Empire contre-attaque*.

— D'accord. Je te suis jusque là. Ces deux-là sont mes préférés. Et puis tu t'arrêtes là, je suppose ?

Elle fronça les sourcils.

— Comment peux-tu t'arrêter là ? *L'Empire* se termine avec Han figé dans la carbonite et prisonnier de Boba Fett.

Je haussai les épaules.

— Je peux supporter ce mystère si cela signifie que je n'ai pas besoin de supporter trois heures d'Ewoks dans *Le Retour du Jedi* pour découvrir ce qu'il se passe.

— Eh bien, l'ordre à la machette n'implique pas de supprimer Jar Jar ou les Ewoks. C'est simplement que puisque la saga concerne Luke, tu regardes *Un Nouvel Espoir* et *L'Empire contre-attaque* d'abord, puis tu traites l'épisode II, *L'attaque des clones* et l'épisode III, *La Revanche des Sith* comme des flashbacks. Puis, tu conclus par *Le Retour du Jedi*.

— Alors, la seule chose que fait l'ordre à la machette, c'est d'éliminer l'existence de *La Menace fantôme*.

— Ouais. Mais ça vaut le coup, n'est-ce pas ?

— Ce serait mieux si quelqu'un sortait une machette et coupait la tête de Jar Jar dans la première scène. Ça, c'est ce que j'appellerai un ordre à la machette.

Elle gloussa en grignotant un morceau de gingembre confit. Je la regardai, un bonnet gris serré sur sa tête, ses magnifiques yeux marron passant tout juste sous le bord.

— Alors, comment te sens-tu ?

Sa bouche se tordit et elle me jeta un regard.

— Ouais, je sais que je te le demande souvent, mais je veux quand même le savoir.

— Je vais bien. Super. Pendant quelques jours de plus, avant la prochaine dose de mort.

Je fronçai les sourcils.

— Cela signifie simplement que nous devrions davantage profiter de ces journées, n'est-ce pas ?

Elle me jeta un regard indéchiffrable avant de se tourner. Elle attrapa son verre de ginger ale et elle but en regardant le port pendant que nous avancions lentement, à trois petits nœuds, dans le petit bateau électrique. L'air de la mer apportait une touche saine de rouge à ses joues.

Comme elle était distraite, je saisis l'occasion pour l'admirer. Elle était magnifique, même alors qu'elle était visiblement malade. Et elle gardait la tête levée. Elle était plus courageuse que tous ceux que je connaissais. Mon cœur gonfla de fierté en reconnaissant cela en elle. J'aurais simplement aimé savoir quel monologue avait lieu dans sa tête quand je voyais ces éclairs de pure tristesse passer comme des fantômes dans ses yeux.

J'aurais aimé pouvoir recommencer, appliquer une forme d'ordre à la machette à nos vies. J'aurais aimé pouvoir supprimer une grande part de la façon dont j'avais géré les choses entre nous. Mais il n'avait aucun moyen de sortir de cet enfer sauf tout droit, avec l'espoir tenace que notre amour soit encore intact de l'autre côté.

— Emilia...

Elle se retourna en fronçant les sourcils. J'ouvris la bouche pour continuer, mais la façon dont elle me regardait me coupa net.

— Que se passe-t-il ?

— Tu ne m'appelles plus de cette façon... enfin, cela fait longtemps. Tu m'appelles Mia comme tous les autres.

— Ah...

— J'aimais bien. Je me demandais pourquoi tu t'étais arrêté.

J'ouvris la bouche puis je la refermai. La raison pour laquelle j'avais arrêté de l'appeler par son prénom complet avait tout à voir avec la raison pour laquelle j'avais commencé. Quand nous nous étions rencontrés pour la première fois, cela avait été une façon de l'intimider verbalement. Puis c'était devenu une habitude. Son prénom — son prénom complet — était un terme affectueux pour moi. J'étais le seul à le lui dire. Je ne pus m'empêcher de me souvenir qu'à chaque fois que j'avais essayé de la faire mienne, de l'attirer dans mon orbite, j'avais irrévocablement changé sa vie... et pas toujours pour le meilleur.

J'inspirai profondément.

— Je ne savais pas vraiment si tu l'aimais... ce n'était pas le cas, au début.

Elle me regarda avec sérieux.

— Tu as raison. Je n'aimais pas ça... du tout.

Elle se tourna et regarda à nouveau la baie avec un petit sourire sur les lèvres.

— Mais j'étais bien décidée à ne jamais te donner la satisfaction de te le faire savoir.

— Mais... ça a changé ?

Elle passa la main sous son bonnet en se frottant le crâne.

— Oui... ça a commencé à me plaire. Beaucoup. Je pense que c'était autour de la première nuit que nous avons passée sur ton yacht. Ce n'est pas comme si j'ai un jour détesté mon prénom complet... c'est juste que ce n'était jamais vraiment... moi. Mais cette nuit-là...

Elle inspira profondément, puis elle souffla en tremblant.

— Je me suis rendue compte que c'était la façon dont tu pensais à moi. Qui j'étais pour toi... la façon dont tu disais mon prénom m'a paru parfaite.

Elle me regarda timidement avant de détourner le regard en souriant.

La fierté que j'avais ressentie plus tôt se métamorphosait en autre chose : cette joie douce d'être en sa présence, d'apprécier chaque moment avec elle. Mais nous devions discuter de certaines choses...

— Je pensais que nous devrions peut-être parler, commençai-je.

Elle se tourna vers moi en levant les sourcils et je tapotai le siège à côté de moi. Je ne pouvais pas aller vers elle, parce que j'étais assis au volant du bateau. Elle fronça les sourcils et elle se décala sur le banc pour s'asseoir à côté de moi.

— Nous sommes en train de parler, dit-elle en me regardant un peu nerveusement.

— Oui... mais je me disais peut-être... au sujet d'hier soir ?

Sa bouche s'ouvrit et elle détourna la tête.

— Qu'avons-nous à dire là-dessus ?

Je respirai profondément puis je soufflai.

— Eh bien, j'ai l'impression que tu n'aimes pas tellement le plan de nous y prendre lentement.

Elle ferma la bouche et puis, sans me regarder, elle haussa les épaules.

— Je ne sais pas très bien ce que c'est censé accomplir.

Je me tournai, soudain mal à l'aise, et je me concentrai sur le bois poli du volant en parcourant la surface lisse avec le pouce.

— Ce n'est pas parce que je ne veux pas. Tu le comprends, n'est-ce pas ?

Elle baissa les yeux et elle serra ses mains sur ses genoux.

— Il est difficile de savoir ce qui te passe par la tête en ce qui concerne le sexe, ces jours-ci.

— Je veux seulement faire les choses bien cette fois. J'ai... j'ai peur de merder encore.

— Je pensais... dit-elle avant de s'interrompre en secouant la tête.

— Quoi ? insistai-je. Dis-moi ce que tu pensais.

— Je pensais que c'était parce que tu m'en voulais.

Je fronçai les sourcils en la regardant. Elle n'arrivait toujours pas à me regarder dans les yeux alors je tendis la main, je pris son menton et je levai ses yeux vers moi.

— Je peux admettre que... j'ai encore quelques problèmes avec le fait que tu m'aies tout caché au début. C'est difficile de...

ma voix se brisa avant que je me laisse finir cette pensée.

Mais elle comprit parfaitement ce que je voulais dire.

— Tu n'as pas confiance en moi.

Je déglutis. Oui, c'était vrai. Je n'avais pas confiance en elle, pas entièrement, pas après la dernière fois. Mais j'étais décidé à retrouver cette confiance. Et j'allais y arriver.

Il nous restait encore une longue route à parcourir avant sa guérison : elle avait des mois de chimio devant elle. Nous avions le temps.

— Je pense que nous avons tous les deux besoins de temps... pour apprendre à nous refaire confiance. Pour apprendre comment être en bonne santé – pas seulement physiquement, mais aussi dans notre relation. Je pense que nous devons nous y prendre lentement et rationnellement.

Ses yeux parurent légèrement tourmentés quand elle hocha la tête.

— Rationnellement. D'accord. Alors, jusqu'à ce que nous y parvenions, nous sommes simplement colocataires.

Cette conversation commençait à ressembler à un terrain miné. J'inspirai profondément en laissant tomber ma main de son menton.

— Si être profondément amoureux de quelqu'un sans coucher avec cette personne signifie être son colocataire…

Elle fronça les sourcils, mais un petit sourire apparut sur sa bouche. Quelque chose dans ce que j'avais dit lui avait fait plaisir. Peut-être était-ce l'assurance que je l'aimais. C'était sans doute ce qu'elle recherchait quand elle souhaitait de l'intimité entre nous. Je pris la résolution de la rassurer plus souvent en disant que je l'aimais. Beaucoup.

— Viens là, dis-je.

Elle se pencha en avant et je l'embrassai sans craindre qu'elle essaie de m'attirer dans quelque chose de plus profond comme elle l'essayait souvent dernièrement. Je goûtai ses lèvres – avec cette trace de gingembre – et comme toujours, elles étaient aussi douces que dans mon souvenir. Quand je m'écartai, elle souriait. Ce sourire me faisait des choses incroyables : il me désorientait légèrement. Ce moment magique, ces quelques fractions de seconde après la séparation de nos lèvres contenaient toute l'excitation des premiers jours que nous avions passés ensemble lorsque nous étions rapidement – bien qu'à contrecœur – tombés amoureux.

J'ouvris la bouche pour lui redire que je l'aimais. Mais elle leva la main et elle détourna la tête en ayant l'air d'essayer d'éviter un éternuement.

— Une minute, dit-elle, les yeux à moitié fermés, puis, elle lâcha la série d'éternuements la plus violente que j'avais jamais entendue chez elle.

Les gens dans les bateaux près de là nous regardèrent, surpris par les bruits venant de notre bateau.

Je crus même devoir la tenir pour l'empêcher de tomber dans l'eau. Elle avait éternué cinq fois à la suite et elle resta immobile ensuite, convaincue qu'elle allait recommencer à éternuer dans le cas contraire.

Mais ce ne fut pas le cas, heureusement. Je lui passai un tas de mouchoirs et elle se moucha plusieurs fois avant de se rasseoir, le visage rougi, mais soulagé.

— Waouh... c'était quoi, ça ?

Je ne pus rien faire d'autre que la fixer des yeux, parce que je venais de me rendre compte que quelque chose n'allait pas du tout. Elle fronça les sourcils, mais un seul sourcil se baissa, car l'autre, apparemment, avait complètement disparu pendant qu'elle éternuait.

Je ne savais pas si je devais rire ou pleurer, si je devais dire quelque chose ou lui permettre de garder un peu plus longtemps – jusqu'à son prochain coup d'œil dans un miroir, en tout cas – l'illusion qu'elle avait encore ses sourcils et ses cils. Ils semblaient être sur le point de disparaître. Ils avaient finalement succombé à la chimio.

Elle avait l'air de lever son sourcil de façon permanente, comme le visage figé de Mr Spock. Je m'attendais presque à ce qu'elle se tourne vers moi et qu'elle dise : 'Ce n'est pas logique, Capitaine Kirk'.

Et je savais que dans toute autre circonstance, Emilia aurait trouvé la situation très drôle. Mais elle était si vulnérable maintenant, en particulier par rapport à son apparence. Je n'eus pas le cœur de rire, ni même de lui dire qu'il lui manquait un sourcil pour pouvoir les froncer.

Sans un autre mot, je me tournai vers le gouvernail et je manœuvrai pendant le court trajet jusqu'à la rampe de mise à l'eau près de ma maison, en évitant le minuscule ferry qui partait du continent jusqu'à la péninsule de Balboa plusieurs fois par jour.

En rentrant, Kat nous attendait, bronzant sa peau canadienne très pâle sur une des chaises longues de notre petite plage. Lorsqu'elle nous aperçut, elle arriva en courant avec de très grosses lunettes de soleil blanches et un énorme sourire sur le visage.

Quand elle vit Emilia, son sourire s'évanouit. Avant que je puisse lui faire signe de se taire en feignant de me couper la gorge avec un doigt, elle leva ses lunettes et regarda Emilia.

— Hein. Que s'est-il passé avec ton sourcil ? Il a disparu !

Et merde. C'était raté pour ne pas blesser Emilia. Elle courut tout droit vers la maison en exigeant de regarder dans un miroir. Je jetai un regard abattu en direction de Kat.

— Ouais, tu aurais pu faire ça mieux.

Elle écarquilla les yeux de surprise et leva les mains.

— Quoi ? Comme si tu pouvais lui cacher qu'elle a en permanence l'air sur le point de dire quelque chose de sarcastique. Enfin, c'est elle et elle dit toujours des choses sarcastiques, mais bon sang. Combien de temps allais-tu la laisser se balader avec un seul sourcil ?

Je soupirai et je laissai tomber. Quand je revis Emilia environ une demi-heure plus tard, elle n'avait plus de sourcils et la plupart de ses cils avaient également disparu. Soit elle les avait arrachés, soit elle les avait rasés. Je n'eus pas le cœur de lui demander ce qu'il en était. En fait, je ne mentionnai jamais son absence de poils.

Je pris la résolution de me faire teindre les cheveux en blond et rose si son apparence devenait un gros problème pour elle. Au moins, c'est moi qui attirerais les regards étonnés au lieu d'elle.

Chapitre Dix-neuf
Mia

J'étais sure qu'Adam pensait que je ne supporterais pas de perdre un peu plus de cheveux. En vérité, je m'y attendais. J'avais donc acheté différentes teintes de crayon à sourcils et même un marqueur hypoallergénique et je m'étais entraînée à dessiner de nouveaux sourcils avec Kat en regardant encore d'autres tutoriels de maquillage en ligne sur les sourcils et les cils. D'un coup de crayon, je pouvais paraître féroce, furieuse ou surprise de façon permanente, je pouvais même ressembler à un vulcain purement logique. Je pouvais aussi dessiner d'étranges zigzags et des symboles, comme une rock-star.

En bref, je décidai que je pouvais soit en pleurer soit en rire, et puisqu'il y avait déjà eu tant de pleurs dernièrement, je choisis de rire. Toute cette situation commençait à m'apprendre quelque chose sur la nature du bonheur.

Et le fait que Kat soit avec moi pour m'aider à rire de moi était bien aussi...

— Spock, Capitaine Kirk, Mr Sulu, me dit Kat quelques jours plus tard pendant que je relisais mes notes sur la quête secrète de DE afin de préparer un autre article pour le blog.

Nous étions sur le sol de ma chambre et je me servais du lit comme bureau.

— Ah, dis-je en me tapotant la lèvre. La série d'origine ou les films récents ?

— Les remakes, évidemment.

— Voyons voir... Baiser Spock. Épouser Mr Sulu. Tuer Kirk.

Kat leva un sourcil et nous rîmes toutes les deux.

— Ouais, moi aussi j'ai un peu envie de tuer Kirk, dit-elle. D'accord, mon tour.

— Les types dans *Big Bang Theory*, dis-je. Leonard, Howard et Raj.

Elle se mit à rire.

— Ah non ! Je veux tous les tuer.

— Le jeu s'appelle Baiser, Épouser, Tuer. Pas Tuer, Tuer, Tuer, insistai-je.

— C'est terrible, Mia. Mince, euh. Baiser Leonard. Épouser Raj. Tuer Howard.

Puis elle frissonna.

J'aurais ri, sauf que j'étais déjà distraite par mes notes.

— Tu es encore obsédée par cette quête ? demanda-t-elle.

— Ouais. Je suis complètement coincée. Je suis à *un doigt* de trouver la prison de la princesse, mais chaque fois que je m'approche de l'endroit, je me fais éliminer. J'aimerais bien avoir un guérisseur.

Kat me regarda comme si j'étais folle.

— Et Persephone, c'est quoi ? Un canard empaillé ? Je suis une des meilleures guérisseuses du serveur.

Je la regardai pendant une minute, perturbée d'avoir manqué quelque chose d'aussi évident.

— Euh, ouais, je suppose que je pourrais faire la quête avec d'autres joueurs... tu penses qu'on peut ?

Elle haussa les épaules.

— Aucune idée. Demande à ton petit ami.

— Oh non, il ne dit jamais rien par rapport à la quête.

Kat remua les sourcils.

— Tu n'as pas essayé d'utiliser tes faveurs sexuelles pour l'acheter ?

Je détournai le regard en riant. C'était plutôt le contraire. Ces jours-ci, j'étais plus en demande que lui.

— Bon, alors sérieusement, il me faudrait un tank aussi, dis-je en faisant référence à un personnage avec beaucoup de points de vie, qui pouvait se tenir devant les personnages plus ridicules comme Kat et moi et prendre tous les dégâts.

— Euh, Fragged, dit Kat. Qui d'autre ?

— DPS.

Un personnage qui pouvait infliger le plus de dégâts par seconde aux adversaires.

— FallenOne.

Je soupirai. Pourquoi n'avais-je pas eu l'idée de me faire aider dans la quête secrète par mon groupe habituel ?

— Euh. Bon sang... tu étais peut-être censée demander de l'aide aux autres, hein ? Tu y as pensé ?

Je me grattai la tête avec mon crayon en observant mes notes.

— Non.

Je fronçai les sourcils, choquée par ma propre stupidité. Pour notre prochaine soirée de jeu, j'allais demander leur aide. Et Adam serait obligé de rester assis en fermant la bouche pour nous accompagner dans ce que nous essayions de faire.

Et ce fut exactement ce que je fis... et exactement ce qu'il fit. Au cours des sessions suivantes, alors que nous avancions lentement mais sûrement, mon groupe d'amis dans le jeu m'aida à progresser dans ma quête.

***

Ma vie s'organisa d'une façon étrange. Je me rendais à l'hôpital pour une nouvelle séance de chimio, parfois entourée par mes amis. Kat était là, et parfois Heath, Alex et Jenna. William se montrait aussi quand il le pouvait, mais les hôpitaux lui faisaient peur alors cela ne lui faisait pas terriblement plaisir. Adam était toujours là, mais il parlait très peu. Il traînait autour de moi, comme un garde.

Puis nous rentrions à la maison. Juste lui et moi, et j'étais seule avec lui pendant des jours où j'avais l'impression d'être punie pour tous mes péchés. Parfois, il y avait également une infirmière, pour le premier jour, mais Adam fut présent à chaque instant. Et je me rendis compte qu'il devait être épuisé parce qu'il ne s'arrêta jamais de travailler. Jordan ou un messager apportait le travail à la maison et ils passaient une ou deux heures sans moi, presque toujours quand je dormais de toute façon, puis il revenait près de moi.

Dès que je me sentais mieux, il faisait des journées de vingt heures au bureau jusqu'à quelques jours avant le traitement suivant. Puis il faisait quelque chose de spécial ou de différent, ou bien juste une promenade sur la plage, ou un tour en bateau dans le port. Parfois, nos amis venaient et on jouait au jeu en mangeant des pizzas.

Mon vingt-troisième anniversaire passa. Il tomba un des jours où j'étais encore malade de la chimio. Ma mère était là pour me soigner et un peu plus tard, quand je me sentis mieux, Adam voulut me consoler en invitant nos amis. Mais je n'étais pas vraiment d'humeur à le fêter. Qui savait combien d'anniversaires viendraient après celui-ci ?

Et qui savait quand les choses entre Adam et moi redeviendraient normales, s'il y avait une norme à laquelle nous pouvions revenir ?

Ces jours-ci, il passait presque tout son temps avec moi. Mais jamais les nuits.

Un tel jour, tard dans la matinée avec un temps magnifique, nous étions assis sur la terrasse à l'arrière. Adam lisait les nouvelles sur sa tablette et je parcourais des magazines de gamers à la recherche d'idées pour mon blog. Entre tout ce qui se passait et les effets du cerveau-chimio qui m'empêchait de réfléchir, il était de plus en plus dur de maintenir une façade pour mon blog.

Sans parler de la gêne quand il s'agissait de traiter de DE dans mes articles. J'avais reçu beaucoup d'attention depuis mon annonce de l'ouverture de la quête. Beaucoup de lecteurs suivaient mes rapports vagues sur la progression de la quête pour essayer d'en retirer des informations, mais je me sentais de plus en plus partagée quant au conflit d'intérêts entre ma relation avec Adam et les articles sur son jeu.

En feuilletant un magazine, je m'arrêtai sur un article concernant le Comic-Con de San Diego. Adam me regarda quand je soufflai bruyamment vers la moitié du texte.

— Qu'y a-t-il ? demanda-t-il.

— C'est un billet d'humeur sur la difficulté d'obtenir des tickets pour le Comic-Con et comment cela devient de plus en plus difficile chaque année. J'ai toujours voulu y aller… un jour…

Je laissai ma voix s'éteindre sans expliquer que, étant donné mon état, il était possible que 'un jour' puisse ne jamais arriver. Je levai la tête vers lui et ses yeux foncés étaient sombres.

Ces pensées étaient comme des gremlins permanents que je parvenais en général à enfouir au fond de mon esprit. La plupart des gens de mon âge n'avaient aucune conscience de leur propre mortalité sauf si, comme moi, ils étaient obligés de considérer la possibilité de leur mort imminente chaque jour. Mais je savais aussi qu'étant donné la vie personnelle d'Adam, il n'en était que trop conscient. Cela nous hantait comme un poltergeist que nous essayions d'ignorer. Des expressions simples comprenant le mot 'mourir' avaient pris un nouveau sens pour nous. Nous n'étions plus 'morts' de peur ou 'morts' de rire.

Parce que quand on avait quinze pour cent de chances de ne pas survivre jusqu'au prochain anniversaire, ce n'était plus simplement une expression. Je m'éclaircis la gorge et je chassai les gremlins.

— Je peux te trouver un pass pour le Comic-Con, dit-il. Mais je suis surpris que tu n'aies jamais demandé un pass de presse étant donné ton statut de blogueuse.

Je ris.

— Tu surestimes mon influence.

— Apparemment, ce n'est pas le cas de GameGlomerate, puisqu'ils veulent acheter ton blog.

Je haussai les épaules.

— C'est bizarre. Je n'ai jamais vraiment eu très envie d'y aller, contrairement à Alex ou mes autres amis. C'était juste sur ma liste de choses à faire avant de... choses que je devrais vraiment faire un jour. Je me corrigeai au milieu de la phrase et Adam pinça les lèvres.

— Eh bien, je vais te donner un des tickets pour Draco. Tu peux prendre la place d'une des stagiaires. Une idiote de moins à gérer pendant le voyage.

— Je ne devrais pas...

Je soupirai. Je ne travaillais plus pour son entreprise. Il fit un petit sourire.

— Et si je te disais que j'avais vraiment envie que tu viennes ?

Je souris à mon tour.

— Dans ce cas... pourquoi pas ? La vie est trop courte.

Il fronça les sourcils et détourna la tête. Ah, le voilà : un autre gremlin était venu remplacer celui que nous avions évité. Je soupirai. Au lieu de faire semblant de ne pas remarquer sa réaction, je vins m'asseoir à côté de lui et je posai la tête sur son épaule.

— Tu détestes que je dise cela, n'est-ce pas ?

Il resta silencieux, puis il me regarda et embrassa le haut de ma tête.

— Ouais.

Je passai mes bras autour de ses épaules.

— Alors je ne le dirai plus.

Il m'attira contre lui et reposa un baiser sur ma tête.

— Merci.

Nous restâmes longtemps dans cette position. J'avais terriblement envie de l'embrasser. Cela faisait longtemps que nous n'avions pas eu un vrai baiser. Comment pouvions-nous être ensemble tous les jours alors que je ne m'étais jamais sentie plus éloignée de lui ?

Je me tournai et je l'embrassai sur les lèvres. C'était un de ces baisers que les vieux couples mariés se faisaient après cinquante ans de vie commune. Adam et moi nous n'avions même pas formé un couple pendant un an. Mais quelle année ! Pleine de tellement de hauts et de bas. Notre amour s'était-il éteint pour cette raison ?

Je le regardai dans les yeux en l'embrassant encore, ressentant ce pincement familier du cœur. Mes sentiments n'avaient pas changé, mais j'avais bien conscience que nos actions du passé pourraient avoir irréparablement endommagé cet amour naissant. J'insistai pour qu'il donne plus, en ouvrant la bouche, mais il ne réagit pas.

Je m'écartai en le regardant. On se regarda dans les yeux et j'eus du mal à respirer. Cette même incertitude, ces mêmes questions oppressaient mon cœur et tournaient dans ma tête. Ses yeux étaient comme des miroirs, mais reflétaient-ils ce qu'il pensait que je voulais y voir ?

J'inspirai profondément.

— C'est mon haleine de vomi, n'est-ce pas ? J'ai une haleine de vomi.

Les coins de sa bouche remontèrent.

— Tu n'as pas une haleine de vomi.

— Tu peux me le dire, tu sais. Je le supporterai.

Sa bouche s'arrondit en un sourire franc.

— Tu n'as *pas* une haleine de vomi. En revanche, tes sourcils me perturbent aujourd'hui.

Je passai un doigt sur les traits de marqueur.

— Tu n'aimes pas les symboles magiques ?

— Tu ressembles à une sorcière des ténèbres.

— Je vais te transformer en crapaud si tu ne m'embrasses pas.

— C'est rétrograde.

— Les sorcières des ténèbres sont comme ça.

Il m'attira plus près et il m'embrassa, sans doute pour conjurer le sort du crapaud. Au bout d'un moment, le baiser se transforma en quelque chose de plus et je m'appuyai contre lui avec un soupir, profitant de tout. Adam commençait toujours chaque baiser très doucement, comme un avant-goût. Un amuse-bouche qui donnait envie de plus. En général, cela ne durait pas longtemps. Cet avant-goût réveillait très vite une faim qui exigeait satisfaction. De l'avant-goût à l'assouvissement, il invitait à une immersion complète, un plaisir mutuel. Puis il y avait l'échange. Je le nourrissais, il me nourrissait. Nous nous dégustions l'un l'autre et plus nous le faisions, plus nous avions faim.

Ses mains étaient à présent de chaque côté de mon visage, me maintenant immobile contre sa bouche. Le baiser s'approfondit et j'eus du mal à respirer, mon cœur battant comme si je venais de descendre du tapis de course. Je fus traversée par un frisson froid. Il me touchait à nouveau comme un amant. Enfin.

J'appuyai ma bouche contre la sienne et je l'ouvris, glissant ma langue à l'intérieur. Je le sentis alors, une respiration soudaine, le staccato de son cœur sous ma main. Pendant ce bref instant, je n'eus aucun doute qu'il me désirait. Je le désirais moi aussi. Et la chaleur qui naissait entre nous contenait une promesse.

Du moins, jusqu'à ce qu'il s'écarte, très doucement et sans m'avertir. Son visage était rouge et je vis facilement qu'il était excité. Mais il conclut par un autre de ses fichus baisers sur le front, comme un grand-père embrassant sa petite-fille. Je croisai les bras, exaspérée.

— Adam...

— Tu n'as pas faim ? Je suis affamé.

Je levai un de mes sourcils dessinés.

— Oui, j'ai faim et toi aussi. Mais pas de nourriture.

Il inspira profondément et il s'assit, ce qui m'obligea à m'écarter de lui.

— Pourquoi ne me désires-tu plus ?

Il cligna des yeux.

— Qui dit que je ne te désire plus ? Ce n'est pas le cas, et il me semble que c'est évident.

— Vraiment ?

Il baissa les yeux pour désigner son érection. J'avançai une main vers lui, mais il attrapa mon poignet.

— Ça, ce n'est pas aller lentement.

— Tu me rends folle. Cela fait des mois...

— Ne nous disputons pas pour ça, d'accord ? Tu reçois un nouveau traitement demain.

— C'est demain. Et il nous reste presque vingt-quatre heures.

Il ne dit rien et je le regardai pendant qu'il évitait mon regard.

— Quand, alors ?

Il haussa les épaules.

— Quand tu te sentiras mieux ?

— Il me reste un mois de chimio.

— Je sais, chuchota-t-il en m'attirant contre lui. Je pense que nous ne sommes pas encore prêts.

Mais si ce n'était pas maintenant, alors quand ? Et pourquoi pas ? Qu'est-ce qui le perturbait à ce point ? Parce qu'il y avait manifestement quelque chose. Il était clair qu'il le voulait, qu'apparemment le fait que je ressemble à Gollum du *Seigneur des Anneaux* ne le répugnait pas complètement.

Qu'était-ce, alors ?

Chapitre Vingt
Adam

JE SAVAIS QU'ELLE AVAIT DES QUESTIONS AUXQUELLES JE NE POUVAIS pas – ou ne voulais pas – répondre. Je savais qu'elle avait besoin de se sentir proche de quelqu'un. J'en avais besoin aussi. Mais nous n'étions pas prêts. Nous venions juste de remettre notre vie sur les rails après les terribles erreurs que nous avions commises.

Elle avait besoin d'un ami maintenant et j'étais déterminée à n'être que cela. Parce que la dernière fois que je l'avais touchée, eh bien, nous ne pouvions plus supporter d'autres désastres. Pas avant que les débris des catastrophes en cours aient disparu.

*****

— Bon, d'accord, recommençons. Essai numéro trois cent soixante-deux, maugréa Heath.

Il jeta sans doute également un regard noir dans ma direction.

Emilia poussa un long soupir et elle se frotta le front sous le bord du bandana qui entourait sa tête.

— Nous devons rater quelque chose de très évident. Cela fait des jours que nous essayons et que nous nous faisons éliminer.

Nous étions dans la salle de jeux de ma maison, tous assis autour de la table avec nos ordinateurs portables devant nous. Puisque pour une fois nous étions tous dans la même pièce, nous n'avions pas besoin des casques. Je réprimai un bâillement. Ils étaient toujours plus irrités

217

quand j'avais l'air de m'ennuyer. Mais il faut dire que je devais rester sans rien faire pendant qu'ils essayaient de trouver la solution.

Kat se redressa.

— OK, j'ai récupéré tous mes sorts. Nous pouvons repartir.

— Merde. Nous devons faire quelque chose de différent. Je ne vais pas continuer à faire la même chose encore et encore. C'est n'importe quoi. Sérieusement, gémit Heath.

Emilia relisait ses notes pour la dixième fois.

— Je suis d'accord qu'il nous manque quelque chose... mais quoi ? Nous sommes au bon endroit. Il y a une forteresse en haut de la montagne et je suis sûre à quatre-vingt-dix-neuf pour cent que c'est là où elle est prisonnière. Les indices indiquent qu'il y a un tunnel menant à une entrée souterraine secrète du château. En théorie, cela devrait être ici, près du Sergent Machin. Mais chaque fois que nous lui parlons et qu'il nous donne la clé, cette horde de gobelins surgit de nulle part et nous massacre.

— Peut-être ne devons-nous pas lui parler et faut-il aller directement à l'entrée sans lui, suggéra Kat.

Heath poussa un soupir abattu.

— Nous avons besoin de la clé et l'entrée n'apparaît même pas tant que nous ne lui avons pas parlé. Alors si nous ne lui parlons pas, il n'y a pas de clés et pas d'entrée.

— Mais à la minute où nous le faisons, un milliard de putains de gobelins nous sautent dessus, dit Kat. Alors soit on fait quelque chose qu'il ne faut pas, soit il nous faut beaucoup plus de gens pour nous aider.

— Un raid de vingt-quatre joueurs ne serait pas géré autant de gobelins de haut niveau ! protesta Heath.

J'étais assis avec le menton dans la main, les regardant en silence comme d'habitude. Il avait tendance à oublier ma présence sauf s'ils avaient besoin de faire un commentaire sarcastique pour me faire savoir à quel point ils étaient frustrés. Alors ils avaient soudain conscience de ma présence. Ils avaient appris depuis longtemps à ne pas essayer de me tirer les vers du nez.

J'étais assez épuisé ce soir-là, mais je n'avais pas intérêt à bâiller. Ils m'auraient tout de suite sauté à la gorge.

— Retournons-y… nous apprendrons peut-être quelque chose de nouveau cette fois, dit Emilia.

Heath leva les yeux au ciel.

— C'est ce que tu as dit les douze dernières fois.

Elle leva ses sourcils en forme d'éclairs vers lui.

— Tu as une meilleure idée ?

— Putain, je ne sais pas. Ça commence à m'énerver.

— Eh bien, dans ce cas, parle-lui et déclenche la clé et l'ouverture du tunnel.

Fragged s'approcha du personnage non joueur, Sergeant GriffonShield. Heath se mit à écrire furieusement.

*Fragged dit, Hé là, Sergeant GriffonShield.

*Sergeant GriffonShield dit, Hé là, voyageur. Qu'est-ce qui te conduit dans cette partie abandonnée du monde ?

*Fragged dit, Je suis là pour sauver la princesse. Elle est prisonnière du château.

*Sergeant GriffonShield dit, Certains prétendent en effet que sa prison est ici. La pauvre. Je suis affligé par sa disparition. Si seulement une âme courageuse pouvait aider à la libérer.

*Fragged dit, ouais, ouais, ouais, on connaît ta rengaine, lèche-cul.

— Ça ne fait pas partie du script. Il ne va pas te répondre, dit Kat.

— J'en ai marre de ce crétin. Il va simplement faire pleuvoir des gobelins sur nous à la minute où je taperai la phrase correcte.

— Alors tu vas juste l'insulter ? Tu iras loin.

Heath poussa un énorme soupir.

— Très bien. Je vais écrire cette foutue phrase. Pff.

Fragged dit, Je veux la libérer.

Sergeant GriffonShield offre une clé ternie à Fragged.

Sergeant GriffonShield dit, Tiens, mon brave. Prends cette clé et trouve sa serrure là-bas sous la montagne. Je vais te conduire au passage que tu cherches.

Fragged dit, Je t'emmerde, connard. Aide-nous.

Heath, prends la clé, siffla Emilia.

Sergeant GriffonShield dit, Hélas, j'aimerais beaucoup vous aider, mais je ne peux pas quitter mon poste tant que vous n'avez pas rassemblé mes alliés.

Trois têtes se tournèrent immédiatement dans ma direction, avec de grands yeux de surprise. Je faillis rire. Presque. Je n'étais pas étonné qu'il leur faille l'exaspération de Heath pour trouver accidentellement ce qu'ils devaient faire.

Je baissai la tête en essayant de paraître fasciné par mon clavier.

— Hein ? Qu'est-ce qui vient de se passer, putain ? demanda Heath.

Personne ne répondit alors je levai la tête. Ils me fixaient encore. Je m'éclaircis la gorge.

— Je crois qu'il vous a proposé son aide. Je peux bâiller, maintenant ?

Heath prit un morceau de papier, forma une boule et me la lança. Je fis un revers de la main en riant.

— Waouh, c'était la sonnette d'entrée ? Je vais aller ouvrir. Vous trois, vous pouvez... parler entre vous.

Je me levai et avant de partir, je croisai le regard d'Emilia. Elle me fit un énorme sourire. Je lui fis un clin d'œil et je sortis de la pièce.

Je revins environ une demi-heure plus tard et je me déclarai – ainsi qu'Emilia – trop fatigué pour continuer. Elle avait un autre traitement le lendemain matin et elle avait besoin de beaucoup de repos.

En haut des escaliers, elle se tourna et accrocha les bras autour de mon cou.

— Eh bien, tu es plein de surprises !

— Tu ne t'en rends compte que maintenant ?

Elle se leva sur la pointe des pieds et m'embrassa.

— Non. Bien sûr que non. Je suis bête, mais pas si bête.

— Tu n'es pas bête.

Elle resta parfaitement immobile, hésitante.

— Quoi ?

— Tu dors avec moi, ce soir ?

Je déglutis. C'était de plus en plus difficile de lui dire non. Et de plus en plus difficile de nier que je le voulais vraiment – je *la* voulais. Cependant, je dormis dans son lit. Je pris son corps fin dans mes bras et je la pressai contre moi. C'était ce que je pouvais lui donner de plus. Et je ne savais sincèrement pas à quel moment j'allais pouvoir lui en donner davantage.

Chapitre Vingt-et-un
Mia

QUELQUE CHOSE N'ALLAIT PAS. JE LE SUS DES QUE CE NOUVEAU médicament brûla dans mes veines. C'était différent et je me trouvai immédiatement immergée dans une mer de délires étranges et de nausée constante, que je combattis avec succès, grâce aux médicaments anti-nausée, parvenant à ne pas vomir pendant la majeure partie de la journée. Étant donné l'évolution des choses ensuite, il aurait sans doute été mieux si je n'avais pas lutté pour réprimer cette réaction pendant que j'étais à l'hôpital sous l'œil vigilant des infirmières et des médecins.

Car cette nuit-là, ce fut l'enfer.

Adam savait que je devais toujours aller directement au lit le premier jour d'un traitement. Il n'y aurait que du sommeil et des vomissements pendant au moins vingt-quatre heures, souvent plus.

Mais quand je me réveillai dans l'obscurité avec un puissant besoin de vomir – ne parvenant même pas à temps aux toilettes –, la nausée me prit avec une telle violence que je vomissais en jet et que je m'urinai dessus en même temps. Mon corps se mit à convulser. J'eus l'impression que toutes mes cellules combattaient la chimio. Chaque centimètre de mon corps était prêt à imploser pour se rebeller contre le poison qui coulait joyeusement dans mes veines.

J'eus envie de mourir.

Et non, je n'exagérais pas. Je voulais vraiment, vraiment mourir plutôt que d'endurer cela.

Le plus fou était que je n'appuyai pas sur le bouton d'urgence de la télécommande de la salle de bains. Je devais être folle ou trop férocement indépendante, parce que dans mon étrange délire psychotrope, je luttai contre l'envie d'appeler Adam à l'aide.

Jusqu'à ce que je sois à moitié évanouie sur le sol. Alors, quand je voulus tendre la main vers le bouton de l'interphone, je découvris que je n'avais même pas assez d'énergie pour lever mon bras.

À la place, je tournai la tête, des larmes coulant de mes yeux tandis que mon estomac continuait à convulser longtemps après qu'il n'y eut plus de contenu à vider. De grandes taches bleues dans ma vision et de l'obscurité sur les bords indiquèrent une fraction de seconde à l'avance que j'étais sur le point de perdre connaissance.

Chapitre Vingt-deux
Adam

HEUREUSEMENT QUE J'ALLAIS SOUVENT JETER UN ŒIL SUR elle après un nouveau traitement. Parce que lorsque je la trouvai sans connaissance sur le sol de la salle de bains, je n'avais aucune idée du temps qu'elle avait passé là.

— Putain ! dis-je en m'agenouillant à côté d'elle et en l'attirant dans mes bras. Mia… Mia…

Je la secouai et elle réagit immédiatement en marmonnant quelque chose que je ne pus pas comprendre.

— Désolée… vraiment désolée. J'aurais dû te dire… chuchota-t-elle.

— Ça va ? Que s'est-il passé ?

Elle tremblait.

— J'ai s-s-s-ssssi froid.

— Allez viens.

Je la redressai contre moi et elle glissa – elle tomba, presque –, mais je la rattrapai. Elle me faisait très peur.

Je l'enveloppai dans une épaisse robe de chambre, mais elle continua à frissonner. Je la serrai dans mes bras. La violence de sa réaction et le fait que les médicaments qu'elle avait reçus étaient nouveaux me terrifièrent. Je devais immédiatement appeler l'hôpital. Mais je n'allais pas la quitter pour le faire.

— Ça va. Ça va, marmonna-t-elle. Amène-moi au lit.

Je la soulevai et je la portai jusqu'au lit.

— Je peux t'apporter quelque chose ? De l'eau ?

Elle frissonna. Je pris une couverture que je posai autour d'elle.

— Je vais appeler ton médecin...

— Non. Non, reste ici. Il faut que tu écrives quelque chose pour moi.

— Quoi ?

Elle fit un geste mou en direction de sa table de nuit, comme si elle n'avait plus le contrôle de sa main.

— Prends du papier. Je dois faire une liste.

— Tu peux la faire plus tard.

— Ça va. Je dois faire cette liste. Maintenant. Tu dois l'écrire.

Je pris un bloc-notes sur la table de nuit et je cherchai son téléphone. Il était introuvable. Le mien était dans ma chambre. Je me levai pour aller le chercher. Elle attrapa mon tee-shirt.

— Non, ne me laisse pas. S'il te plaît, tu dois écrire.

Je m'assis en soufflant.

— D'accord, vite, parce que je dois appeler l'hôpital.

— Euh. D'accord.

Elle leva les yeux au plafond en réfléchissant.

— Apprendre le tango. Embrasser quelqu'un sur la tour Eiffel. Voir la Vénus de Milo.

Je griffonnai tout cela rapidement.

— D'accord. C'est noté. Maintenant...

Elle tira sur mon tee-shirt.

— Je n'ai pas encore fini. Écris. Soixante-neuf, ou sexe en public.

— Quoi ?

— Écris. C'est ma liste de choses à faire.

— Tu veux écrire soixante-neuf sur ta liste ?

— Faire un vœu en voyant une étoile filante. Tricoter un pull. Faire du travail médical bénévole. Euh... un lever de soleil, dans un endroit cool comme l'océan Arctique. Voir les aurores boréales...

— D'accord, ça suffit. Tu peux y réfléchir plus tard. J'appelle le médecin maintenant.

— Je dois faire ces choses. Je le veux avant de... avant de...

Je sortis sa main de mon tee-shirt et je retournai en courant vers ma chambre pour prendre mon téléphone portable. Je le collai à l'oreille, ayant abandonné l'idée de parler à l'hôpital pendant la nuit, et je composai le 911.

Quand je revins dans sa chambre, elle avait encore perdu connaissance.

Et merde.

Je la pris dans mes bras, couverture et tout, et j'aboyai des ordres au téléphone. Le SAMU ne pouvait pas conduire une ambulance jusqu'à la maison et je n'allais pas attendre qu'ils apportent un brancard à roulettes en traversant Bay Island. Au lieu de prendre le temps d'appeler le concierge pour qu'il me rejoigne à la porte d'entrée avec une voiturette de golf, je la portai moi-même jusqu'au pont. Et bon sang, elle était si légère que cela ne me coûta presque pas d'efforts.

Mes entrailles se tordaient de peur et d'inquiétude. Elle bougea contre mon torse.

— Tout va bien, je te conduis tout de suite chez le médecin, dis-je.

Elle marmonnait, alors je pus à peine l'entendre.

— Je ne veux pas, mais... vais mourir. Je le mérite, après ce que j'ai fait...

Tout en moi retomba, comme si je venais brusquement de monter dans un ascenseur très rapide. La nausée me fit tourner la tête, mais je la ravalai et je me concentrai sur ce que je devais faire. En quelques minutes, je rejoignis l'ambulance au niveau du pont qui reliait l'île aux terres et ils l'allongèrent sur le brancard avant de l'attacher. Je me serrai à l'arrière de l'ambulance, à côté d'elle, et on démarra à toute vitesse.

Des heures plus tard, je frottai mes yeux douloureux. Il était quatre heures du matin et elle était couchée paisiblement dans une chambre d'hôpital, l'intraveineuse coulant dans son bras. Elle était immobile et pâle et elle n'avait pas bougé depuis notre arrivée. Le médecin avait dit que c'était à cause de la déshydratation et de l'épuisement. Elle avait eu une mauvaise réaction au nouveau médicament et son oncologue avait été prévenu et il allait venir l'examiner dès le lendemain matin. Pour l'instant, sous sédation et hydratée, elle était stable et en sécurité. Et j'étais une épave.

Je le mérite après ce que j'ai fait. Ses paroles tournaient en rond dans ma tête. Cette boule de nausée pendait dans mes entrailles comme un rocher. Perdait-elle l'envie de vivre ?

Je laissai tomber mon visage dans mes mains en enfonçant mes paumes dans mes yeux. J'étais perdu, sans savoir quoi faire. Pour l'instant, elle allait s'en sortir physiquement. Mais sa volonté faiblissait. Et si elle perdait le combat, que se passerait-il ?

Une heure plus tard, elle s'éveilla et ouvrit les yeux. Elle tourna la tête vers moi.

— Adam, croassa-t-elle.

Je fermai ma main sur la sienne.

— Je suis là.

— Je sais, chuchota-t-elle avec un petit sourire sur ses lèvres gercées. Tu es toujours là.

Je n'avais rien à répondre à cela, alors je me contentai de serrer sa main.

— Que s'est-il passé ? Pourquoi suis-je à l'hôpital ?

— Tu as eu une mauvaise réaction au nouveau médicament.

— Bon sang, ma tête va exploser.

— Tu étais déshydratée. Tu ne te souviens de rien ?

— Euh. Je me souviens d'avoir vomi en crépissant toute la salle de bains avant de m'évanouir. C'est à peu près ça. C'est comme ça que tu m'as trouvée ?

— Ouais. Fais-moi plaisir la prochaine fois et appuie sur ce fichu bouton, s'il te plaît ?

Elle fronça les sourcils.

— Je crois que j'ai essayé, mais j'y ai pensé trop tard. J'étais têtue.

— Je suis très surpris.

— Ne sois pas sarcastique. Ça ne te va pas bien. Maintenant… tu dois rentrer et dormir.

— Je vais bien.

— Pas du tout. Va au moins faire une sieste.

— Il est cinq heures… ton médecin sera là dans quelques heures. Je veux être là quand il arrive.

— Tu n'as pas dormi de la nuit. Qui est têtu, maintenant ?

Je haussai les épaules.

— Alors, nous sommes bien assortis, n'est-ce pas ?

Elle sourit et elle soupira.

— Je suppose que oui.

Je la regardai, encore une fois hanté par les mots qu'elle avait prononcés dans son délire, des mots qu'elle avait apparemment oubliés.

— Que se passe-t-il ?

Je haussai les épaules.

— Je m'inquiète pour toi, c'est tout.

— Ça ira.

— Ouais ? Tu le crois vraiment ?

Elle inclina la tête sur le côté.

— T'ai-je dit quelque chose ?

— Tu as juste semblé... semblé perdre espoir.

Elle pinça les lèvres.

— Je suis désolée. Je ne me rappelle pas te l'avoir dit. Mais si j'ai dit quelque chose, cela vient sûrement de la fatigue. Je commence à être fatiguée de vomir tout le temps.

Je hochai la tête.

— Tu m'as demandé d'écrire une liste de choses à faire.

Elle écarquilla les yeux.

— Merde. Je ne m'en souviens pas du tout. Il y avait quoi, sur cette liste ?

— Soixante-neuf.

— Quoi ?

— Il y avait des choses sexuelles sur ta liste.

Elle rit et je crus voir un peu de couleur revenir sur ses joues.

— Tu n'es pas en train de me raconter n'importe quoi, si ? Il y avait des trucs bizarres ?

— Pas bizarres. Simplement... inhabituels. Tu ne rates rien pour le soixante-neuf. Ce n'est pas aussi amusant que ça en a l'air.

Elle inclina la tête, soudain très intéressée.

— Ah bon ?

— Ouais... c'est... eh bien, il y a trop de choses à faire en même temps.

Elle fronça les sourcils.

— Tu es programmeur et tu te plains quand il faut être multitâche ?

Je haussai les épaules.

— Ça fait un peu mal au cou, aussi.

Elle écarquilla à présent les yeux.

— Et comment sais-tu tout cela ?

Oh merde. C'était vraiment gênant.

— Euh...

Je détournai les yeux.

Elle rit encore.

— Ça va. Je plaisante. Même si un jour je cassais la figure à toutes les autres filles avec lesquelles tu l'as fait. Je le ferais dans ma tête, du moins.

Je souris, rassuré par son utilisation de 'un jour'. Elle ne se rappelait pas avoir prévu de mourir et avoir voulu faire une liste de choses à faire avant, et j'étais soulagé.

Quand le médecin arriva, il était presque midi et je me traînais, mais tous nos amis étaient venus alors, je pus me mettre en retrait et les laisser discuter avec elle pendant que je me concentrais pour ne pas m'endormir.

Liam arriva avec un grand bouquet de fleurs. Il avait plus souvent réussi à entrer dans un hôpital au cours des dernières semaines que dans toute sa vie. J'étais fier de lui et impressionné que son affection pour Emilia le fasse venir.

— Merci, William. Elles sont magnifiques. Mais le médecin va venir et me dire que je peux rentrer à la maison. Alors, je vais demander à Adam de les ramener à la maison et de les mettre dans un gros vase pour moi, d'accord ?

Apparemment, elle n'avait pas le cœur de dire à Liam qu'elle ne devait pas avoir de fleurs ou de plantes près d'elle pendant ses séances de chimio. Liam sembla à peine y faire attention. Il parut fasciné par une des amies d'Emilia – encore une fois. La silencieuse et studieuse

Jenna. J'avais pensé que son béguin était passé, mais il la dévisageait de façon très évidente et elle faisait semblant de ne pas le remarquer.

Je pris les fleurs et je les posai en dehors de la chambre, sur un plateau dans le couloir.

Alex et Jenna avaient sorti un jeu de dés et elles montraient comment jouer à Emilia et Kat. Heath arriva tard et puis le docteur, qui nous chassa tous de la chambre pendant qu'il l'examina.

Une fois qu'il eut terminé, j'eus le droit de revenir pendant qu'il prenait des notes dans le dossier d'Emilia sur sa tablette.

— Elle en était aux trois dernières séances quand c'est arrivé, et son taux de globules blancs est beaucoup plus bas que je le voudrais. Nous allons donc interrompre la chimiothérapie.

Emilia leva un poing faible dans les airs.

— Yesss !

— Attendez une minute, l'interrompis-je. Est-ce une bonne idée ? Je veux dire... si vous avez décidé au départ qu'il lui fallait douze séances et qu'elle n'en a eu que neuf...

— Étant donné sa situation, Mr Drake, nous avions été très prudents. Ses taux sont bas. Elle doit renforcer son immunité. Maintenant, la chimiothérapie n'est plus efficace.

— Ouais, tu l'as entendu, dit Emilia.

Je l'ignorai.

— C'est juste que... enfin, comme vous dites, il vaut mieux être prudent. Mais la chimiothérapie sera-t-elle aussi efficace sur le long terme si elle a été interrompue ?

— À l'origine, nous avons augmenté le dosage de son traitement pour plusieurs raisons. Son âge, tout d'abord. Et étant donné les... les circonstances lorsqu'elle a commencé la chimio...

Le médecin faisait une référence plutôt délicate à la grossesse désormais avortée. Je jetai un coup d'œil en direction d'Emilia qui se reposait contre son oreiller et qui regardait le médecin, mais son visage resta inchangé.

— Je la laisse sortir en vous la confiant aujourd'hui, mais j'enverrai une infirmière chaque jour pour lui faire faire un test sanguin. Elle a besoin de repos et de boire.

Il signa le dossier et je sentis soudain le besoin de le contredire. Je voulais qu'elle reçoive les autres doses de chimio.

— Et si vous lui donniez l'ancien médicament pour les traitements restants ? Pour que vous puissiez continuer à...

— Pas question, maugréa Emilia.

Le médecin parut accablé.

— Avec son niveau de globules blancs, elle n'aura pas de chimio pendant un moment. Cette dernière dose l'a épuisé et même si c'est un médicament efficace, la réaction qu'elle a faite pourrait avoir sérieusement endommagé sa santé. Elle doit passer les semaines qui viennent à se reposer. Mais elle a fini avec la chimiothérapie sauf si quelque chose est découvert lors du scanner intégral qui indique qu'elle devrait continuer.

Je rouvris la bouche, mais Emilia, voyant que j'étais sur le point d'insister, m'interrompit.

— Adam...

Je fis un pas en arrière et je respirai profondément. Emilia remercia le médecin et dit au revoir. Elle s'assit alors et elle glissa hors du lit pour marcher vers moi.

— Tu vas bien ? demanda-t-elle. Tu es épuisé.

— Je n'aime pas ça, dis-je en passant une main dans mes cheveux.

Elle passa les bras autour de ma taille et se colla contre moi.

— Tout ira bien. Tu peux me ramener à la maison, s'il te plaît ?

J'attendis donc pendant qu'elle enfila les vêtements que ma bonne avait déposés pour elle. Heath nous conduisit à la maison et j'essayai de cacher à quel point j'étais terrifié. Tant qu'elle subissait la thérapie, nous faisions quelque chose. Nous nous battions activement contre le cancer.

Mais maintenant, nous n'avions plus qu'à attendre et à espérer que cela allait suffire. Le sentiment d'incertitude suffisait à me détruire. Mais je n'allais jamais, jamais au grand jamais, le montrer à Emilia.

Chapitre Vingt-trois
Mia

—Je peux t'aider avec un de ceux-là, tu sais, dit Adam quand nous nous étions réveillés le lendemain matin et que nous étions couchés dans le lit à parler.

Il était revenu dormir à côté de moi à ma demande. Je n'avais eu aucun mal à le convaincre. Je pense qu'il était déterminé à garder un œil sur moi après la peur de la nuit précédente.

Mais après avoir fait la grasse matinée, tous les deux épuisés par l'absence de sommeil de la nuit précédente, j'avais trouvé le bloc-notes ouvert sur ma table de nuit et j'avais lu la liste qu'il avait griffonnée. L'écriture d'Adam était normalement très régulière et très propre, alors le fait que je pouvais à peine lire cette liste indiquait qu'il avait dû l'écrire sous la contrainte quand je m'étais apparemment accrochée à lui et que j'avais insisté pour qu'il prenne des notes.

— Qu'avais-tu en tête pour m'aider ? Le soixante-neuf ou le sexe en public ?

Il fit une grimace.

— Aucun des deux. Je pensais au tango.

Je regardai le haut de la liste. En fait, c'était le premier élément. Je voulais danser le tango ? Je supposais que j'y avais déjà pensé, mais c'était étrange de mettre cela en premier.

— Ne me dis pas que tu sais aussi comment danser le tango…

— J'étais le partenaire forcé de ma cousine Britt pour ses entraînements. Ce n'était pas seulement pour le fox-trot.

— Tu peux peut-être m'aider à éliminer quelques éléments de la liste en peu de temps.

Je remuai les sourcils de façon suggestive.

— Trouve quelqu'un d'autre pour le soixante-neuf.

Je ris.

— Ah, ça ne te dérange pas, alors ?

— Non, est-ce que j'ai dit 'trouve quelqu'un d'autre' ? Je voulais dire 'supprime ça de ta liste' !

— Je pourrais trouver quelqu'un d'autre. Quelqu'un qui aime les filles chauves. Il doit bien y avoir quelqu'un avec un fétichisme du crâne.

Il me regarda et il fit courir son pouce sur ma pommette.

— Il te suffirait de quelqu'un avec un fétichisme des belles femmes, et il en existe trop.

Ses yeux se durcirent.

— J'ai trouvé la mienne. Ils peuvent tous aller trouver la leur.

Je récompensai son adorable remarque en lui serrant le cou, puis il m'attira hors du lit afin que je mange quelque chose. Pour lui, je parvins à mâchouiller le coin d'un toast, même si l'idée d'autre chose restait insupportable.

Au cours des jours suivants, il insista afin que je reste au lit et je fis ce qu'il voulait parce qu'il était si inquiet pour moi. Le reste de la bande se connecta dès que possible pour m'aider à travailler à la quête secrète. Nous avions passé du temps à rassembler lentement les alliés du sergent en faisant de petites quêtes pour eux : trouver l'alliance perdue du lieutenant, dessaouler un vieux capitaine brisé, faire sortir un type louche de prison et, à notre grande surprise, revenir au début, au lanceur original de la quête, le général Sylvan Wood. Il n'avait pas l'intention de quitter sa place aux portes de la ville avant que nous ayons planté un jardin de jonquilles en honneur de son amour perdu. Une fois que les alliés furent rassemblés, nous fûmes prêts à pénétrer dans le château.

Avec l'aide des alliés, nous entrâmes dans le tunnel en sécurité pendant qu'ils maintenaient les gobelins à distance. Heureusement, on parvint jusqu'au château, touchant presque au but. Mais nous fûmes coincés une fois de plus.

***

Trois jours plus tard, quand je me sentis de nouveau proche d'être moi-même – moi-même, post-chimio, en tout cas – il fut temps d'apprendre à Mia à danser le tango. Je me dis pourquoi pas, essayons.

— Alors, tu te souviens que le fox-trot c'est lent-lent, rapide-rapide...

Je jetai un regard sarcastique à Adam.

— Amsterdam, c'était il y a plus de dix mois. Je ne m'en souviens pas.

— Eh bien, le tango ressemble beaucoup au fox-trot. Sauf que le tango c'est : lent-lent, rapide-rapide-lent. Et il faut glisser. Ce n'est pas difficile à apprendre.

— Je suis sûre que des cœurs se brisent tout le long de la côte ouest en apprenant qu'Adam Drake danse le tango avec moi.

Il me sourit.

— C'est une danse sensuelle. Je suis le premier à l'admettre.

— Eh bien, si c'est sensuel et que c'est avec toi, alors ça m'intéresse.

Je remuai les sourcils de façon suggestive, mais comme d'habitude, il ne prit pas la perche.

Il m'embrassa sur le front.

— Britt vient pour m'aider à t'apprendre.

Et c'est exactement ce qu'ils firent. Dans la salle à manger, avec la longue table poussée sur le côté, nous avions des tonnes d'espace et même si je devais faire une pause de temps en temps, j'appris les pas de base du tango.

Ceci continua environ jusqu'à midi, lorsque Jordan arriva avec une mallette pleine de travail qu'il devait parcourir avec Adam. Il jeta un regard inquisiteur dans la pièce, leva un sourcil et dit :

— Qu'est-ce que c'est, vous ouvrez un studio de danse ?

— Entre, nous te montrerons comment danser la polka ! s'exclama Britt, la cousine d'Adam.

Jordan regarda autour de lui et hocha la tête.

— Hé, Mia, ravi de voir que tu te sens mieux. Ça t'ennuie si je te vole Adam pendant un moment ?

Je souris.

— Je t'en prie. Il m'épuise, de toute façon !

Adam me laissa avec Britt et il suivit Jordan jusqu'à son bureau en nous invitant tous à déjeuner ensemble après.

***

En les regardant partir, Britt suggéra que nous nous asseyons dans le salon avec de l'eau glacée. Je pense que le commentaire relatif à mon épuisement l'avait inquiétée. Je lui souris. Britt demanda des nouvelles de ma mère en répétant à quel point elle l'adorait et que c'était la meilleure chose qui soit arrivée à son père depuis longtemps.

Puis, après une pause gênante, elle fronça les sourcils et elle se tourna pour me faire face.

— Comment te sens-tu, Mia ?

J'y réfléchis un instant en évoluant mentalement mon niveau d'énergie. Les douleurs avaient disparu, mais je me fatiguais toujours très facilement. Je répondis en haussant les épaules et je passai la main sous ma casquette pour gratter mon crâne qui transpirait.

Je jetai un coup d'œil vers la porte par laquelle Adam était parti avec Jordan. Si Britt le remarqua, elle ne dit rien.

— Alors... je sais que tout le monde te demande tout le temps comment tu vas. Cela doit te fatiguer. Cependant, je me demande comment va Adam.

Je souris.

— Je vais beaucoup mieux, merci. Et Adam...

J'hésitai en jetant un autre regard vers la porte. Je bougeai à ma place et je me laissai retomber contre le coussin.

— Intense, stressé et distrait ?

Je tournai mon regard vers Britt sans comprendre.

— Pas besoin d'avoir le même QI que lui pour le voir après avoir passé une matinée avec lui.

Elle sourit. Je haussai les épaules en baissant la tête.

— Je m'inquiète pour lui.

— Il s'inquiète pour toi.

Je hochai la tête et je lui jetai un coup d'œil en me demandant ce qu'elle savait. Il était peu probable que Peter ou Adam ou même ma mère lui aient tout raconté sur ce qu'il s'était passé au début de l'année.

Elle tendit la main et me tapota la jambe.

— Tout ira bien. C'est dans sa nature. Il a toujours été très protecteur.

— Bizarrement, cela ne me surprend pas.

Britt fit une moue.

— Au lycée, il se battait souvent à cause de mon frère.

Je levai les sourcils – du moins, je les aurais levés si la transpiration ne les avait pas déjà effacés. Je me promis d'utiliser un marqueur indélébile la prochaine fois que je m'entraînerai.

— C'est... euh... c'est vraiment surprenant. N'était-il pas un maigrichon faiblard au lycée ?

Elle rit.

— Adam était maigre, mais il n'était pas faible. C'était un excellent coureur. Mais Liam a souvent servi de bouc émissaire. Les enfants peuvent être si cruels.

Je hochai la tête.

— Alors, Adam défendait son cousin ?

Elle haussa les épaules.

— Eh bien, cela a commencé de cette façon. Mais le plus gros incident, il t'en a parlé, n'est-ce pas ?

Non, il ne m'en avait pas parlé. Mais j'étais au courant grâce à Heath, qui avait fait des recherches sur le passé d'Adam pendant les enchères. Adam avait été victime d'un incident particulièrement cruel au lycée. Un groupe de garçons s'était ligué contre lui après une rencontre d'athlétisme et ils l'avaient tabassé, scotché les bras, les jambes et la bouche, et jeté dans un casier où il était resté jusqu'à ce qu'il soit retrouvé le lendemain matin. Cela avait été si grave qu'il avait dû être hospitalisé. Il ne retourna jamais en classe, choisissant de terminer le lycée plus tôt et en candidat libre.

— Euh, ouais, je suis au courant.

— Ces gamins ont commencé par s'acharner sur mon frère, mais Adam a détourné leurs attaques sur lui-même. Il est alors devenu la cible.

Je restai stupéfaite pendant un moment. C'était fabuleux de sa part.

Britt se redressa, comprenant peut-être qu'elle divulguait des informations sensibles. Elle s'éclaircit la gorge.

— Enfin... ce n'est qu'un exemple de ce qu'il est. Il veut être le grand protecteur... et parfois cela lui attire de gros ennuis.

J'inspirai profondément et je hochai la tête. Elle ne l'avait pas sous-entendu, mais ce même besoin de protéger lui avait causé des ennuis avec moi. Ce côté trop protecteur associé à mon indépendance bornée avait formé un mélange presque fatal pour notre relation. Je me demandais si nous pourrions apprendre de cette erreur et surpasser ces défauts. Ou bien nos tares étaient-elles si inhérentes à nos personnalités que nous étions voués à l'échec dans tous les cas ?

Britt dut voir la lutte sur mon visage, car elle posa une main rassurante sur la mienne.

— Adam est un type fantastique. Et je ne le dis pas seulement parce qu'il est de la famille. Je sais que vous deux, vous avez eu des hauts et des bas. Et je sais que cela doit rendre votre relation un peu tendue, mais tu sais quoi ? Je ne l'ai jamais vu plus heureux que depuis qu'il est avec toi. Vous deux, vous êtes manifestement faits l'un pour l'autre.

Je l'avais cru moi aussi, un jour. Je clignai les yeux pour chasser les larmes qui commençaient à monter sans crier gare. C'était si frustrant. J'étais toujours honteusement proche des larmes et cela faisait des mois que c'était ainsi. Mon corps et mes émotions agissaient comme si j'étais toujours enceinte. Je baissai la tête et je me frottai le front en essayant de penser à autre chose pour ne pas me ridiculiser devant elle.

— Je ne veux pas le perdre...

Les mots tremblants sortirent d'un seul coup. Je m'en voulus dès l'instant où ils s'échappèrent de ma bouche. D'une certaine façon, j'avais presque l'impression de mériter de le perdre.

— Tu n'as pas besoin de t'inquiéter pour cela et je pense qu'il serait troublé de découvrir que c'est le cas. Je pense qu'il préférerait que tu te concentres sur ta guérison.

Il me l'avait dit et répété.

— En fait, tu devrais en faire ton cadeau d'anniversaire pour lui, puisque c'est dans quelques semaines.

Je souris.

— J'y travaille. Et puisque je n'ai aucune idée de ce que je pourrais lui offrir, je suppose que c'est une idée comme une autre.

Elle se pencha en avant et elle me serra fort dans ses bras.

— Je pense que nous serions tous ravis. Pas seulement lui.

Et je ne voulais rien de plus que le leur offrir. Le cancer était le cancer. J'avais autant de contrôle dessus que pour n'importe quelle autre maladie, comme le diabète, la polio ou même la grippe. Cela arrivait. Il n'y avait rien à faire. Et même si le sentiment d'être indigne à cause de tous mes défauts avait tendance à m'accabler, je me rendais lentement compte que ceci ne m'était pas arrivé parce que j'avais été indigne ou parce que je n'avais pas mérité d'être en bonne santé.

La responsabilité pour d'autres choses pesait toujours sur mes épaules, mais ma culpabilité pour ceci s'estompait et allégeait un tout petit peu ma charge et j'en étais ravie.

Chapitre Vingt-quatre
Adam

JE PASSAI ENVIRON UNE DEMI-HEURE AVEC JORDAN A SIGNER DES papiers et à discuter de détails de notre projet préféré lorsqu'il finit par s'arrêter, s'appuya contre le dossier de sa chaise et se frotta les yeux.

— J'ai entendu que tu as eu peur l'autre jour. Elle a l'air d'aller mieux, maintenant.

— C'est vrai, merci.

— C'est quoi cette histoire de leçon de danse ? Tu essayes de la faire penser à autre chose ?

— Ah, dis-je en me frottant la nuque. En fait, c'est en rapport avec sa liste de choses à faire avant de mourir.

Jordan eut l'air surpris.

— Elle a fait une liste ?

Je serrai la mâchoire avant de la relâcher.

— Oui, elle n'allait pas bien du tout. D'après moi, elle a pensé ne pas s'en sortir. Elle était assez déprimée ces derniers temps, alors j'ai pensé que cela pourrait lui changer les idées.

Il fronça les sourcils.

— Alors, qu'a-t-elle d'autre sur sa liste ?

J'hésitai. Il n'y avait pas moyen que je parle de certains des éléments de cette liste, alors je haussai les épaules.

— Oh, je ne sais pas... quelque chose sur les aurores boréales et du travail médical bénévole et la tour Eiffel.

— La tour Eiffel ?

— Oui, tu sais, celle qui est en France ?

Il me jeta un regard.

— Contrairement à toutes les autres tours Eiffel que nous avons ici.

Je haussai les épaules et je lui fis un sourire. J'aimais provoquer Jordan de temps en temps. Quelqu'un devait le faire.

— Alors, elle il n'y a jamais été ? En France ?

— Non. Nous n'avons pas encore eu le temps.

— Oui, je comprends. Mais bientôt, peut-être ?

— Quand elle ira mieux... c'est sûr.

— Mais si tu attends jusque là, tu pourrais ne pas pouvoir en profiter. Tu as dit qu'elle était assez déprimée. Et si tu l'amenais dans un jet privé ?

J'hésitai. Je savais qu'il avait planifié son voyage épique à Paris. Il travaillait dessus depuis l'automne.

— Quoi, tu vas nous laisser monter à bord du coucou que tu as affrété ?

C'était un peu insultant. Je pouvais payer cette extravagance beaucoup plus facilement que lui.

— Non, dit-il en se frottant le bouc. Non, je pense que tu devrais prendre tout le voyage.

Je ris.

— Elle était bonne. Tu as failli me faire marcher.

— Je suis sérieux, Adam. Prends-le. Tout est déjà planifié. C'est un voyage fabuleux.

— Je ne vais pas prendre ton voyage.

— Tout est déjà planifié. J'ai un appartement-terrasse à l'hôtel George V, le Four Seasons près des Champs-Élysées. Même avec tout ton argent, tu ne peux pas obtenir une réservation pareille à la dernière minute. Prends ce foutu voyage. Il lui fera du bien.

Je me frottai la mâchoire en l'observant. Il ne racontait pas des conneries et j'étais stupéfait. En particulier parce que Jordan n'avait jamais soutenu ma relation avec Emilia. Ou peut-être ne l'appréciait-il simplement pas ? Je ne savais jamais exactement ce qu'il en était. Mais son offre magnanime était tout à fait surprenante.

— Tu n'as pas pu te la fermer au sujet de ce voyage depuis des mois, dis-je. Je ne vais pas te le prendre.

— Je ne te le donne pas à toi, idiot. C'est à elle que je l'offre.

— Eh bien, c'est assez surprenant. Je dois admettre que j'ai toujours eu l'impression que tu ne l'aimais pas.

Il haussa les épaules.

— Je n'ai jamais eu rien de personnel contre elle. Je n'étais pas son plus grand fan quand tu as traversé toutes ces conneries avec elle, mais... elle a tout géré avec force et avec grâce et je l'admire pour cela.

Je serrai les dents. En vérité, il ne savait pas la moitié de ce qu'elle avait traversé.

— C'est très généreux de ta part, mais...

— Bon sang, Adam. Arrête d'argumenter et emmène là. Cela lui fera du bien. Elle pourra rayer une autre chose de sa liste.

— Deux choses, en vérité. Elle veut voir la Vénus de Milo, aussi. Elle est à Paris.

— Bien. Surprends-la, alors. Le voyage est dans deux semaines. Tu penses qu'elle sera prête ?

J'écarquillai les yeux.

— Je vais appeler son médecin et le lui demander.

Après cela, Jordan eut l'air suprêmement satisfait de lui-même. Je lui laissai donc faire sa bonne action. On passa presque une heure à retracer son itinéraire et je pris des notes dans ma tête pour le modifier en fonction de nos besoins. Je me dis également que j'allais me rattraper pour le remercier très bientôt.

Mais pour l'instant, je le laissai être le héros de la journée. Cela sembla lui plaire.

Je remarquai son petit sourire secret quand il lui fit un câlin pour lui dire au revoir. Mais ce fut moins amusant que le visage surpris d'Emilia quand il la salua.

***

Quelques soirs plus tard, nous partagions un dîner chez moi avec mon oncle Peter et Kim, la maman de Mia. Ils avaient appelé, car ils souhaitaient nous emmener dîner, mais Emilia avait décliné. Elle avait prétendu préférer la nourriture de ma chef plus que tout ce qu'un restaurant pouvait faire. Étant donné les restrictions de son régime, je ne pouvais pas lui en vouloir, mais je soupçonnais que cela avait également à voir avec son embarras de ressembler à 'quelque chose qui a été mâché et recraché'. Il s'agissait de ses mots et elle refusa de les retirer même quand je lui jetai un regard sévère.

Pensant que cela lui ferait du bien de passer plus de temps avec sa mère, je les invitai à venir manger chez nous à la place. Désormais, nous mangions des repas sans produits laitiers, sans gluten, des probiotiques et biologiques. Cela paraît pire que ça ne l'est réellement, mais le fromage me manquait.

Heureusement, ma chef était incroyable et elle considéra les restrictions comme un défi qu'elle était bien décidée à surmonter. Alors, malgré tout, les repas étaient bons. Cela n'aurait pas été mon premier choix, mais si Emilia pouvait traverser tout ce qu'elle devait traverser sans trop se plaindre, alors je pouvais bien supporter de la nourriture bizarre pour elle. Je mangeais simplement ce que je voulais quand j'étais au travail.

J'aurais dû savoir que quelque chose se tramait avec Peter et Kim d'après leur comportement étrange. Peter, d'ordinaire assez silencieux, l'était encore plus, et les interactions de Kim avec sa fille étaient sclérosées et un peu étranges.

Ce ne fut donc pas une surprise lorsqu'au cours du dessert et du café, la mère d'Emilia se tourna vers elle et lui prit la main sur la table.

— Alors, euh... il y a quelque chose que nous voulions vous dire. Euh...

Elle jeta un regard dans ma direction.

— Néanmoins, c'est peut-être un peu bizarre pour vous deux.

Emilia et moi nous échangeâmes un regard, puis elle se tourna vers sa mère.

— Peter et moi nous avons décidé de nous marier.

Emilia bondit de sa chaise et lui fit un gros câlin en l'embrassant sur la joue.

— Maman, je suis si heureuse pour vous !

Eh bien... j'étais ravi qu'au moins un de nous deux le soit. Je trouvais ceci extrêmement bizarre et je n'arrivais pas à dire pourquoi. J'observai la réaction enthousiaste d'Emilia. Apparemment, cette nouvelle ne la mettait pas mal à l'aise. C'était peut-être moi...

Car ceci allait faire d'Emilia la demi-sœur de Liam et Britt, mes cousins.

Emilia faisait à présent un câlin à mon oncle Peter, son futur beau-père. Cette idée était si surréaliste. Je me levai et j'embrassai Kim en la félicitant. J'espérais avoir réussi à cacher ma réaction. Je supposai que j'aurais dû m'y attendre. J'aurais dû m'y préparer. Cela faisait sept ou huit mois qu'ils sortaient ensemble et qu'ils s'entendaient très bien. Et étant donné leur passé à tous les deux, ils méritaient ce bonheur.

— Quand sera le mariage ? demanda Emilia.

— Nous ne faisons rien de grandiose. Juste un petit quelque chose avec la famille et les amis proches, comme Heath. J'adorerais le fêter sur la plage. Mais nous n'avons pas encore de date, parce que...

Sa voix se brisa en tremblant d'émotion.

Peter lui prit la main.

— Nous attendons que le scanner de Mia soit négatif. Nous aviserons à ce moment-là.

Kim poussa un long soupir et elle sourit à sa fille. Emilia lui refit un câlin et la rassura sur le fait que ce serait bientôt. Je l'espérais vraiment.

Peu de temps après, on les raccompagna à la porte où on recommença les embrassades et les félicitations. J'étais envieux de leur bonheur simple. Mais ce n'était pas comme s'ils ne le méritaient pas. La femme de Peter l'avait quitté quand ses enfants étaient encore jeunes et il avait dû les élever — puis moi, un peu plus tard — tout seul. Kim avait eu le cœur brisé à un très jeune âge par un bon à rien infidèle et elle n'avait trouvé personne pour partager sa vie jusque là. Je leur souhaitais du bonheur, et j'étais sûr que j'allais surmonter mon dégoût – très vite, de préférence.

Une fois que la porte se referma et qu'ils traversaient l'île pour revenir à leur voiture, je me tournai vers Emilia qui me regardait avec un sourire en coin. J'inspirai profondément et je lui souris à mon tour.

Elle s'approcha lentement de moi et elle posa les bras autour de mon cou. Pour éviter ce moment toujours tendu de 'allons-nous nous embrasser ou pas ? ' je posai un baiser sur son front et elle souffla. Je ne me faisais pas confiance pour l'embrasser sur la bouche. Pas après la dernière fois, où j'avais presque été absorbé en oubliant que nous essayions d'avancer lentement.

— Alors, euh... je peux te demander quelque chose ?

— Oui, bien sûr. Ce que tu veux, répondis-je.

— Tu n'es pas un peu... euh... dégoûté par ça ? demanda-t-elle en faisant la grimace.

Je poussai un soupir de soulagement.

— Complètement.

Elle frissonna un instant.

— Ah. Toi et moi, nous allons devenir cousins, maintenant ?

Je secouai la tête.

— N'en parlons pas.

— C'est comme si... j'ai dû sauter de cette chaise et lui faire un câlin tout de suite tout en n'y pensant pas, mais tout le temps que je les félicitais, mon cerveau me criait : non ! Beurk !

On rit avant d'aller regarder la télévision. Elle se pelotonna à côté de moi dans mon fauteuil inclinable, la tête sur mon épaule. Elle sentait si bon que l'odeur de sa peau me faisait planer un peu. Je posai ma main sur sa taille en souhaitant qu'elle y reste. Heureusement, j'étais si épuisé que je n'avais pas besoin de me rappeler trop souvent que je ne devais pas la toucher.

Chapitre Vingt-cinq
Mia

DEUX SEMAINES PLUS TARD, LE SOIR PRECEDENT LE VINGT-septième anniversaire d'Adam, il fit venir une voiture avec chauffeur pour la soirée la plus romantique depuis des mois. J'aurais aimé être avec lui le soir de son anniversaire, mais il évoqua un événement inévitable qui lui faisait quitter la ville pendant une semaine. Pour être honnête, j'étais nerveuse à l'idée d'être sans lui, mais il ne me donna pas de détails.

Bizarrement, on se rendit à Los Angeles pour dîner. Nous nous aventurions rarement jusqu'à la Cité des Anges. Les habitants d'Orange County agissaient d'habitude comme s'ils avaient une phobie de Los Angeles, ce qui, je dois l'admettre, était assez bête. Mais tout le monde prétendait avoir le meilleur de la Californie du sud dans son jardin, alors Los Angeles devint un mal nécessaire, seulement pour des choses comme les transports, les grands spectacles ou les musées qui n'étaient pas tout à fait à la hauteur dans le sud.

J'étais vêtue d'une petite robe noire classique avec un chapeau de style années vingt grâce au goût impeccable de Sonia. Adam avait menacé de me faire sortir danser – sans doute le tango – après le repas, alors j'avais presque, *presque* mis une perruque. J'en possédais deux, dont une avec des cheveux violets, au grand désarroi d'Adam, mais je ne les avais jamais portées pendant plus de cinq minutes dans la maison avant de les retirer de frustration. Je trouvais que cela faisait faux et je savais que c'était bête... c'était néanmoins mon ressenti.

La robe était courte, révélant mes jambes maintenant trop maigres et elle avait une encolure montante – une obligation pour mes vêtements désormais. Je ne montrais jamais de décolleté, ni rien qui puisse attirer l'attention sur ma poitrine. Je ne me sentais capable que de m'habiller comme une vieille dame. Mon corps n'était plus quelque chose que je pouvais montrer, dont je pouvais être fière. C'était une honte secrète qu'il fallait cacher sous des couches de vêtements.

Adam était aussi beau que d'habitude : il portait un costume de soirée bleu marine avec une cravate accordée sur une chemise couleur crème. J'adorais qu'il porte des vêtements sombres. Cela lui allait bien, avec ses cheveux bruns brillants et ses yeux sombres. Cela ajoutait quelque chose à son côté mystique et attirant. Autrefois, je me sentais magnifique à côté de lui, comme si nous nous mettions mutuellement en valeur. Nous faisions tourner les têtes et je savais que nous étions un couple inhabituellement beau. Mais maintenant, c'était déséquilibré, inégal. Comme un jeu de bascule bloqué, car il a trop de poids d'un côté. Il était beau et j'étais le parasite fade, insignifiant, trop maigre et a l'air maladif à ses côtés. Nous n'avions plus l'air de devoir être ensemble. Sans doute parce que c'était vrai.

J'essayai de repousser ces pensées quand nous entrâmes ensemble dans le restaurant de Beverly Hills. Comme d'habitude, Adam attira de nombreux regards féminins, ce qu'il ne remarqua pas ou bien il les ignora complètement pour moi. Nous eûmes un repas tranquille à l'arrière et j'étais fière de me sentir tellement mieux que je pus manger une quantité normale de nourriture sans ressentir la moindre nausée.

D'une certaine façon, mon corps devait savoir que je ne lui donnais plus de poison et il se remettait. Que mon taux de globules blancs soit bas ou pas, je commençais plus que jamais à me sentir normale. Mis à part mon apparence terne.

Peu importe. Je me sentais bien et Adam était terriblement à croquer, sur son trente-et-un pour sa nuit en ville. J'allais essayer encore une fois de le séduire. Il ne pouvait pas résister éternellement.

— On va aller danser ? demandai-je quand il ne voulut pas me dire ce qu'il avait prévu après le repas.

— Non.

Ses yeux étincelèrent de malice dans la lumière tamisée.

— Est-ce quelque chose sur ma liste ?

Il sourit, ma fossette préférée apparaissant juste en dessous de sa bouche. Parfois cela me coupait le souffle.

— Peut-être.

— Tu es pénible, dis-je en croisant les bras et en feignant d'être irritée. C'est ton anniversaire. C'est moi qui suis censée te surprendre.

— Eh bien, tu sais... les gens qui veulent tout contrôler ne supportent pas bien les surprises.

Mon sourire faiblit et je me demandai s'il faisait une vague référence aux secrets que je lui avais cachés et à ses réactions. Il y eut une longue pause avant que le serveur apparaisse et qu'Adam lui dise avec emphase que nous n'avions pas besoin de commander le dessert.

Puis il se tourna vers moi.

— Ne t'inquiète pas, c'est quelque chose qui va me plaire aussi. Ce sera ton cadeau pour moi.

Il me fit un clin d'œil.

J'avais de grandes espérances quand on remonta dans la voiture, en particulier lorsqu'Adam appuya sur le bouton pour faire monter la séparation entre le chauffeur et nous. Je n'avais jamais précisément ajouté le sexe en limousine sur ma liste tristement célèbre, mais il avait peut-être décidé de remplacer le soixante-neuf apparemment inconfortable ?

Il se baissa pour m'embrasser et mon cœur s'accéléra. Ce fut un baiser léger et affectueux. Il était joueur et quelque chose dans ses yeux confirmait cette impression. Une étincelle, un éclat. Ce n'était pas son regard habituel de passion ou de désir, mais je m'en serais contentée. Je commençai à regretter d'avoir porté une culotte sous cette robe, mais je me dis qu'il résoudrait cette situation assez facilement avec une de ses célèbres manœuvres pour déchirer les culottes. Ma bouche devint sèche rien qu'à cette idée.

Puis il tendit la main et il sortit un morceau de soie noire de la poche du siège devant lui.

— Qu'est-ce que c'est ? demandai-je.

— Tu verras, répondit-il.

Il se tourna et il le glissa très rapidement sur ma tête. J'avais les yeux bandés.

Ah, nous allions donc passer aux choses cochonnes ? Je me redressai.

— Je commence à être excitée, dis-je en le cherchant.

Il posa un autre long baiser traînant sur ma bouche.

— Tu as raison, chuchota-t-il sombrement et je frissonnai d'anticipation.

L'idée de ses mains, de sa bouche sur moi réveilla mon corps entier, qui rougit de chaleur. Sexe en limousine. Ah. En rentrant, j'allais vite ajouter celui-ci à ma liste et puis je le rayerai tout aussi joyeusement. La première fois depuis plus de quatre mois. Oh oui, il me tardait.

Il posa alors des écouteurs sur ma tête. De très gros écouteurs qui éliminaient les bruits extérieurs. Il en souleva un et il dit :

— Je vais mettre de la musique maintenant. Interdiction de les enlever avant d'arriver.

— D'arriver où ?

Il rit.

— Bien essayé.

J'entendis ensuite la musique des années quatre-vingt de la playlist d'Adam. La première chanson fut Sweet Dreams par Eurythmics.

Je m'adossai au siège en poussant un soupir et je me concentrai sur les mouvements de la voiture. Adam ne me toucha pas. Tant pis pour le sexe en limousine. J'espérai secrètement qu'il ait quelque chose d'encore plus excitant en tête. Après m'être fixée sur l'idée de lui et moi à l'arrière d'une voiture pendant qu'elle roulait le long de Wilshire Boulevard, tout le reste allait être décevant.

Une demi-heure plus tard, la voiture ralentit, tourna puis se gara. La main d'Adam se referma sur la mienne et il me tira vers la porte de la voiture quand je le sentis se lever et sortir. Je fis la même chose, comme une girafe chancelante qui vient de naître, et il me stabilisa contre lui. J'essayai de me concentrer sur les bruits qui auraient pu échapper aux Pet Shop Boys.

On marcha sur du goudron et il y avait beaucoup de vent. Ma jupe vola avant qu'Adam ne pose son manteau sur mes épaules. Au bout d'une centaine de mètres de marche, nous arrivâmes à un escalier. Je levai en hésitant le pied pour le poser sur la première marche — il s'agissait de métal texturé pour le rendre non glissant — et je faillis trébucher. Adam me souleva et il me porta le reste du chemin. Je serrai les bras autour de son cou et nous entrâmes dans un bâtiment en haut des marches. Lorsqu'il me reposa sur mes pieds, je tendis une main pour me stabiliser et je touchai un mur tapissé.

Où étions-nous, putain, et pourquoi avait-il été nécessaire de me bander les yeux et de dissimuler les bruits autour de moi ? Adam me fit asseoir dans une chaise et il s'assit à côté de moi. C'était large et confortable, comme un canapé, et le sol tremblait sous nos pieds. Je réfléchis aux possibilités.

Adam tendit la main vers son lecteur qui pendait autour de mon cou et il baissa le volume.

— Sais-tu où nous sommes ? demanda-t-il.

— Euh. Un avion ?

Il enleva les écouteurs.

— Bien. Enlève le bandeau.

Je le fis et je regardai autour de moi. Ceci ne ressemblait à aucun avion dans lequel j'étais déjà montée. C'était un jet privé et il était sur le point de décoller – très bientôt, si le grondement sous le plancher signifiait quelque chose. La zone dans laquelle nous nous trouvions avait des chaises longues et des canapés groupés de façon à se faire face. Les sièges étaient confortables, en cuir matelassé, mais avec des ceintures de sécurité. Où que nous allions, nous allions voyager chic.

— Un jet privé ? Je pensais que tu ne t'en servais pas par principe.

Il fit un grand sourire.

— Il s'agit d'une exception.

Je fis la moue.

— Alors tu ne mentais pas en disant ne pas être en ville pour ton anniversaire. Tu ne m'as simplement pas dit que je ne serais pas en ville, moi non plus. Comme c'est typique de ta part.

Je lui tirai la langue. Cela ne sembla qu'augmenter son plaisir.

— Où allons-nous ?

— Tu penses qu'après tout le mal que je me suis donné pour te faire monter les yeux bandés dans cet avion, je vais te le dire aussi facilement ?

— Combien de temps durera le vol, alors ? dis-je en regardant derrière nous.

Je vis un salon et une chambre de l'autre côté de la porte. Une lumière tamisée émanait de la chambre, avec un lit entièrement prêt qui semblait aussi luxueux que dans une chambre d'hôtel élégante.

— Nous allons voler toute la nuit.

Bon sang. Alors nous allions loin. La Côte Est, ou peut-être plus loin. Peut-être irions-nous dans l'autre sens en direction d'Hawaï ? Peut-être allions-nous retourner à Sainte-Lucie, pensai-je avec un enthousiasme soudain. Des choses merveilleuses s'étaient passées entre nous à Sainte-Lucie. Je ne voyais pas de meilleur endroit pour raviver notre relation.

— J'espère que tu as pris mon maillot de bain et de la crème solaire, ricanai-je.

Son sourire s'élargit.

— Tu as tout ce qu'il faut dans tes bagages, grâce à Sonia. J'espère que tu aimeras ce qu'elle a choisi pour toi.

Une hôtesse de l'air apparut. Elle nous servit des boissons et nous demanda d'attacher nos ceintures, car nous allions décoller très bientôt. Je bus mon eau minérale et je gloussai en jetant un coup d'œil vers Adam. Pas de sexe en limousine, mais qu'en était-il du sexe en avion ? J'aurais tout aussi bien pu le mettre sur ma liste.

Je décidai de tricher et de demander à l'hôtesse de l'air où nous nous rendions. Elle sourit et regarda Adam.

— On m'a dit que notre destination était top secret. Je ne peux pas la révéler.

Je fis la tête.

— D'accord, alors combien de temps va durer le vol ?

— Onze heures et quarante-deux minutes.

Elle se retourna et quitta la cabine peu de temps après.

Merde alors. Je me redressai dans mon fauteuil avec un sourire.

— Nous allons à Sainte-Lucie, n'est-ce pas ?

Adam haussa les épaules et regarda par le hublot.

— Je suis contente d'y retourner.

Il se tourna vers moi.

— Ah oui ? Les choses ne se sont pas bien terminées pour nous, là-bas.

J'inspirai profondément en me demandant pourquoi il se concentrait sur la fin négative plutôt que sur toutes les choses merveilleuses qui s'étaient passées avant.

— Les choses ont très, très bien commencé pour nous là-bas. Tu ne t'en souviens pas ?

Il me regarda avec un petit sourire énigmatique.

— Je m'en souviens très, très bien. De chaque instant.

Je souris.

— Il est temps pour nous d'y retourner et de refaire de nouveaux souvenirs, hein ?

Je me penchai contre lui et je l'embrassai.

Il me rendit le long baiser avant de s'écarter et de me regarder.

— Tu es magnifique.

— Pff, t'es un menteur, mais merci.

Il posa une main sur mon menton et il me regarda dans les yeux sans cligner et sans détourner le regard. De sa voix la plus sérieuse, il me dit :

— Je ne mens pas.

Chapitre Vingt-six
Adam

ON DORMIT ENSEMBLE DANS LE LIT ET JE SAVAIS QU'ELLE s'attendait à plus. C'était de plus en plus difficile de lui résister. Pour la première fois depuis des mois, elle paraissait en bonne santé. Elle était toujours maigre et pâle, mais il y avait une nouvelle vie en elle. Avant, quand j'avais senti que je voulais quelque chose et en particulier quand elle m'avait fait des avances, je m'étais dit qu'elle cherchait simplement de l'affection. J'essayais de la lui donner d'autres façons. Et je ne mentais pas en disant que j'étais épuisé tout le temps. Je l'étais.

Je le faisais exprès.

Mais ce soir, eh bien, c'était différent. C'était comme si nous nous débarrassions de nos soucis à chaque kilomètre, entre la maison et nous-mêmes. Comme si nos problèmes dépendaient du lieu alors que je savais très bien que ce n'était pas le cas.

Je dormis en sous-vêtements et elle avec une combinaison noire sexy qu'elle avait portée sous sa robe. Elle s'était tout de suite lovée contre moi et elle avait essayé de m'attirer dans un baiser, mais je restai ferme. J'étais fier de moi de ne pas avoir succombé. Elle était vulnérable et je n'allais pas en abuser. Elle n'était simplement pas prête, malgré les signaux qu'elle m'envoyait. Nous n'étions pas encore prêts.

Bientôt, peut-être, mais pas encore.

On atterrit à l'aéroport Charles-de-Gaulle en fin d'après-midi, heure locale. Elle ne savait toujours pas que nous étions en Europe. J'espérais garder ce secret jusqu'au moment où nous verrions la tour Eiffel au loin. Ou peut-être en arrivant à l'hôtel.

Il faisait froid et humide quand on sortit de l'avion pour marcher jusqu'à la voiture qui nous attendait. Elle tourna la tête en essayant de regarder partout. Mais je cachais une grande partie avec le parapluie que l'on m'avait tendu avant de descendre de l'avion. On arriva à la voiture avant qu'elle puisse avoir vu assez pour trouver un indice du lieu. Nous aurions pu être dans une ville des États-Unis.

Malheureusement, tout fut révélé à l'instant où notre chauffeur passa un appel en français. Le froid était le premier indice que nous n'étions pas dans les Caraïbes. Mais le français fut le deuxième indice. Elle se tourna vers moi avec des yeux comme des soucoupes.

— Tu n'as pas fait ça.

Je levai un sourcil interrogateur sans rien dire.

— Tu ne nous as pas fait voler jusqu'à Paris...

Je ne répondis pas. J'avais vraiment envie de sourire, mais je gardai un visage sérieux. Elle était complètement stupéfaite.

— Il y a d'autres endroits du monde où l'on parle français, tu sais.

— J'ai vu la liste que je t'ai soi-disant dictée. Tu nous as conduits à Paris, putain ! Bordel de merde.

Je finis par sourire. Sa réaction était amusante. J'adorais faire ce genre de choses. Grâce à Jordan, je le pouvais.

Nous étions arrivés assez près du centre-ville pour que la tour Eiffel soit maintenant visible alors, je la lui montrai derrière elle et elle se tourna d'un coup.

— Pas possible. On est à Paris !

— Ça se pourrait bien.

Elle se retourna vers moi.

— Comment as-tu fait ça ? Mon médecin sait-il que j'ai quitté le pays ? Comment as-tu fait pour nous faire passer les douanes sans que je le sache ?

Je remuai les sourcils.

— Je suis plein de ressources. Je suis un homme international très mystérieux.

— Tu es le geek le plus cool de la planète.

— Oh, la flatterie peut te conduire partout.

Elle me fit un grand sourire ironique.

— Je compte bien là-dessus.

— Tu es fatiguée ? Ou bien aimerais-tu aller faire un tour quand nous serons passés à l'hôtel ?

— Il me semble avoir quelques éléments de ma liste à rayer. Pour combien de temps sommes-nous ici ?

— Attends de voir.

— Ce voyage va-t-il être entièrement comme ceci ? Tu ne me donneras aucune info ?

— Cela t'ennuie ?

Elle sourit.

— Non, en fait c'est plutôt amusant. Je ne prendrai donc pas la peine de poser des questions.

— Ah, j'aurais dû penser à quelque chose du genre il y a longtemps.

— N'exagère pas. Je me demande si les femmes chauves ont une meilleure image à Paris. Je pourrais peut-être démarrer une nouvelle mode si je parade sur les Champs Élysées devant le magasin Chanel.

— Je pense que les plus beaux mannequins pourraient bien se raser la tête, mais – encore une fois – elles ne seraient pas aussi canon que toi.

Ses yeux brillèrent.

— Tu es toi aussi plein de flatteries. Il va sans dire qu'elles peuvent te conduire à tout. Cela fait si longtemps que tu n'as pas besoin de me flatter beaucoup, ces jours-ci.

— Eh bien, je vais donc les garder pour le moment où j'en aurai besoin.

Elle serra le poing et me donna un coup dans le bras quand la limousine ralentit dans l'avenue George V et que le chauffeur ouvrit la porte. Ceci allait être un temps fort de notre voyage.

Chapitre Vingt-sept
Mia

L'HOTEL ETAIT A COUPER LE SOUFFLE ET EN ENTRANT, JE NE PUS pas m'empêcher de regarder bouche bée autour de moi. Une musique douce au piano se faisait entendre dans le hall d'entrée. Le sol était en marbre noir et blanc et décoré de grands vases noirs en pierre disposés artistiquement dans le foyer de l'hôtel, remplis de centaines de fleurs blanches fraîches de toutes sortes. On nous escorta jusqu'à notre ascenseur privé, on nous donna une clé d'accès spéciale et on monta jusqu'à notre chambre. L'ascenseur s'ouvrit directement dans l'appartement.

L'endroit était incroyable. Un balcon passait d'un côté de l'immeuble à l'autre, offrant une vue à trois cent soixante degrés de la ville. D'un côté, la tour Eiffel surplombait la Seine et de l'autre, l'Arc de triomphe se tenait immuable au centre d'une rivière de voitures tournant autour de la place Charles-de-Gaulle. J'eus du mal à reprendre ma respiration, car à chaque instant, je voyais encore un autre monument célèbre que je n'avais vu que dans des photos. C'était surréaliste.

— Alors, pour ce qui est de ce commentaire sur le fait de ne pas être en ville pour ton anniversaire...

Il haussa les épaules.

— Je n'ai pas menti.

Je me tournai vers lui.

— Qu'est-ce que je peux offrir à l'homme qui a déjà tout ? dis-je en m'avançant vers lui et en passant les bras autour de sa taille musclée.

Il me fit un autre de ses baisers exaspérants sur le front.

— Tu m'as déjà donné mon cadeau. Tu es en meilleure santé et plus forte chaque jour. Je n'aurais pas pu demander mieux.

Je pensais plutôt à mon corps nu enveloppé dans un grand ruban rouge. C'était un cadeau que j'aurais aimé offrir, si je trouvais un moyen de couvrir le haut. D'un autre côté, Kat avait peut-être raison... peut-être qu'il suffisait de montrer un peu de seins.

Parce que bon sang, si je n'avais pas voulu me coucher sous cet homme auparavant, maintenant je le voulais vraiment.

— Alors, ai-je le droit de connaître ce qui est prévu ce soir ?

— D'accord. D'abord, nous nous habillons pour dîner. Ensuite, la voiture nous emmène dîner. Et puis... nous verrons.

— Où se passe ce dîner ?

Il sourit encore.

— Il se pourrait que nous puissions manger et rayer un élément de ta liste en même temps.

J'écarquillai les yeux.

Nous mangeons sur la tour Eiffel ?

— Nous mangeons au Jules Verne sur la tour Eiffel, à une table près d'une fenêtre à l'ouest, pour que nous puissions regarder le coucher de soleil.

— Alors il faut que je me prépare !

Ma valise avait été déballée et mes affaires rangées par le majordome pendant que nous avions fait le tour de l'appartement qui était plus grand qu'une petite maison et que nous avions traîné sur la terrasse du balcon.

Je ne savais pas du tout ce que Sonia avait préparé pour moi. Quel vêtement de soirée avait-elle pu glisser là-dedans ?

J'ouvris l'armoire qui m'était destinée et je retins ma respiration. À l'intérieur, avec d'autres, étaient accrochées une robe noire sexy, une robe rouge et une robe longue couleur crème. Elles étaient complètement différentes de celles qu'il m'avait offertes à Amsterdam, mais elles rappelaient tout à fait la première nuit que nous avions passée ensemble.

Je sentis monter mes larmes lorsque je les sortis et que je les regardai. Adam était sous la douche et je pris le temps d'essayer chaque robe. Elles étaient magnifiques et je ne savais pas du tout si elles avaient été choisies par Sonia ou par Adam. Mais chacune avait un décolleté plus profond que je ne l'aurais voulu. Elles n'étaient pas obscènes, mais comportaient des décolletés que je portais avant. La robe rouge était magnifique, révélant les jambes sous une jupe évasée, et une partie du dos était nue. Quand j'entendis la douche s'arrêter, je les remis très vite dans le placard, ne sachant toujours pas quoi faire.

C'était une trop grande coïncidence, pour que je l'ignore et je décidai en prenant ma douche et en me maquillant qu'Adam avait choisi les robes, même s'il ne s'était pas occupé du reste. Je résolus de trouver le courage d'en porter une. S'il avait envie de me voir les porter, alors j'allais le faire.

Peut-être me toucherait-il alors.

Mon Dieu, j'avais envie qu'il me touche.

Pendant ce temps de préparation, les graines du Projet Séduction germèrent. Parce que d'une façon ou d'une autre, je savais que si nous pouvions surmonter cet obstacle – s'il pouvait arrêter de me voir comme malade et fragile et impuissante – alors nous pourrions peut-être être égaux et tous les deux présents dans cette relation.

Je passai un peu plus de temps à me maquiller parce que je n'avais pas à me coiffer. Je remarquai avec joie que les sourcils commençaient à réapparaître, cependant je les dessinai soigneusement comme j'avais vu qu'il fallait le faire dans les tutoriels en vidéo. Je collai aussi de faux cils. Mes efforts de maquillage parvenaient à peu près à masquer l'air maladif que j'avais.

J'avais trouvé des écharpes et des étoles incroyables parmi les accessoires, donc je fis des expériences en attachant un magnifique foulard en dentelle noire autour de ma tête, avec un gros nœud à l'arrière. Il tombait sur mon épaule comme une longue chevelure.

Avec la superbe robe rouge que j'avais choisi de porter, cela me donnait en fait un air exotique et légèrement glamour. Je choisis de grosses boucles d'oreilles, un bracelet en or et ma boussole pour bijoux. Je portais toujours la boussole. Toujours.

Je me sentais comme une personne nouvelle, comme si je n'étais plus terne et à peine visible. Comme s'il y avait un espoir que je puisse récupérer ma beauté – en partie, du moins. Comme si mon corps n'était pas passé en ménopause prématurée permanente et que je n'avais pas le métabolisme et la peau d'une femme de plus de deux fois mon âge.

Mais il s'agissait de choses à espérer pour plus tard. Si toutes ces épreuves m'avaient bien appris quelque chose, c'était de vivre le moment présent, de profiter de ce que j'avais au moment où je l'avais.

Et ce soir, j'avais l'homme le plus beau et le plus incroyable à mes côtés pour m'aider à monter dans la limousine, pour m'ouvrir les portes, pour me tenir la main. Il me dévorait des yeux et faisait des compliments sur ma robe après m'avoir jeté de longs regards de la tête aux pieds.

Il portait un costume noir avec une cravate noire et une chemise blanche. Pour être honnête, ce qu'il portait n'avait aucune importance. Il était toujours superbe.

Je flirtai honteusement avec lui et je pris soin que ma robe remonte sur mes cuisses dans la voiture. Il regarda. Je l'observai avec un sourire en coin. Le Projet Séduction n'en était qu'à ses débuts. Je ne savais pas comment il allait évoluer. Mais c'était un type en bonne santé. Il n'avait pas eu de sexe depuis presque cinq mois. Cela ne pouvait pas être très difficile, si ?

— Le dîner au Jules Verne est merveilleux. Tu vas adorer. Tu vas aussi manger plus à ce repas que tous les jours du mois passé comptés ensemble.

Je ricanai. Mon appétit revenait lentement, mais il n'était toujours pas la moitié de ce qu'il avait été.

— Il y a six plats et ils apporteront un vin différent pour chacun.

— Je ne peux pas encore boire de vin. Le médecin a dit pas avant un mois environ. Mais tu peux boire le mien.

Il m'aida à sortir de la voiture et j'eus une idée. Adam n'était pas un gros buveur. Je ne l'avais vu ivre qu'une seule fois. Il buvait rarement quelque chose de plus fort que la bière ou le vin... mais s'il avait assez de vin, cela aiderait peut-être le Projet Séduction.

Adam me fit traverser la foule qui faisait la queue pour monter dans les grands ascenseurs conduisant jusqu'en haut de la tour et je levai la tête en poussant un petit cri de joie.

Nous étions en bas de la tour Eiffel ! C'était une structure massive en métal et pourtant elle ressemblait à une dame délicate et jolie. C'était très beau, mais fort et permanent également. On s'avança vers l'ascenseur privé réservé aux invités du restaurant et après avoir montré nos réservations à l'opérateur, on nous fit monter.

Je lui pris la main et je la serrai.

— Nous sommes sur la tour Eiffel ! J'hallucine !

Il sourit.

— Oui. Et tu es magnifique. Ma dame en rouge.

Il se baissa et m'embrassa sur la joue.

Bon sang, je commençais à en avoir assez des baisers sur la joue et le front. Je regardai son beau profil pendant que nous montions jusqu'à la première plate-forme de la tour. Mon cœur se serra dans ma poitrine comme toujours quand je prenais le temps de le regarder, d'être en sa présence.

Des moments comme celui-ci, quand j'étais seule avec lui, me rongeaient : mes pensées, mes sentiments étaient sans cesse tirés vers lui comme un tournesol au soleil. Avant, cela m'effrayait et je me demandais si j'étais obsédée et si je me perdais. Maintenant, je l'acceptais. C'était réconfortant. Ces sensations me rassuraient en montrant que j'étais toujours en vie. Ce cancer et son remède douteux avaient peut-être rongé mon corps, mais jamais mon cœur. Il appartenait toujours à Adam.

Ma gorge se serra quand il tourna la tête, apercevant sans doute mon regard. Ses yeux sombres croisèrent les miens et il me fit son sourire dévastateur et je fus perdue, ayant du mal à retrouver ma respiration.

Merde. J'étais encore plus atteinte que ces petites stagiaires idiotes chez Draco.

Mais c'était logique, quand j'y pensais. Elles étaient toutes éblouies par l'extérieur : riche, beau, sûr de lui, en grande forme physique. Il était l'ensemble parfait qui les rendait toutes fébriles.

Ce qui gonflait mon cœur quand nous étions ensemble ? C'était ce qu'elles ne savaient pas voir, ce dont elles n'avaient aucune idée : Adam de l'intérieur, qui surpassait de très loin Adam de l'extérieur, même si ce dernier était fabuleux. L'intérieur de cet homme éclipsait tout autour de lui. Il n'était pas parfait. Mais pour tout ce qui était important, il était parfait pour moi.

Chapitre Vingt-huit
Adam

L A SOIREE ME PLAISAIT ENORMEMENT. ELLE ETAIT COMME UNE petite fille le jour de Noël, les yeux écarquillés et émerveillés. Et cela faisait du bien de la voir aussi en forme et – enfin – heureuse. On s'assit pour dîner et elle mangea des quantités tout à fait respectables.

Je surveillais chaque bouchée qui entrait dans son corps, je l'encourageais à manger plus que ce qu'elle aurait fait toute seule. Elle était trop maigre, bien sûr. Mais maintenant, trois semaines après son dernier traitement de chimio, elle commençait au moins à retrouver des couleurs et même quelques cheveux. J'avais remarqué que ses sourcils commençaient lentement à revenir.

Elle souriait beaucoup. Et quand elle souriait autant, je ne pouvais pas m'empêcher de sourire avec elle.

— Alors, c'est vrai que tu vas donner à Kat le travail de ses rêves : testeuse de jeux ?

— Si elle est approuvée par les ressources humaines, elle aura le travail.

La main d'Emilia atterrit sur la mienne et nos doigts s'enlacèrent.

— Merci. Cela m'a fait du bien qu'elle soit dans les parages.

Je souris en répondant :

— Cela a fait du bien d'avoir tout le monde avec nous.

Son sourire s'élargit.

— Cela m'a fait du bien que tu sois avec moi. Tu es merveilleux.

Je serrai mes doigts autour des siens.

— Je fais simplement ce que je dois faire.

Ses yeux marron doré semblèrent chercher les miens.

— Ah...

Elle déglutit.

— Je ne me suis peut-être pas bien exprimé...

Elle secoua la tête.

— Non, ça va.

Je fronçai les sourcils.

— Je voulais dire que je faisais ce que je devais faire... parce que je ne pouvais pas m'imaginer en faire moins pour toi.

Elle inspira profondément et elle inclina la tête en me regardant.

— Tu sais... je ne crois pas aux vies antérieures, mais si c'était le cas, j'aurais dû faire quelque chose de fabuleux dans la précédente pour te mériter.

— Nous avons peut-être tous les deux fait quelque chose d'incroyable.

On se regarda longtemps et le temps sembla ralentir. Certains instants se fixent dans nos mémoires, ils semblent plus denses que la série d'instants qui les précèdent ou qui les suivent. Des années plus tard, un commentaire, une couleur aperçue, une odeur, une texture, un goût, une sensation nous les rappellent. Mais on se rend rarement compte de l'importance de ce moment à l'instant où on le vit, l'équivalent d'une boule de Noël ou d'un souvenir pour la mémoire.

Cette longue série de secondes où l'on ne dit rien, où l'on se regarda dans les yeux en voyant une émotion pure et en refusant de détourner le regard. Je m'en rendis compte immédiatement. C'était un de ces instants importants, un de ces souvenirs que j'allais savourer pendant des années.

Elle finit par détourner le regard, un sourire sur les lèvres.

— Tu n'as pas fini le vin pour ce plat. Tu es censé le boire et me dire comment il est.

C'était mon troisième verre. Je l'avalai, puis je commençai à ressentir un peu d'ivresse. Emilia m'observa de près, puis elle poussa son verre vers moi.

— En voici plus. Pour ne pas le gaspiller.

Je lui jetai un regard interrogateur et j'ignorai le verre. Le serveur enleva les verres et les assiettes pour notre plat suivant. Et avec lui, bien sûr, arriva un autre verre de vin. Comme c'était un plat de viande, il s'agissait de vin rouge. J'aimais un bon verre de vin rouge.

— Comment est-il? demanda Emilia qui s'intéressait excessivement au vin.

Je fronçai les sourcils.

— Il est bon.

— Pardon, dit-elle, soudain gênée. Je n'ai pas bu de vin depuis longtemps. Depuis avant...

Elle s'interrompit en secouant la tête.

Je fus pris d'une impression désagréable. Il y avait un avant et un après. Et il était situé comme une vallée infranchissable entre notre passé et notre futur. Cela me pesa énormément. Parfois, je me demandais si nous serions capables de franchir ce fossé.

Avec un soupir déprimant, j'avalai le reste du vin rouge en une seule gorgée, ravi d'accueillir la chaleur qu'il diffusait en moi.

Après le dîner, nous montâmes à l'étage du dessus, nous serrant sur la haute plate-forme avec tous les autres. J'avais prévenu Emilia que même pendant les plus beaux jours de l'été, il y avait du vent et il faisait froid ici, donc elle avait pris une veste. Les monuments de Paris s'étalèrent autour de nous, éclairés comme des joyaux dans une mer de velours noir. Cette ville était incroyablement belle. Tout comme la femme à côté de moi.

Elle regardait tout avec de grands yeux, les traits illuminés d'excitation. La dentelle qui enveloppait sa tête était élégante, avec les extrémités volant dans la brise. Elle remarqua bientôt les cadenas accrochés sur la grille de sécurité au-dessus de nos têtes.

— Oh, waouh ! Regarde ça. Des cadenas d'amour. J'aurais aimé y penser.

Je souris, me sentant soudain très content de moi-même. Je sortis de ma poche le lourd cadenas doré que j'avais porté toute la soirée.

— Heureusement, un génie t'accompagne.

Son sourire s'élargit.

— Oui, heureusement !

Je lui tendis le cadenas avec sa clé et un marqueur permanent.

— Tiens. Écris quelque chose dessus et je l'accrocherai aussi haut que possible.

Emilia attrapa le feutre et elle se mit à écrire, puis elle le retourna et continua de l'autre côté.

— Tu n'es quand même pas en train d'écrire un manifeste là-dessus, si ?

Elle ricana.

— Non. Enfin, peut-être juste un court manifeste d'amour.

Elle ouvrit le cadenas, sortit la clé et me le tendit. Je le tins sous la lumière pour le lire : *E.K.S. + A.D.* Je le retournai pour lire le dos : *= Nat 20.* Elle avait utilisé le vocabulaire de gamer dans Donjons et Dragons qui signifiait 'succès automatique instantané' quand on faisait un vingt avec un D20.

Je ris.

— Ce manifeste-ci, je le soutiens.

Je sautai et j'attrapai la cage au-dessus de ma tête puis je me soulevai en m'accrochant d'un bras pour faire passer le cadenas autour de la grille et le refermer de l'autre main. Puis je me laissai retomber sur la plate-forme, où Emilia me prit immédiatement dans ses bras. Elle appuya la tête contre mon torse.

— C'était merveilleux. Merci.

Elle leva la clé et ajouta :

— Et on va jeter ça dans la Seine dès que possible.

— Nous n'avons toujours pas éliminé ce point sur ta liste.

— Ah oui ?

— Il me semble que c'était d'embrasser quelqu'un en haut de la tour Eiffel.

— Je crois bien que tu as raison. Tu connais quelqu'un qui voudrait m'aider ?

Je baissai la tête et je l'attirai contre moi avant de poser ma bouche sur la sienne. J'avais eu envie de l'embrasser toute la soirée.

Et s'il y avait bien une sorte de baiser à la hauteur de la tour Eiffel, c'était celui ci. Je touchai sa bouche avec la mienne en hésitant. Elle inclina la tête pour me rejoindre. Puis je fis passer mes bras autour de sa taille fine tandis qu'elle se hissa sur la pointe des pieds afin de m'emporter plus loin dans ce baiser. Sa bouche s'ouvrit à moi et ma langue glissa en elle pour l'explorer. Elle poussa un délicieux petit soupir, presque comme un gémissement, et mon corps s'éveilla tout entier. Mon cœur se mit à battre plus fort et ses mains remontèrent le long de mon torse, puis de mon cou, pour se poser de chaque côté de mon visage et me tenir en place, comme si elle avait peur que je m'écarte.

Je la laissai faire ce qu'elle voulait – avec ce baiser, du moins. Elle était affamée, et elle en voulait toujours plus. Sa langue rencontra la mienne et elle soupirait et respirait fort. Plus elle devenait excitée, plus elle m'enflammait. Et plus je me rendais compte qu'elle n'était pas le seul animal affamé ici.

Plusieurs minutes plus tard, je m'écartai lentement, même s'il était évident qu'elle voulait continuer. Ses joues avaient rougi, ses yeux brillaient et quand elle me regarda, c'était avec tant d'amour et de confiance. Je levai une main pour toucher sa joue, c'était comme de toucher un ange. Ses paupières se fermèrent et ses faux cils trop longs se posèrent sur ses joues. Je me souvenais de la première nuit que nous avions passée ensemble, sur le balcon de notre chambre d'hôtel à Amsterdam.

Quelque chose que j'avais fait par inadvertance lui avait fait peur et elle avait été si vulnérable. Mais jamais fragile. Elle était forte. Comme une guerrière. Elle l'avait toujours été. Jusqu'à récemment. Jusqu'à ce que...

Je soupirai.

— Tu sais ce qu'il est temps de faire ? demanda-t-elle.

— Quoi ?

Elle sortit son téléphone portable.

— Un selfie du haut de la tour Eiffel !

Elle s'approcha de moi et sortit son téléphone, appuya sur la caméra inversée et nos visages apparurent au centre de l'écran.

Sa main bougea et lorsqu'elle appuya sur le bouton, nos visages étaient coupés juste au-dessous du nez sur la photo.

— Merde... je n'arrive pas à rester immobile assez longtemps. Essaye, toi.

Quelqu'un s'approcha de nous.

— *Bonsoir*, nous dit la femme en français.

Elle tenait un verre de champagne dans chaque main.

— *Pourrais-je prendre votre photo ?*

— *Bonsoir*, répondis-je en utilisant un mot de la demi-douzaine que je connaissais en français.

Puis, avant qu'elle en débite d'autres, j'utilisai mon mot préféré en français :

— *Anglais ?*

La jeune femme sourit.

— Bien sûr, répondit-elle dans un anglais clair avec un accent. Puis-je prendre la photo pour vous ?

Je lui tendis le téléphone portable et elle indiqua ses mains pleines. Elle nous tendit un verre à chacun. Elle leva le téléphone et prit notre photo avant de nous le rendre.

— Je vous ai remarqué de là-bas, dit-elle en indiquant le bar à champagne derrière lequel elle travaillait. Et vous aviez l'air si heureux et amoureux que tout le monde autour de vous vous regardait. Vous ne l'avez pas remarqué.

Emilia rougit et sourit en me regardant. Elle tendit la main et serra la mienne.

— Prenez le champagne. Trinquez à votre amour avec mes compliments.

Emilia plongea le regard dans sa flûte et je la regardai jusqu'à ce qu'elle lève les yeux.

— Du champagne du haut de la tour Eiffel. Je pense que cela vaut une gorgée, dit-elle.

Je levai mon verre à côté du sien.

— À quoi allons-nous trinquer ?

— Je ne suis pas du tout poète. Je pense que nous devrions trinquer à tous nos lendemains.

— À nous, dis-je en faisant tinter mon verre contre le sien. Pas de plus grand amour depuis Han et Leia.

Elle rit et elle prit une gorgée en me regardant vider mon verre. Puis elle me tendit le sien et me dit :

— Finis-le.

Avec un sourire, c'est ce que je fis. J'étais une petite nature, car je sentis les bulles me monter à la tête. J'avais eu presque cinq verres de vin au repas et le champagne venait en plus.

Quand on posa les pieds sur le sol, notre limousine attendait de nous ramener à l'hôtel, j'avais légèrement la tête qui tournait, j'étais agréablement ivre et la femme magnifique à mes côtés me plaisait à cent pour cent.

— Tu es fatiguée ? demandai-je.

J'avais encore une surprise de plus pour elle ce soir.

— Non. J'ai très bien dormi dans l'avion et il n'est que, quoi, trois heures de l'après-midi à la maison ? Je me sens bien.

— Bien. Parce qu'il y a encore une chose que je voulais faire.

Elle me jeta un regard en coin et un sourire rusé.

— Ah ?

Notre hôtel avait des soirées dansantes dans une des grandes salles de bal, avec une immense piste de danse en pierre polie, des colonnes, une terrasse privée et un orchestre. Et, à ma demande, ils allaient jouer du tango pendant une partie de la nuit.

Quand nous arrivâmes, Emilia me jeta un regard de surprise mêlé à de la terreur.

— Je ne connais pas ça assez bien pour ne pas me ridiculiser en public.

— Tu peux être chauve en public : tu as le cran de faire n'importe quoi. En outre, je connais les pas. Je te guiderai. Fais-moi confiance, d'accord ?

— D'accord. Je te fais confiance pour ne pas me laisser me ridiculiser.

Je souris.

— Bien. Détends-toi et laisse-moi te guider. 'Pas de bêtise dans le tango', citai-je. 'Si vous faites vos pas, même si vous tanguez un peu, le tango continue.'

Elle fronça les sourcils.

— Cela vient d'un film, n'est-ce pas ?

Je souris.

— Tu me connais si bien. Al Pacino, *Le Temps d'un week-end.*

Je lui pris la main et je la conduisis sur la piste. Il y avait quelques autres couples, mais beaucoup s'étaient assis quand l'orchestre avait commencé à jouer du tango. Les pas que je lui avais appris étaient des pas simples, et je pouvais facilement la guider pour les passages plus complexes.

On se plaça face à face et elle me regarda dans les yeux. Son regard examina le reste de la pièce et elle inspira profondément. Elle se sentait gênée, soit à cause de la danse, soit à cause de son apparence. Si je faisais ce qu'il fallait, elle allait oublier les deux.

— Pose ta main gauche sur mon épaule. Plus haut.

Elle le fit et je pris sa main droite dans ma main gauche. Je fis passer mon bras droit autour d'elle pour appuyer fermement au centre de son dos.

— Détends ton corps. Essaie de ne pas être raide.

Elle sourit.

— J'ai une étrange impression de déjà-vu.

Je souris.

— Amsterdam ?

— Oui.

— Tu t'en étais très bien sortie. Tu sais le faire.

Elle inspira en tremblant et hocha la tête.

— D'accord.

La musique recommença et je m'avançai en la poussant à faire trois pas en arrière avant de glisser sur le côté. Elle hésita un instant en faisant un pas en avant au même moment que moi.

— Pardon ! s'exclama-t-elle en marchant sur mon pied.

— Laisse-moi te guider, Emilia. As-tu confiance en moi ?

Elle leva la tête et acquiesça.

— Oui.

— Alors, regarde-moi dans les yeux et arrête de regarder nos pieds.

Elle prit une profonde inspiration et elle se détendit dans mes bras. Et pendant le reste de cette chanson, elle ne baissa jamais les yeux. Une fois qu'elle se sentit plus à l'aise, j'ajoutai quelques éléments plus complexes, comme un tour, ici et un plongeon là. La première fois que je la fis basculer, elle poussa un petit cri et rit comme une folle.

— Mon foulard va tomber et tu vas exposer mon dôme en chrome !

Nos corps bougeaient ensemble. Le tango était une danse sensuelle. Comme pour le sexe, nos corps étaient proches, ils bougeaient ensemble, nous nous tenions les mains, nous gardions les yeux dans les yeux. Notre respiration s'accéléra. Nos cœurs battirent plus vite.

Oui, je peux avouer que cela m'excitait. Entre l'alcool, le baiser sur la tour et maintenant cette danse, j'allais avoir du mal à lui résister.

Mais elle sortit alors l'artillerie lourde : parce que j'avais tout à fait conscience de ce qu'elle avait fait toute la soirée. Elle avait mené une campagne étudiée et minutieuse pour me séduire. Et j'avais feint l'ignorance, je l'avais laissée faire.

— Ne me fais pas tourner si vite la prochaine fois. Ma robe remonte trop haut.

— Quoi, tu ne veux pas que les vieux croûtons ici voient tes sous-vêtements ?

— Cela me serait égal qu'ils voient mes sous-vêtements, si j'en portais, dit-elle avec un sourire espiègle. Joyeux anniversaire.

Je trébuchai sur un pas.

— Tu ne portes pas de sous-vêtements ?

Elle s'arrêta un instant et je la fis basculer en arrière en la tenant là jusqu'à ce qu'elle réponde. Elle me regarda en passant sa jambe autour de la mienne quand je la fis basculer encore plus.

— Non. Rien du tout.

Putain. Je durcis immédiatement à cette idée.

Je la fis remonter et je restai absolument immobile.

— Tu es une fille très, très vilaine.

Ses magnifiques lèvres pulpeuses firent une moue et ses yeux de biche faussement innocents s'écarquillèrent quand elle dit.

— Oui, oui. Je devrais être punie.

Je l'attirai vers moi et son corps féminin pressé contre le mien, c'était le paradis.

— Tu le devrais, chuchotai-je.

Elle appuya son visage contre mon oreille, prit mon lobe dans sa bouche brûlante et fit glisser ses dents dessus. Un désir incandescent me traversa. Mon Dieu, c'était une vraie sirène. Il n'y avait pas grand-chose pour la tenir à distance ce soir. Mon sang s'était enflammé pour elle. Elle avait dû sentir mon érection contre elle, car elle ondula en me coupant le souffle.

Avant de commencer quelque chose d'indécent, comme de baiser là, devant tout le monde, je lui pris la main et je la tirai hors de la piste de danse. Avec un petit rire avalé par un cri de surprise, elle trotta derrière moi tandis que je me dirigeais d'un pas décidé vers l'ascenseur qui menait directement jusqu'à notre chambre. Je n'étais même pas sûr de pouvoir faire le trajet en ascenseur sans commettre un acte obscène.

À la minute où la porte se referma, elle se tourna vers moi et je passai les mains sous sa jupe, confirmant l'absence de culotte.

— Tu vois ? Tu n'as rien à m'arracher.

Je la collai contre le mur de l'ascenseur.

— Je vais remonter cette robe maintenant et te baiser.

Elle poussa un gémissement qui me transperça.

— Oui, s'il te plaît.

— Tu le veux, dis-je en caressant l'intérieur soyeux de sa cuisse.

Ses paupières tombèrent.

— Oui, je le veux.

— Mais je ne devrais pas te donner ce que tu veux, vilaine fille. Je devrais te punir.

Lorsque l'ascenseur tinta et que la porte s'ouvrit sur notre chambre, je la poussai doucement devant moi avant de me retourner pour appuyer sur le bouton de verrouillage de l'ascenseur, afin de ne pas être interrompu. Elle me jeta un regard méfiant et puis elle me tourna le dos.

— Punis-moi, alors, dit-elle face au mur.

Chapitre Vingt-neuf
Mia

PROJET SEDUCTION ETAIT SUR LE POINT DE PORTER SES FRUITS. J'attendis en haletant pendant qu'il bougeait derrière moi. Il s'arrêta en se tenant très près sans me toucher. Je restai parfaitement immobile, retenant même ma respiration.

Adam m'attrapa les poignets et il remonta mes mains au niveau de la tête tout en me poussant en avant. Ses hanches collèrent mon corps contre le mur en marbre froid.

— J'ai besoin de te baiser, dit-il.

Et il se mit à m'embrasser. Sa bouche glissa jusqu'à ma nuque, mes épaules, mes oreilles, ma mâchoire, et ses baisers grésillaient sur ma peau comme des gouttes glacées sur du goudron brûlant. Je frissonnai quand il me touchait, ses mains menottées autour de mes poignets. Il prit son temps pour savourer chaque centimètre de moi et je ne pus ressentir ou penser à rien d'autre que sa bouche, son souffle chaud sur ma peau. Je tremblais et ses mains se serrèrent autour de mes poignets, sa respiration devenant irrégulière lorsque sa bouche dévora le lobe de mon oreille.

— Adam, s'il te plaît, gémis-je.

Il appuya mes mains sur le mur à côté de ma tête et il les relâcha pour s'occuper des attaches de ma robe qu'il décrocha et ouvrit en deux mouvements rapides.

— Mon dieu, tu es magnifique, dit-il avec émotion.

Tout en moi se mit à bourdonner en harmonie avec les vibrations de ses paroles. Je déglutis, craignant toujours qu'il me voie. S'il enlevait ma robe, il trouverait encore mon soutien-gorge pratique et laid qui cachait mon défigurement. Je n'aurais qu'à lui demander de ne pas l'enlever.

Et je pourrais me vanter à Kat d'être si douée que je n'avais même pas besoin de lui montrer mes seins pour faire tomber son pantalon.

Ses mains glissèrent sur ma robe, longeant ma colonne depuis le creux de mon dos jusqu'à la base de la nuque et puis sa bouche chaude et humide remplaça ses doigts qui vinrent se poser sur mes hanches. Les sensations étaient renversantes, irrésistibles, et j'étais sûre que si je n'avais pas été plaquée contre le mur, j'aurais pu m'évanouir comme une dame d'autrefois dans un corset trop étroit.

À l'intérieur de ma robe, ses mains passèrent de mes hanches sur mon ventre et l'une d'entre elles s'arrêta entre mes jambes. Il y passa un doigt en appuyant sa bouche contre mon oreille.

— Tu mouilles pour moi.

Je penchai la tête en arrière sur son épaule et je parvins à peine à répondre d'un chuchotement rauque.

— Oui.

— Je crois que cette vilaine fille a besoin de jouir, dit-il en me caressant encore.

Je retins ma respiration. *Oh oui, elle avait vraiment, vraiment besoin de jouir.*

— Je pense que celui dont c'est l'anniversaire a besoin de jouir, lui aussi, répondis-je.

Soudain, ses mains furent partout, parcourant mes cuisses, mon ventre. Il les bougea si vite que c'était comme s'il essayait de rattraper le temps perdu en quelques minutes, quand il ne savait pas où il voulait me toucher ensuite. J'étais l'air qu'il avait besoin de respirer, l'eau qu'il avait besoin de boire.

Ses mains montèrent jusqu'à mes seins et couvrirent le tissu épais de mon soutien-gorge. J'inspirai profondément et je luttai contre le besoin de repousser ses mains. Il les laissa là, comme pour me tester et voir ce que j'allais faire. Alors, contre tous mes instincts, je me détendis contre lui, mon cœur battant très vite, la peur mêlée à l'anticipation. Il passa ses pouces sur mes tétons qui réagirent immédiatement. Je poussai un cri, tant la sensation qui me traversa fut intense. Trop intense. Je me cambrai contre son torse large et son souffle chaud me brûla la nuque.

Il était flamme et j'étais papier. J'étais immolée à son contact et je me sentais légère, comme les braises brûlantes des cendres de papier emportées par le vent. Je le désirais, j'avais besoin de l'accepter dans mon corps, de le sentir bouger en moi, toucher chaque coin et chaque alcôve dissimulée, de le sentir se vider en moi.

Nous deux, nous avions besoin d'être un. Unis dans le désir, unis dans nos objectifs, unis dans la vie.

Je reculai contre lui en poussant mes fesses contre son érection. Il inspira brutalement.

— Je devrais mettre la fessée à ce vilain petit cul.

Une idée sombre m'étrangla la gorge. Ses paroles me rappelaient la nuit où nous avions été ensemble à Vegas, la dernière nuit où nous avions couché ensemble, plus de cinq mois auparavant. Il m'avait alors mis une fessée. Mais elle était née de la colère, de la frustration. J'avais rompu avec lui sans lui expliquer quoi que ce soit. La culpabilité m'étouffait. Il m'avait détestée pour cela.

Me détestait-il encore ? Tout au fond ? Pour tout ce que je lui avais fait traverser ?

Pouvions-nous simplement profiter l'un de l'autre cette nuit et oublier le passé ? Allais-je pouvoir me faire pardonner ?

Je voulais essayer.

Je tournai le visage sur le côté pour qu'il puisse m'entendre.

— Tu peux faire tout ce que tu veux. Je suis à toi.

Sa voix fut un grondement contre mon oreille.

— Répète-le.

— Je suis à toi, Adam. Toujours.

Il resserra les mains sur moi et avant de pouvoir m'en empêcher, je poussai un petit cri de surprise. Il retira immédiatement ses mains de mes seins.

— Merde, est-ce que je t'ai fait mal ? Je suis désolé !

J'étouffai un grognement de frustration.

— Ça va. Je vais bien.

Il tendit la main et il prit les bords de ma robe dans ses mains. Mon cœur bondit. Il allait la faire tomber. Je pus à peine contenir mon excitation, fermant les yeux et basculant la tête en arrière. J'étais prête à me laisser aller et à profiter de la sensation de ses mains magiques sur moi.

À la place, il referma la robe.

Ah.

Merde.

Je me tournai et je le regardai en fronçant les sourcils.

Il soutint mon regard pendant un long moment intense.

— Je suis désolé, répéta-t-il en reculant.

— Tu ne m'as pas fait mal. J'ai juste été surprise. Ça – ça doit être à cause des opérations et tout ça. Je me sens très – clinique quand il s'agit de ma poitrine.

Il hocha la tête et il passa une main dans ses cheveux.

— Je me suis laissé emporter. Cela ne m'est même pas venu à l'idée.

Il pinça les lèvres d'un air pensif.

Je m'approchai de lui et je fis glisser mes bras autour de sa taille.

— Ça va. Je vais bien. Je… je veux vraiment être avec toi ce soir.

Il hésita en me regardant. Ses yeux n'étaient pas des miroirs, mais des portes blindées, fermées et verrouillées contre moi. Il fronça les sourcils.

— Nous ne devrions pas. Tu n'es pas…

J'eus envie de taper du pied de frustration.

— Je vais bien. Le médecin dit que ça va tant que j'en ai envie. Tout va bien. Adam, je veux être avec toi. Je veux que nous fassions l'amour. Je sais que tu le veux, toi aussi.

Il poussa un long soupir sans arrêter de froncer les sourcils. Il secoua la tête.

Je passai donc à l'action. Je caressai sa mâchoire, inclinant doucement sa tête pour que je puisse l'embrasser. Lorsque je poussai ma langue dans sa bouche, je sentis sa respiration s'accélérer, et ses mains montèrent dans le creux de mon dos.

— Je sais que tu en as envie, chuchotai-je encore. S'il te plaît.

Et puis je glissai ma main le long de son ventre dur et plus bas, le caressant à travers son pantalon. Oui, il était encore dur. Son cerveau disait non, mais son corps disait oui et j'espérais que cela suffirait à le persuader. Il bloqua sa respiration. Je déboutonnai son pantalon et il posa une main sur la mienne comme pour m'arrêter.

Mais je ne m'arrêtai pas et il ne dit pas non. J'ouvris lentement sa fermeture éclair en l'embrassant dans le cou.

— Laisse-moi… s'il te plaît ?

Je me laissai tomber à genoux devant lui et il laissa échapper l'air de ses poumons quand il vit ce que j'allais faire.

Je le pris dans ma bouche en m'ouvrant pour lui et en l'enfonçant profondément pendant que je le caressai avec ma langue. Il grogna en posant une main sur ma tête, puis l'autre. Il ne me tira pas, ne poussa pas, cependant il glissa ses mains dans mon cou, sur mes épaules. Le foulard en dentelle tomba de ma tête tandis que je bougeais d'avant en arrière, mon cœur battant à chaque gémissement et grognement qu'il poussait.

— Emilia... Putain.

Je continuai en intensifiant le rythme, fermant les yeux et me concentrant pour sucer et lécher tous les bons endroits. Il posa la main sur le haut de ma tête et il s'écarta doucement.

Puis il se baissa et il me souleva en m'appuyant contre lui. Mes jambes passèrent autour de ses hanches et seule la fine couche de ma robe nous séparait quand je sentis son érection frotter contre moi. Mes bras se fermèrent autour de son cou et sa bouche se colla sur la mienne. Il me porta dans la chambre. Je fermai les yeux et je me concentrai sur le goût de sa bouche, de sa langue. Je n'étais jamais rassasiée de lui. Les battements de mon cœur étaient rapides et irréguliers et j'eus du mal à respirer. Il s'arrêta au bord du lit. Nous étions collés par nos bouches et nos hanches. Je ne pouvais pas attendre une seconde de plus afin que nous soyons ensemble. Ses mains furent sur mes fesses à nouveau serrées et insistantes. Puis il nous laissa tomber sur le lit.

Si je m'y étais attendue et que je m'y étais préparée, son poids atterrissant sur moi de cette façon n'aurait pas été un problème. N'avais-je pas envie de sentir ce poids depuis des mois ? Mais à la place, tout l'air fut chassé de mes poumons et je dus prendre une bouffée d'air.

Adam crapahuta sur le côté tandis que je luttais contre les taches noires au bord de ma vision, incapable de bouger.

— Merde ! Emilia…

Je tournai la tête et j'ouvris la bouche une ou deux fois avant de pouvoir reprendre mon souffle. Je toussai en clignant des paupières.

— Ça va. Je vais bien.

Mais il était pâle et des gouttes de sueur perlaient sur son front.

— Je t'ai écrasé. Je suis vraiment désolé.

Je tendis la main pour attraper la sienne, mais elle était trop loin.

— Ça va. Tout va bien.

Il posa une main tremblante sur ma joue.

— Putain. Je suis vraiment désolé. Qu'est-ce qui ne va pas chez moi ?

— Viens là. Embrasse-moi, dis-je pour essayer de le distraire.

Il avait l'air sur le point de paniquer.

Il se leva du lit et il me regarda avec de grands yeux inquiets.

On s'observa pendant un long moment. Et je sus que notre instant était passé. Nous n'allions pas faire l'amour ce soir-là. Je pris une inspiration tremblante et je chassai les larmes en m'asseyant.

Adam s'agenouilla devant moi en posant les mains sur ma taille comme s'il voulait vérifier que mes os n'étaient pas cassés. Quand il leva les yeux vers mon visage, il vit couler mes larmes. Je me sentais comme une misérable ratée.

— S'il te plaît, ne pleure pas, murmura-t-il en m'embrassant.

— Qu'est-ce qui ne va pas avec nous ? demandai-je d'une voix aiguë. Nous sommes brisés.

Il inspira brusquement et secoua la tête.

— Non. Non… c'est juste que je m'inquiète pour toi… je ne veux pas te refaire mal.

— Tu ne le feras pas, Adam. Je te jure que je vais bien.

— Quand tu seras en bonne santé... quand nous rentrerons et que tu passeras le scan...

Frustrée, je m'écartai de lui en frottant mes joues du dos de la main. Je me levai et je partis dans la salle de bains. Il me suivit.

— C'est mon apparence, n'est-ce pas ?

Il pinça les lèvres.

— Non. Tu es magnifique.

J'ouvris le robinet et je m'aspergeai le visage d'eau.

— Tu peux être honnête avec moi, tu sais. Je le supporterai. Tu n'as pas besoin de m'épargner.

Je me séchai le visage avec une serviette blanche et douce pendant qu'il me scrutait dans le miroir. Quand je me retournai pour partir, il se plaça devant moi en prenant mes avant-bras dans ses mains pour que je ne puisse pas m'enfuir.

— Tu. Es. Magnifique. Une chevelure n'y changerait rien.

Je soupirai et je le regardai dans les yeux.

— Je suis inquiète pour nous.

Il me caressa la joue et sourit légèrement.

— Ne le sois pas. Je t'aime plus que jamais, Emilia. Je suis sincère.

J'avalai la boule que j'avais dans la gorge. Il y avait quelque chose qu'il ne me disait pas. J'en étais certaine. Mais je n'avais pas envie de lutter et je ne voulais pas le forcer à dire ce pour quoi il n'était pas prêt. Peut-être s'inquiétait-il juste pour ma santé. Mon Dieu, j'espérais que ce soit aussi simple que cela. Parce que dès que ce scanner allait revenir positif, j'allais lui sauter dessus.

J'inspirai profondément avant de souffler.

— Je suis soudain tellement fatiguée.

Il se détendit un peu. Apparemment soulagé.

— Moi aussi. Je suis sur le point de tomber sur le lit le plus proche.

Je fronçai les sourcils. Il y avait trois chambres dans cette suite immense, et toutes étaient aussi incroyables et luxueuses.

— S'il te plaît, ne me dis pas que nous devons dormir dans des lits séparés.

Il m'attira doucement contre lui.

— Je ne vais pas le dire. Je te veux dans mes bras cette nuit.

Il me voulait dans ses bras. Pour dormir. Rien de plus.

Projet Séduction était mort dans l'œuf. Échec de la mission.

Chapitre Trente
Adam

JE L'ENVELOPPAI DANS MES BRAS ET JE LA SERRAI FORT COMME ELLE me le demandait parfois. Je remarquai qu'il s'agissait des moments où elle se sentait perdue, pas sûre d'elle. Et je me maudis de ne pas avoir couché avec elle ce soir. Cela lui aurait fait du bien pour son estime d'elle-même et son image corporelle.

Je l'avais désirée. Mais quand je lui avais fait mal, j'étais revenu à la réalité, à tous les problèmes et les doutes et les inquiétudes. Il y avait tant de choses dont il fallait s'occuper avant. La contraception, par exemple. Je n'avais pas apporté de préservatifs – même s'ils auraient été faciles à obtenir ici. Mais je n'avais pas planifié aussi loin en partant du principe que les choses n'évolueraient pas aussi vite entre nous. Je la voyais encore comme cette femme malade, faible, à demi consciente que je portais dans mes bras quand elle avait déclaré qu'elle méritait de mourir...

Dans le silence, j'écoutai. Elle avait depuis longtemps commencé sa respiration lente et mesurée du sommeil et je déposai un baiser sur son visage, posant ma joue contre la sienne. Je fermai les yeux et tout se rejoua dans ma tête : je réfléchis à ma connerie monstrueuse qui n'avait fait que la blesser davantage. Comme si en l'espace d'une fraction de seconde, tout ce qui était positif dans la soirée avait été effacé.

Mais je ne pouvais plus risquer de lui faire mal. Même pas le moindre risque. Je m'endormis ainsi avec elle dans mes bras. Comme si j'étais son armure et que je la protégeais. Et j'aurais aimé que ce soit aussi simple. Mais en vérité, j'étais parfois sa plus grande menace au lieu de sa protection.

***

Les jours suivants à Paris furent merveilleux. On se promena longuement dans notre rue, l'avenue George V, avec ses cafés emblématiques, ses boutiques exclusives et les superbes voitures garées le long du trottoir. Je supportai même un peu de shopping sur les Champs Élysées, mais comme Emilia n'était pas une accro, je n'eus pas besoin de souffrir longtemps.

On passa la plus grande partie d'une journée au Louvre, où elle put examiner la Vénus de Milo de près et en personne. Je m'étais déjà rendue quelques fois à ce musée, mais ce qui me plut le plus au cours de ce voyage, ce fut de la voir réagir aux œuvres d'art célèbres et inestimables accrochées sur les murs devant elle. Emilia regardait les toiles, passait du temps pour les voir avec un peu de recul, faisant parfois quelques pas en arrière pour les voir d'un autre angle. Et je passai ce temps-là à la regarder.

Ils disent qu'une personne devrait visiter Paris trois fois dans sa vie : une fois quand elle est jeune, une fois quand elle a l'argent pour vraiment en profiter et une fois quand elle est amoureuse. J'avais déjà fait les deux premiers de la liste. Cette fois-ci, ce fut comme une ville entièrement nouvelle pour moi, parce que je la voyais à travers ses yeux, et à travers les yeux de l'amour.

C'était une pensée sentimentale qui ne me ressemblait pas du tout. Mais une chose que j'avais apprise au cours des mois d'épreuves qui avaient précédé, c'était que le bonheur et l'amour étaient fragiles. Que nous devions être reconnaissants pour ce que nous avions au moment où nous l'avions.

Et dire que j'étais reconnaissant qu'elle fasse partie de ma vie, c'était un euphémisme.

On passa un après-midi sur un banc dans les jardins des Tuileries, à partager une baguette avec du fromage.

— Alors, il nous reste deux jours de plus ici, dit-elle en mâchant le dernier bout de baguette et en murmurant des regrets pour sa disparition.

— Exact. Nous avons rayé les éléments sur ta liste. Penses-tu à autre chose ?

— Non. Pas vraiment. Je profite de l'ambiance de cet endroit. Je comprends pourquoi elle est appelée la 'ville de l'amour'. Je n'arrive toujours pas à croire le coup de ninja que tu m'as fait pour me surprendre avec ce voyage. C'était incroyable.

— Eh bien, Jordan m'a aidé.

Elle me jeta un regard intrigué.

— Jordan ? Vraiment ?

— Cela faisait un moment qu'il avait planifié ce voyage. Quand il a appris que tu étais si malade à cause de la réaction à ces médicaments, il a insisté afin que je prenne ses réservations pour l'avion et l'hôtel.

Elle leva ses sourcils fins.

— Alors, nous faisons le voyage de Jordan ?

— Eh bien, en quelque sorte. J'ai beaucoup transformé ses plans, mais oui, plus ou moins.

Elle poussa un long soupir en regardant le parc.

— J'ai toujours cru qu'il me détestait.

— Je pense qu'il détestait l'idée que je ne l'aide plus à draguer.

— En tout cas, il a essayé de te réembaucher... quand nous avons rompu...

Je haussai les épaules.

— Je pense qu'il se sent encore plus mal à ce sujet que moi, si c'est possible.

Elle se tourna vers moi en fronçant les sourcils.

— Pourquoi te sens-tu mal ? Nous avions rompu. Tu es sorti avec quelqu'un d'autre. Tu n'as rien fait de mal.

Je m'agitai, me sentant soudain mal à l'aise. J'avais envie de changer de sujet et j'ouvris la bouche pour le faire lorsque je me rendis compte que c'était quelque chose dont nous devions parler. Nous ne pouvions pas éternellement éviter le sujet de cette époque sombre.

— J'ai eu la sensation que c'était mal, dis-je.

Elle me regarda et je me concentrai sur les bassins dans lesquels des enfants rieurs lâchaient de petits bateaux à voile.

— Nous avons tous les deux fait beaucoup d'erreurs, répondit-elle doucement.

J'inspirai profondément en me forçant à continuer alors que j'avais envie d'interrompre cette conversation.

— J'étais en colère. J'ai été à ce rendez-vous parce que j'étais si furieux contre toi. C'était manifestement pour une mauvaise raison.

— J'ai fait des choses stupides parce que j'étais en colère, moi aussi. Je n'aurais pas dû rompre avec toi. J'ai juste...

Elle inspira brusquement et je vis qu'elle devenait émotive, mais je ne l'arrêtai pas. Il fallait que cela sorte. Je ne savais pas comment je le savais. L'instinct, peut-être ?

— J'avais l'impression que tu étais très exigeant et rigide et cela m'a donné envie de faire la même chose. Je pensais que si je cédais... eh bien, à ce moment-là cela me sembla très important. Maintenant, avec le recul, après tout ce qui est arrivé, c'était une connerie triviale que nous aurions pu régler si nous avions gardé notre calme et parlé.

Je fermai ma main sur la sienne.

— Nous parlons maintenant.

— Oui, je suppose que nous ne sommes pas complètement stupides si nous parvenons à apprendre de nos erreurs, n'est-ce pas ?

Je levai sa main jusqu'à ma bouche et j'y posai un baiser.

— Ce qui est important, c'est que nous pouvons apprendre de nos erreurs et aussi les dépasser.

Elle détourna le regard et je la vis déglutir. Sa main se serra autour de la mienne.

— Alors, tu ne penses pas que c'est trop tard ?

— Serais-je ici si je le pensais ?

Elle secoua la tête, ferma les yeux.

— Et toi ? Tu penses que c'est trop tard ? demandai-je.

— J'espère que non. Je n'ai plus confiance en ce que je pense, parce que mon jugement n'a pas été très bon jusqu'à présent.

— Hé, dis-je en tirant doucement sur sa main pour qu'elle me regarde. Nous avions un marché. Pas de récriminations, contre soi-même ou contre l'autre. On avance et on ne regarde en arrière que pour apprendre de nos erreurs.

Elle hocha la tête et le fantôme d'un sourire apparut sur ses lèvres.

— D'accord. Et quand nous rentrerons à la maison... ?

J'inspirai puis je bloquai ma respiration.

— Quand tu iras mieux et que nous serons assurés de ta santé, alors nous franchirons l'étape suivante quand nous y serons.

Elle me regarda avec le même sourire énigmatique qui aurait donné des complexes à la Mona Lisa.

— Il me tarde vraiment, *vraiment* d'atteindre cette étape.

Je souris et un petit rire passa mes lèvres.

— Moi aussi.

Nous nous levâmes ensuite pour jeter nos ordures et pour retourner à pied à l'hôtel, profitant l'un de l'autre à chaque pas.

Chapitre Trente et un
Mia

L A NUIT PRECEDANT NOTRE RETOUR, JE TROUVAI LE COURAGE de prendre un bain moussant dans l'énorme baignoire de la suite. Une grande fenêtre lui faisait face d'où je pouvais voir Paris en dessous de moi. Je fis couler une tonne de bain moussant dans la baignoire et je laissai monter les bulles. Je ne verrouillai pas la porte. J'avais construit un mur de bulles autour de moi afin qu'Adam ne puisse pas voir mes cicatrices et les marques tatouées s'il entrait. Il verrait seulement une femme nue assise dans sa baignoire. Si j'avais de la chance, il proposerait de me rejoindre.

La baignoire possédait un mécanisme spécial qui gardait l'eau chaude alors je pouvais y rester aussi longtemps que je le voulais. Après avoir passé plus d'une demi-heure avec les yeux fermés, ma tête posée sur un coussin imperméable, j'entendis des pas à la porte.

— Ça y est, tu es fripée comme une vieille dame ?

— Tu devrais essayer avant de critiquer.

— Ah oui ?

— Quand as-tu pris un bain pour la dernière fois ?

— Je ne sais pas. Je ne crois pas avoir pris un bain depuis l'enfance.

Je me tournai pour le regarder.

— Tu déconnes. Sérieusement ?

— Sérieusement, je ne déconne pas.

— Alors, déshabille-toi et viens là.

— J'ai l'impression que ce bain te sert de prétexte pour que je me déshabille.

Je ris. Apparemment, j'étais vraiment transparente ces derniers jours. Cela faisait bien trop longtemps que je ne l'avais pas vu nu, bon sang. Et je ne voulais pas quitter la ville de l'amour sans avoir un aperçu de mes tablettes de chocolat préférées, de ses cuisses musclées... sans parler de son cul.

— Eh bien, ce n'est pas impossible. Mais tant que tu n'as pas profité du véritable luxe d'un bain de bulles, tu ne pourras jamais le comprendre.

— Je m'amuse très bien à te regarder en profiter.

— C'est un peu pervers. Ça me plaît.

— C'est vrai que j'ai un côté pervers.

— Je le savais déjà. Bon, viens là et rends-toi utile, alors. J'ai besoin que l'on me frotte le dos.

Il fit un pas en avant et je baissai la tête en remarquant que les bulles avaient pour la plupart éclaté, car j'avais passé tant de temps dans la baignoire. Elles ne couvraient donc plus mes seins.

— Attends ! Tourne toi, s'il te plaît.

Il se figea. Je vis son profil surpris dans le miroir quand je tendis la main, que j'attrapai une petite serviette et que je la posai sur le haut de mon corps. Il se tourna, le visage inexpressif.

— D'accord, c'est bon, dis-je en me penchant en avant.

Il s'approcha encore une fois en hésitant.

— Il y a du savon de ce côté-là, et un gant.

— Comme vous voudrez.

Je ris, amusée par la référence à *Princess Bride*. J'ajustai la serviette contre moi et je dis en imitant de mon mieux l'accent britannique :

— Valet de ferme, mouille ce gant et lave-moi le dos. Partout. S'il te plaît.

Il fit ce que je demandai en répondant doucement :

— Comme vous voudrez.

Il utilisa d'abord le gant, puis ses mains furent sur mon dos, glissant sur ma peau savonneuse. Je poussai un long soupir, titillée par la sensation de ses mains sur moi, même si ce n'était que pour me laver. Après avoir massé mes épaules, le long de ma colonne et le creux de mon dos sous l'eau, il rinça le gant de toilette et il me frotta encore.

— Valet de ferme, n'oublie pas mon cou.

— Comme vous voudrez, répéta-t-il, mais au lieu de le laver, il y déposa des baisers. J'inclinai la tête pour lui faciliter l'accès tandis que j'étais traversée par des sensations chatouilleuses. En moins de cinq minutes, mon corps fut éveillé et parcouru de désir grâce à ses caresses. Quand serait-ce à nouveau le moment de franchir cette étape ? Ah oui, nous n'en étions pas encore là.

— Alors... tu veux que je te lave les cheveux, aussi ?

J'ouvris les yeux.

— Ferme-la.

— Non, tu as de tout petits cheveux ici. J'en vois deux. Je pourrais les laver. Je pense pouvoir utiliser une ou deux gouttes de shampooing.

Je poussai un soupir et au lieu de répondre, je l'arrosai.

— Hé !

Il bondit en arrière, mais je pris plus d'eau et je le touchai en plein milieu du torse. Son tee-shirt collait maintenant aux muscles en dessous. Oh, miam. J'aurais dû le faire une demi-heure plus tôt.

— Sale gosse.

— Tête de nœud, dis-je en l'arrosant encore. Tu es mouillé maintenant. Tu ferais aussi bien de venir.

Je ponctuai ma réflexion en l'éclaboussant.

Il fit un pas en arrière et il glissa sur le sol, retrouvant tout juste l'équilibre avant de tomber. Il prit quelques serviettes sur l'étagère et il les posa sur le sol, puis il me regarda d'un air sévère avant de me faire un sourire.

Il leva les bras et il enleva son tee-shirt.

Oh oui !

Je ne fus pas non plus faussement pudique en le regardant se déshabiller. Son corps était solide, musclé et magnifique. Je soupirai avec tout juste un peu trop de désir quand il finit par retirer son jean et son boxer.

— Tu t'amuses bien, n'est-ce pas ? dit-il en posant ses vêtements sur une chaise près de là.

— J'ai une vue incroyable. Et je ne parle pas de la tour Eiffel illuminée de l'autre côté de ma fenêtre.

Il s'approcha de la baignoire et je tendis la main pour caresser doucement ses abdos. Ce ventre dur et plat m'avait manqué. Il franchit le bord de la baignoire et il se laissa couler en face de moi. Je pris plus de bain moussant que je fis couler dans l'eau entre nous et je dis :

— Il te faut plus de bulles pour vraiment profiter de l'expérience d'un bain moussant.

J'ouvris le robinet et je laissai couler plus d'eau chaude dans la baignoire.

Je dus me pencher au-dessus de lui pour l'atteindre, mais je pris garde à ce que ma serviette reste bien accrochée sur moi. Les yeux sombres d'Adam me suivirent et je restai penchée au-dessus de lui jusqu'à ce que la baignoire se soit à nouveau bien remplie, puis je coupai l'eau. Avant que je puisse me pencher en arrière, il attrapa mon bras et il m'attira contre lui, ma bouche atterrissant sur la sienne.

Je gémis quand il plongea sa langue dans ma bouche. Je tombai contre son torse en mettant au moins deux fois plus de passion dans le baiser que lui : c'était beaucoup, car son baiser était loin d'être chaste. Mais j'étais affamée et je n'allais pas le laisser sortir de la baignoire sans qu'il le sache.

Il posa une main dans mon dos et l'autre contre la serviette que je tenais sur ma poitrine. Quand on s'arrêta enfin pour respirer, il leva la tête vers moi et il déglutit.

— Ce n'est pas facile, murmura-t-il.

Je secouai la tête.

— Non. Effectivement.

La main sur ma poitrine se décala légèrement sur le côté, comme s'il voulait glisser sous la serviette. Je la serrai contre moi. Nos regards se croisèrent et je sus qu'il le voulait autant que moi.

— Je veux te toucher. Je veux te voir, dit-il.

J'hésitai, soudain figée de terreur. Je ne pouvais pas le laisser me voir. J'étais laide, marquée. Cela le dégoûterait. Il ne me désirerait jamais. Je ravalai ma peur, mais elle remonta immédiatement. Je finis par secouer doucement la tête.

Il me regarda pendant plusieurs minutes et il soupira longuement.

— D'accord. Je ne vais pas t'obliger à faire quelque chose que tu ne veux pas. Mais un jour...

Je me rassis en arrière, créant un peu de distance entre nous.

— Un jour, je ferai faire une reconstruction.

Il me regarda brusquement.

— Alors, je ne pourrais pas te voir avant ?

Je ne répondis pas. Je n'avais pas de réponse. Ce n'était pas juste de ma part. Je voulais qu'il touche mes seins. Mais la peur était trop forte.

— De quoi as-tu peur, Emilia ?

J'inspirai en tremblant.

— Tu ne sais pas du tout ce que c'est de sortir en public à tes côtés. Tu es parfait. Tout le monde te regarde et se demande ce que tu peux bien faire avec moi.

Il fronça les sourcils.

— Tu penses que si je te vois, je ne te désirerai pas.

Je hochai la tête.

— Oui. C'est exactement ce que je pense.

— Hier, au parc, tu as dit ne plus avoir confiance en ce que tu penses parce que tu remets en question ton jugement. Ce n'est pas faux, parce que là tu as absolument tort. Si je n'aimais que ton apparence, alors, tu as raison, je ne serais sans doute plus là. Je ne verrai que la disparition de tes magnifiques cheveux ou le fait que tu es malade tout le temps.

Je baissai le regard à la surface des bulles, ses mots me blessant. Ils étaient honnêtes, mais ils faisaient mal.

— Mais je n'aime pas seulement tes cheveux ou ta peau magnifique, tes seins ou tes yeux, ton corps. Ce sont des bonus et ils reviendront. C'est toi que j'aime, Emilia. J'aime ton cœur, qui s'inquiète pour moi même quand c'est toi qui souffres. J'aime ton cerveau – j'aime que nous puissions avoir de longues conversations que tu comprends. Tu me comprends. J'aime ton âme qui me donne parfois l'impression que c'est la mienne, mais dans ton corps.

Ma respiration était douloureuse alors que je restai assise là à absorber ses paroles, leur beauté simple me rendant muette. Pendant un moment, ma bouche se mit à bouger, puis je commençai à sangloter. Ses mots étaient si honnêtes, si inattendus. Il s'avança et il m'attira dans ses bras. Je pleurai contre son torse dur et nu, sa peau chaude contre ma joue.

Mais je tenais toujours cette fichue serviette contre moi. Je n'étais pas encore assez courageuse. C'était trop effrayant. Ses bras se serrèrent encore autour de moi. Il disait aimer mon âme, mais il n'avait aucune idée de l'obscurité qui se cachait au fond. Les pensées misérables et horribles que je me forçais à contenir quotidiennement. La haine de moi-même.

Oui, j'étais en vie. Mais à quel prix ? Cela avait-il valu la peine ? Je ravalai encore une fois ma douleur, puis je me tournai et je l'embrassai dans le cou, sur l'épaule, le torse. Je l'arrosai de mon amour. Les baisers n'avaient pas pour but de le séduire ou de l'exciter, mais de lui montrer sans mots que je l'aimais, moi aussi.

— Je t'aime… tellement, dis-je.

C'était loin d'être aussi poétique ou romantique que ce qu'il m'avait dit, mais ce fut tout ce que je pus articuler entre deux sanglots. Il me serra contre lui jusqu'à ce que je m'arrête de pleurer et après, pendant longtemps, le seul bruit fut celui des bulles qui éclataient et le mouvement de l'eau autour de nous qui résonnait dans la salle de bains en marbre blanc.

J'appuyai ma joue mouillée de larmes contre la peau humide de son épaule et je me sentis calme, paisible. Quand je me remis à parler, ce fut d'une voix plus basse.

— J'ai peur de rentrer à la maison.

— Pourquoi ?

— Parce que tout a été si magique ici. Comme un rêve. Ici, tu es entièrement à moi. Je n'ai pas besoin de te partager. Je suis égoïste, mais j'ai aimé chaque minute.

— Je suis entièrement à toi, tout le temps.

Non, ce n'était pas vrai et il le savait. Là-bas, j'étais en compétition avec le travail, les amis, toutes les femmes parfaites qui l'entouraient, les collègues, les connaissances. Là-bas, j'avais constamment peur de le perdre.

— Moi aussi, je suis à toi, dis-je. Pour toujours.

Aussi longtemps que 'toujours' dure.

Il m'embrassa dans le cou et respira contre ma joue.

— Je dois te dire que j'ai peur, moi aussi, dit-il soudain.

Je déglutis.

— Au sujet du scanner ?

— Oui.

— Je suppose que c'est facile pour moi de dire 'pour toujours' alors que cela ne veut pas forcément dire longtemps.

Il recula et me regarda dans les yeux.

— Nous ne savons pas quand 'pour toujours' sera terminé. Ce n'est pas que toi. Nous ne le savons jamais. Ce qui vaut la peine de ce 'pour toujours', c'est chaque jour que nous vivons et que nous prenons plaisir à être ensemble. Chaque jour où nous améliorons la vie de l'autre.

Je baissai les yeux et il traça les marques de mes larmes avec son pouce, fit le tour de mes lèvres. J'embrassai ses doigts quand il les fit passer sur ma bouche.

— Alors, tu sais que mon amour pour toi ne se résume pas plus à ton apparence que ton amour pour moi... n'est-ce pas ? Ou bien, ne m'aimes-tu que pour mon physique ?

Je souris, souhaitant presque pouvoir plaisanter, mais je n'eus pas envie de gâcher le moment.

— J'aime l'homme qui me prépare le petit-déjeuner même quand il ne sait pas faire un toast sans le brûler.

Il rit, et il continua à passer ses doigts sur ma bouche, ma mâchoire. Je fermai les yeux en savourant la sensation.

— J'aime l'homme qui signe ses petits mots pour moi avec un cœur tordu. J'aime l'homme qui écoute des chansons uniquement connues des personnes âgées et des hipsters.

Il rit encore. Je souris.

— J'aime l'homme qui était là pour moi... tout le temps, même quand je n'y étais pas.

Encore le silence et les bulles qui pétillaient autour de nous.

Quelques minutes plus tard, en marmonnant que je me transformais en pruneau, je sortis avec précaution de la baignoire. Il resta allongé et me regarda serrer une robe de chambre en tissu éponge autour de moi avant de laisser tomber la serviette maintenant trempée. J'attrapai l'autre robe de chambre et je la posai près de lui, où il pourrait l'attraper en sortant.

— Hé, fille de ferme, et moi alors ? On peut me laver le dos ?

Je lui fis un sourire en coin et je baissai la tête.

— Comme vous voudrez.

Mais ce fut dur – très dur, de frotter le gant savonneux sur son dos musclé, de descendre des trapèzes le long de ses grandes dorsaux jusqu'à sa taille mince. Oh, mon Dieu, il était trop sexy pour son propre bien. Et le fait de le toucher m'avait à nouveau agacée. Ce n'était pas juste. J'étais suffisamment en bonne santé pour avoir une libido exagérée, mais apparemment pas assez pour lui tant que je n'avais pas eu le feu vert du scanner. Je m'arrêtai avec un soupir de frustration sexuelle

— Voilà. Et maintenant, vous me trouverez dans ma couchette, dis-je.

Adam rit. *Firefly* était une de ses séries préférées.

Je me levai et je me rendis dans la chambre où je restai assise dans l'obscurité à l'écouter prendre son bain. La véritable raison pour laquelle j'étais sortie du bain, c'était parce que c'était trop douloureux de continuer à me cacher pour lui. Je savais qu'il avait envie que je fasse tomber la serviette et que j'arrête de me couvrir. Je me cachais de tant de façons différentes. De moi-même également.

Je m'allongeai sur le lit et je revécus ces moments magnifiques avec lui quand lui et moi nous étions assis ensemble, et qu'il m'avait dit qu'il voulait me voir, qu'il voulait me toucher. Dans mes rêves, j'étais beaucoup plus courageuse qu'en réalité, alors dans mon fantasme je laissai tomber la serviette et il me regarda. Et au lieu du dégoût que je craignais dans ses yeux, je ne vis que du désir. Du désir brûlant. Quand Adam était excité, ses yeux sombres brillaient. Ils étaient lumineux, magnifiques. Comme des charbons ardents.

Je déglutis, la gorge soudain serrée, le cœur battant de mon propre désir. J'imaginai les mains d'Adam monter le long de ma taille, passer sur mes seins. Je me souvins de ce que j'avais ressenti l'autre soir, quand ses pouces avaient caressé mes tétons. Je fus prise de désir et malgré l'ironie de la plaisanterie sur la couchette de Jayne Cobb dans la série, je mis la main entre mes jambes parce que la tension qui n'avait fait que croître depuis mon arrivée ici était sur le point d'exploser, et je n'en pouvais plus. Il n'allait pas me toucher avant d'être sûr que j'aille mieux. Mais je ne pouvais plus attendre.

Je laissai échapper un petit gémissement. C'était ma main, mais j'imaginai que c'était la sienne et au milieu de mon fantasme, je sentis un poids faire fléchir le matelas. Adam était assis sur le lit à côté de moi et il me regardait. Il ne m'avait encore jamais surpris dans l'acte, et dans ma confusion, je me rendis compte que j'aurais sûrement dû être gênée, mais que j'étais trop excitée pour cela. Et le fait qu'il soit assis là, à me regarder, m'excita encore plus.

Il se pencha et il m'embrassa, prit ma main et la remit à l'endroit où elle avait été, frottant contre mon clitoris. Sa main se posa sur la mienne et appuya. Il commença à me pénétrer, sa langue dans ma bouche et ses doigts en moi. Je poussai un petit cri, mais il fut étouffé par sa bouche.

Quand il retira ses lèvres, il chuchota des choses qui firent vibrer toutes les terminaisons nerveuses à la surface de ma peau.

— Tu es si sexy, Emilia. Ma vilaine fille sexy. Je veux te regarder jouir. Je veux t'entendre.

Je poussai un autre petit cri.

— Je t'imagine sur moi. En moi.

Il grogna et il m'embrassa, ma bouche, mon cou, mes oreilles. Il s'allongea à côté de moi en laissant les pans de sa robe de chambre s'ouvrir et je pus voir les muscles tendus de son torse, le bord de son tatouage dépassant sous le blanc immaculé.

— J'aimerais que tu puisses me baiser, Adam. Je te désire tellement.

— Je te désire, moi aussi. J'ai envie de te donner du plaisir. Je veux que tu te sentes bien. Te sens-tu bien ?

— Oui, oui, je me sens bien.

Il bougea encore, écartant mes jambes et se plaçant entre elles. Mes cuisses appuyèrent contre ses épaules solides et il me lécha. Je glapis et j'attrapai la tête de lit derrière moi. C'était... Si. Bon. Tout mon corps était en feu et je respirais si vite que je n'arrivais pas à reprendre mon souffle. Tout ce que je pouvais sentir, c'était cet endroit de mon corps où la bouche d'Adam était liée à moi, sa langue me pénétrant, sa bouche me suçant. Je cambrai le dos et je jouis si violemment que mes hanches ruèrent et se cognèrent contre sa tête. Il recula et il m'appuya contre le lit, puis il reposa sa bouche sur moi, refusant d'arrêter jusqu'à ce que les puissantes convulsions aient cessé et que je gémisse en le suppliant d'arrêter, car les sensations étaient si intenses qu'elles faisaient mal, désormais.

Mon corps était plongé dans la lassitude, la moindre tension en avait été essorée comme d'un torchon humide. Je ne pus que rester allongée là et profiter du sentiment de bien-être qui me faisait voler si haut. Adam se redressa et il me regarda, puis il passa la main sur mon ventre avant de venir s'allonger à côté de moi. On resta longtemps allongé de cette façon, le haut de nos têtes collé ensemble, sans que le reste de nos corps se touche. Je tendis la main pour prendre la sienne et enlacer ses doigts.

Puis il se tourna et il dit la chose la plus merveilleuse d'entre toutes :

— Ne laisse pas cette voix pourrie dans ta tête te dire que tu n'es pas sexy. Jamais. Parce que tu me rends dingue. Et j'adore ça.

Chapitre Trente-deux
Adam

DEUX JOURS APRES NOTRE RETOUR A LA MAISON, EMILIA ALLA passer son scanner. J'eus du mal à respirer toute la journée. Et je dus rester assis dans une salle d'attente de l'hôpital pendant son absence qui dura des heures et qu'elle passa enfermée dans une machine géante, à rester complètement immobile. Du moins, c'est ce qu'ils nous avaient expliqué.

Depuis qu'elle s'était réveillée et préparée ce matin-là, elle avait été particulièrement silencieuse. Juste avant qu'elle se fasse appeler, elle avait enlevé la boussole que je lui avais donnée. C'était sans doute une des rares fois qu'elle ne la portait pas sur son corps, mais il lui avait été interdit de la porter ou de la tenir pendant le scanner. Elle l'avait mise dans ma main et elle m'avait fait jurer de la garder en sécurité. Je regardai ma main maintenant, en étudiant la surface bleue sombre, la constellation marquée par des diamants. Ma gorge se serra d'émotion et je la rangeai dans la poche de ma chemise.

Je regardai en face de moi, à l'endroit où Kim était assise. Elle feuilletait nerveusement un magazine sans le lire. Mon oncle Peter avait posé une main sur sa jambe et il la regardait avec des yeux inquiets. Ma jambe bondissait de manière répétée.

Tout irait bien. J'avais répété cette phrase dans ma tête un millier de fois depuis notre réveil. C'était mon mantra pour aujourd'hui. Les scans allaient être bons et nous pourrions à nouveau respirer. Si tout ce qu'il fallait, c'était de la volonté de ma part, ce serait dans la poche.

Parce que j'avais dédié chaque pensée et chaque sentiment à ce résultat depuis des semaines.

Peter leva les yeux et nos regards se croisèrent, puis je bondis de mon siège et je me rendis au distributeur d'eau dans le couloir pour ce qui semblait être la vingtième fois. Une minute plus tard, Peter se tint à côté de moi.

— Ça va ? demanda-t-il doucement.

— J'essaie, répondis-je.

Il posa une main sur mon épaule.

— Tu sais que tu peux me parler quand tu en as besoin.

Je hochai la tête.

— N'essaie pas d'être du genre fort et silencieux ici. Je sais que c'est ta personnalité. Tu es exactement comme ton père, de ce côté-là.

Je haussai les épaules et je bus une gorgée d'eau.

— Si tu le dis.

— Adam, je sais que nous n'aimons pas beaucoup parler de ce genre de choses. Je sais que toi et moi nous avons eu une sorte d'accord silencieux depuis que tu es venu vivre sous mon toit, mais... j'ai juste besoin de dire ceci. En ce qui me concerne, tu es mon fils. Je t'aime depuis que tu es né et j'ai été ravi et chanceux d'avoir pu aider à t'élever. Ton père était mon frère préféré.

Je ris.

— Mon père était ton seul frère.

Il sourit.

— Ce sont des détails. Mais il n'était pas seulement mon frère, c'était mon meilleur ami. Cela a été dur de le perdre, mais le fait de t'avoir dans ma vie... c'est comme s'il était toujours là. Et je veux que tu saches que je suis là pour toi. Si un jour tu as besoin de parler ou... quoi que ce soit.

Je posai le gobelet et je le regardai. C'était étrange. Peter me parlait rarement de cette façon. Nous avions toujours eu une bonne relation, mais sans vraiment parler beaucoup. Je savais que Peter me comprenait beaucoup plus profondément que ce que les mots pouvaient dire. Il était le père que je n'avais jamais connu. Je souris.

— Merci. Je t'aime aussi.

Je posai ma main sur son épaule.

À ma grande surprise, il m'attira contre lui pour me prendre dans ses bras. De plus en plus étrange. Ce fut une sorte de câlin masculin maladroit impliquant des tapes dans le dos. Juste au moment où il me sembla approprié de m'écarter, il tourna la tête et dit doucement :

— Elle ira bien.

Ma respiration se bloqua et je fis un pas en arrière. Je détournai le regard et je hochai la tête. Apparemment, je n'étais pas le seul à faire une fixation sur cet espoir.

Une heure plus tard, elle sortit, entièrement vêtue. Elle semblait épuisée avec des cercles sous les yeux et j'eus l'impression que mes yeux me trompaient en la trouvant pâle, également. Elle demanda immédiatement à récupérer sa boussole. Je la sortis et je la fis passer au-dessus de sa tête.

Kim et Peter dirent quelque chose au sujet d'aller déjeuner, mais Emilia secoua silencieusement la tête et elle se blottit sous mon bras en me demandant de la ramener à la maison.

C'est ce que je fis.

Les vingt-quatre heures qui suivirent furent l'enfer. Ce fut le temps qu'il fallut aux médecins pour examiner les scanners en détail et pour déterminer si le cancer était ou non toujours en elle et si, Dieu nous en garde, il s'était propagé à d'autres parties de son corps.

On parla peu. On regarda beaucoup de télévision ensemble. On vit la quatrième — et dernière — saison complète de *Farscape*. Nous étions assis dans la même chaise longue, mes bras autour de sa taille, sa tête sur mon épaule.

Le lendemain, quand son téléphone finit par sonner, on sursauta tous les deux. Cela venait du bureau de son médecin. Emilia répondit avec un regard terrorisé.

— Bonjour, Dr Rivera, dit-elle d'une voix complètement normale, bien qu'un peu haletante.

Elle posa sa main sur la mienne et elle la serra violemment. Je m'assis à côté d'elle et je regardai son visage en espérant pouvoir deviner quelle était la nouvelle.

— D'accord, dit-elle en me jetant un regard puis en détournant les yeux. Faut-il que je passe vous voir ?

Une autre longue pause. Son visage ne montra rien. Elle inspira profondément et la main autour de la mienne serra encore plus fort. Je ne savais pas du tout ce que cela signifiait.

— Merci. Oui. La semaine prochaine, alors. Oui... je vais le faire tout de suite. Merci.

Elle raccrocha immédiatement le téléphone et je la regardai en attendant le verdict.

Sa bouche ébaucha un sourire.

— Aucune trace de maladie, dit-elle d'une voix tremblante.

Je bondis et je l'attirai dans mes bras en la serrant fort. L'air se vida de mes poumons avec un soulagement qui faisait tourner la tête.

— Oh, merci, merci.

Je la soulevai et je la fis tourner autour de moi.

Elle rit en serrant les bras autour de mon cou. Je l'embrassai sur la joue, dans le cou, sur le visage, sur l'oreille. Je posai des baisers partout où je pouvais l'atteindre. Elle rit encore plus fort.

— Tu dois me reposer, finit-elle par dire.

— Je ne veux pas te poser.

Elle rit en tournant son visage vers le mien et en plantant un solide bisou sur ma bouche.

— Si tu ne me poses pas maintenant et que je n'appelle pas ma mère dans les cinq prochaines minutes, elle te poursuivra avec une cuillère pour t'arracher les yeux.

— Ah.

J'inclinai la tête comme si j'évaluais le rapport entre le risque et la récompense.

— Je suppose que je peux te poser quelques minutes.

— Je pense que nous devons tous les deux passer de nombreux appels.

Elle se dirigea vers sa table de nuit, attrapa un morceau de papier, puis elle le déchira en deux.

— Prends cette moitié de la liste et moi je fais l'autre. Commençons vite, sinon nous ne serons pas couchés avant minuit.

Je sortis mon téléphone et même si c'était bête, je restai assis avec elle sur le lit. Côte à côte, on parvint à la fin de la liste en quelques heures seulement.

Quand ce fut terminé, je soupirai et je me laissai tomber sur le lit.

— Nous avons le tour des maisons de Bay Island pour cette œuvre caritative demain, mais après, il nous faudra faire quelque chose de spécial pour fêter l'événement.

Elle sembla se décourager quand je parlais de la journée de bienfaisance. Je tournai la tête en l'appuyant sur ma main pour la regarder.

— J'espère que cela ne te dérange pas. J'ai acheté quelques tickets pour nos amis. Il y aura donc des gens que tu connais là-bas : Jenna, Alex, Heath, Kat, mes cousins...

Elle me jeta un regard en coin.

— Pas besoin d'envahir ton truc de bienfaisance avec mon groupe de geeks.

Je ris.

— Je pensais que tu serais plus à l'aise s'ils étaient là.

Elle pinça les lèvres.

— En fait, j'avais l'intention de ne pas venir, si cela ne te dérange pas.

Je ne dis rien et elle scruta mon visage.

— Cela t'embête, n'est-ce pas ?

— J'aimerais que tu viennes, que tu sois à mes côtés.

Elle hésita et elle baissa la tête pendant un long moment, puis elle redressa les épaules.

— D'accord. Je peux le faire pour toi. Je suis désolée. Cela ne m'était même pas venu à l'esprit.

J'avais envie qu'elle vienne. Mais c'était plus pour son bien que pour le mien. Elle allait devoir s'habituer à être vue en public. Elle avait eu moins de mal à Paris, où il n'y avait que des inconnus. Mais apparemment, les collègues et les amis étaient beaucoup plus compliqués pour elle.

J'appelai Sonia et je lui demandai de passer et de nous apporter de nouveaux vêtements. Je lui demandai également d'organiser la venue d'une maquilleuse pour le jour de l'événement. Plus Emilia se sentait confiante au niveau de son apparence, plus ce serait facile pour elle.

Chapitre Trente-trois
Mia

JE LE FAISAIS POUR ADAM. IL VOULAIT QUE JE SOIS LA. JE DUS ME LE répéter plusieurs fois le lendemain matin quand j'eus envie d'hyperventiler et de faire marche arrière, la peur étant si forte qu'elle menaçait de me couper la respiration.

Traîner avec mes amis en petits groupes était une chose. Même en public quand le public était à une certaine distance — comme à Paris — ce n'était pas un problème. Mais ici, chez lui, c'était tout à fait autre chose.

Il y aurait des personnes avec lesquelles j'avais travaillé chez Draco, et quelques-uns des amis riches et importants d'Adam. Je décidai de me dégonfler quand la maquilleuse eut terminé mon visage. Elle avait donné un rendu réaliste à mes sourcils et appliqué de magnifiques faux cils, même si mes cils naturels avaient presque entièrement repoussé. Mais rien ne pouvait changer le minuscule duvet qui couvrait mon crâne. On essaya trois ou quatre perruques différentes, mais aucune d'elles ne me parut convenir. J'en choisis une avec une courte coupe au carré dont les cheveux étaient proches de ma propre couleur naturelle.

Je portai une robe colorée adaptée à mes souhaits : un col haut à l'encolure dégagée. Vraiment, je n'avais pas à me plaindre de mon apparence. Oui, j'étais différente, mais j'avais l'air mieux que les mois précédents.

Je posai les mains sur mes genoux en me balançant d'avant en arrière. Je n'avais pas envie d'y aller et je ne pouvais pas m'y forcer. Même la présence de mes amis qui avaient tous été invités ne suffit pas. J'allais me tapir dans la maison jusqu'à la dernière minute et espérer qu'ils finiraient par rentrer et par traîner avec moi pendant que nous regardions la foule prétentieuse se promener dans les jardins, monter sur le yacht et faire de la lèche à Adam.

Il y aurait des boissons et des hors-d'œuvre sur le gazon, puis le groupe irait dîner dans un restaurant chic près de là. Tout le monde allait faire le tour des propriétés de Bay Island, y compris le rez-de-chaussée de la maison d'Adam et son yacht. Si je me cachais dans ma chambre à l'étage et que je fermais la porte à clé, je n'aurais à m'inquiéter de rien.

Sauf de décevoir Adam. Et il était quelque part dans la maison, en train de se préparer sans se rendre compte de la lutte qui faisait rage en moi. J'étais terrifiée et je ne voulais pas les regards de pitié ou pire, les questions comme : 'pourquoi est-il avec *elle*?' Et chaque fois que j'y pensais, ma gorge se serrait un peu plus.

Quand il vint me chercher, je ne bougeai pas.

— Je suis désolée, dis-je en arrachant la perruque. Je ne peux pas le faire.

Il s'assit sur le lit et il me regarda. Il était absolument magnifique avec un jean sombre, une chemise blanche et un gilet noir. Sa beauté me coupait le souffle. Comment pouvais-je me tenir à côté de cela?

Je le faisais avec assurance autrefois. Mais plus maintenant. Les gens allaient penser que j'étais sa mère – ou sa grand-mère.

— Je suis désolée, répétai-je quand il s'assit en me regardant silencieusement.

— J'allais te dire que tu es magnifique. Ce serait un honneur de me tenir à côté de toi.

Je passai une main sur mon crâne duveteux.

— Je suis désolée. Je ne peux... je...

— Et tous tes amis ? Heath, Kat et Jenna... j'ai même convaincu Liam de passer en disant que tu aimerais le voir.

— J'aimerais le voir. Ils peuvent peut-être monter et rester avec moi ?

Adam serra la mâchoire et posa les mains sur ses genoux, mais il n'eut pas l'air contrarié.

— Tu vas devoir rejoindre le monde des vivants un de ces jours, tu sais.

Je détournai le regard.

— Je sais. Ce sera plus facile à faire quand j'aurai des cheveux et un peu plus de poids.

Il soupira et il se leva.

— D'accord. Il est évident que j'aimerais que tu sois en bas avec moi, mais je ne vais pas te forcer à faire quelque chose que tu ne veux pas.

Je baissai les yeux en rougissant de honte.

— Je suis désolée.

Il se pencha et embrassa le haut de ma tête.

— Ne le sois pas. Mais si tu te sens mieux plus tard, descends, s'il te plaît.

— D'accord.

Il caressa ma joue, sourit et partit. Et j'eus l'impression que mon cœur l'avait suivi, car il me fit soudain mal. Je savais que je le décevais, mais je n'étais tout simplement pas prête.

Quand les gens commencèrent à arriver et à visiter les maisons, j'eus une vue exceptionnelle du jardin depuis mes fenêtres, et je les avais même réglées de façon à pouvoir voir l'extérieur sans que l'on puisse me voir. Des fenêtres impressionnantes ! Je m'assis dans l'embrasure de la fenêtre et je vis des visages – pour la plupart inconnus – des gens qui participaient à l'événement. Adam salua chacun en serrant la main et en le confiant aux organisateurs, aux traiteurs ou aux guides.

En tout, il y avait plusieurs centaines de personnes. Jordan arriva avec une femme magnifique à chaque bras. L'une était une beauté à la peau moka et aux cheveux bruns et l'autre une rousse voluptueuse dans une robe moulante. Deux ? Vraiment ? C'était typique de la part de Jordan.

Kat arriva avec Heath et Connor, tous très bien vêtus. Je m'enthousiasmai en espérant qu'ils viendraient tous dans la maison pour passer du temps avec moi. À la place, ils se dirigèrent tout droit vers l'open-bar. Waouh. C'était agréable de voir que je passais après un cocktail gratuit.

Je sortis mon téléphone et j'envoyai un texto à Heath, mais il ne vérifia jamais son téléphone. Il resta assis avec Kat à une table sous l'auvent, juste au bord de ce que je pouvais voir, et ils furent bientôt rejoints par Jenna, Alex et enfin le cousin d'Adam, William.

Je souffrais terriblement de la solitude, seule là-haut. Mais qu'avais-je espéré ? J'avais choisi de m'isoler. J'étais comme une petite fille qui boudait et qui s'isolait en voulant faire partie de la fête sans faire ce qu'il fallait.

J'avais le visage collé contre la vitre quand j'entendis soudain frapper à la porte. Je bondis sur mes pieds en espérant que ce soit Kat. En regardant en bas, je vis ses cheveux roux à côté de Heath et je sus que cela ne pouvait pas être elle. Qui, alors ? Maman et Peter étaient-ils passés sans que je le remarque ?

Je me levai et j'ouvris la porte et je faillis tomber à la renverse de surprise. Jordan était seul avec une boisson dans chaque main. Il m'en tendit une en buvant l'autre.

— C'est de l'eau minérale, dit-il. Tu as soif ?

Je tendis la main et je pris le verre froid d'une main tremblante.

— Je peux entrer ?

— Tu n'es pas trop occupé avec ton harem ? dis-je avec un sourire.

Il rit.

— Ah, tu m'as vu arriver avec deux femmes. Super. J'espère que tous les autres le pensent aussi.

Je fis un pas en arrière et je le laissai entrer dans la pièce en buvant l'eau pétillante qu'il m'avait apportée à petites gorgées et en essayant de ne pas montrer mon étonnement par rapport à sa présence.

— Hé, euh, je voulais te remercier pour le voyage...

Il leva la main.

— Pas un mot de plus, d'accord ? Adam a tout payé. Il a simplement pris mes réservations. J'avais sans doute exagéré de toute façon. Il m'a rendu service.

Je hochai la tête.

— D'accord, je ne dirai rien de plus. Sauf merci, et c'était adorable de ta part.

Il me jeta un regard exaspéré et il se dirigea vers la fenêtre pour regarder la pelouse.

— Eh bien, au moins tu as une belle vue d'ici.

— Oui, je me cache. Comment as-tu su où me trouver ?

Il me regarda du coin de l'œil.

— Adam, qu'est-ce que tu crois ?

Je levai les sourcils.

— C'est lui qui t'a envoyé ?

Jordan rit.

— Oh non. Il sait que ce n'est pas une bonne idée. Je suis monté parce que... eh bien, parce que je me sens mal.

— À quel sujet ?

Il me fit signe de m'approcher de la fenêtre et il pointa le doigt vers le jardin. Mon regard suivit sa main et je vis Adam parler avec la rousse en robe moulante, une des deux femmes avec laquelle Jordan était arrivé. Elle était vraiment magnifique et elle se tenait très près de lui en le regardant dans les yeux d'un air adorateur.

Quelque chose de viscéral me serra la gorge. *Dégage, connasse.* Et cette pensée me surprit tellement que je faillis rire.

— Pourquoi ta copine flirte-t-elle avec Adam ?

— Euh. Ce n'est pas vraiment ma copine. Je fréquente l'autre, sa colocataire, de temps en temps. Celle-ci a acheté les tickets pour la journée il y a des mois. Lorsque... enfin... disons pendant une de ces brèves semaines durant lesquelles Adam était célibataire.

Je ravalai une énorme boule dans ma gorge.

— C'est la femme avec laquelle il est sorti, n'est-ce pas ?

Jordan se balançait d'un pied sur l'autre.

— Euh, oui. Je ne crois pas qu'Adam savait qu'elle allait venir aujourd'hui.

Mon corps entier se raidit. Bien sûr, c'était une chose de vivre avec l'idée qu'il était sorti avec une autre personne lors de notre rupture causée par ma panique émotionnelle. Il n'avait vraiment pas eu tort de sortir avec elle.

Mais de la voir ici aussi belle, et flirtant avec lui comme s'il était toujours célibataire ? Non. Sûrement pas. Cela n'allait pas se passer ainsi.

— Alors, euh. Je suis désolé. Je voulais juste te l'expliquer. Et tu ne devrais pas te fâcher contre lui.

Je croisai les bras sur ma poitrine, je tournai le dos à la scène et je me laissai tomber sur le fauteuil de la fenêtre en me balançant d'avant en arrière et en réfléchissant. Jordan fit un pas en arrière pour me regarder.

— Ça va ?

— Pas vraiment, dis-je sans desserrer les dents.

— Tu es certaine de ne pas vouloir descendre ?

Je serrai la mâchoire.

— Pas alors que j'ai l'air d'une bête de cirque, non.

— Carisa est une fille sympa et plutôt magnifique, mais je ne m'inquiéterais pas à ta place.

— Ah bon ? Pourquoi ne devrais-je pas m'inquiéter ?

— Parce qu'il n'a jamais le moins du monde été intéressé par elle. Je suis certain qu'il est même encore moins intéressé maintenant, si c'est possible.

J'inspirai et j'expirai lentement. C'était si étrange d'avoir cette conversation avec Jordan. La seule raison qui pouvait expliquer son attitude, c'était qu'il avait pitié de moi. Cela m'énerva.

— Alors tu es monté ici parce que tu avais pitié de moi.

Jordan me regarda, ses yeux noisette pleins de quelque chose qui n'était pas de la pitié. J'aurais presque pu croire à de l'admiration. Que pouvait-il bien avoir à admirer ?

— Non. Je te l'ai dit. C'est juste que je me sens mal. Parce que tu es toute seule ici. Parce qu'elle est venue à cause de moi. Je me suis dit que tu pouvais sûrement nous voir et je voulais que tu saches que cela ne veut rien dire.

Je me tournai et je regardai encore la pelouse. Ils n'avaient pas bougé. Elle était toujours à quelques centimètres de lui, tout près de son bras. Apparemment, ils avaient des choses à se dire.

— Il vaut mieux que tu te sentes mal pour Adam. Sa petite amie est une poule mouillée.

Il but une longue gorgée de sa bière en regardant par la fenêtre.

— Cela fait des mois que je n'ai rien vu de lâche de ta part. Au contraire.

Je restai silencieuse et Jordan se tourna vers moi.

— Et puis… tu la battrais facilement. Je paierai cher pour voir ça.

J'éclatai de rire.

— T'es con.

— Ouais. Mais je suis un con attachant.

J'acquiesçai.

— Bon, Marta va se demander où je suis passée. Je voulais seulement m'assurer que tu allais bien.

Je me frottai les tempes du bout des doigts en regardant ma jolie robe.

— Et arrête de croire que tu es lâche. Je suis sûr que tout le monde le comprend.

Je levai la tête et je ressentis de la colère à ces mots. Jordan me regarda dans les yeux et les coins de sa bouche remontèrent. C'était presque comme s'il avait su que cela m'énerverait. Je serrai la mâchoire et je plissai les yeux en le regardant. Son sourire s'élargit.

— À plus tard, Mia.

Sans attendre ma réponse, il tourna les talons et quitta la pièce.

Je t'emmerde, pensai-je. Je me levai et je fis les cent pas pendant une minute, puis je m'arrêtai encore pour regarder par la fenêtre. Cette femme – Carisa, apparemment – se tenait encore plus près d'Adam et il y avait quelques autres personnes dans le groupe maintenant. Cependant, Adam parlait toujours avec elle en ignorant ses autres invités.

En poussant un soupir irrité, je me dirigeai vers le dressing et je sortis quelques cartons et des cintres pleins de foulards que je jetai sur le lit. J'étais déjà vêtue de cette jolie robe à fleurs, parfaite pour une garden-party, et mon maquillage avait été fait par une professionnelle. Il ne me restait plus qu'à choisir ce que je voulais faire contre cette tête chauve.

Une perruque ? Ce serait la solution la plus facile, même si l'idée de transpirer là-dessous me donnait la nausée. Un chapeau ? Sur un coup de tête, j'avais acheté un grand chapeau à bord souple qui devait être à la mode. Mais ce n'était pas mon style.

Finalement, je pris un foulard qui complétait les couleurs de ma robe, je me dirigeai vers le miroir et je l'attachai d'une des façons que Sonia m'avait montrées. C'était comme les femmes juives orthodoxes le portaient afin de couvrir leur tête pour des raisons religieuses. C'était assez glamour quand il était bien fait et je m'étais entraînée. C'était presque aussi beau que le foulard en dentelle noire que j'avais porté pour cette première nuit magique à Paris.

Je m'examinai dans le miroir de plain-pied de la salle de bains. D'accord, je n'étais pas affreuse. Mais on voyait que j'étais une femme chauve qui cachait sa calvitie sous un foulard. Je serrai les poings en regardant le reflet.

— Tu gères, dis-je.

Je me sentis ridicule de le dire à voix haute, pourtant cela me donna du courage. J'enfilai les chaussures avant de pouvoir changer d'avis et je me dirigeai vers l'escalier, puis je replongeai dans le public aussi rapidement que possible. Plus j'étais vue tôt, plus vite toute la gêne serait terminée.

Il y avait quelques personnes qui se promenaient dans la maison au rez-de-chaussée, mais aucune que je reconnus. Je me glissai donc par la porte de derrière, du côté plage de la maison où Adam était – encore – avec la rousse la dernière fois que j'avais vérifié.

Mon premier obstacle fut difficile. Le groupe des stagiaires de Draco que je redoutais – d'accord, il n'y en avait que deux, les deux, dont les pères étaient assez riches pour leur acheter les tickets à la fête de bienfaisance. Elles allaient au travail en BMW avec des vêtements de créateurs, et elles n'étaient chez Draco que pour finir leur stage pour leur CV. Cari et April étaient deux de mes pires ennemies du département marketing, où j'avais travaillé plusieurs mois avant de démissionner le jour terrible du test de grossesse dans le bureau d'Adam.

Pendant que j'avais travaillé avec elles, elles n'avaient pas su que j'étais avec 'le boss'. Elles avaient ouvertement raconté des commérages et bavé sur Adam chaque minute de temps libre. Elles avaient même une échelle pour évaluer son apparence en fonction des vêtements qu'il portait. C'était en général un neuf ou un dix, voire un dix plus.

Beurk. Je les détestais.

Et maintenant, elles se tenaient sur le perron, à regarder Adam qui bavardait *encore* avec la rousse. Je m'arrêtai derrière un grand arbre en pot, essayant de trouver le courage de passer devant elles.

J'étais si près que je ne pus m'empêcher d'entendre ce qu'elles disaient. Surprise, surprise. Elles parlaient d'Adam.

— Oh mon Dieu, dit Cari. S'il regarde encore dans notre direction avec ses yeux sombres et sensuels, je pense que je vais avoir un orgasme spontané.

— Il est tellement canon, acquiesça April. Cette fille avec laquelle il parle, c'est une mannequin pour maillots de bain de *Sports Illustrated*.

— Eh bien, étant donné que sa petite amie ressemble maintenant à une morte vivante, je ne lui en veux pas. Mais… merde… il faut que je trouve un moyen de me le faire. Maintenant que j'ai vu sa maison, je pense que je vais mourir si je ne peux pas me faufiler dans son pantalon.

— Il est à croquer, mais aussi plutôt loyal. Ils sont encore ensemble.

— Loyal, dit Cari avec un petit rire de dédain. Pour l'instant. Un chien est loyal. Un jeune homme canon comme ça ? Il lui faut une femme qui peut sucer la peinture d'un…

— C'est sûrement pour cela qu'il la garde… elle est peut-être vraiment douée au lit.

D'accord, j'avais été morte de honte au début, mais désormais j'étais furieuse. Je respirai profondément et je serrai les poings, puis je sortis de derrière l'arbre.

— Salut Cari, salut April.

Elles se retournèrent brusquement, écarquillant toutes les deux les yeux et laissant tomber leur mâchoire en même temps. Cari fit passer son immense chevelure blonde par-dessus son épaule avec nervosité en jetant un coup d'œil à April.

— Hé, Mia ! Tu es là. On se demandait où tu étais.

April eut la décence de ne rien dire et d'avoir l'air complètement mortifiée.

— Oui, oui, dis-je en faisant semblant d'inspecter mes ongles, qui n'étaient pas laids, même s'ils n'avaient pas poussé depuis très longtemps, car j'avais récemment fait faire une manucure coûteuse.

Je me tournai et je regardai dans la direction d'Adam.

— Dix plus aujourd'hui, je pense. Bien sûr, je le pense tous les jours.

Je leur fis alors un sourire carnassier.

— C'est peut-être parce que j'ai l'avantage de le voir nu.

Elles échangèrent des regards gênés et Cari fut sur le point de dire quelque chose quand je l'interrompis encore.

— Oh, et en ce qui concerne ce dont vous venez de parler… je fais plus que lui faire des pipes, les filles. Je lui en mets plein la vue.

Je les dévisageai des pieds à la tête.

— Maintenant, excusez-moi. Les morts-vivants aiment manger les cerveaux des vivants et il ne semble pas y en avoir beaucoup ici, alors… à plus.

Je leur fis un sourire sarcastique et un faux salut, et le visage d'April devint rouge pivoine.

À chaque pas que je faisais pour m'éloigner d'elles, je me sentais plus fière de moi-même, mais également de plus en plus complexée à mesure que j'avançais vers Adam. Il était encore une fois seul avec la mannequin pour maillots de bain à forte poitrine. Elle avait à présent sa main sur son bras et il ne l'écarta pas. Comme pour les stagiaires idiotes, je surmontai mes complexes en étant poussée par la colère.

J'arrivai à la hauteur d'Adam en face de miss Robe Moulante, et je vins heurter son bras avec le mien.

— Salut, dis-je doucement.

Sa tête se tourna brusquement vers moi, ses yeux s'écarquillèrent et ses dents blanches et régulières scintillèrent dans l'immense sourire de son beau visage. Il m'attira contre lui et il m'embrassa sur la joue.

J'en profitai pour jeter un regard curieux vers l'amie mannequin de Jordan par-dessus l'épaule d'Adam. Elle me regardait avec tout autant de curiosité. Adam me chuchota à l'oreille :

— Je suis si content que tu sois là.

Je me tournai et je l'embrassai sur la joue, puis Adam se redressa en essayant de nous présenter.

— Voici Carisa. Nous parlions justement de toi. Carisa, voici Mia.

Sa bouche fit un demi-sourire. Elle ressemblait à une de ces personnes sur le podium des JO avec une médaille en bronze autour du cou, essayant d'avoir l'air reconnaissant tout en ne parvenant pas vraiment à cacher sa déception.

— Salut, Mia, ravie de te rencontrer.

— Contente de te rencontrer aussi, mentis-je. Alors, tu es venue avec Jordan ?

— Oui, oui, c'est vrai. Il fréquente ma colocataire depuis un moment.

Adam et elle échangèrent un regard, puis elle détourna la tête avec un sourire qui me fit bouillonner. Je me blottis plus près d'Adam et il serra son bras autour de moi.

Je décidai qu'il valait mieux l'ignorer, car faire une scène n'aurait fait qu'empirer les choses. Je me tournai vers Adam.

— Comment se passe la visite jusqu'ici ?

— Bien. Mieux maintenant.

Il sourit.

Je lui souris à mon tour.

— Eh bien, je suis contente d'être descendue, alors.

Carisa s'excusa quelques minutes plus tard en prétextant avoir soif. Je poussai un soupir de soulagement. Adam me scruta quand je la regardai partir.

— Je suppose que Jordan te l'a dit, dit-il d'une voix monocorde.

Je haussai les épaules.

— Je suppose que j'avais besoin d'une motivation pour descendre.

Il sourit.

— C'était très courageux de ta part.

— J'en avais assez d'être lâche.

Il m'embrassa sur la tempe.

— Je te reconnais bien là.

Je me tournai vers lui en attrapant les revers de sa veste dans les mains.

— Je me disais... tu sais que cela fait plus de vingt-quatre heures depuis que j'ai été déclarée saine. Penses-tu que nous pourrions... franchir une étape ce soir ?

Il comprit immédiatement ce que je voulais dire. Avec cette délicieuse fossette qui apparaissait parfois à côté de sa bouche quand il souriait et avec une étincelle dans les yeux, il regarda la pelouse et dit :

— Je pense que cela peut être arrangé – avec beaucoup d'enthousiasme.

Je pris sa main et je la serrai.

— Bien.

— Tu veux manger ou boire quelque chose ?

— J'allais passer dire bonjour aux amis. La dernière fois que je les ai vus, ils étaient assis à une table.

— En fait, je pense qu'ils traînent sur le yacht. Je les ai vus partir dans cette direction juste avant que tu arrives.

Je regardai le bateau. Il y avait des gens sur le pont.

— Ah, vraiment ? Je vais aller voir là-bas, alors.

— Je pense qu'ils seront très contents de te voir. La personne qui organise la visite voulait me parler, mais j'arrive dans quelques minutes.

Je me tournai et je déposai un long baiser sur sa bouche. Il m'attira contre lui. Je soupirai. C'était bon. Je l'avais voulu. Et un peu d'affection en public ne faisait pas de mal quand il y avait des stagiaires affamées et une mannequin pour maillots de bain qui attendaient dans les coulisses, prêtes à bondir. Si j'étais un chien, je pisserais partout sur mon arbre pour marquer mon territoire.

Sur cette image loin d'être sexy, je me tournai avec un sourire. C'était libérateur d'avoir combattu la peur d'être vu à cause de mon apparence. La façon dont Adam me regardait, me tenait, m'embrassait au milieu de la foule à une fête chez lui me donnait l'impression d'être la femme la plus belle et la plus désirée de l'univers. Ce triomphe en poche, je souris et je me pavanai vers l'endroit où le yacht était amarré.

Cela faisait longtemps que nous n'étions pas sortis avec, parce que nous avions craint que ma nausée ne fasse qu'empirer sur l'océan. Mais il me tardait de recommencer. Peut-être même, un long voyage jusqu'à Cabo ou même Hawaï. Cette idée faisait vibrer mon corps de joie. Des semaines seules sur un bateau avec Adam. L'idée était alléchante tous les jours de la semaine.

Je trouvai mes amis tous rassemblés autour de jeux de société à une table dans le salon. Ils étaient en plein milieu d'une discussion âpre au sujet des règles quand je passai la porte.

— Je suis là pour vos commandes de boissons.

Tout le monde leva la tête et Heath bondit sur ses pieds.

— Hé, hé, hé ! Regardez qui a enfin décidé de se montrer !

Alex se leva brusquement de l'autre côté.

— Elle soignait simplement son arrivée, Heath. Et quelle classe !

Jenna et William remarquèrent à peine mon arrivée. Ils étaient empêtrés dans une dispute au sujet des règles.

— Je ne comprends pas le problème. Les règles de la maison peuvent être amusantes, dit Jenna.

— Ces règles-là ne sont pas autorisées dans les règles énumérées. Le Monopoly a été testé et équilibré de telle façon à offrir une expérience de jeu optimale.

— Oui, c'est pour cette raison que cela s'appelle les 'règles de la maison'. Et elles peuvent être très amusantes ! Tu devrais vraiment...

— Cela perturbe l'équilibre du jeu et le prolonge, en particulier celle que tu proposes au sujet de l'argent sur Parc Gratuit.

Jenna fit un sourire sarcastique.

— Enfin, William, je n'arrive pas à croire que tu n'aies pas envie de prolonger ton plaisir.

Kat éclata de rire.

Connor se leva et me fit un câlin en m'embrassant sur la joue.

— Comment vas-tu, Mia chérie ?

— Chérie ? dit Heath en lui jetant un regard noir. Comment se fait-il que tu ne m'appelles pas ainsi ?

Il haussa les épaules.

— Elle est plus jolie que toi.

Je gloussai.

— J'espère bien être plus jolie que Heath, même sans mes cheveux.

— Ils repoussent déjà ? demanda Alex en essayant de regarder sous mon foulard.

— Hé ! Ça m'a pris du temps de l'attacher comme il faut.

— Je disais à tout le monde que je sais comment pratiquer la *frenología* – la phrénologie. Ma grand-mère était argentine. Elle m'a montré comment lire les bosses de la tête.

— De quoi ? Personne ne va lire mes bosses.

— Sauf Adam, ricana Kat.

Je lui tirai la langue.

— Non, sérieusement, Mia. Je pourrais prédire ton avenir en regardant ta tête.

— Pourquoi n'utilises-tu pas une boule de cristal ?

— Y a-t-il une grande différence entre ta tête et une boule de cristal, ces jours-ci ? dit Heath.

Je lui donnai un coup de coude dans le ventre et il fit semblant d'être plié en deux.

— Allez, Mia. Laisse-moi essayer. Nous t'avons tous vue chauve, et puisque tes cheveux repoussent, nous pourrions ne pas avoir une autre chance.

Je me laissai tomber sur une chaise entre Jenna et Kat et je regardai William en face qui rangeait méticuleusement les pièces du jeu en ignorant tout le monde autour de lui.

— Hé, William. Ça va ?

Il haussa les épaules.

Jenna se pencha vers moi.

— Je l'ai énervé, apparemment.

— Ne sois pas méchante, Jenna.

— Elle n'est pas méchante, dit William sans lever la tête.

Je me grattai le crâne à travers le foulard.

— Enlève-le et laisse-moi lire tes bosses.

Je soupirai.

— Alex, bon sang...

— Allez. Je peux prédire ton avenir.

— Elle connaît déjà son avenir, dit Heath. Ses cheveux vont repousser. Elle ira en fac de médecine à l'automne. Dans quatre ans, elle sera Dr Mia Strong.

— Pas Dr Mia Drake ? demanda Alex.

Je fronçai les sourcils.

— Euh, vous n'avez pas besoin de parler de moi comme si je n'étais pas là.

— Pourquoi pas Dr Strong-Drake ? dit Heath.

Alex et Kat se mirent à rire.

— C'est un nom ridicule.

— Vous êtes tous des idiots, dis-je. Je me ferai peut-être appeler seulement par mon prénom, comme Beyoncé ou Adele. Je serai fabuleuse à ce point.

— Dr Mia, dit Alex. Laisse-moi lire tes bosses.

— Tu promets d'arrêter de m'ennuyer si j'enlève ce foulard ?

Elle hocha la tête avec enthousiasme.

— Oui. Oui. Je promets de ne pas être chiante.

— Trop tard, dit Heath.

Alex lui fit un doigt. Jenna écarquilla les yeux.

— Oh la la, n'irrite pas la latino. Tu vas le regretter, Heath.

Heath haussa les épaules et tout le monde se rassit. Avec un soupir résigné, je fis glisser le foulard de ma tête et je laissai Alex m'examiner.

— Oooh, c'est trop mignon, tu as de petits cheveux duveteux. C'est comme des plumes de poussin.

— Contente-toi de lire les bosses, je te prie.

— D'accord, d'accord. J'ai besoin de toucher ta tête. J'ai le droit ?

— Vas-y. Raconte-moi la bonne aventure.

— Alors...

Ses doigts glissèrent sur mon crâne et cela chatouillait un peu. Je gloussai quand elle plaça un pouce de chaque côté de mes tempes puis qu'elle étala ses doigts au sommet de mon crâne nu. Elle me caressa ensuite comme un chien. Heath se mit à rire doucement et Kat le fit taire.

— Cette partie de ta tête concerne les succès de tes études et de ta carrière. La tienne est très pentue, ce qui signifie que tu auras une longue carrière prospère. Tu seras très dévouée à ta profession.

— Waouh, cela me semble très scientifique, intervint Heath.

Cette fois, je lui imposai le silence, car je ne voulais pas blesser Alex.

— Et cette partie, la plus large à l'avant de ton crâne, entre tes tempes, cela concerne ta vie amoureuse. Tu auras une relation de longue durée avec l'amour de ta vie. Ah. Un mariage.

— Nous savons déjà tout cela dit Kat. C'est bon. Adam et elle sont ensemble pour la vie. Maintenant, dis-nous quelque chose d'utile, comme le nombre de leurs enfants par exemple.

Ma gorge se serra en entendant les paroles de Kat.

— Ce n'est pas...

— Oh ! C'est ici à la base du crâne.

Elle fit courir ses doigts en haut de ma nuque sur le bord de mon crâne.

— Alors... deux ? Non... Un. Seulement un bébé.

Je m'écartai brusquement d'elle, soudain submergée par une émotion inattendue. J'eus du mal à respirer.

— D'accord, c'est terminé, dis-je d'une voix tremblante.

— Mais je n'ai pas...

— C'est terminé, Alex, dit Heath en me regardant avec inquiétude.

— J'ai... euh... il faut que j'aille aux toilettes, dis-je en me levant maladroitement.

Je me tournai vers la porte et je vis Adam qui se tenait là, appuyé dans l'embrasure, en train de me regarder avec ses yeux sombres et sérieux.

Des larmes brûlèrent les miens et je déglutis férocement.

— Pardon, chuchotai-je en passant à côté de lui.

Au lieu de me diriger vers la salle de bains la plus proche, je montai les marches quatre à quatre et j'entrai dans une des cabines, juste au moment où les larmes franchirent mes paupières. Je fermai la porte et je me laissai tomber sur le lit.

Seulement un bébé. Je me recroquevillai en appuyant les mains contre mes yeux. Je n'allais pas pleurer. Je ne pouvais pas pleurer. Il fallait que je surmonte ceci. Mais comment le pouvais-je, alors que je m'étais promis de ne jamais me le pardonner ? Un chagrin longtemps réprimé m'accabla. Un chagrin que j'avais enfoui si profondément, que j'avais caché très loin sous les meubles comme de la poussière qui n'était jamais nettoyée, qui ne voyait jamais la lumière du jour. Mais tout était là, la haine de moi-même, le jugement. J'aurais pu faire les choses différemment. J'aurais pu...

Maintenant, je ne savais pas si je pourrais un jour être mère. Si je pourrais tenir un enfant. Mais Alex, avec sa prédiction racoleuse, semblait confirmer mes doutes. Que ma chance – notre chance – était passée.

Une minute plus tard, la porte s'ouvrit et je sus qui était là, alors je ne pris pas la peine de lever les yeux. Adam s'assit sur le lit à côté de moi et il passa un bras autour de mes épaules.

Il ne dit rien, il m'attira simplement contre lui. Je n'allais pas pleurer. Non. Je ne le pouvais pas. Je n'allais pas me le permettre. Je les étoufferai, je refuserai de les laisser sortir. Je pouvais être forte. Je ne devais pas le laisser me voir ainsi.

J'allais ignorer le fait que je me haïssais à ce moment précis – et sans doute pour le restant de mes jours.

Chapitre Trente-quatre
Adam

— TU VEUX PARLER ? CHUCHOTAI-JE.

Elle secoua la tête. Elle tremblait dans mes bras, mais elle ne pleurait pas. Au moins, c'était bon signe, non ?

— Plus serré, chuchota-t-elle.

Je baissai les bras autour de sa taille et je la serrai plus fort.

— Parle-moi, l'encourageai-je doucement.

Elle secoua la tête.

— Ça ira. Elle m'a juste prise au dépourvu.

— Emilia...

— Ça va, rétorqua-t-elle. Tu vois ?

Elle s'extirpa de mes bras en passant le dos de sa main sur ses yeux – ce qui étala son mascara. Elle me regarda dans les yeux en se penchant en arrière. Elle ne pleurait pas. Mais la douleur était là, profonde, tapie derrière le faux sourire qui traînait sur sa bouche.

Je lui frottai le dos.

— As-tu déjà pensé à... trouver quelqu'un pour parler de tout cela ? Comme ton oncologue te l'a suggéré ?

Elle se raidit en regardant le sol et je vis la couleur disparaître de son visage.

— Non.

Je déglutis, effrayé et ne sachant soudain pas comment agir.

— Mais cela pourrait t'aider...

— Tu penses que je suis perturbée ?

Ma mâchoire se serra, puis je la relâchai en inspirant profondément.

— Je pense que tu as traversé beaucoup d'épreuves en très peu de temps.

Elle se tourna et me regarda.

— Je peux le gérer. Je suis forte. J'ai déjà vécu des choses difficiles. Je m'en sortirai.

Quelque chose de sombre et de lourd pesait dans ma poitrine. J'aurais aimé être aussi optimiste. Mais je n'avais pas de réponse pour elle. Je ne pouvais pas la forcer à se faire aider. J'espérais en vain qu'elle ait raison au sujet de s'en sortir. Elle ne se souvenait pas, mais moi oui, du moment où elle avait fermement déclaré mériter de mourir à cause de ce qu'elle avait fait.

À chaque fois que je repensais à ce moment-là, cela me détruisait, me rendait impuissant. Je la regardai attentivement.

Elle se frottait encore les yeux.

— J'ai juste besoin d'un peu de temps.

— D'accord.

Je déglutis. Il était facile de voir qu'elle était émotionnellement perturbée et je ne savais pas du tout comment l'aider. Elle était à nouveau en bonne santé physique, mais tout le temps où nous nous étions concentrés sur sa guérison du cancer, avions-nous négligé des éléments importants en chemin ?

— Tout ira bien. Nous irons bien, dit-elle comme si elle essayait de se convaincre autant que moi.

Je caressai sa joue froide. Au fond de moi, j'avais l'impression que ce n'était pas une bonne chose de mettre ceci de côté comme nous l'avions fait pendant des mois.

Ce n'était pas bon.

— Mia, parle-moi au moins. Dis-moi ce que tu ressens.

Elle secoua encore la tête.

— Je vais bien. Promis... c'était juste une petite chose à laquelle je n'étais pas préparée. La prochaine fois...

Sa voix s'éteignit comme si elle s'était rendu compte du ridicule de ses paroles.

— Il y aura une prochaine fois, et encore une après. Ceci ne va pas disparaître si nous l'ignorons.

Elle hocha la tête en évitant mes yeux.

— Tu as raison. Nous ne devrions pas. Mais laissons-nous juste un peu de... temps ?

Elle se leva brutalement et se rendit dans la salle de bains de la cabine. Elle passa quelques minutes à essuyer le mascara de ses larmes refoulées. Car c'est ce qu'elle faisait : elle refoulait sa douleur. Elle l'enterrait sous un visage courageux.

J'étais sûr à cent pour cent que cela allait revenir nous hanter. Et je ne savais absolument pas comment le gérer. Ni même s'il y avait une façon de le gérer.

Quand elle sortit, elle semblait plus pâle que la normale, mais autrement elle agissait comme si rien ne s'était passé. Cela ne me rassura pas.

— Ça m'énerve d'avoir oublié mon foulard.

Je le sortis de la poche de ma veste.

— Je l'ai pris pour toi.

Elle fit un sourire qui n'atteignit pas ses yeux et elle se pencha pour m'embrasser sur la joue.

— Maintenant, je sais pourquoi je te garde auprès de moi, petit génie.

Elle rattacha le foulard et elle resta à côté de moi pendant le reste de la fête. À la fin, nous nous tenions à l'extrémité du pont avec les autres propriétaires pour dire au revoir à tous ceux qui se rendaient au repas de bienfaisance. La nuit commençait à tomber quand nous retournâmes ensemble à la maison. Elle me tenait la main, ses doigts fermement entrelacés avec les miens.

Je me souvins qu'elle avait dit vouloir passer la nuit ensemble et je jetai un coup d'œil à sa tête baissée pendant qu'elle se frayait un chemin dans la lumière faiblissante. Je me sentais fatigué, comme d'habitude, mais si je la repoussais, elle allait perdre confiance et le prendre comme un rejet personnel.

La rencontre avec nos amis lui avait peut-être fait changer d'avis ? Elle semblait plus silencieuse que d'habitude.

Une fois arrivée en haut, il y eut un moment gênant quand nous hésitâmes près de la porte de sa chambre. Elle se tourna, elle la regarda, puis elle me dévisagea. Elle déglutit.

— Combien de temps allons-nous continuer ainsi, à ton avis ?

— Comment ? demandai-je.

— Les chambres séparées.

Je me frottai le menton.

— Tu veux que je vienne dormir avec toi ce soir ?

Elle se tourna et mit ses bras autour de ma taille.

— Je veux faire plus que dormir.

Je faillis inventer une excuse. J'étais encore si inquiet pour elle, mais elle m'embrassa dans le cou et c'était si bon. Et puis, cela faisait cinq mois que je n'avais pas eu de relations sexuelles. Mon corps affamé réagit instantanément. J'aurais sans doute dû être à moitié mort pour ne pas réagir.

Elle s'écarta de moi et dit :

— Tu me rejoins ici dans dix minutes ? Je veux me changer.

— Viens me trouver dans ma chambre, alors, dis-je. Je vais aller me doucher.

Elle sourit.

— D'accord.

Les idées se bousculèrent dans ma tête tout le temps que je passai dans la douche. La majeure partie fut dédiée au bonheur de refaire l'amour après une si longue abstinence, mais la petite partie de mon cerveau qui pouvait encore raisonner était inquiète. Était-elle prête ? Elle avait insisté. Physiquement, peut-être. Mais émotionnellement ?

Et elle semblait encore si frêle dans mes bras que l'idée d'être sur elle me faisait flipper, comme si elle allait se casser en deux. Je voulais vraiment que ceci fonctionne, car je savais que quand j'allais sortir de cette douche, elle serait là. Je dus réfléchir vite.

Je sortis de la salle de bains avec la serviette autour de mes hanches. Les lumières dans la chambre avaient été tamisées – cela devait être elle, parce que lorsque j'étais parti à la salle de bains, elles étaient normales. Elle était sur le lit, couchée en travers, les coudes sur le matelas et la tête sur ses mains, à me regarder.

Elle portait une chemise de nuit en soie bleue bordée de dentelle. Elle couvrait entièrement le haut de son corps, mais elle s'arrêtait juste au-dessous de la hanche, montrant chaque délicieux centimètre de ses longues jambes souples. Et elle portait un béret de même couleur pour couvrir sa calvitie, non pas qu'elle en ait besoin. En général, elle ne prenait pas la peine de couvrir sa tête quand nous étions seuls à la maison, mais si cela la faisait se sentir plus sexy, alors, pourquoi pas ?

— Salut, beau brun, dit-elle en admirant mon torse. Vous venez souvent par ici ?

Je m'arrêtai devant elle et je souris. Ses longues jambes soyeuses pliées au niveau du genou, les pieds en l'air, ce magnifique sourire et son regard plein de désir en me voyant suffirent à m'exciter. À vrai dire, une brise un peu soutenue suffirait sans doute dernièrement.

— Salut, ma belle, j'ai beaucoup de plaisir à venir ici – avec vous.

Elle fronça le nez et rit.

— C'était mauvais.

Je m'assis sur le lit à côté d'elle et je passai la main sur le tissu soyeux dans son dos.

— Je sais.

Elle tourna la tête et elle posa sa bouche sur mon torse. Mon cœur s'accéléra. Je fermai les yeux. Le contact était brûlant et c'était si bon. Elle se redressa, la tête à la hauteur de la mienne.

— C'est moi qui l'ai choisie. Ta couleur préférée.

On se regarda dans les yeux.

— Oui, j'ai remarqué. Très, très jolie.

Elle se pencha en avant et elle m'embrassa. Je tendis les mains pour tenir sa bouche contre la mienne. Mon sexe luttait contre la serviette, une érection douloureusement dure. Mon corps était à cent pour cent pour l'idée de coucher ce soir, mais en la tenant contre moi, je ne pouvais pas m'empêcher de continuer à m'inquiéter. J'avais peur de lui refaire mal comme je l'avais fait à Paris, quand je ne l'avais même pas remarqué, tant j'étais pressé de la prendre, que je la serrai trop fort – ou pire que je l'écrasai.

Dans la douche, j'avais imaginé une solution, mais je ne savais pas ce qu'elle penserait de cette idée. Je m'écartai d'elle et elle leva les yeux vers moi avec un sourire impatient sur sa bouche pulpeuse.

— Je pensais essayer quelque chose d'un peu différent ce soir, commençai-je.

Elle leva ses sourcils fins.

— Ah bon ? C'est la première fois depuis presque six mois et tu veux essayer quelque chose de différent ?

Il fallait que je fasse attention pour ne pas la mettre mal à l'aise.

— Au cours de cette nuit à Paris, je t'ai fait mal complètement sans le vouloir…

Elle posa une main sur ma joue.

— Tu dois arrêter de t'inquiéter pour cela.

— Je ne vais pas arrêter de m'inquiéter. Tu es plus légère qu'avant. Je suis juste… je ne veux pas être brutal avec toi. Je pense que ce serait mieux — et même amusant — que tu sois au-dessus.

Elle rit.

— Ça me semble parfait, mais ce n'est pas comme si c'était nouveau.

— Eh bien, ce qui est nouveau, c'est que je pensais que tu pourrais m'attacher.

Elle marqua un temps d'arrêt.

— De quoi ?

— Tu pourrais attacher mes mains à la tête de lit.

Elle resta bouche bée.

— Pourquoi veux-tu que je le fasse ?

— Tu ne penses pas que ce serait amusant ?

— Je ne dis pas que je ne pense pas que ce serait amusant, mais…

— Eh bien, si je suis attaché, je ne serai pas trop… enthousiaste.

Elle inspira profondément et soupira.

— Tu as vraiment si peur de me faire mal ?

— Oui.

Elle ferma un instant les yeux.

— D'accord. Je vais t'attacher. Pour être honnête, c'est plutôt excitant. Et puis bientôt, tu pourras me faire pareil.

— Ça, c'est plus que plutôt excitant, dis-je avec un regard lubrique.

Elle se leva et ses jambes étaient si sexy dans sa nuisette courte. Je les imaginais déjà enroulées autour de moi alors qu'elle me montait. Merde, mon érection commençait à faire mal.

Elle se retourna vers moi.

— Tu as des menottes ?

Je lui jetai un regard bizarre.

— Non. Prends une de mes cravates. Dans le placard.

— Tu veux que je t'attache au lit avec une cravate à cinq cents dollars ?

— Le sacrifice ne sera pas vain.

Elle rit et elle haussa les épaules avant de disparaître dans le dressing et de sortir avec trois cravates dans les mains. Je levai les sourcils.

— À quel point penses-tu que je vais être trop enthousiaste ?

— Tu pourrais être une sorte de Hulk sexuel, devenir vert et briser tes liens avant de me pourchasser.

— J'ai l'impression que tu ne vas pas courir très loin.

— Non, sans doute pas.

Elle fit un nœud avec le côté fin d'une de mes cravates et elle demanda mon poignet, que je lui tendis. Elle le fit passer dans le nœud et puis elle tira mon bras en arrière vers la tête de lit.

— Alors, tu veux que j'attache tes poignets ensemble ou écartés ?

— Ça m'est égal.

— Tu sais, la logistique de la chose devrait sans doute casser l'ambiance, mais en fait ça m'excite encore plus.

Elle tira l'autre extrémité de la cravate vers la tête de lit, au-dessus de ma tête. Elle prit une autre cravate et elle fit quelque chose de similaire avec mon autre bras. Quand elle eut terminé, elle était rouge et elle respirait vite et j'étais plutôt excité moi aussi.

Elle fit courir sa main le long de mes bras.

— J'adore tes bras. Parfois, j'ai envie quand tu es entièrement habillé, mais que tes manches sont remontées. Tes avant-bras sont si sexy.

Je ris.

— Mes avant-bras ? Vraiment ?

Elle fit à nouveau passer ses mains sur mes bras d'un air appréciatif, comme si elle admirait une œuvre d'art ou un travail d'artisan.

— J'adore ton corps. Et tes bras sont incroyables. Tes avant-bras forts, tes biceps... fermes et puissants, mais pas volumineux.

— Tu y as beaucoup réfléchi, non ? dis-je, les yeux à moitié fermés en savourant la sensation de ses mains chaudes sur moi.

— Oh oui. J'y pense. Depuis longtemps et souvent.

Elle se pencha sur moi afin de vérifier les nœuds qui maintenaient mes bras au-dessus ma tête et son sein me frôla la joue. D'instinct et par pur désir, je me tournai et je pris son téton dans ma bouche, le suçant à travers la soie de sa chemise. Elle poussa un petit cri et elle se figea sur place. Je ne la lâchai pas et elle ne s'écarta pas. Avec ma langue, je traçai le tour de son téton en le prenant encore plus dans ma bouche. Il se durcit.

Haletant sur moi, elle s'écarta et me chevaucha. Puis elle se pencha pour m'embrasser d'abord sur la bouche, puis dans le cou et sur le torse. Elle fit courir ses mains sur chaque centimètre de mon torse et de mon ventre.

— Tu es incroyablement sexy. Cela me rend dingue quand les femmes te regardent, mais comment pourraient-elles s'en empêcher ?

Je ris.

— Tu vas me donner la grosse tête.

Elle eut un petit rire de dédain, sa main glissant sur la serviette toujours accrochée autour de ma taille.

— Je pense que c'est déjà fait, dit-elle en me tripotant.

Je fermai les yeux et elle glissa la main sous la serviette pour m'attraper et me caresser, comme si elle lisait dans mes pensées. Un plaisir électrique crépita le long de ma colonne.

J'en avais tellement envie que j'arrivais à peine à respirer. J'ouvris les yeux et je la regardai.

— Embrasse-moi, dis-je.

Chapitre Trente-cinq
Mia

JE DEFIS LA SERVIETTE QU'IL PORTAIT A LA TAILLE, PUIS JE L'EXPLORAI partout avec mes mains avant de reprendre sa virilité lisse et soyeuse entre mes doigts. Je le caressai fermement en profitant du bruit de sa respiration haletante. Il referma les yeux.

— Embrasse-moi, Emilia, redemanda-t-il.

On pouvait faire confiance à Adam pour qu'il essaie de prendre le contrôle quand il était attaché et que j'étais sur lui. Je décidai de le tourmenter avec les mains pendant un peu plus longtemps avant de me pencher enfin en avant. Il tira sa tête vers le haut et il attrapa ma bouche avec la sienne en grognant. Sa langue plongea immédiatement dans ma bouche, entrant et sortant rapidement comme s'il me montrait comment il voulait me pénétrer d'une autre façon. Mon corps chanta, complètement excité et prêt à le recevoir.

Et comme il était sous moi et entièrement à ma merci — et manifestement prêt — je n'allais pas traîner. Je descendis sur lui de façon à ce que nos hanches soient au même niveau en me disant que nous pourrions commencer par nous frotter un...

Il se raidit et il éloigna sa bouche de la mienne.

— Stop ! cria-t-il presque.

Cela me surprit, alors je me rassis et je le regardai. Il avait les yeux écarquillés.

— Je te fais mal ?

— Non, dit-il en inspirant longuement avant de souffler. Il nous faut un préservatif.

— Ah... ouais. Merde. Oui, c'est vrai.

Nous n'en avions jamais utilisé avant, mais pour des raisons évidentes, cela ne serait plus le cas. Pour le restant de ma vie, je ne pouvais plus utiliser la contraception hormonale, quelle qu'elle soit.

Il me regarda, exaspéré et un peu fâché.

— Je suis désolée, je n'y ai pas du tout pensé. C'était bête. Je n'en ai pas acheté.

Il pinça les lèvres.

— Sous le lavabo dans la salle de bains.

Je ne voulais pas savoir pourquoi il avait des préservatifs dans la maison. J'avais déjà vu la boîte avant, quand j'avais vécu ici, et j'avais supposé qu'elle datait de sa vie trépidante de célibataire. Il m'avait dit qu'il n'avait pas fréquenté d'autres femmes depuis quelque temps avant que nous sortions ensemble, mais parfois l'incertitude du temps que nous avions passé séparés m'accablait. Adam ne m'avait jamais menti et je lui faisais confiance. Mais c'était souvent facile de laisser mon manque de confiance en moi susurrer des doutes à mes oreilles.

Je m'assis, je descendis du lit et je me rendis au placard indiqué où je vis la boîte. C'était un de ces packs géants avec une centaine ou plus de préservatifs à l'intérieur. Et il était à moitié vide. Merde.

N'y pense pas, Mia. Ne pense pas à toutes les femmes qu'il a fréquentées avant – ni comment elles étaient plus jolies, en meilleure santé et avec plus d'expérience.

Adam n'avait pas été avec une autre femme depuis plus d'un an. Pourquoi cela me touchait-il ? Cette pensée était toujours douloureuse, mais je me forçai à la dépasser. Je plongeai la main dans la boîte, je pris une poignée de préservatifs et je retournai vers lui. Je me rendis compte que je n'en avais jamais utilisé – que je n'avais jamais appris à m'en servir – et que ses mains étaient toujours attachées.

Je posai la poignée sur la table de nuit et j'en pris un. En baissant la tête, je vis qu'il était toujours en érection. Je me penchai et je l'embrassai sur la bouche. Il me rendit le baiser avec enthousiasme. Je déposai d'autres baisers sur son torse puis je m'assis en déchirant le sachet.

— Et voilà... murmurai-je tandis qu'il me regardait avec attention.

Je sortis le préservatif et je reposai le sachet sur la table de nuit.

— Attends... dit-il. Que dit la date ? Cette boîte a au moins deux ans. Ils sont encore bons ?

— Il y a une date d'expiration sur les préservatifs ? dis-je et il ne répondit que par un regard noir, alors je haussai les épaules et je regardai le sachet. La date indiquait l'année suivante.

— Ouais, c'est toujours bon.

— Fais-moi voir.

Perplexe, je lui tendis le sachet pour qu'il puisse le voir. Apparemment, il n'avait pas confiance en ma capacité à lire une date. Je peux admettre que j'oubliais parfois certaines choses ou que je disais des idioties à cause de mon cerveau atteint par la chimio, mais je n'étais pas atteinte à ce point.

— D'accord, marmonna-t-il enfin.

Il n'avait pas l'air ravi. Je fronçai les sourcils. Le regard dans ses yeux ne pouvait être décrit que comme intense et teinté de peur. De quoi pouvait-il bien avoir peur ?

Je pris le préservatif et je le déposai sur le bout de sa queue, en espérant que la chose se déroulerait facilement, car ceci m'excitait à nouveau et j'avais vraiment envie de passer à l'action. Adam scruta chacun de mes mouvements, mais pas avec excitation, plutôt comme s'il avait peur que je fasse une erreur.

Je me rendis compte de ma première erreur lorsqu'il ne voulut pas se dérouler aussi facilement que je le pensais. Je me servis des deux mains. De nombreux couples n'aimaient pas s'en servir. Il faut dire que les préservatifs tuaient l'ambiance et la spontanéité. Je soupirai et je commençai à m'énerver.

— Tu l'as mis à l'envers, observa Adam. Tourne-le.

Je fis ce qu'il demanda et il se déroula facilement. Je le fis descendre jusqu'en bas. Puis je montai et je descendis ma main. Je vis que cela lui plaisait, mais il ne quitta pas des yeux ce que je faisais.

— Fais attention, il ne faut pas le déchirer.

— Ils se déchirent si facilement ? À quoi servent-ils, alors ?

Je fis passer ma jambe au-dessus de lui quand il éloigna ses hanches.

— Attends...

— Quoi encore ?

— Je ne veux pas prendre le risque que celui-ci se déchire. Enfiles-en un autre par-dessus.

Je marquai un temps d'arrêt. Je n'avais encore jamais entendu ça. D'un autre côté, je n'avais couché qu'avec Adam, alors que pouvais-je bien savoir ? Apparemment, il avait beaucoup d'expérience, même avec quelques trucs plus pervers. Ma jalousie inutile réapparut. Elle commençait à m'énerver.

— Ça fonctionnera ? dis-je en attrapant un autre préservatif et en le sortant de son sachet.

— S'il y en a un qui se déchire, l'autre tiendra. Il y a beaucoup moins de chances pour que les deux se déchirent.

— Mais... ne vont-ils pas frotter l'un contre l'autre et causer davantage de friction ?

Il se mit à tirer sur les cravates qui lui tenaient les bras.

— Détache-moi. Laisse-moi faire.

Il tira encore, presque frénétique.

— Attends, ne bouge pas. Je vais le faire.

Mais il tirait encore, presque paniqué à présent.

— Attends, Adam. Laisse-moi te détacher. Ne bouge pas.

Je le vis déglutir quand il me regarda et ce fut le moment où je me rendis compte que ce n'était pas une légère crainte que j'avais détectée dans ses yeux. Il était carrément terrifié.

Je le détachai et il s'assit en se frottant les poignets. D'après les marques, il avait tiré vraiment fort pour se dégager. Je m'assis, soudain trop inquiète à son égard pour me soucier du fait que nous n'allions sans doute pas continuer ce que nous faisions.

Il retira le préservatif et il mit la serviette autour de lui. Des larmes formèrent une boule dans ma gorge.

— Je suis désolée... j'ai tout gâché, n'est-ce pas ? dis-je à voix basse.

Il secoua la tête.

— Non.

Il se pencha en avant, le visage dans les mains, et je le regardai pendant de longues minutes silencieuses et pleines de tension.

— Que vient-il de se passer ? demandai-je, la gorge serrée.

Il ne répondit pas, se contentant de passer une main dans ses cheveux foncés en se concentrant sur un point du couvre-lit devant lui.

Il avait eu peur, était paniqué, terrifié par quelque chose. Je repensai à tout. Sa réaction quand il avait pensé que j'allais continuer sans préservatif. Son insistance pour voir la date de péremption. Puis la suggestion de doubler les préservatifs. J'inspirai longuement et douloureusement.

Quand je parlai, ma voix tremblait.

— Tu as peur que je retombe enceinte.

Il se leva brutalement et partit dans son dressing. Quand il sortit, il avait mis un pantalon de pyjama et un Tee-shirt. Je n'avais pas bougé. Et quand on se regarda, je sus que j'avais mis le doigt dessus. Il ne le nia pas.

Tout l'air s'échappa de mes poumons et je ne savais pas si j'allais encore pouvoir respirer.

Chapitre Trente-six
Adam

JE REGARDAI SON VISAGE S'ASSOMBRIR, COMME UN ORAGE couvrant soudain les terres. Ses yeux se remplirent de larmes et elle cligna des paupières. Mais je n'avais pas les mots. Et même si je les avais, que pouvais-je dire ? Elle avait absolument raison. J'étais terrifié à l'idée de la toucher. L'idée que je puisse la mettre enceinte me pétrifiait et me donnait la nausée.

Je finis par détourner les yeux. Je ne pouvais pas regarder son cœur se briser en sachant que j'en étais la cause, bien qu'inconsciemment.

Le silence dans la pièce était assourdissant, comme un vrombissement distant qui faisait tinter mes oreilles. Je la regardai. Ses yeux étaient humides, focalisés quelque part entre nous. Je serrai la mâchoire. Je ne pouvais rien dire maintenant pour la réconforter. Une part de moi ne le voulait même pas. C'était la dure réalité de ce qu'elle avait essayé d'éviter avant, quand elle avait insisté encore et encore qu'elle allait bien, qu'elle était forte, qu'elle traverserait les épreuves toute seule.

Il valait mieux que cela sorte maintenant. Cependant, je n'avais honnêtement aucune idée comment nous allions pouvoir le résoudre.

Elle se raidit soudain, comme si elle était fatiguée d'attendre que je dise quelque chose. Elle se mordit la lèvre et se leva.

— Je vais dormir dans ma chambre, dit-elle doucement d'une voix tremblante.

Je la regardai partir et je ne bougeai pas d'un muscle.

À la minute où elle disparut dans sa chambre, je passai une main dans mes cheveux et je fis les cent pas. Je repassai tout dans ma tête, chaque pensée qui m'avait traversé l'esprit. Le moment où tout avait basculé pour moi, c'était quand j'avais cru qu'elle allait coucher avec moi sans même penser à l'absence de contraception.

Ces jours-ci, beaucoup de choses lui sortaient de la tête. Elle oubliait des choses, ou bien elle en faisait qu'elle venait déjà de faire sans s'en rendre compte. C'était un effet secondaire des médicaments qu'elle avait pris. J'aurais très bien pu attribuer cet incident à la même raison. Elle avait failli avoir une relation sexuelle sans penser au préservatif.

Mais c'était imprudent, dangereux. Cela aurait pu la tuer.

J'aurais pu la tuer. Ou faire revenir son cancer. Rien qu'en couchant avec elle. Rien qu'en la faisant retomber enceinte.

J'enfouis mon visage dans mes mains, écrasé par un sentiment d'impuissance. Puis, je l'entendis longer le couloir jusqu'aux escaliers. Je pouvais la laisser partir, ou nous pouvions parler. Je pouvais la convaincre qu'elle avait besoin de parler avec un professionnel.

Et qui sait, j'en avais peut-être besoin moi aussi.

Parce que *merde*. Le poids de notre passé commençait maintenant à m'enterrer et je ne voyais aucune issue, sauf de suffoquer.

Je me dirigeai vers les escaliers et je la suivis calmement. Elle avait enlevé la chemise de nuit pour enfiler un pantalon de sport et un tee-shirt. Elle tourna légèrement la tête et elle semblait savoir que j'étais derrière elle, mais elle accéléra le pas pour m'éviter en avançant vers la porte sur le côté qu'elle ouvrit et qu'elle laissa entrebâillée afin que je la suive.

Quand je m'approchai du bord de l'eau, je la vis assise dans le sable, les jambes tirées contre elle et le visage posé entre ses genoux. Quand je fus plus près, j'entendis ses sanglots silencieux et faibles. Chaque sanglot me transperça. Je me tenais à quelques centimètres de l'endroit où, quelques mois avant, je l'avais embrassée si tendrement... où elle avait posé des questions sur notre avenir. Je l'avais fait taire alors, car je n'étais concentré que sur une chose et une seule : sa survie.

Ce moment-là nous avait peut-être coûté la survie de notre couple. Je déglutis, ma gorge soudain encombrée. Je ne savais pas quoi lui dire. Je la laissai donc pleurer jusqu'à ce qu'elle se calme. Je me laissai tomber sur le sable à une légère distance d'elle.

Enfin, après une période interminable de sanglots, elle se calma et elle frotta ses joues contre les jambes de son pantalon. Avec lassitude, elle leva la tête et en reniflant et en hoquetant, elle parla à voix basse.

— Je devrais partir, dit-elle. Je devrais te laisser poursuivre ta vie.

La boule dans ma gorge menaçait de m'étrangler. Parce que je commençais à penser que c'était peut-être la seule solution.

Chapitre Trente-sept
Mia

J'ATTENDIS QU'IL REAGISSE DANS LA TENSION QUI REGNAIT ENTRE nous. Et alors que chaque seconde s'étirait, il devenait plus probable qu'il soit d'accord avec moi, que je doive partir. Que ce soit la seule option pour nous. Et cela me faisait plus peur que tout.

J'avais enfin pleuré un bon coup comme j'avais eu besoin de le faire depuis cet après-midi, depuis l'affirmation d'Alex selon laquelle Adam et moi nous n'aurions qu'un enfant, un seul. Parce que je savais — et il savait — que j'avais déjà enduré cette perte secrète et honteuse. Tout ce que je ressentais, c'était ce vide, comme si ma poitrine avait été déchirée, mes yeux brûlaient et ma tête faisait mal. Je respirais encore, mais c'était douloureux et j'avais le souffle court. *Je devrais te laisser poursuivre ta vie...*

Il inspira en tremblant.

— Qu'est-ce qui te fait croire que je le pourrais sans toi ?

J'avalai de l'air avec un hoquet.

— Je commence à penser que nous sommes brisés au-delà de toute possibilité de réparation.

Il s'agita à côté de moi.

— J'ai parfois l'impression que nous n'avons jamais mieux communiqué que maintenant. Nous parlons de tout. Nous ne gardons pas de secrets. Sauf un.

— Je ne te cache pas de secret, dis-je.

— Si. Mais tu te le caches peut-être aussi.

Je me tournai pour le regarder. Il avait le regard perdu sur l'eau, sa main passant distraitement dans le sable.

— Je n'ai rien à cacher.

Il se raidit et il tourna brusquement la tête vers moi.

— Vraiment ? Pas de haine envers toi-même ? Toute la responsabilité que tu as prise sur toi. La culpabilité que tu as enfouie si profondément que cela a presque mis ta vie en danger...

Je me levai d'un coup et je le toisai.

— Tu m'attribues des pensées qui ne sont pas les miennes, Adam. Je vais bien.

Il ne bougea pas, garda les yeux rivés sur l'eau pendant que je l'observais dans la lumière faiblissante. Je croisai les bras. La brise fraîche de la mer passa sur mon crâne chauve et me fit regretter de ne pas avoir pris un pull. Je serrai les bras avec impatience.

— Tu es restée presque catatonique... pendant des jours. Tu ne parlais pas, tu tournais le visage vers le mur, tu mangeais à peine...

— Comment peux-tu m'en vouloir pour cela ? C'était dur...

— Je suis d'accord. Mais tu n'as laissé personne t'aider. Tu as délibérément augmenté ta propre souffrance. Tu as refusé de prendre des médicaments contre la douleur. Pourquoi as-tu fait cela ?

L'air s'échappa de moi comme si je venais de prendre un coup dans le ventre. Je tremblai soudain. Je me laissai retomber dans le sable à côté de lui. Je n'avais pas de réponse pour lui qu'il ne connaisse pas déjà. J'avais insisté pour ressentir chaque crampe, chaque douleur. Cela avait été ma façon d'avoir conscience de la vie que j'interrompais.

Mais Adam n'allait pas me laisser tranquille. Après plusieurs minutes de silence, il se tourna et me coinça avec ses yeux sombres.

— Pourquoi, Emilia ? Dis-le-moi.

— Apparemment, tu sais déjà pourquoi.

— Et toi ?

Je m'écartai de lui.

— C'était il y a des mois et je traversais l'enfer.

Il détourna la tête.

— C'était le cas pour nous deux, mais ça, on n'en parle pas.

Je tendis la main et je touchai le bras solide sur lequel il était appuyé. Ma main se ferma dessus.

— Je ne veux pas que tu penses que je ne sais pas que c'était aussi une perte pour toi.

— Et qu'en est-il de la responsabilité ?

Ma mâchoire tomba et ma bouche essaya de parler. Ses yeux étaient durs, accusateurs.

— Je... je suis désolée d'être tombée enceinte. C'était de ma faute...

— C'est faux.

J'inspirai, un étau se serrant autour de ma poitrine. La douleur était revenue et elle augmentait.

— Je ne t'en veux pas, tu ne savais pas que j'avais arrêté la pilule. Je ne te l'ai pas dit. C'est de ma faute. Tout est de ma faute.

— Tant que tu y es, pourquoi ne pas t'en vouloir d'avoir eu le cancer aussi ? Tu vas te punir. Comme en refusant les antidouleurs, tu vas garder ce poison et cette obscurité à l'intérieur et tu ne laisseras jamais personne t'aider, parce que tu ne laisses *jamais* personne t'aider. Tu vas te cacher de tout le monde, de moi. Comme ces cicatrices sur ta poitrine.

Des larmes jaillirent de mes yeux et je secouai la tête.

— Tu es injuste.

— Toi aussi. Il faut deux personnes pour concevoir un enfant, Emilia. J'étais là, moi aussi. Je t'ai mise dans cette situation. Et je suis au courant pour la culpabilité et la haine de toi-même que tu ressens, parce que je la ressens aussi.

Je cachai mon visage dans les mains en reposant mes coudes sur mes genoux. Adam ne fit aucun mouvement pour me réconforter et je ne savais pas s'il était en colère, frustré, ou juste effrayé.

— Je suis désolée...

— Non. Arrête. Je ne veux pas l'entendre de ta part. C'est la vie. Il y a des merdes. Tu as pris cette décision pour sauver ta vie et maintenant tu te tourmentes à cause d'elle. Tu as construit une prison pour toi-même et j'ai peur que tu ne laisses jamais entrer personne pour te libérer.

Je secouai la tête en refusant ses paroles.

— Si. Tu me l'as dit, le soir où tu es allée à l'hôpital...

Il s'interrompit, comme s'il avait dit quelque chose qu'il regrettait immédiatement. Il tourna la tête brusquement pour regarder l'eau.

— Qu'ai-je dit ?

Il ferma les yeux, serra fort les paupières puis respira en tremblant. Il semblait être sur le point de craquer lui aussi.

— S'il te plaît... dis-le-moi.

Il serra la mâchoire et il ne me regarda pas.

— Tu as dit que... que tu ne voulais pas mourir, mais que cela allait sans doute arriver... que...

Il se redressa en se raidissant, comme s'il luttait contre son propre chagrin avec tout ce qu'il avait en lui.

— Que tu méritais de mourir à cause de ce que tu avais fait...

Sa voix se brisa, avalée par l'émotion. Il s'essuya les yeux du dos de la main d'un geste rageur et je restai stupéfaite.

Était-ce ce que j'avais dit ? Je le regardai, accablée par ce qu'il avait dû traverser à ce moment-là. Ce qu'il avait dû ressentir, les pensées qui avaient dû tourner dans son esprit à cause de mes paroles. Il avait eu peur pour ma vie, il m'avait portée à peine consciente, jusqu'à l'ambulance et il était resté debout toute la nuit à l'hôpital avec moi alors que mes mots tournaient en rond dans sa tête.

— Adam, je n'aurais pas dû le dire. Je suis vraiment déso...

— Arrête ! hurla-t-il presque à mon visage et je sursautai.

Il frappa du poing dans le sable.

— Bon sang, Emilia, si tu dis encore une fois que tu es désolée...

Je levai la main.

— J'ai peur... ça te va ? J'ai peur de ce que cela nous a fait. J'ai peur que nous ne sachions pas comment le réparer.

— J'ai peur de te toucher.

Les mots restèrent entre nous, alourdissant l'atmosphère. Ma bouche s'ouvrit pour répondre, mais rien n'en sortit.

Il secoua la tête et il finit par continuer.

— Je ne peux pas traverser ça encore une fois. Je ne peux pas te regarder le traverser. Chaque fois que je te touche, chaque fois que je te désire, je suis mort de peur de te refaire un bébé et que tout recommence.

— Ce n'est pas obligé. Nous ferons attention...

— Nous avons besoin d'aide. Tu as besoin d'aide. L'aide de professionnels.

Je m'accroupis et je le regardai.

— Je ne suis pas...

— Tu as dit que tu ne méritais pas de vivre. Tu as besoin d'une aide que je ne peux pas te donner.

— Cela fera-t-il une différence ? demandai-je d'une toute petite voix. Est-ce que ce sera un début pour éliminer le lourd passé que nous portons ?

Il détourna les yeux et haussa les épaules. Et ce haussement d'épaules me toucha plus que ses paroles. Je me sentis accablée. Comme si je suffoquais. Adam avait perdu espoir. Il ne pensait plus que notre relation puisse être réparée.

Cela me secoua plus que le reste, car depuis le début il avait toujours cru en nous. Il y avait cru longtemps avant que je pense que ce soit possible. Il avait poursuivi cette relation parce qu'il avait su que nous allions bien ensemble. Il avait su ce qu'il voulait. Il avait toujours été si certain de nous.

Apparemment, ce n'était plus le cas.

— Tu as perdu espoir, dis-je doucement.

— Je ne sais pas. Peut-être. C'est juste que je me sens vide maintenant. Nous sommes humains. Il y a des limites à ce que nous pouvons supporter. Et nous avons eu plus que notre part.

— Tu as dit que la vie était injuste. Que nous ne pouvons pas tout avoir. Cela signifie-t-il que nous ne pouvons *rien* avoir ? Que nous avons traversé tout cela ensemble sans mériter d'être heureux tous les deux ?

Il haussa les épaules en secouant la tête.

J'eus encore envie de pleurer. Je me sentais perdue, abandonnée. Ma main erra vers la boussole autour de mon cou, mon poing se ferma autour du bijou. Nous avions perdu le chemin. Nous flottions sans but.

Je le regardai et il ne bougea pas, les poings serrés dans le sable, appuyé sur ses bras raides, regardant les eaux noires. Les vagues léchaient la rive. J'entendais le chant des grenouilles dans les marais. Des gens parlaient sur leurs terrasses de l'autre côté de Back Bay. Mais entre nous ? Un silence de mort.

Le néant. Le vide.

— Adam. Je crois toujours en nous, chuchotai-je.

C'était douloureux de le dire sans savoir comment il allait réagir, mais le silence entre nous m'avait fait encore plus mal.

Après un long silence, il dit :

— J'aimerais pouvoir dire la même chose. Je le souhaite plus que tout.

Je fus prise de chagrin, mais je ne pleurai pas. J'avais dépassé ce stade dans le terrain vague désert qui se trouvait au-delà des larmes. Ce terrain vague était sec, vide et solitaire. C'était dans un endroit que je m'étais créé et je ne savais pas du tout comment en sortir. Je tripotai la boussole.

— Plus que tout, je souhaiterais avoir les mots pour te dire ce que je ressens... pour toi, pour tout ceci, dis-je.

— Mais tu ne le fais pas. Et c'est le problème. Parce que je n'ai pas les mots non plus.

L'espace et le temps semblèrent lacérés et déchiquetés entre nous. Arrachés. Une barrière infranchissable. Ma gorge se serra.

— Que devons-nous faire ?

Il se tourna vers moi et me regarda.

— Je ne sais pas. Je dois réfléchir. Tu dois réfléchir. Je suis fatiguée et il est tard et nous devrions aller dormir.

Je savais très bien que je ne dormirais pas. J'allais être éveillée toute la nuit à m'inquiéter et à repasser les dernières heures dans ma tête, les derniers mois, que je le veuille ou pas.

Pourquoi l'amour était-il si douloureux ?

Sans un autre mot, je me levai et je le regardai se mettre debout et essuyer le sable de son pantalon. Lentement, ensemble, mais séparés nous retournâmes à la maison. Il s'arrêta pour me laisser entrer d'abord et je levai les yeux pour regarder les siens. Pas des miroirs. Pas des volets. C'étaient des bassins d'obscurité vide, de souffrance, de douleur.

C'était à cause de moi. Je luttai pour respirer et je passai la porte avant de monter les marches et de me rendre dans ma chambre sans m'arrêter. On ne se dit pas un autre mot. Pas même bonne nuit.

Je fermai la porte et j'éteignis la lumière. Dans l'obscurité, le dos contre le mur, je me laissai glisser pour m'asseoir sur le sol et pendant des heures, longtemps après que toute sensation ait quitté mes jambes et mes fesses, je restai assise, le regard perdu dans le vide. Et je réfléchis.

Et je ressentis. Et j'eus mal.

Et je m'engourdis.

Chapitre Trente-huit
Adam

JE RESTAI EVEILLE TOUTE LA NUIT. JE N'ESSAYAI MEME PAS DE dormir. J'en passai une partie à faire les cent pas dans mon bureau, et une autre sur mon ordinateur portable sur le lit – malgré les efforts d'Emilia pour que je me débarrasse de cette habitude. À un moment donné, je tapai exactement ce que je voulais lui dire. Malgré la confrontation émotionnellement douloureuse sur la plage, il y avait beaucoup de faits et de raisons logiques pour décider comment procéder. Je me torturais avec. Nous nous enterrions tous les deux sous des montagnes de chagrin et de culpabilité, en faisant semblant que tout partirait sans que nous ayons besoin de nous en occuper.

Nous étions tous les deux doués pour cela.

Je ne voulais pas que mes paroles lui soient délivrées dans un e-mail impersonnel, donc je mémorisai les points principaux de ce que je voulais transmettre et j'arrêtai. À six heures du matin, j'enfilai un short et mes chaussures de course et je descendis faire du sport dans la salle de gym.

J'avais déjà couru dix kilomètres sur le tapis de course et je buvais un coup avant de retourner soulever de la fonte lorsqu'Emilia descendit pour le petit-déjeuner. Elle était entièrement vêtue : elle portait un jean et un tee-shirt, avec un bandana attaché autour de la tête. Et elle était pâle, les traits tirés, avec des cercles sombres sous les yeux.

Apparemment, elle avait dormi à peu près aussi bien que moi.

Je remplissais ma bouteille d'eau quand elle vint se tenir à côté de moi au niveau du frigo. Je respirai profondément et je dis :

— Bonjour.

Un léger sourire passa sur ses lèvres avant de disparaître.

— Salut.

— Je te demanderais bien comment tu te sens, mais... eh bien, je pense que je le sais déjà.

Elle me regarda alors dans les yeux.

— Oui. Il vaut mieux ne pas le demander.

Je revissai le bouchon sur ma bouteille d'eau et je lui tournai le dos quand sa main m'arrêta.

— Pouvons-nous parler maintenant ? S'il te plaît ?

Je me figeai et je me tournai vers elle, l'estomac noué. Je n'avais pas voulu le faire maintenant. Je voulais attendre un peu plus, jusqu'au déjeuner peut-être, ou l'après-midi. Car je savais exactement ce que je voulais lui dire, mais je n'étais pas prêt à la façon dont elle allait le prendre. Il me faudrait quelques heures de plus pour avoir le courage de lui briser le cœur.

Malgré cette pensée, je répondis :

— Bien sûr.

Je partis m'asseoir à la table de la cuisine et elle se laissa glisser dans une chaise en face de moi. Je posai ma bouteille d'eau sur le côté.

— C'est un gigantesque panier de crabes que nous avons ouvert hier soir, commença-t-elle.

Je m'appuyai contre le dossier de ma chaise en la regardant attentivement.

— Oui.

Elle regarda ses mains posées sur la table devant elle.

— Je suis restée debout toute la nuit pour essayer de trouver une solution. Je pense qu'il y a une assez grande puissance intellectuelle à nous deux et je sais qu'il doit y avoir une façon de surmonter ceci.

Je lui enviais son espoir. Je ne le ressentais pas du tout. J'étudiai ses traits délicats et féminins, la façon dont elle tripotait les boiseries de la table, traçant avec son doigt les veines du bois, la façon dont elle faisait sauter son genou.

L'amour. Cette émotion pure, forte, indéniable. Il était là, comme toujours, mais estompé, tempéré. Noyé par un océan hurlant de douleur.

Avant que je la laisse s'aventurer plus loin sur ce chemin de l'espoir, je savais que je devais sortir tout ceci rapidement, comme on arrachait un pansement. Je déglutis.

— Emilia...

Son regard chercha subitement le mien et j'y vis de la peur. Elle savait et elle essayait d'éviter l'inévitable. Elle trembla.

— S'il te plaît, ne le dis pas, murmura-t-elle.

Je le dis malgré tout, ce fut difficile, mais je le dis.

— Nous devons nous séparer pendant un moment.

Elle inspira et le bruit qui vint de l'arrière de sa gorge ressembla à un sanglot. Elle s'adossa à sa chaise comme si je l'avais giflée. Elle inspira encore longuement, comme si c'était sa dernière respiration, et elle secoua la tête. Elle ferma le point sur la table et rougit.

— Tu ne peux pas faire cela, Adam. Tu ne peux pas abandonner.

— Je n'abandonne pas...

— Conneries ! dit-elle en se levant si vite que la chaise derrière elle racla le sol. Ce sont des conneries.

Elle frappa du poing sur la table.

— Après ce que j'ai fait pour toi...

Sa voix se brisa sur un sanglot étranglé.

Je restai assis, luttant contre l'émotion qui montait, serrant mon poing tout en me forçant à me calmer alors que je voulais me lever et me mettre à crier, moi aussi.

— Assieds-toi, dis-je doucement.

Elle croisa les bras sur sa poitrine et elle ne bougea pas. Nos regards se croisèrent et l'impression de trahison que j'y vis m'ôta toute envie de lutter. Je détournai le regard, je me penchai en avant et j'appuyai la tête sur ma main.

— Tu entends ce que tu viens de dire ? dis-je, ma propre voix tremblant d'émotion. Après ce que tu as fait... tu penses l'avoir fait pour moi, pour ta mère, pour tes amis. Car, quelque part en toi, tu ne peux pas te laisser croire que tu mérites de passer avant le reste pour ton propre bien.

Emilia me tourna le dos un instant puis elle attrapa la chaise et au lieu de l'attirer vers la table pour s'asseoir, elle la fit tomber avec fracas sur le sol en pierre. Elle se cacha le visage dans les mains.

— C'est vraiment pourri, putain ! Cria-t-elle et puis, avec un coup de pied qui lui aurait fait plus de dégâts qu'à la chaise si elle l'avait frappée au lieu de la frôler, elle passa encore ses nerfs. Alors maintenant... je peux vivre. Hourra !

Elle jeta les bras en l'air, faisant semblant d'acclamer son sort, mais ses yeux et ses joues étaient trempés de larmes.

— Mais je ne t'ai pas toi. Et je n'ai pas de bébé.

— Emilia...

— Non, tu ne comprends pas.

Je déglutis.

— Tu as raison. C'est vrai.

On se regarda dans les yeux et les minutes s'étirèrent pendant une éternité où j'eus l'impression de ne pas pouvoir respirer.

— Tu as besoin d'aide. Je ne peux pas t'aider. Et tu es incapable de demander de l'aide. C'est pourquoi cette situation est impossible.

— Et toi, alors ? siffla-t-elle. Tout est si parfait là-dedans ?

— Non, c'est plutôt le bazar là-dedans aussi.

Elle se mit alors vraiment à sangloter, à tel point qu'elle ne pouvait plus se tenir debout. Elle se plia en deux comme si elle agonisait physiquement et elle parut avoir le souffle coupé. J'avais peur qu'elle perde l'équilibre et qu'elle tombe.

Je sautai de ma chaise et je m'avançai vers elle, puis je l'attirai dans mes bras.

— Respire, dis-je.

Elle haletait si vite que je pensai qu'elle allait s'évanouir, le visage caché derrière ses poings fermés. D'instinct, je serrai mes bras autour d'elle et elle se calma miraculeusement presque tout de suite. Sa respiration devint plus régulière et ses sanglots ralentirent jusqu'à ce que, quelques minutes plus tard, il n'y eut plus que des respirations encombrées ponctuées par un petit gémissement. Mon tee-shirt était à présent trempé par ses larmes.

Elle parla enfin, le visage collé contre mon épaule.

— Je n'arrive pas à croire que cela se termine ainsi. Est-ce la vie qui nous joue un tour cruel et pervers ?

— Ce n'est pas la fin, Mia, dis-je.

— Qu'est-ce, alors ?

— Je ne sais pas. C'est juste... du temps... du temps dont nous avons besoin pour me ressaisir.

— Pourquoi ne pouvons-nous pas le faire ensemble ?

— Parce que nous sommes tous les deux perturbés pour l'instant. Je pense que nous devons travailler sur nous-mêmes d'abord.

Une autre période de silence, puis elle se raidit dans mes bras et elle s'écarta doucement. Je laissai retomber mes bras et elle fit un pas en arrière. Elle arracha son bandana et elle s'essuya le visage avec en évitant mes yeux.

Elle s'éclaircit la gorge et lorsqu'elle parla, sa voix était calme.

— Combien de temps ?

J'inspirai profondément.

— Je pense que tu devrais rentrer à Anza. Passer du temps avec ta mère avant son mariage... peut-être aller parler à ton ancien psy.

— Et toi tu vas rester ici et travailler ? En quoi travailleras-tu sur toi ?

— Je n'ai pas encore réfléchi à tout cela, mais j'ai quelques idées.

Je croisai son regard et je le regrettai. Ses yeux étaient dévastés, hagards. Je voulus abandonner ce plan. Je la faisais souffrir. Trop.

— Et ensuite ? demanda-t-elle.

— Il y a le mariage en juin. Nous nous verrons à ce moment-là.

— C'est dans deux mois, dit-elle d'une voix éraillée. Tu penses vraiment que la meilleure façon pour nous de communiquer au sujet de nos problèmes c'est de... ne pas nous voir ?

— Emilia, nous avons traversé beaucoup de choses en un temps très court. Nous devons essayer de guérir.

Elle secoua la tête.

— J'espère sincèrement que tu sais ce que tu fais, Adam, parce que je pense que c'est une très mauvaise idée.

Puis elle appuya la main sur son front et elle ferma les yeux comme pour arrêter ses larmes à la force de sa volonté.

Les miennes étaient à quelques minutes de couler. Mais il fallait que je montre que j'avais confiance en cette idée – alors que j'étais loin d'en être sûr.

Je m'éclaircis la gorge.

— Je pense que ce sera bien... pour nous deux. Je n'ai pas pu te laisser partir avant, quand tu avais besoin d'espace. J'essayais de forcer les choses et je les ai empirées pour nous. Je pense que j'ai appris, maintenant.

Elle inspira douloureusement, mais elle ne parla pas avant d'avoir fourré son bandana dans sa poche et s'être relevée.

— Je vais faire mes bagages, alors. Je dois demander ma voiture à Kat.

— Je préférerais que tu ne conduises pas jusque là bas aujourd'hui... dans cet état.

Elle se tourna vers moi, les yeux secs, mais pleins de douleur.

— Ce sera beaucoup plus facile pour moi de conduire que de passer une autre nuit ici de cette façon.

Je fronçai les sourcils en passant ma main sur ma barbe du matin.

— D'accord. Alors, prends au moins la Tesla. Je veux que tu prennes une voiture sûre. J'utilise la Porsche pour aller partout, de toute façon.

Elle tourna les talons et elle partit sur ses jambes tremblantes. Je la regardai partir en passant une main sur mon visage.

C'était tellement dur. Je la voulais plus que tout. Je voulais qu'elle soit ici, dans ma vie, à mes côtés, mais nous étions tous les deux si abîmés que je ne savais pas comment nous pourrions être ensemble avant de guérir. Avant de comprendre où nous en étions, où en étaient nos cœurs.

Je l'aimais avec tout ce que j'avais en moi.

Mais parfois, l'amour ne suffisait pas.

Chapitre Trente-neuf
Mia

C'ÉTAIT UN RETOUR À LA CASE DÉPART. ONZE MOIS PLUS TÔT, j'avais fait le même trajet, le cœur blessé et une tempête émotionnelle faisant rage en moi. Et me revoilà au même point, sur le même trajet. Comme si ma vie était une boucle perverse qui se répétait interminablement.

Seulement cette fois, j'avais laissé mon cœur derrière moi. Blessé dans la bataille, sanglant, laissé pour mort. Je luttai contre de nouvelles larmes pendant chaque kilomètre du trajet de deux heures, jusqu'à... jusqu'à ce que je me trouve à quinze minutes du chemin menant au ranch. Passer devant les bâtiments familiers de la ville — l'épicerie au coin de la rue, le petit café rustique où j'avais parfois traîné, le petit lycée, quelques-unes des maisons de mes amis d'avant — fit naître un étrange sentiment de paix en moi. Je ne savais pas du tout ce que cela signifiait. J'espérais seulement que tout irait bien. C'était un miracle qu'il me reste le moindre espoir.

Maman me salua avec un regard inquiet et elle me serra contre elle. Quand je l'avais appelée pour lui dire que je venais passer quelques jours, je n'avais donné aucun détail. Mais j'étais sûre qu'elle en avait conclu beaucoup de choses.

— Je suis contente que tu sois là, bébé.

J'aurais aimé pouvoir dire la même chose. Je ne savais pas du tout ce que j'allais accomplir ici pendant les huit prochaines semaines. Revenir à Anza, c'était revenir en arrière, avais-je un jour dit à Heath.

Mais parfois, peu importe l'âge d'une personne, elle avait besoin de sa maman. Heureusement qu'elle était là.

— Maman, dis-je en m'écartant pour la regarder dans les yeux.

J'étais sûre qu'elle pouvait voir dans les miens que j'avais pleuré – beaucoup pleuré.

— Je veux que tu saches que je suis tellement heureuse pour Peter et toi. Et… quoi qu'il se passe entre Adam et moi, cela ne changera rien.

Elle hocha la tête. Elle prit le sac sur mon épaule et elle se tourna pour le porter dans l'aile réservée à la famille de notre bed-and-breakfast.

— Tu n'as pas besoin de m'en parler du tout. Mais en ce qui me concerne, tu es ici pour guérir ton corps et ton cœur.

Elle se tourna vers moi et elle sourit en posant une main sur ma tête.

— Tes cheveux repoussent ! Ils sont plus foncés qu'avant.

Je posai une main gênée sur le duvet de ma tête.

— Ce sera bien couvert pour le mariage.

— Ah oui ? Si vite ?

Elle sourit.

— Oui. En un rien de temps. Épais et brillants. Et le reste de ton corps retrouvera son aspect, lui aussi. Tu vas voir. J'ai l'intention de te remplumer.

— Pas sûre d'avoir très envie de manger ces jours-ci, même si je n'ai plus la nausée.

— Eh bien, tu n'as pas le choix. Nous devons remettre du poids sur ces os. Et je vais te préparer tout ce que tu préfères chaque jour. Je viens de faire une fournée de baklavas. Nous allons guérir le corps et le cœur. D'accord ?

Je hochai la tête.

Maman me laissa et je partis immédiatement à mon bureau, je fouillai dans mes tiroirs et je trouvai un vieux bloc-notes vide que j'avais gardé jusqu'à avoir quelque chose d'assez important à y écrire parce qu'il était si joli. Il était imprimé avec des enluminures du Livre de Kells médiéval, des entrelacs celtiques et un gaufrage doré. Je passai la main sur la couverture et je l'ouvris pour regarder les pages vides et crémeuses à l'intérieur.

Sans me rendre compte de ce que je faisais, je pris un stylo et je commençai à écrire. Il se pourrait que ces premières notes aient contenu beaucoup de colère. Il se pourrait qu'il y ait eu des traces de larmes sur les pages. Mais je commençais à me sentir mieux parce que j'avais un endroit pour tout évacuer.

J'y écrivis chaque jour.

Et j'allais voir Dr Marbrow, ma psychothérapeute. J'avais l'intention d'agir. J'avais décidé qu'au moment où j'allais revoir Adam, j'allais être en assez grande forme de corps et d'esprit pour le regarder dans les yeux et lui dire à quel point je le voulais, à quel point j'avais besoin de lui dans ma vie. Et j'espérais qu'il ressente la même chose.

Avec cet objectif pour m'encourager, je fis face à mes démons.

***

Après quelques semaines à Anza, Heath et Kat vinrent passer un long week-end avec moi. Je pense que Heath était vraiment inquiet pour moi, car il ne cessa de me jeter ce regard préoccupé pendant le dîner constitué de kebabs maison et de salade César fraîche du jardin de maman. De toutes les choses délicieuses que cuisinait ma mère, ce plat était son préféré, mais il y fit à peine attention.

Après dîner, je préparais les chevaux pour faire une balade au coucher du soleil quand il vint me rejoindre dans l'écurie.

— Où est Kat ? demandai-je en brossant la poussière de la robe de Snowball.

— Elle arrive. Je voulais te parler.

— D'accord... hé, tu veux monter Whiskey ou Tate ce soir ?

Il fit une grimace.

— Tate est un enfoiré. Il m'a fait tomber plusieurs fois au lycée. Mets-moi sur Whiskey. Bon sang, ça fait des années que je ne suis pas monté.

Je souris.

— Je sais.

— Comment vas-tu réellement, Mia ?

J'écarquillai les yeux.

— Je pensais que je semblais aller mieux... peut-être pas.

— Tu ne sais pas à quel point j'ai envie de casser la gueule de Drake.

J'éclatai de rire.

— Il est redevenu Drake pour toi, hein ?

— Je n'arrive pas à croire qu'il ait rompu avec toi alors que tu as un putain de cancer.

— Je n'ai plus ce putain de cancer et il n'a pas rompu avec moi.

Heath fulmina.

— Non. Arrête, d'accord ? Adam est un ami aussi. Je ne veux pas que tu choisisses un camp. Il n'y a pas de camp à choisir.

Heath croisa les bras et appuya une épaule contre l'écurie.

— Vous n'avez pas rompu ?

— Tu es trop curieux, rétorquai-je.

— Je suis furieux. Si vous deux vous n'y arrivez pas, alors il n'y a aucun espoir pour nous autres.

Je laissai tomber la brosse douce dans le sac en plastique et je pris la selle de Snowball et un tapis dans la sellerie. Heath insista pour les apporter même si j'étais sûre de pouvoir le faire moi-même. Il les posa sur le dos de Snowball et j'ajustai le tapis en me baissant pour attraper la sangle et la régler.

— Je pense que je vais mettre Kat sur Snowball.

— Mia...

— Heath, toi, plus que tout autre, tu sais tout ce que nous avons à gérer. Ce que nous traversons. Les pertes que nous avons dû endurer. Je ne peux pas faire disparaître tout cela d'un coup de baguette magique. Nous avons un travail à faire sur nous-mêmes.

— Alors pourquoi n'es-tu pas là-bas pour une thérapie avec lui ? Un bon conseiller matrimonial...

— Ce n'est pas le style d'Adam. Il va trouver sa propre façon de gérer tout ceci. Et j'en trouve une pour moi.

— C'est le problème. Vous ne cherchez pas à régler vos affaires ensemble.

— Ce n'est peut-être pas encore le moment pour nous de le faire. Peut-être que pour être un couple en bonne santé, nous devons d'abord être des individus en bonne santé.

Je dis ces mots et ce fut la première fois que j'y crus, même si j'avais douté de leur sagesse lorsqu'Adam me les avait dits.

Il resta silencieux, alors je me rendis au box où Whiskey tendait la tête en me regardant. Je lui grattai la tête.

— Alors, mon beau.

Je glissai un licol sur sa tête et je le sortis de son box.

— Tu vas être sage avec Heath, n'est-ce pas ?

— Ouais, sinon Heath va t'en coller une. Demande à ton pote Tate, dit Heath.

Il se retourna vers moi.

— C'était son idée, n'est-ce pas ? Que vous vous sépariez, que tu reviennes ici.

Je ne répondis pas et je me penchai en utilisant le cure-pied pour nettoyer les sabots de Whiskey.

— C'est ce que je pensais.

Je me redressai en soufflant.

— Je ne vais pas le juger pour la façon dont il gère les choses. Il a besoin de temps pour lui. C'est ce que je vais lui donner. Ce serait hypocrite de ma part de le juger alors que je n'ai pas vraiment géré au mieux entre nous la dernière fois.

Heath détourna le regard. Il soupira.

— Ne sois pas si dure avec toi-même. Tu es humaine, après tout. Les relations sont tellement difficiles. Parfois je me demande si ça en vaut vraiment la peine.

J'attrapai l'étrille pour passer un coup rapide sur la robe poussiéreuse de Whiskey.

— Tout va bien entre Connor et toi ?

— Mieux qu'entre Adam et toi, répondit-il.

— Cela ne veut pas dire grand-chose.

— Puis-je aller lui parler, au moins ?

Ma main se figea. Heath était une des rares personnes à savoir tout ce qu'Adam avait enduré. Cela l'aiderait peut-être d'avoir une oreille compatissante... si l'oreille de Heath était effectivement compatissante.

— Il pensera que je t'ai envoyé lui parler.

— Tu viens de dire toi-même qu'il était mon ami aussi. Et avec qui d'autre va-t-il parler du... de tout ?

Je déglutis en me concentrant sur la poussière que je faisais remonter à la surface de la robe de Whiskey.

— Tu peux le dire, tu sais. Tu n'as pas besoin d'épargner mes sentiments.

Heath soupira.

Cela me rappelle beaucoup trop ce qu'il t'est arrivé au lycée, et cette pensée me rend vraiment malade.

Ma brosse se figea en plein travail, mais je ne regardai pas Heath.

Je savais exactement ce à quoi il faisait référence : la nuit où Zack, mon petit ami du lycée, était devenu ivre et m'avait agressé.

— Pour ça aussi, tu estimais être responsable, ou bien, l'as-tu oublié ?

Je jetai la brosse dans le sac et les deux chevaux, surpris, levèrent soudain la tête. Je les calmai en les rassurant et en caressant leur cou.

Heath vint se tenir à côté de moi et il prit le bras que j'utilisais pour caresser le cou de Whiskey.

— Ne sois pas fâchée contre moi, Mia. Mais il faut que tu saches que ce sont des conneries. Ce qu'il t'est arrivé – le cancer, la grossesse, la perte du bébé – n'était pas plus de ta faute que ce qui est arrivé au lycée. Cela t'est arrivé. Ce n'est pas une raison de te punir.

Des larmes se mirent à me piquer la gorge et je clignai des paupières en retirant doucement mon bras de son emprise. Je m'éclaircis furieusement la gorge, clignai à nouveau des yeux et détournai le regard.

— Est-ce qu'il estime que c'est de ta faute ? Est-ce pour cela ?

Je balayai sa suggestion du revers de la main.

— Range tes gants de boxe, Sugar Ray. Il ne mange pas. Il dit ne pas pouvoir supporter à quel point je m'en veux moi-même.

Heath croisa ses bras musclés.

— Eh bien, nous sommes deux. Moi non plus, je ne le supporte pas. Je le vois tout le temps dans tes yeux. J'ai vu l'effet qu'a eu sur toi le commentaire innocent d'Alex.

Le dos courbé, je posai mon front sur mes mains. Les larmes menaçaient encore une fois. Je me tournai et je chancelai pour m'éloigner de lui, mais il m'attrapa, m'attira contre lui et me fit un câlin.

— Chut. Je suis désolé. Je ne voulais pas te perturber.

Ses bras étaient réconfortants, mais ils n'étaient pas les bras que je voulais autour de moi.

***

— Alors, pour répéter ce que tu as dit : tu penses que si tu le laisses voir tes cicatrices, il arrêtera de t'aimer ? dit Dr Marbrow en se penchant en avant.

Je m'agitai dans le canapé luxueux de son bureau, le cuir couinant à cause de mes mouvements.

— Cela semble ridicule quand vous le dites, mais cela reste logique ici, dis-je en pointant ma tête du doigt.

Elle inclina la tête avec un petit sourire.

— Cette voix là-dedans est peut-être ce que tu entendras de plus illogique, mais cela te paraîtra toujours sensé. C'est la nature humaine. Nous donnons beaucoup de pouvoir à cette petite voix. Ainsi, la solution est parfois de changer la voix, de changer ce qu'elle nous dit.

Je tremblai à l'intérieur.

— Je ne le veux pas. Je veux dire... cette voix me rend malheureuse, mais je ne veux pas la laisser partir.

— Évidemment, dit-elle en se penchant en arrière pour croiser les jambes. Sinon, comment pourrais-tu te tourmenter si cette voix a disparu ?

J'eus soudain du mal à respirer. J'agitai mes doigts sur mes genoux en les regardant. Je transpirais de l'arrière de mes jambes et comme je portais un short, j'étais collée sur le cuir du canapé. Je n'avais pas de réponse. Je m'étais effectivement tourmentée. Car tout en moi pensait que je le méritais. Dr Marbrow nota quelque chose sur le calepin devant elle et puis elle me regarda avant de décider que je n'allais pas répondre.

Elle glissa une longue mèche de cheveux blonds derrière son oreille et elle commença d'une voix douce :

— les cicatrices sur ta poitrine vont-elles vraiment causer son départ ?

Je secouai lentement la tête.

— Mais tu as peur de le perdre.

Si ce n'était pas déjà fait. Je fermai les yeux et je hochai la tête.

— Qu'est-ce qui risque de le faire fuir, à ton avis ?

J'inspirai brusquement par le nez et je soufflai en tremblant.

— C'est ce que les cicatrices représentent...

Ma voix se brisa et je m'éclaircis la gorge en posant une main sur mon cœur.

— Les cicatrices ici. Celles qui me donnent l'impression d'être si laide à l'intérieur.

Elle hocha la tête.

— C'est la définition de l'amour, tu sais. Que la personne est avec toi et qu'elle reste à tes côtés malgré la laideur – et que tu fais la même chose. Il n'est pas parfait non plus, je suis sûre que tu en as conscience.

Je secouai la tête.

— Je lui ai fait des choses terribles.

Elle leva les sourcils.

— Comme... ?

Ma respiration faiblit.

— Je l'ai quitté. J'étais en colère, je... je ne savais pas comment gérer sa façon d'agir. Alors je ne lui ai pas parlé du cancer. Je pensais le protéger, mais c'était simplement plus facile. C'était plus facile de rester recroquevillée sur moi-même sans avoir besoin de me reposer sur quelqu'un d'autre.

— Mais tu ne peux pas être malade sans te reposer sur tes proches. Il a fallu que tu acceptes de l'aide.

Je me frottai les tempes.

— Le plus fou, c'est que j'ai dû me forcer... même quand j'étais au plus mal. J'ai tous ces gens autour de moi qui m'aiment, qui veulent m'aider, et pourtant je refuse de les laisser faire. Et à cause de cela...

— Tu as fait quelques mauvais choix. Tout comme lui.

Je cachai mon visage dans mes mains.

— Mais tout est de ma faute.

— Tu vois ce que tu fais là, n'est-ce pas ? Tu ne laisses même pas les gens prendre leur part de responsabilité. C'est assez narcissique quand on y pense de supposer que tout ce qui t'est arrivé a été causé par tes seules actions. Mais c'est également dans la nature humaine. Car en prenant la responsabilité de quelque chose, nous avons l'illusion d'avoir un certain contrôle sur les événements chaotiques de nos vies que nous ne pouvons tout simplement pas contrôler.

— Je n'ai pas eu le contrôle...

Ma voix fut interrompue par un sanglot.

— Ce n'est pas étonnant que Heath ait comparé ta réaction à ce qu'il t'est arrivé au lycée. C'était un autre moment où tu n'as eu aucun contrôle sur ce qui arrivait à ton corps. Maintenant ceci, le cancer, la chimio, la grossesse, l'avortement...

L'air quitta mes poumons et je me sentis hébétée.

— J'avais le choix. J'ai avorté.

— Était-ce vraiment un choix ? Tu as fait ce que tu devais faire pour survivre.

Je tremblais.

— Je ne crois pas que notre relation puisse supporter quelque chose de ce genre.

Il y eut une longue pause pendant qu'elle me regardait, s'attendant manifestement à ce que je continue. J'inspirai profondément.

— Je ne comprends pas qu'il puisse encore m'aimer, dis-je d'une toute petite voix.

— Il t'aime parce qu'il ne t'en veut pas.

— Il a dit avoir peur de me toucher.

Elle hocha la tête.

— J'ai l'impression que lui aussi joue au jeu de la culpabilité. Et ton travail va être de l'aider à le comprendre – une fois que tu auras dépassé ta propre culpabilité.

Je la regardai avec un sourire tremblant et taché de larmes.

— Puis-je vous mettre dans ma poche pour vous garder avec moi pendant un moment ?

Elle sourit.

— Ce que tu peux faire, c'est lui demander de t'accompagner pour venir me voir un jour. Si cela lui convient.

***

Plusieurs jours plus tard, dans l'enclos des chevaux, j'eus une sorte d'épiphanie en regardant Rusty avec son poulain de trois mois, Silver. Je les observai ensemble. Ils trottaient côte à côte. Parfois, il partait en avant, la tête haute et fière de son indépendance, mais toujours en jetant un coup d'œil en arrière pour voir sa maman. Et Rusty ne le laissait jamais partir trop loin, le grondant parfois par une légère morsure ou un coup de queue.

Ma gorge se serra en les regardant et je me laissai ressentir ce que je ne m'étais pas autorisé pendant des mois : le chagrin, la perte, ce qui aurait pu être. Je n'interrompis pas mes larmes. Pas cette fois. Je ne pouvais plus refouler ces sentiments.

J'écrivais tous les jours dans mon journal. J'y déversais chaque pensée, chaque émotion. J'écrivais souvent plusieurs fois par jour, y retournant quand une pensée me traversait l'esprit. C'était libérateur de laisser sortir tout ce que j'avais gardé en moi.

Je voyais aussi mes amis sur Skype. Jenna et Alex me tenaient au courant de ce qu'il se passait sur la côte Sud. Heath m'appelait souvent pour voir comment j'allais et j'eus l'occasion de faire une vidéoconférence avec Kat.

— On est tous allés manger des pizzas l'autre soir...

— Vraiment ? Vous vous êtes amusés ?

— Eh bien, c'était un grand groupe. La plupart d'entre nous se sont amusés. Jenna et William se sont encore engueulés au sujet de jeux obscurs dont je n'avais encore jamais entendu parler. Ces deux-là ont simplement besoin de baiser et ce sera réglé. Et puis Heath et Adam sont partis quelque part pendant une heure.

Je me raidis en l'entendant mentionner Adam et elle le remarqua.

— Ah ouais… désolée, j'ai oublié de te le dire. Heath et moi nous l'avons obligé à venir avec nous. Il nous a fallu aller le chercher à son bureau et le forcer en menaçant de révéler les secrets du jeu au monde.

— Vous n'avez pas fait ça ! Vous avez tenu la quête secrète en otage ?

Son sourire devint pervers.

— Je sais comment obtenir ce que je veux. Il ne voulait pas bouger alors je l'ai menacé.

— Je marquai une pause en ne regardant pas l'écran et je tripotai des affaires sur mon bureau.

— Comment va-t-il ?

Elle savait que je ne parlais pas de Heath.

Elle hocha la tête.

— Il va bien. Il est sombre et intense comme d'habitude.

Je ris.

— Il n'est pas toujours comme ça.

Elle me jeta un regard étrange.

— Fallen a été intense depuis que je le connais. C'est juste que je ne savais pas pourquoi jusqu'à maintenant. Maintenant que je connais sa vraie personnalité, c'est compréhensible. C'est juste ce genre de type.

Elle me jeta un regard espiègle avant d'ajouter :

— Heureusement qu'il est si beau pour compenser.

Je levai les yeux au ciel, puis je ris en changeant rapidement de sujet. Elle râla à cause de mon manque de temps pour jouer et je ne voulais pas lui dire que l'idée de jouer maintenant était un peu trop douloureuse. Entre tout ce qu'il se passait – ou ne se passait pas – entre Adam et moi et l'hésitation que je ressentais à l'idée de bloguer au sujet de la quête secrète, je me sentais partagée. DE me manquait, mais je savais qu'il me fallait faire une pause.

Tous les jours, je partais en randonnée pour rejoindre mon endroit spécial au sommet de la vallée près de la maison de ma mère. J'arrivais juste au crépuscule, quand les soirées d'été étaient peintes d'orange et de pourpre très profond. La chaleur des rochers brûlés par le soleil traversait mes vêtements et mes sens étaient assaillis par l'odeur sèche de la sauge blanche du désert et par le chant des grillons.

Je profitais de ce moment pour fermer les yeux, pour réfléchir, pour respirer comme le Dr Marbrow me l'avait montré. Je me concentrais sur la couleur et la lumière et j'essayais de penser à tout ce pour quoi je devais être reconnaissante. J'avais vu beaucoup de cœurs brisés au cours de ma courte vie de vingt-trois ans, mais les choses que j'avais faites, les endroits où j'avais été, les personnes que j'avais connues. L'amour que j'avais ressenti...

Tout cela faisait que la douleur en valait la peine. Et je commençai à m'en rendre compte un peu plus chaque jour.

Pendant une de mes dernières nuits à Anza, j'étais dehors et je profitais de l'obscurité et de la beauté primitive du dôme étoilé au-dessus de ma tête. Il y avait peu de lumière dans la nuit et aucune pollution lumineuse, contrairement à la côte aux abords des grandes villes.

Comme tous les soirs, mon regard se porta sur la constellation Draco tandis que je tripotais la boussole toujours présente autour de mon cou. Elle est toujours là, avait-il dit, peu importe, l'heure de la nuit, peu importe la saison.

Je connaissais à présent les points principaux de cette longue configuration sinueuse d'étoiles. Mes yeux délimitèrent sa forme dans le ciel. *Le nord véritable*. Qu'était-ce ? Comment pouvais-je trouver la direction ? Je pensai aux figurines que William avait fait pour moi, le

Guide en particulier, qui était comme une boussole, pour me montrer la voie dans les périodes difficiles.

S'il ne s'agissait pas maintenant d'une période difficile, je ne savais pas ce qui pouvait en être. Je regardai longtemps ces étoiles, situées entre la Grande et la Petite Ourse. Après un long moment de vide, en dehors des bruits de la nuit dans mes oreilles, un trait de feu apparut de nulle part et traversa directement Draco.

Faire un vœu en voyant une étoile filante. Il avait été noté dans cette liste douteuse que j'avais voulu faire un souhait en apercevant une étoile filante. En grandissant ici, j'en avais vu beaucoup, mais je n'avais jamais eu un souhait qui me tenait tant à cœur que j'en fasse part à un météore.

Je le fis cependant cette nuit. Je fermai les yeux et j'imaginai mes bras autour d'Adam, ses bras autour de moi. Je souhaitai que nous soyons ensemble. Je nous souhaitai du bonheur. Je nous souhaitai d'être assez forts pour trouver notre chemin parmi nos émotions troubles et nos doutes. Chaque battement de mon cœur résonnait dans ma poitrine et c'était douloureux. Je déglutis et au lieu de refouler les larmes, je les laissai couler sur mes joues. Il n'y avait personne ici pour me réprimander, personne que je puisse réprimander. Il n'y avait aucune raison de retenir mes larmes.

C'était agréable de les laisser sortir. Il ne s'agissait pas seulement de larmes de tristesse ou de perte, de larmes de solitude, mais aussi de larmes de gratitude. Je remerciai silencieusement l'univers pour tout ce que j'avais de bien : ma santé, mon futur, le fait d'avoir connu le véritable amour. Ce que le sort me réservait n'était pas important, car les courts moments d'amour que j'avais vécus m'avaient appris que malgré ses épines, la vie en valait la peine. Et que pour moi, le bonheur était un choix.

Cette nuit-là, le visage mouillé, les yeux brûlants, le cœur débordant, je fis ce choix.

***

Je maintins le blog à jour, mais le cœur n'y était plus. Je m'étais déjà résignée au fait de ne pas pouvoir le continuer. Si Adam et moi étions ensemble, le blog allait finir par s'interposer. Soit j'allais résoudre la quête et me sentir obligée de transmettre des indices à mes lecteurs, soit Draco Multimédia allait faire un changement au jeu qui m'irriterait et j'aurais besoin de râler. Ou alors — et je ressentais un froid glacial à cette idée — Adam et moi nous aurions rompu et ce serait trop douloureux de continuer à jouer à Dragon Epoch.

Quelle que soit la raison, la possibilité de commencer la fac de médecine dans quelques mois m'imposait des priorités différentes. Je passai donc des jours à écrire de longs e-mails : un pour le doyen du département de médecine de l'université Johns Hopkins, quelques-uns à d'autres universités, d'autres à mes lecteurs importants et à mes contacts dans le monde des blogueurs, et un autre à l'entreprise qui avait fait une offre pour mon blog.

Car j'avais un plan.

Une semaine environ avant le mariage, on partit en voiture à Orange County pour récupérer la robe de maman pour les derniers essayages. Le mariage n'allait pas être une grande affaire chic. Les mariés n'avaient invité que la famille et ils avaient choisi de s'épouser dans un de leurs endroits préférés : la plage de Crystal Cove State Park.

J'avais d'autres choses à faire pendant que nous étions là. J'empruntai la voiture de ma mère et quand je l'eus déposée chez Peter, je lui dis que j'allais revenir quelques heures plus tard. Ma mère supposa que je ne voulais pas prendre le risque de croiser Adam. Je me dis que c'était une excuse comme une autre. Mais il y avait autre chose que je voulais faire.

Il restait une semaine et tandis que l'excitation de ma mère montait, des émotions se mettaient à bouillonner en moi aussi. Il me tardait tellement de revoir Adam. Cela faisait plus de deux mois. Je me demandai comment cela s'était passé pour lui. Avait-il fait des découvertes intéressantes sur lui-même ? Avait-il découvert qu'il ne pouvait pas vivre sans moi ou bien pensait-il qu'il valait mieux que nous nous quittions tant que nos âmes étaient toujours intactes ?

Je n'en avais aucune idée.

Et l'attente commençait à me faire souffrir.

Mes bagages furent prêts deux jours avant le mariage. L'heureux couple et leurs enfants et amis proches allaient se retrouver pour dîner la veille du mariage. Des heures avant le repas, je fis les cent pas en choisissant puis en laissant tomber pas moins de cinq tenues différentes. Je ne pouvais pas rester tranquille pendant plus de cinq minutes au point que ma mère toujours patiente m'avait ordonné de sortir de la pièce et d'aller me promener.

Car dans quelques minutes, j'allais revoir Adam. Et à un moment au cours des vingt-quatre heures prochaines, j'allais savoir, s'il y avait un espoir afin que nous avancions ensemble – ou si cet espoir était perdu pour toujours.

Chapitre Quarante
Adam

J E REVAIS D'ELLE TOUS LES SOIRS DEPUIS SON DEPART. DEPUIS QUE j'avais posé ses bagages dans la Tesla et que je l'avais regardée partir, mes pensées n'avaient jamais été loin d'elle. Elle m'avait envoyé un texto quelques heures plus tard quand elle était arrivée chez sa mère et c'était tout. Silence radio.

C'était mieux ainsi. Ce serait l'équivalent de mes quarante jours d'épreuves dans le désert. Une longue période de temps sans elle pour que je découvre ce qui pouvait bien se passer dans mon cerveau. Depuis les jours horribles où j'avais découvert la grossesse et son cancer, j'avais à peine eu le temps de réfléchir à autre chose que l'obligation primordiale : sa survie.

Je passai de longues journées à travailler, évidemment. C'était toujours ma principale méthode pour tenir le coup. Je passai mes nuits dans la solitude, à courir le long de la plage de Newport, essentiellement. Ou bien je restai de longs moments assis sur la plage sablonneuse, à regarder monter la marée, le tonnerre des vagues résonnant encore et encore — un rythme si ancien et primitif — jusqu'à ce qu'il se mêle aux battements de mon cœur. Mon esprit travaillait en continu, essayant toujours de trouver des façons de contourner les problèmes qui apparaissaient. C'était dans ma nature de chercher à résoudre les problèmes. Alors, passer de longues périodes à me perdre dans le battement des vagues sur la rive sans penser à autre chose, c'était comme de la méditation.

Souvent, l'esprit calme savait voir et entendre des choses que l'esprit occupé ne pouvait pas.

Je passai également beaucoup de temps à dormir. J'avais des mois et des semaines d'épuisement à compenser. Quand elle avait eu besoin que je sois là pour elle, je ne m'étais laissé aucun repos. Avec son départ, cette pression avait disparu. Et avec le sommeil et le repos vint le ressourcement.

Prendre physiquement soin de moi était essentiel pour retrouver ma santé mentale. Et je finis par me trouver dans des circonstances où je pouvais chercher de l'aide auprès des autres – dans les endroits les moins probables.

Une nuit, un mois environ après le départ d'Emilia, j'étais au travail après la fermeture. Quelqu'un frappa à la porte de mon bureau et comme ma secrétaire était déjà rentrée chez elle, je dis à cette personne d'entrer.

La porte s'ouvrit et la tête rousse de Kat apparut.

— Eh bien, bonjour, patron !

Je lui fis un grand sourire.

— Tiens, tiens. Ma nouvelle testeuse.

Elle entra en se pavanant.

— Meilleur boulot du monde, d'ailleurs. Tu es ma nouvelle personne préférée.

— Je suis content que ça te plaise, dis-je en frottant ma nuque douloureuse.

— Oui. Alors, je sais que tu ne fraternises pas avec les employés et tout ça, mais nous sortons pour manger des pizzas ce soir et je te kidnappe.

— J'aimerais bien, mais j'ai une tonne de boulot à faire.

Elle leva les sourcils et elle croisa les bras sur sa poitrine en se laissant tomber dans une chaise en face de moi.

— Écoute-moi, mon vieux. Je suis la police des loisirs et tu es sur le point de te faire arrêter pour un manque grave de détente dans ta vie en ce moment.

Je gloussai, mais je ne dis rien. Elle me regarda en plissant les yeux.

— J'ai même fait venir des gros bras, si tu refuses bêtement cette occasion de réhabilitation.

Elle porta deux doigts à ses lèvres et elle siffla bruyamment. Heath passa la porte.

— Eh bien, le quartier n'est plus ce qu'il était, dis-je.

— Alors, nous accompagnes-tu paisiblement ou dois-je te tordre le bras ? demanda Heath en craquant ses doigts.

— Ah. Votre proposition de 'détente' est tellement tentante...

— J'ai toute une armée dehors, y compris ton cousin, alors tu ferais mieux de nous accompagner tranquillement.

— Ouais, ne m'oblige pas à te casser la gueule encore une fois, ajouta Heath.

— Encore ? Cela implique une première fois.

Il faisait peut-être référence au coup facile qu'il m'avait mis quand il avait été aussi choqué par l'état d'Emilia que moi. On échangea un long regard.

— Tu pensais peut-être encore une fois que tes fantasmes étaient une réalité ?

Au lieu de paraître fâché, Heath sourit.

— Pizzas et jeux vidéo, mon vieux. Revis ton adolescence.

— Certains d'entre nous ne l'ont jamais quittée, rétorqua Kat en bondissant de sa chaise. Allez, viens, prends tes clés et allons-y. Je passe devant dans ta voiture, *patron*.

Avec un soupir de résignation, je me levai, je rangeai mes affaires dans mon sac et je les accompagnai.

La pizza fut horrible, mais la compagnie très bonne. Connor, Alex, Jenna et mon cousin Liam nous rejoignirent. De temps en temps, ils partaient avec les mains pleines de jetons pour jouer à des jeux, puis ils revenaient pour plus de bière et de mauvaises pizzas. Je m'étais dit que j'allais rester une heure avant de trouver une excuse pour rentrer. Car même si c'était agréable de traîner avec eux, leur présence ne faisait que souligner *son* absence. Et cette absence était comme un trou béant et douloureux.

Je finis mon seul et unique verre de bière et j'étais sur le point de me lever quand je sentis une main me taper l'épaule. Je me retournai. Heath ricana.

— Je peux avoir d'autres jetons, papa ?

Je levai les sourcils.

— Tu n'auras pas d'argent de poche avant la semaine prochaine.

Je me levai.

— Je pense que je vais y aller.

— Je te raccompagne, dit Heath en ne me laissant pas le choix.

D'accord, il était évident qu'il voulait parler. Je savais qu'il avait été rendre visite à Emilia à Anza le week-end précédent. Je m'étais décidé à ne pas lui poser de questions sur elle, même si j'en avais terriblement envie.

Je dis au revoir au reste du groupe, et tout le monde sembla déçu que je parte si tôt, mais quand ils virent que Heath me raccompagnait, personne ne dit grand-chose, comme s'ils savaient tous que nous devions discuter. J'avais des réserves quant au fait de lui parler, mais je ne voyais aucune façon de l'éviter.

C'était calme dans le parking du centre commercial où se trouvait la pizzeria. Comme il était dix heures un soir de semaine dans la ville plutôt calme d'Orange, tout était paisible. Je déverrouillai ma voiture et je me tournai en m'appuyant contre la portière pour regarder Heath.

— La pizza était merdique, dis-je pour briser la gêne étrange entre nous.

— Les jeux sont bons. Connais-tu un autre endroit par ici qui possède encore une version qui marche de Tempest, Galaga *et* Asteroids ?

Je haussai les épaules, puis je regardai la rue où une voiture passait de temps en temps.

— Si l'on me prévient un jour à l'avance, je pourrais tous les installer chez moi dans la salle de jeux.

— Ou tu pourrais simplement programmer les tiens.

— J'ai du travail sur mon propre jeu.

— Comment ça va, d'ailleurs ?

— Avec le jeu ? Très bien. Nous nous préparons à dévoiler un aperçu de la nouvelle extension à E3 la semaine prochaine. Et puis il y a le Comic-Con en juillet.

— Super.

Il hocha la tête en regardant ses pieds et en s'agitant, mal à l'aise.

— Et... et personnellement ? Tu vas bien ?

Je restai silencieux, ne sachant pas exactement ce que je voulais partager avec Heath. Nous étions amis depuis très longtemps, mais dernièrement il y avait eu des tensions entre nous, surtout par rapport à la façon dont j'avais géré les choses dans ma relation avec Emilia. Il avait souvent rappelé qu'elle était comme une sœur pour lui.

— Je vais survivre, dis-je.

Heath hocha la tête.

— Il y a quelque chose que je voulais te dire... et je sais que c'est tendu entre nous depuis que Mia est tombée malade...

Je croisai les bras sur ma poitrine et je hochai la tête en m'appuyant contre ma voiture.

— Oui, dis-je d'un ton neutre.

— Adam, j'ai dit des choses que je regrette vraiment maintenant. Je t'en ai voulu pour ce qu'il s'est passé et je n'aurais pas dû.

Je haussai les épaules.

— Tu n'avais pas tort.

Il fronça les sourcils.

— Si. Si, j'avais tort. Je veux que tu comprennes où j'en étais à ce moment-là. Elle...

Il hésita et puis il inspira profondément.

— Elle tombait en miettes. Vous veniez de rompre et puis elle a découvert ce cancer et elle m'a fait jurer de garder le secret. Je m'en veux tous les jours d'avoir gardé ce secret alors que je n'en avais pas le droit.

Je serrai la mâchoire, puis je la détendis assez pour parler.

— Tu as été loyal. Tu as fait ce qu'elle voulait.

Il secoua la tête.

— Elle n'était pas rationnelle. Je n'aurais pas dû accepter. Mais je l'ai fait et je m'en veux.

— Nous sommes trop nombreux à nous en vouloir pour des choses qui ne sont pas de notre faute.

Il me regarda en se frottant le coin de la bouche du dos de la main.

— Ouais... à ce sujet. Je dis juste que le jour où je m'en suis pris à toi et les semaines qui ont suivi quand je n'ai pas été très gentil... j'avais tort. J'étais stressé à l'extrême et malade d'inquiétude à son sujet. Et tu as été une cible facile pour me défouler.

— Eh bien, comme je l'ai dit avant, merci d'avoir été là pour elle quand elle avait besoin de quelqu'un.

Je m'agitai en essayant de traverser cette conversation très gênante.

Il détourna le regard et puis, quand je me tournai comme pour ouvrir ma portière afin de faire avancer cette discussion, il posa une main sur mon épaule.

— Adam, ne renonce pas à elle.

Je courbai les épaules.

— Ce n'est pas le problème.

— Mon vieux, je sais ce que tu penses. Je sais que tu ne supportes pas ce qu'elle s'inflige. Elle a simplement besoin de temps pour guérir. Vous avez tous les deux passé une année merdique. Mais de son point de vue, elle a dû faire un choix abominable et nous savons tous les deux qu'elle a fait le bon choix. Mais je crois qu'elle ne l'a pas encore compris.

Je secouai la tête.

— Elle vit un enfer et ce n'est pas un enfer qu'elle s'est créé. Je l'ai mise dans cette situation...

La main de Heath glissa de mon épaule et il hocha la tête.

— D'une certaine façon, je savais que c'était la cause de tous ces problèmes. Qu'elle n'était pas la seule à être enveloppée par ses pensées irrationnelles. Étant donné son état émotionnel au cours des derniers mois, je m'y attendais de sa part. Mais de la tienne, je pensais voir un peu plus de raisonnement logique.

— Qu'y a-t-il de plus logique que le fait qu'elle ait dû interrompre une grossesse que j'ai causée ?

— C'est la vie. Tu n'es pas le premier à avoir mis sa copine enceinte. Ce n'est pas comme si tu l'avais inventé. Heureusement que je n'aurais jamais à faire face à ce problème. Quand on est gay, il y a plein d'autres ennuis. Mais je t'en prie, sois un homme et rends-toi compte que c'est la vie. C'est arrivé et cela peut recommencer. Ou pas. On ne sait jamais avec la vie. Mais ce n'est pas comme si tu avais eu l'intention de le lui faire. Et elle n'a pas non plus cherché à ce que cela lui arrive.

J'inspirai douloureusement. Il avait raison, bien sûr, mais je n'étais pas prêt à l'admettre.

Heath poursuivit :

— Je lui ai parlé l'autre soir.

— Elle va bien ? demandai-je en serrant les dents.

— Elle a de l'espoir. Elle a beaucoup d'espoir pour vous deux. Mais elle s'inquiète pour toi.

Je soupirai.

— Je n'ai pas autant d'espoir. C'est pour cela qu'elle s'inquiète.

— Dans ce cas, tu as des questions à te poser. Tu dois découvrir si tu veux oui ou non avancer sans elle. Car cela se passera ainsi. Soit tu fais ce qui est nécessaire pour qu'elle partage ta vie, ou bien tu t'éloignes, tu déclares que c'est trop difficile et que cela n'en vaut pas la peine et tu vis sans elle.

— Tu penses comme un programmeur. C'est très manichéen de ta part...

— Adam, tu es du genre à résoudre les problèmes. Tu as un problème. Tu dois trouver un moyen pour le résoudre. Mets ton cerveau de génie au travail.

— Je le suis. J'y travaille.

— Eh bien, quelle que soit ta solution, j'espère qu'elle te rendra heureux.

Heureux. Comment définir le mot ? Un état éphémère de l'esprit ? Une destination ? Ou une décision ?

Les jours passèrent pendant que j'y réfléchis. Je m'occupai en faisant des choses qui n'avaient rien à voir avec le travail. Je luttai pour trouver une façon de communiquer avec elle alors que c'était le silence radio entre nous. J'avais installé une alerte qui allait m'indiquer si elle se connectait au jeu. Elle ne le fit jamais. Je ne fus pas surpris. Soit elle l'évitait, soit elle travaillait dur pour se trouver elle-même.

Sur le chemin du retour après le dernier jour de la convention E3 à Los Angeles, dans des embouteillages sur l'autoroute 110, Jordan tira profit du fait que je fusse son public captif pendant l'heure ou les heures que cela prendrait, pour me rentrer dedans.

Il leva les yeux après avoir tripoté son téléphone pendant les quinze premières minutes.

— Bon sang. On devrait quitter l'autoroute et aller nous asseoir quelque part pendant quelques heures jusqu'à ce que ce soit passé. Le trafic est merdique.

— Que nous soyons assis dans un bar pendant des heures ou que nous nous tapions les embouteillages ne changera pas l'heure à laquelle nous rentrerons à la maison.

— On aurait dû commander une voiture avec chauffeur : on aurait au moins pu travailler un peu pendant ce temps. Ou peut-être même boire une bière.

Je haussai les épaules.

Jordan réajusta ses lunettes de soleil et posa son téléphone. Il faisait chaud. Nous avions tous les deux retiré notre attirail de travail et décapoté la voiture, une brise fraîche venant de la côte tandis que nous avancions à huit kilomètres-heure.

— Alors, il faut que je demande comment va Mia... je ne l'ai pas beaucoup vue.

— Elle est chez sa mère pendant un moment.

Il tourna brusquement la tête pour me regarder.

— 'Un moment' qui ressemble à longtemps.

Je ne répondis pas, je regardai dans mon rétroviseur et je changeai de voie.

— Ça va entre vous ?

— Pas vraiment.

— Putain, qu'est-ce que tu veux dire par 'pas vraiment' et pourquoi est-ce que tu ne m'as rien dit ?

Je lui jetai un regard interrogateur avant de retourner les yeux vers la route.

— Je ne savais pas que je te devais un rapport sur le statut de notre relation.

— Carrément. Depuis que j'ai abandonné mon voyage à Paris pour vous...

— Je pensais que tu l'avais fait pour elle.

— C'est le cas. Mais cela signifie que tu ne dois pas jeter ta copine malade. Qu'est-ce qui ne va pas chez toi ?

Mes articulations blanchirent sur le volant.

— Je ne l'ai pas jetée et elle n'est plus malade, alors calme-toi, putain. Qu'est-ce qui t'est arrivé ? Quelqu'un t'a coupé les couilles, ou quoi ?

Il me fit un doigt.

— Ne fais pas le con, Adam. Que se passe-t-il ? Tu as besoin de parler.

— C'est compliqué.

— C'est généralement le cas.

Je poussai un long soupir avant de changer encore de voie. Pas une idée géniale. Un connard klaxonna et Jordan lui montra son majeur.

— Bon sang, tu vas créer un incident. Range ce doigt.

— Alors en quoi est-ce plus compliqué qu'une autre relation ?

— Nous avons des... problèmes.

— Quels problèmes as-tu avec Mia ?

— Ah, alors elle te plaît soudain ?

Il haussa les épaules.

— Je pense que c'est une chouette fille.

— C'est une chouette fille.

Une chouette fille avec beaucoup de problèmes.

— Alors, quel est le problème ? Il y a quelqu'un d'autre ? Tu es allé baiser ailleurs ? Ne me dis pas que c'est Carisa, parce que...

— Je ne l'ai pas trompée.

— Alors ?

— Nous faisons un petit break. Nous avons des choses à régler.

— Et tu ne vas pas me dire ce que c'est.

— Je te le dirais, si je pensais que tu le prendrais sérieusement et que tu ne ferais pas le con.

Il retira ses lunettes de soleil et il les rangea dans la poche de sa chemise.

— Ai-je l'air de vouloir te mettre un coup de poignard dans le dos ?

Je déglutis.

— Non.

— Dis-le-moi, alors. Que s'est-il passé ?

— Je n'ai pas confiance en elle.

— Elle t'a trompé ?

— Non, personne n'a trompé personne. Laisse-moi juste le temps de te l'expliquer, d'accord ?

Il leva la main comme pour se protéger de mon irritation.

— D'accord, d'accord.

— Nous avons rompu parce que... eh bien, à cause de choses stupides en réalité. Mais pendant que nous étions séparés, elle a découvert pour son cancer et elle ne me l'a pas dit.

— D'accord.

— Et puis à Vegas...

— Ouais, ouais. Je sais tout ce qu'il s'est passé entre vous à Vegas.

— Je ne sais pas du tout comment tu le sais et c'est assez inquiétant. Cependant, ce que tu ne sais pas, c'est qu'elle est tombée enceinte.

Il y eut un long silence de l'autre côté de la voiture. Je me concentrai sur la circulation et quand je finis par le regarder, il semblait pâle. Il attrapa ses lunettes et il les remit sur son visage.

— Je pense pouvoir deviner ce qu'il s'est passé puisqu'elle a traversé la chimio et qu'elle n'est manifestement plus enceinte. C'est, euh... c'est dur, ça.

Je ne répondis pas. Le silence dura encore quelques kilomètres – ce qui nous prit presque une demi-heure dans ces fichus embouteillages. Enfin, Jordan s'éclaircit la gorge.

— Alors, tu as dit ne pas lui faire confiance. Cela signifie que tu lui en veux... et si c'est...

— Je ne lui en veux pas. Mais oui, je n'ai pas confiance en elle. C'est plus... général. J'ai peur qu'elle me détruise encore une fois. Je ne sais pas si elle croit suffisamment en nous pour...

Il rit – il me *rit* au visage.

— Bon sang, Adam, c'est un truc de fillette !

Je serrai la mâchoire, je m'agrippai au volant et je parcourus mentalement les dernières choses que j'avais dites.

— Adam a tellement peur d'un bobo. Pauvre petit Adam.

— Tu as besoin que je te fasse descendre ici ? Je pense que tu pourras faire du stop avec un tueur en série, grognai-je.

— Je ne veux pas être chiant, mais...

— Trop tard...

— Il te faut un peu de courage, mon vieux. Quand on entre dans une relation sérieuse, on court toujours le risque d'être blessé. C'est comme ça.

— Mais en général, on a confiance en pensant que l'autre personne ne le fera pas.

Il haussa les épaules.

— Ouais. Et qu'est-ce qui te fait croire qu'elle le fera ? À cause de la dernière fois ? Tu veux dire quand elle était morte de peur à cause de son diagnostic de vie ou de mort juste après sa rupture avec son petit ami ? Tu crois vraiment que c'est d'après un moment pareil qu'il faut juger comment une personne agira dans des circonstances plus normales ?

Je déglutis, me sentant soudain con moi aussi.

— Voilà ce que je pense... et tu peux me regarder et décider de jeter ce conseil si tu le veux, mais voici l'avis de Tonton Jordan. Peu importe qui est la personne, lorsque l'on s'engage pour une relation, on s'ouvre forcément à la possibilité d'être brisé en petits morceaux. C'est normal.

Je me tournai et je le regardai, mais je ne répondis pas, ajustant mes lunettes de soleil. La circulation commençait à se fluidifier et nous en étions à trente kilomètres-heure sans une lumière de freins en vue.

— Elle t'a blessé avant. Je comprends. Tu lui as fait du mal aussi, n'est-ce pas ?

Je hochai la tête.

— Je suis ton type de la finance alors je vais dire cela en termes qui me sont familiers. Tu dois envisager les choses comme une décision du coût par rapport à la valeur. Le risque que tu sois blessé vaut-il le bénéfice de ce que tu obtiendras en l'ayant dans ta vie ? Si oui, alors reste avec elle, vis avec elle et essaie de faire fonctionner votre relation. Sinon, arrête les frais.

— Je suppose que c'est ce que je dois découvrir.

— Oui. Mais pour ce que ça vaut, je trouve que vous alliez bien ensemble, même si cela m'irritait.

Le reste du trajet fut constitué de longs silences et de bavardages sans importance, ce qui me soulagea. Les paroles de Jordan avaient été désagréables, mais pas malvenues. Je savais admettre qu'il fallait parfois que quelqu'un me remette les idées en place. Et j'en avais assez de panser mes blessures en silence.

Ainsi pour traverser les moments de solitude, en particulier le week-end, je me rendais à la maison de mon oncle pour le repas du dimanche. Ils savaient tous qu'Emilia était à Anza avec Kim, bien sûr, alors personne ne me posa de questions, pas même les enfants de Britt. J'étais reconnaissant envers leur mère qui devait les avoir briefés avant.

Après dîner, nous nous assîmes sur le canapé : un garçon était installé de chaque côté de moi pendant que nous jouions à Mario Kart sur la console. Ils trouvèrent hilarant de jouer en équipe et de s'acharner sur moi. Après ma seconde victoire – à un cheveu près –, ils abandonnèrent.

Je posai une main sur chaque petite tête quand ils essayèrent de me battre à la bagarre. Ils perdirent également à ce jeu-là. J'adorais ces gamins, même quand DJ essaya sans y parvenir d'enfoncer ses doigts dans mon nez. Étant donné l'état dans lequel j'étais dernièrement, je restai ensuite assis en les regardant tranquillement s'impliquer dans un jeu d'échecs. Je m'autorisai à penser que si les circonstances avaient été différentes, j'aurais pu être un futur père.

Je ne m'étais jamais laissé l'occasion de considérer cette possibilité. La situation avait été si terrible. Toutes mes pensées, tous mes objectifs avaient été tendus vers la survie d'Emilia. Je n'avais jamais voulu y penser en sa présence, même après avoir appris qu'elle était en bonne santé. Était-ce juste de regretter maintenant ce que je ne pourrais plus jamais avoir après l'avoir poussée à faire ce qu'elle avait fait ? Quand je leur fis un câlin avant leur départ, je ne pus pas ignorer le petit pincement qui me rappelait ma propre perte. Et cette date, la date qu'Emilia avait récitée dans le bureau du médecin en cette sinistre matinée : le 18 août, le terme.

Je restai un peu après le départ de Britt et des enfants. Liam était déjà parti et je pense que Peter avait vu que je voulais parler, car il se rendit au frigo sans dire un mot, sortit deux bières, les ouvrit et s'assit à côté de moi sur un tabouret au bar de la cuisine. Pendant les quelques premières minutes, nous bûmes en silence et avec gêne, puis je m'éclaircis la gorge.

— Comment se passent les préparatifs du mariage ?

Il sourit.

— Super, pour moi. Je n'ai besoin de rien faire. Britt s'occupe des choses de ce côté-ci et Kim et Mia s'occupent du reste de leur côté. Il me suffit d'arriver avec un cadeau de mariage et une bague.

— Tu t'en sors bien.

Peter me jeta un regard en coin en buvant une autre gorgée.

— Ça va, toi ?

Je posai la bière en appuyant mes coudes sur le comptoir.

— Plus ou moins.

— Alors... je sais que les choses sont difficiles entre vous deux. Kim et moi nous sommes un peu inquiets.

Je savais ce que cela voulait dire. Ils étaient très inquiets. Leur bonheur en tant que couple marié dépendait beaucoup de la façon dont Emilia et moi allions gérer notre relation. Les choses pouvaient très vite dégénérer pour eux si nous n'arrivions pas à nous entendre, étant donné à quel point nos relations familiales étaient désormais resserrées.

— Cela fait beaucoup de gens inquiets, alors, dis-je.

— J'ai aussi été inquiet pour toi. Je sais que dans des cas comme celui-ci, la personne avec les problèmes médicaux reçoit le plus d'attention – ce qui est normal. Mais parfois, c'est difficile d'être le compagnon silencieux qui doit rester fort pour le malade.

Je haussai les épaules.

— Cela ne m'a pas gêné. C'est une des rares fois où elle a en fait accepté de l'aide de quelqu'un d'autre.

Je m'interrompis après cette phrase, la ponctuant d'une longue gorgée de bière, car je détestais le ton acerbe de ma voix. C'était de plus en plus difficile de cacher l'amertume.

Mais il l'avait entendu, comme l'homme perspicace que je le savais être, et il se focalisa dessus comme si j'étais un témoin qu'il interrogeait à la cour.

— C'est l'autre difficulté... gérer et entasser tout le ressentiment légitime que tu as ressenti pendant tous ces mois. Et tu ne peux pas exprimer ta colère quand la personne contre laquelle tu es fâché est si malade.

Je m'éclaircis la gorge. Elle était serrée de honte. Je regardai droit devant moi en ouvrant et en fermant la main sur la table devant moi.

Il posa une main sur mon épaule.

— Ne sois pas si dur avec toi. Tu es humain. Tu as été blessé. Tu as le droit de ressentir cela, qu'elle soit malade pas.

— Comment Kim et toi avez-vous fait pour tout comprendre si vite ? finis-je par dire, surtout pour détourner l'attention, mais aussi parce que j'étais vraiment curieux.

Il rit.

— Si vite ? Elle a quarante-trois ans et j'ai presque dix ans de plus qu'elle. J'aurais aimé la trouver quand j'avais ton âge. Mais la vie ne fonctionne pas de cette façon. Je suis simplement heureux de l'avoir trouvée maintenant.

Il haussa les épaules avant de continuer.

— Et quand j'ai su qu'elle était parfaite pour moi, eh bien, je n'allais pas gaspiller plus de temps à rester tout seul.

Je hochai la tête. Ses paroles tournèrent en rond dans mon crâne durant le trajet jusqu'à la maison et le reste de la soirée. Ce soir-là, je refusai de me rendre dans mon bureau et de noyer mes pensées par le travail alors que j'étais tombé sur quelque chose d'important au sujet duquel il fallait que je réfléchisse.

À la place, lorsque j'atteignis le haut de l'escalier, je me rendis dans sa chambre : le sanctuaire privé que j'avais fait pour elle. Je m'assis dans la banquette de la fenêtre et je regardai les lumières sur l'eau sombre, la gorge serrée, la tête douloureuse et alourdie par les pensées. J'aperçus le bandana bleu usé sur la table de nuit. Je l'attrapai et sans savoir pourquoi, je le portai à mon visage et je le reniflai. Je la sentis.

L'odeur me submergea et je fermai les yeux, pris par des sentiments que j'avais essayé de bloquer. La sensation de son corps mince appuyé contre le mien pour un câlin, pour être rassuré, sa tête sous mon menton. La façon dont je m'allongeais à côté d'elle, ma main sur son dos pour être sûr qu'elle respire encore. Ses yeux étincelants quand elle était particulièrement drôle ou spirituelle. La moue de ses lèvres pulpeuses juste avant que je les embrasse. Le bruit des battements de son cœur quand je posais ma tête sur sa poitrine. Le goût de ses larmes quand je la réconfortais.

Ces émotions m'enveloppèrent, me prirent en otage à ce moment précis du temps, m'assaillant de tous les souvenirs depuis le moment où je m'étais connecté à Dragon Epoch et que je l'avais rencontrée en ligne pour la première fois jusqu'à la dernière fois que je l'avais vue, s'asseyant lentement, tristement au volant de ma voiture et s'éloignant. Les larmes non versées me brûlèrent les yeux et je me mis à pleurer dans ce fichu bandana. Elle me manquait. J'avais besoin d'elle. Mais je n'étais toujours pas sûr d'elle.

Et je ne savais pas si je pouvais l'être un jour.

***

La veille du mariage de Peter et Kim, on se rejoignit dans un restaurant pour partager un repas tranquille en famille. Je savais que j'allais voir Emilia pour la première fois depuis huit semaines et j'étais à la fois excité et nerveux à l'idée de la voir. Je ne savais pas du tout ce qu'elle avait traversé pendant qu'elle était restée loin de moi. Je savais seulement à quel point cela avait été difficile pour moi.

J'espérais que nous pourrions nous asseoir et parler calmement comme des adultes. J'espérais que nous pourrions trouver une façon de traverser tout cela qui nous permette à tous les deux d'envisager l'avenir.

Je croisai Peter dans le parking. Mon cousin était déjà entré, mais Peter, en me voyant, s'arrêta et m'attendit. Je le rejoignis avec mon cadeau dans la main.

— Hé ! Comment va le futur marié ?

Peter me donna une tape sur l'épaule.

— Nerveux comme pas deux.

— Ah. Pourquoi ? Tu t'es trouvé une femme incroyable.

Il ricana en hochant la tête.

— Je ne suis pas nerveux à cause d'elle. C'est le fait d'être assez bien pour la mériter qui m'y fait réfléchir à deux fois. Ce n'est pas facile.

J'hésitai, je souris et je le félicitai avec une boule d'émotion inexplicable dans la gorge. Pourquoi cette simple affirmation de nervosité me touchait-elle autant ?

Je suivis mon oncle et je regardai par-dessus son épaule afin de voir le groupe déjà partiellement assis à la table dans la salle privée louée pour nous. Tout le monde se leva à notre arrivée. Mes yeux cherchèrent parmi le groupe : Britt, Rik et leurs enfants, Heath, Liam... lorsqu'une main attrapa mon bras et que je me retournai.

— Adam, dit Kim en me souriant avant de me serrer dans ses bras.

Je lui retournai son câlin.

— Félicitations à la belle mariée.

— Merci. Et... il y a quelqu'un ici que tu aimerais voir ?

Je souris pour cacher mon angoisse en m'écartant d'elle.

— Je crois que tu as tout à fait raison.

Kim me fit un sourire encourageant.

— Elle vient de partir aux toilettes. Elle va revenir.

Je poussai un soupir nerveux et je me tournai pour regarder le couloir. Elle se tenait là, figée sur place, à me regarder. Je restai immobile et je la dévisageai.

Elle portait des couleurs sombres, un jean noir et un tee-shirt gris foncé. Mais elle ne portait rien sur la tête, car celle-ci était couverte d'une épaisse couche de ses propres cheveux. Ils étaient courts, mais on aurait presque dit qu'elle les avait coupés de cette façon. Ses sourcils naturels, même s'ils étaient plus fins, étaient revenus. Et sa peau... elle brillait de santé.

Elle fit un pas hésitant vers moi, un sourire timide sur les lèvres.

Je fis un pas vers elle au même moment et l'on se rejoignit au milieu.

— Salut, dit-elle et elle se pencha en avant comme pour me faire un câlin, mais quand je ne m'avançai pas, elle recula avec un regard interrogateur.

— Salut, dis-je en jetant un coup d'œil à la table où huit paires d'yeux étaient fixées sur nous.

Le regard d'Emilia suivit le mien et elle rit.

— Waouh, c'est comme si nous étions dans une émission de télé-réalité.

La voyant ainsi distraite, je me penchai et je lui fis un bisou sur la joue avant de me tourner pour m'asseoir à la table. Sans un mot, elle s'assit en face de moi. La plus grande partie du repas fut consacrée à une conversation de toute la table au sujet du mariage. Les futurs mariés furent taquinés et différents souvenirs furent évoqués. Kim raconta quelques histoires de l'enfance d'Emilia et je découvris de nouvelles choses à son sujet. Mes cousins se vengèrent pour certaines choses que j'avais dites en partageant des révélations embarrassantes à mon sujet.

Tout le monde rit. La soirée fut agréable.

Seulement, Emilia et moi n'eûmes pas l'occasion de parler comme nous l'espérions sûrement tous les deux. Lorsqu'il fut l'heure de se lever et de partir, il était plus de dix heures et il y avait des choses à faire le lendemain matin. Emilia devait aider sa mère. Je me tins à côté d'elle à l'avant du restaurant tandis que les autres passèrent devant nous en faisant un détour pour nous laisser un peu d'intimité.

Emilia leva nerveusement les yeux vers moi.

— J'espère que tu vas bien. Mais j'espère que ce n'était pas trop bien sans moi.

— Je vais bien. Mais pas trop bien. Et toi ?

— Plus ou moins bien, dit-elle avec un petit hochement de tête.

Puis elle s'avança et en se hissant sur la pointe des pieds, elle passa les bras autour de mes épaules et elle m'embrassa sur la joue.

— Tu m'as terriblement manqué, chuchota-t-elle avant de s'écarter.

Puis elle fouilla dans son sac et elle en sortit ce qui ressemblait à un cadeau, emballé dans du papier de soie.

— Ouvre-le quand tu rentres chez toi ce soir, s'il te plaît ?

Je mis la main dans ma poche et j'en sortis quelque chose que j'avais pour elle.

— Tu as apporté ton ordinateur portable avec toi ?

Lorsqu'elle hocha la tête, je plaçai la clé USB dans sa main.

— Utilise ceci quand tu retournes dans ta chambre ce soir.

Elle baissa la tête pour la regarder en fronçant les sourcils, puis elle acquiesça.

Je me penchai et je l'embrassai, sur la bouche cette fois-ci, mais ce fut court, sage.

— Bonne nuit.

Emilia fit un pas en arrière et elle se dirigea lentement vers la voiture en regardant sa main puis, moi, avant de trébucher.

Je me rendis à la voiture et j'arrachai immédiatement le papier de soie de son cadeau. En le levant à la lumière ténue du parking, je vis que c'était un journal avec une magnifique couverture à dorures faites pour ressembler à un livre du Moyen Âge.

Je l'ouvris, étonnée de voir que chaque page était couverte de son écriture. Elle avait écrit tous les jours, comme dans un journal intime, sauf que chaque jour commençait par 'Cher Adam'...

Je posai le livre sur le siège passager, je démarrai la voiture et je me rendis à la maison. J'avais l'impression que je n'allais pas beaucoup dormir cette nuit-là.

Chapitre Quarante-et-un
Mia

LA CHAMBRE D'HOTEL DANS LAQUELLE NOUS RESTIONS POUR LE mariage ne se trouvait qu'à quelques pâtés de maisons de la plage, et je partageais la chambre avec ma mère. En revenant, lorsqu'elle sortit de la salle de bains prête à se coucher, elle marqua une pause. Je m'étais installée au bureau, l'ordinateur portable ouvert et le casque sur ma tête. J'étais sur le point d'insérer la clé USB d'Adam. Maman me regarda et je me figeai.

— Tu vas veiller pour jouer à un jeu cette nuit ?

Je déglutis et je levai la clé.

— Est-ce que ça va te déranger ? Je ne sais pas ce que c'est. Adam me l'a donnée et m'a demandé de la brancher pour la regarder ce soir.

Elle leva les sourcils.

— Ah, d'accord. Et, euh, comment était-ce avec lui ce soir ?

Je baissai la tête en haussant les épaules. Cela avait été froid, distant et gênant. Je me disais que tout le monde avait dû le remarquer.

Ma mère se laissa tomber sur le lit et elle croisa les bras sur sa poitrine en me regardant.

— Tu as besoin de temps. Tout comme lui.

— C'est à cela que ces derniers mois devaient servir, à nous donner du temps.

Maman hocha la tête.

— Vous avez tous les deux eu plus que votre part de tristesse, ensemble et séparément.

Je tripotai le bord du bureau pendant un instant en évitant son regard. C'était une situation délicate, de parler de ce genre de choses avec une personne qui était sur le point de commencer une nouvelle vie avec celui qu'elle aimait.

— Qui peut dire que cette tristesse est terminée ? dis-je.

— On ne sait jamais, tu sais. La vie est si incertaine. Tu as appris cette leçon l'année dernière. Il n'y a jamais un moment parfait pour choisir de vivre avec celui que l'on aime. C'est un engagement qui signifie qu'il faut être là pour les moments agréables et les mauvais moments. Que vous allez vous serrer les coudes et le faire ensemble.

J'acquiesçai.

— Merci, maman. Et je veux que tu saches que je suis vraiment très heureuse pour toi.

Peu importe que cela rende les choses étranges entre Adam et moi. Que nous fassions partie de la belle-famille. Ouais, c'était bizarre, mais nous étions adultes et nous pouvions apprendre à le gérer. Je l'espérais, en tout cas.

Ma mère se coucha en éteignant la lumière et je remis mon casque avant de brancher la clé dans le port USB. L'écran de mon ordinateur devint noir, puis des lumières se formèrent, des courbes et des lignes et des spirales de toutes les couleurs qui tournaient et se mélangeaient pour épeler mon prénom.

Avant que je comprenne comment, je fus automatiquement connectée à Dragon Epoch. Mais cela ne ressemblait à rien de ce que j'avais pu voir avant.

Je me tenais sur la rive d'un lac magnifique, derrière lequel s'étirait un paysage montagneux accidenté et baigné de lumière du soleil. Les graphismes étaient nouveaux et superbes. Il s'agissait d'une partie inédite du jeu et je supposai qu'il ferait partie de la nouvelle extension n'ayant pas encore été révélée aux joueurs. Mais lorsque je me servis des touches pour déplacer mon personnage, des mots apparurent.

L'interface du jeu n'agissait pas de cette façon normalement, alors j'en déduisis qu'Adam avait dû écrire une copie piratée de son propre jeu en utilisant des graphismes déjà produits et en les assemblant pour créer une expérience qui n'était réservée qu'à moi, extraite de morceaux de Dragon Epoch. Mes yeux se jetèrent sur les mots à l'écran, s'empressant de lire chacun comme s'il s'agissait de nourriture et que j'étais affamée.

Je ne connais pas de meilleure manière de communiquer avec toi maintenant qu'à travers ces 0 et ces 1 qui sont ma seconde nature. Nous nous sommes rencontrés dans cet environnement, nous avons interagi là, et sans le savoir, nous y sommes tombés amoureux. Et comme cet endroit magnifique dans lequel tu te tiens maintenant, cet amour était nouveau, frais, pur. Un pays inconnu pour nous deux. Nous en étions les explorateurs réticents.

Jusqu'à ce que nous perdions notre chemin...

Le merveilleux paysage montagneux autour de moi s'estompa, l'écran devenant lentement mais sûrement plus sombre jusqu'à ce que cet environnement idyllique soit avalé par un brouillard sombre et glauque et que je ne pus plus rien voir. Sauf ces mots... ils continuèrent à me parvenir, malgré l'obscurité.

Tout changea au moment où nous avons commencé à faire des erreurs, que nous nous sommes séparés, et que chaque

erreur que nous faisions donnait l'impression que la précédente n'était rien en comparaison. J'accepte toute la responsabilité pour le mal que j'ai commis. Je suis tourmenté par la façon dont j'ai merdé à ce moment-là, mais je l'ai fait parce que ceci est l'endroit dans lequel tu m'as laissé, Emilia. Complètement, totalement dans l'obscurité.

J'inspirai profondément puis je continuai à lire en me préparant à encore plus d'honnêteté brutale. J'avais le sentiment que ceci n'allait pas être facile à lire.

"You are in a maze of twisty little passages, all alike. "

Je clignai des yeux en me souvenant de la célèbre citation d'un des premiers jeux de rôle sur ordinateur, écrit et joué par des milliers de personnes longtemps avant ma naissance : Zork. Cette citation, signifiant 'Tu te trouves dans un labyrinthe de petits couloirs sinueux qui se ressemblent tous', accompagna un labyrinthe immense de murs qui s'étiraient devant moi aussi loin que le regard pouvait se porter dans toutes les directions. Je reconnus l'endroit comme venant d'une zone de Dragon Epoch. C'était un endroit terriblement irritant, avec un labyrinthe qui se modifiait sans cesse, plein d'énigmes et de devinettes qui devaient être résolues. Dans cette zone, il n'y avait pas de monstres à combattre et à vaincre. L'ennemi était l'esprit lui-même.

Les mots se remirent à apparaître, passant sur mon écran, chaque phrase apparaissant lorsque je tournai un coin dans le labyrinthe impossible. Chaque fois qu'un passage me menait à un inévitable cul-de-sac, mon ventre se tordait d'irritation.

Chaque direction et chaque choix étaient mauvais. Tout ce que je savais, c'était que je voulais te récupérer. Il fallait que tu reviennes, mais tout ce que je faisais te repoussait plus loin. C'était aussi désorientant que le voyage dans ce labyrinthe impossible.

Je finis par décider que je devais m'arrêter de bouger, car peu importe la direction que je prenais, le labyrinthe devenait de plus en plus déroutant, se refermant sur moi et me donnant le tournis.

Peux-tu trouver la sortie? Et si la personne que tu aimais le plus au monde se trouvait au bout de ce labyrinthe et que tu ne savais pas quelle direction prendre?

Oui, j'étais en colère, je t'en voulais. Même après avoir tout découvert. Et parce que tu étais malade, cette colère a été enfouie profondément en moi et elle s'est transformée en culpabilité. Tu étais malade et je n'avais aucun droit d'être fâché contre toi.

Je m'assis en ravalant un sanglot. Je n'aimais pas la direction que prenaient les choses. Je cachai mon visage dans mes mains et je lus entre mes doigts, comme si je regardais un film d'horreur toute seule dans une maison vide par une nuit sombre.

Le labyrinthe s'estompa et à la place, une vision vaporeuse se forma devant moi. C'était difficile à voir à travers le brouillard, mais il s'agissait de nuages. Et les mots recommencèrent à se former.

Cette culpabilité se transforma en excuses. Je sais que tu voulais que nous revenions à notre relation du début. Je sais que tu étais tout aussi perdue quant au moyen de procéder. Alors ma colère et mon ressentiment et ma culpabilité sont sortis comme des excuses : des excuses pour te tenir à distance.

La vision de petits nuages floconneux se solidifia et des mots se formèrent sur eux. *'Je suis fatigué.'*

Les nuages s'assombrirent comme pour une tempête, accompagnés par les mots *'Je m'inquiète pour elle.'*

Ensuite, la pluie tomba à torrents. *'Nous devons prendre notre temps, attendre qu'elle soit en bonne santé.'*

Puis la foudre frappa, encore et encore, m'aveuglant. *'Je suis tellement fâché contre elle et je me déteste pour cela parce qu'elle est malade.'*

Puis, les visions s'éclaircirent et je me trouvais dans un cimetière. Je reconnus cet endroit comme l'un de ceux où le personnage pouvait renaître, l'un des premiers parmi les nombreux cimetières de DE, l'endroit où se rend le fantôme du personnage quand il est tué dans le jeu. Et les mots, les plus déchirants de tous : *'Et si elle mourait ? '*

Mais il s'agissait d'illusions que j'utilisais pour cacher le vrai problème. Celui dont je ne m'étais pas rendu compte. Le plus difficile à découvrir et le plus douloureux à supporter...

Soudain, j'étais de retour dans le magnifique paysage d'origine, debout sur les rives d'une rivière rapide qui coulait à mes pieds. Je modifiai le point de vue pour pouvoir regarder le ciel. De nouveaux mots se formèrent.

Je voulais être l'homme qui allait te protéger et te réconforter... à la place, je fus l'homme qui t'avait blessée...

Je cachai mon visage dans mes mains, la vue brouillée par les larmes, la gorge serrée.

Mais des mots apparurent encore à l'écran et je clignai vite des yeux, craignant de les rater, ne sachant pas si je pourrais les revoir si je ne les voyais pas maintenant.

Je sais que tu voulais une réponse différente de ma part ce jour-là, quand tu m'as demandé ce que je ressentais au sujet du bébé. Je ne pouvais pas te la donner alors. Je ne le peux toujours pas. La seule chose à laquelle je pouvais penser, c'était le risque que tu encourais.

Je me sens coupable de mon manque d'émotions, car je sais que c'est quelque chose que tu voulais vraiment. Et je ne pouvais penser qu'à toi.

Mais quand je repense à quel point, tu étais proche de choisir la vie de ce bébé à la place de la tienne, cela me fait suffoquer. Car tout était hors de mon contrôle et j'étais entièrement à ta merci. Je déteste, plus que tout, me sentir impuissant, mais à ce moment-là, je l'étais.

Que se serait-il passé si tu avais choisi d'avoir le bébé... et puis que tu étais morte? Aurais-je pu être autre chose qu'un parent rancunier et amer pour cet enfant?

Je sais que tu as souffert, physiquement, émotionnellement. Je sais que pour toi c'était une décision terrible et traumatisante. Mais je serai toujours ravi de ton choix... et je me sens coupable aussi à cause de cela.

Je me pose alors des questions sur notre avenir, j'ai des doutes. Car je me demande si nous pourrons un jour avoir une joie qui ne sera pas alourdie par la perte et la culpabilité et les larmes.

Je cliquai pour mettre le jeu en pause. En m'appuyant contre le dossier de ma chaise, je regardai ce dernier morceau de texte, incapable de respirer. Adam rompait-il définitivement avec moi? Je posai la main sur ma bouche pour étouffer les sanglots, mais ce fut impossible. Ma mère se tourna dans son lit et sans lever la tête elle marmonna :

— Tout va bien ?

Je m'éclaircis la gorge.

— Ouais... désolée. Tout va bien. Je, euh, je vais faire le reste dans la salle de bains. Je ne veux pas t'empêcher de dormir.

Elle se rendormit très vite tandis que j'essayai d'arrêter les hoquets de mon ventre. Je ramassai mon ordinateur portable et je me faufilai dans la salle de bains où je me laissai tomber sur le sol et où je laissai couler mes larmes... enfin.

Je me penchai, je tendis la main et j'attrapai un long morceau de papier toilette dans lequel j'enfouis mon visage pour étouffer les sanglots qui ne voulaient plus rester au creux de mon estomac. J'avais l'impression de tomber en miettes. Mon monde s'écroulait.

Je ne savais pas si j'allais pouvoir en supporter beaucoup plus. Après l'aveu franc et direct de tristesse et de culpabilité d'Adam. Son impuissance. Que pouvais-je dire ou faire pour réparer cela ? Je regardai à nouveau l'écran, comme si c'était un animal sauvage qui était sur le point de bondir sur moi et de me mordre.

Des lames de couteau s'enfonçaient dans ma gorge, à l'arrière de mes yeux. J'essuyai mon visage morveux et j'inspirai profondément. J'étais arrivée jusqu'ici dans ce drôle de voyage.

Il ne me restait plus qu'à voir où cela allait me mener... nous mener.

... Et je sais que c'est important pour toi d'avoir un enfant un jour. Si c'est toujours vrai plus tard, alors nous trouverons un moyen. Mais j'étais honnête en disant que tu me suffisais. Quand je t'ai trouvée, j'ai trouvé ce que je cherchais sans même le savoir.

Car ma vie sans toi...?

Et la rivière, les montagnes, les arbres, le ciel profondément bleu s'estompèrent et je me trouvais maintenant au milieu d'un désert gris et désolé. Le paysage était parsemé de cactus et le sable s'étirait jusqu'à l'horizon. Un vent solitaire et aride hurlait dans les buissons, soufflant des virevoltants sous un soleil brûlant et impitoyable. Je sentis presque les vagues de chaleur monter du sable.

Elle serait plus vide, plus désolée que cet endroit.

J'ai besoin de toi. J'ai toujours eu besoin de toi. Mais cela ne signifie rien si tu ne me laisses pas entrer.

Tout l'air s'échappa de mes poumons avec un sifflement, comme si j'avais pris un coup de poing dans l'estomac. Je tremblais, mais je n'avais pas froid. Ma bouche était sèche, mais je n'avais pas peur.

Et je ne pouvais pas détourner les yeux. Car le désert s'effaçait et à présent j'étais à l'intérieur d'une cellule de prison très sombre. Des murs en pierre irréguliers s'élevaient tout autour de moi, avec un seul mur près de Baru. Je me servis des touches de direction pour me tourner, d'un côté et de l'autre. Ce ne fut qu'au troisième essai que je remarquai une petite silhouette dans le coin. Je la reconnus immédiatement comme venant de la dernière portion de la quête secrète sur laquelle nous avions travaillé pendant des mois.

C'était la princesse elfe perdue dans Dragon Epoch, celle qui était l'objet de la quête secrète. Elle était maigre, presque morte de faim, vêtue de haillons, le visage plein de chagrin. Quatre liens magiques la maintenaient, un sur chaque bras et chaque jambe. Elle me regarda avec des yeux tristes et suppliants.

La cellule se dissout et je me trouvais maintenant dans une pièce avec deux portes. Deux choix.

Que vas-tu choisir? Si nous voulons être ensemble, nous devons tous les deux choisir la même, faire le même choix. Nous devons décider, malgré tout ce qu'il s'est passé entre nous, malgré les difficultés, si notre amour est plus fort que tous les obstacles qui l'ont presque empêché.

Tout devint sombre et il ne resta plus qu'un curseur vert à l'ancienne qui clignotait sur le fond noir, avec un seul symbole : un point d'interrogation.

Je tapai des lettres en me demandant où cela me mènerait. Recevrait-il un texto ou un autre type d'alerte ? Cela allait-il déclencher un autre effet hallucinant dans cet étrange petit jeu ?

En inspirant profondément, je tapai les mots :

Je nous choisis. Pour toujours.

Mon ordinateur était revenu sur l'écran du bureau. J'attendis, ne sachant pas vraiment où était parti mon message ni si j'allais recevoir une réponse. Je réfléchis à l'étrange voyage fantastique que je venais de faire, et j'étais particulièrement émue par l'image de la princesse, retenue sur place par ses chaînes, me regardant avec ses yeux verts brillants et tristes. Elle était exactement comme moi : dans une prison qu'elle avait fabriquée pour elle-même.

Mes paupières étaient à moitié fermées dans ma rêverie quand je les ouvris subitement en me redressant. Je venais de comprendre que la princesse était exactement comme moi !

— Quatre liens, quatre alliés, marmonnai-je en moi-même, tapant furieusement des commandes sur mon clavier.

Mon cœur battait très vite. Avant de partir pour Anza, nous étions restés coincés pendant des semaines au moment que je pensais être la dernière étape de la quête secrète.

Je tapai les commandes pour me connecter au jeu et l'écran de connexion s'afficha, montrant les beaux graphismes d'introduction et la vidéo. Frénétique, je tapai sur la touche 'échap' pour sauter tout cela et je sélectionnai mon personnage sur l'écran.

La dernière fois que je m'étais connectée au jeu avec mes amis, nous étions arrivés juste en dehors de la cellule de prison. Nous pouvions voir la princesse à l'intérieur, et je m'étais demandé pourquoi elle était retenue par quatre liens alors qu'elle était déjà enfermée dans une cellule.

Eloisa est entrée dans le monde de Yondareth.

Mon personnage était au même endroit que la dernière fois que je m'étais déconnectée : debout devant les barreaux de la cellule. Notre groupe avait essayé de forcer le passage avec l'aide des alliés que nous avions rassemblés, mais chaque fois que nous l'avions fait, des nuées de trolls étaient entrées dans la pièce, nous submergeant en l'espace de quelques secondes. Après avoir essayé cela un nombre incalculable de fois, nous avions déduit que pour aider la princesse il ne fallait pas casser la porte. Mais depuis, nous étions restés complètement coincés. Entre-temps, j'étais partie pour Anza et j'avais temporairement quitté le jeu.

Je fis avancer Eloisa pour parler encore une fois avec la princesse et voir si je me souvenais bien de ses paroles depuis la dernière fois que je lui avais parlé. Elle disait toujours la même chose quand on s'adressait à elle.

Eloisa dit, 'Bonjour, Princesse Alloreah'ala.'
Princesse Alloreah'ala dit, 'Je suis liée par le désespoir.'

Quatre liens. Quatre alliés. Le désespoir. Les alliés devaient aider la princesse à se libérer. Il fallait les convaincre de le faire.

Après avoir découvert que Sergent GriffonShield avait attendu que nous lui demandions son aide et qu'il nous avait dit de rassembler ses alliés, nous avions trouvé les quatre alliés les plus proches de la princesse et ils nous avaient accompagnés.

Je m'approchai de la servante en qui la princesse avait toute confiance, Maiden Liliannl'a.

*Eloisa dit, 'Bonjour, Maiden Liliannl'a.'
*Maiden Liliannl'a dit, 'Que dois-je faire ? '
*Eloisa dit, 'Utilise ton amour pour libérer la princesse du désespoir.'
*Maiden Liliannl'a dit, 'Je vais essayer.'

Puis, je regardai la servante s'approcher de sa princesse, faire une révérence et dire :

— Ma très chère princesse. Je vous aime et je souhaite utiliser mon amour pour vous libérer.

Je retins ma respiration en attendant que quelque chose se produise.

Soudain, le lien qui maintenait son pied droit se mit à briller et disparut.

Bordel. De. Merde.

Tout l'air s'échappa de mes poumons. Je faillis hurler de joie jusqu'à ce que je me souvienne qu'il était trois heures du matin et que maman était endormie de l'autre côté du mur.

J'inspirai brusquement. J'étais si enthousiaste que j'en avais le tournis. J'espérais que mon groupe ne me détesterait pas de l'avoir fait sans eux, mais je ne pouvais pas les réveiller à cette heure-ci. J'espérais qu'ils comprendraient pourquoi il fallait que je finisse avant de revoir Adam.

Je m'approchai des trois autres alliés, chacun leur tour. D'abord le garde du corps, qui fit exactement la même chose que la servante et qui libéra son autre jambe. Puis, la meilleure amie de la princesse. Elle libéra son bras gauche.

Le dernier dont je m'approchai était l'amour perdu de la princesse : Général SylvenWood, l'homme brisé de la première quête donnée dans le jeu. J'avais découvert l'année dernière qu'il était le personnage non joueur qui déclenchait la quête secrète.

Quand je lui demandai de faire la même chose, d'utiliser son amour pour libérer la princesse du désespoir, il se tourna vers moi avec des yeux tristes.

*Général SylvenWood dit, 'Hélas, Eloisa, autrefois notre amour était immense. Mais j'ai commis des erreurs terribles, tout comme elle. Notre amour n'a pas suffi à nous sauver du chagrin que la vie a placé sur notre chemin. Nous nous sommes séparés et le mal s'est servi de cette séparation pour faire disparaître mon amour. Depuis qu'elle est partie, je suis un homme brisé, un prisonnier de mon propre désespoir.'
*Eloisa dit, 'Votre amour va la libérer.'
*Général SylvenWood baisse la tête et soupire.
*Général SylvenWood dit, 'Je vais essayer.'

Le Général s'approcha de la cellule et avoua son amour avec des mots similaires. Mais le lien ne brilla pas et ne se brisa pas immédiatement. La princesse leva les yeux vers lui et dit :

— SylvenWood, mon véritable amour. Je pensais que tu m'avais abandonnée. Toutes ces années, je ne t'ai jamais oublié. Mais j'ai pensé que tu m'avais oubliée.

Le général lui montra ses mains, comme pour la supplier.

— Mon seul véritable amour. J'ai souffert tous les jours que tu es restée loin de moi. Je ne t'ai jamais abandonnée. C'est juste que je ne savais pas comment t'aider. Je t'aime de tout mon cœur.

Soudain le dernier lien se dissipa et la princesse se leva faiblement. À chaque mouvement, elle parut plus forte, plus puissante, jusqu'à ce qu'elle atteigne la porte de la cellule et qu'elle l'ouvrit d'un coup avec sa propre magie puissante.

Les alliés se rassemblèrent autour d'elle en applaudissant, la prenant dans leurs bras et l'embrassant. La princesse sembla soudain se souvenir de moi et elle se tourna pour s'approcher.

*Princesse Alloreah'ala dit, 'Bonjour, Eloisa.'
*Eloisa fait une révérence.
Princesse Alloreah'ala dit, 'Merci d'avoir rassemblé mes alliés. Merci d'avoir trouvé mon véritable amour. Tu seras récompensée pour ta bonté. Et tu verras que ton amour véritable attend que tu le trouves, lui aussi, Emilia.

Je poussai un petit cri et je me laissai tomber contre la porte de la salle de bains, stupéfaite. Avait-il écrit tout ceci pour moi ?

Chapitre Quarante-deux
Adam

IL ETAIT PRESQUE MINUIT QUAND JE ME JETAI SUR L'OREILLER DE mon lit et que j'ouvris le journal d'Emilia pour lire ce qu'elle m'avait écrit. Je devais admettre que j'étais à la fois curieux et un peu effrayé de ce que j'allais voir. Je me demandais aussi si à ce moment précis, elle lisait les messages que j'avais laissés pour elle...

Cher Adam,

Ce soir, je suis furieuse contre toi. Je ne vais pas te mentir. J'écris ceci d'une main qui tremble de rage et avec des larmes de colère. Parce qu'aujourd'hui tu m'as chassée. Tu as abandonné. Et laisse-moi te dire que ça me rend furieuse contre toi. Était-ce ta façon de te venger de ce que je t'ai fait l'année dernière ? Parce que j'ai vécu un enfer que j'ai causé moi-même et tu n'as pas besoin de m'en créer un autre...

Je me penchai en avant en me raidissant. Cela n'augurait rien de bon. Je feuilletai quelques pages au hasard en espérant que tout n'était pas rempli avec la même souffrance et la même colère. Je ne savais pas comment supporter cette lecture. Avec beaucoup d'appréhension, je me forçai à lire chaque mot qu'elle avait écrit. N'était-ce pas ce que j'avais voulu – ce que nous voulions tous les deux ? Une communication honnête et ouverte ?

J'attrapai mes lunettes sur la table de nuit, car je sentais venir un mal de tête, et j'avais commencé à me servir de ces satanées choses en espérant maintenir les migraines à distance. J'avais cependant l'impression que la véritable douleur que me procurerait la lecture de ces pages ne serait pas dans ma tête.

... Comment puis-je ne pas me sentir coupable de ce que j'ai fait ? Chaque respiration et chaque jour que je vis viennent de la vie que j'ai volée à la personne que serait devenue notre enfant. Et je n'avais pas d'autre choix. Mon choix m'a été retiré.

Je fermai les yeux et je les frottai à travers mes paupières fermées avec mon pouce et mon index. J'inspirai en tremblant et je me forçai à continuer ma lecture.

... Ce soir, quand je me suis déshabillée pour dormir, j'ai pris le temps d'examiner les cicatrices et les marques tatouées sur mon corps. Je les ai observées comme si c'était la première fois, à travers tes yeux. Elles me répugnent, mais pas pour des raisons de vanité. Pas seulement parce que ce sont des marques d'imperfection permanentes, mais à cause de ce qu'elles représentent. Ce n'est pas simplement une cicatrice sur ma peau, c'est aussi un rappel de la façon dont je nous ai blessés. Et comme avec la cicatrice de mon corps, je sais que cette blessure ne disparaîtra jamais. C'est moi qui ai fait cela. Je nous ai brisés...

... Une partie de moi craint — non, je rectifie — la plus grande partie de moi craint qu'un jour, quand ce sera important pour toi, quand tu te rendras compte que je pourrais ne pas être capable de te donner un enfant, que je te perde.

Cher Adam,

Un jour, tu m'as dit de poser ce poids sur tes épaules. Mais je ne me suis jamais rendu compte que tu avais pris ce fardeau – et tellement plus. Et ce faisant, la charge était devenue bien trop lourde. Comment un couple – malgré tout l'amour du monde – peut-il survivre à une telle chose ? Nous sommes brisés, c'est vrai, et tout ne peut pas être réparé...

Cher Adam,

Aujourd'hui, j'ai eu une longue conversation avec Heath dans l'étable. Il voulait savoir ce qu'il se passait entre toi et moi. Et vraiment, comme je l'ai entraîné dans cette histoire contre son gré, j'ai trouvé que je lui devais une explication. J'étais donc là, à essayer de lui expliquer, ma bouche s'ouvrant et se refermant comme un poisson. Je n'avais aucune explication. Nous nous y étions mal pris. Nous avions commis des erreurs. De grosses erreurs. Moi. Et toi. Nous. Je suis couchée ce soir et je me demande si nous pourrons un jour dépasser tout cela. En as-tu envie ?

... Et puis j'ai pensé à cette fichue liste de choses à faire avant de mourir, cette nuit où je t'ai forcé à t'asseoir et à l'écrire alors que tu étais fou d'inquiétude pour moi. Mais tu l'as fait : tu as noté tout ce que je t'ai demandé d'écrire. Je ne me souviens de rien, mais je ne peux pas m'empêcher de penser que c'était tellement injuste...

... Alors que je suis assise là à écrire cette nouvelle liste, je suis submergée par l'envie de tout faire avec toi. Parce que si ce n'est pas avec toi, cela n'en vaudra pas la peine. Qu'en penses-tu ? Quelque chose à ajouter ?

Ma Nouvelle Liste

•Trouver une raison de rire, tous les jours

•*Me souvenir tous les jours de toutes les choses pour lesquelles je suis reconnaissante*

•*Me souvenir de tous les gens que j'aime*

•*Me souvenir de tous les gens qui m'aiment*

•*Savoir au fond de moi que je ne peux pas faire ceci toute seule.*

Cher Adam,

Ce soir, tu me manques tellement que j'ai failli t'appeler au téléphone, même si ce n'était que pour écouter ton message de répondeur. Mon Dieu, ça fait tellement mal que j'en souffre. J'ai seulement besoin d'entendre ta voix. De sentir tes bras autour de moi. Serrés. Des câlins très très serrés.

... Quand je t'ai rencontré pour la première fois, tu m'intimidais terriblement. Je ne savais pas quoi penser de toi, mais tu me fascinais. Tu voyais les choses. Tu les savais. Tu remarquais tout et tu étais attentionné. Et je ne pouvais pas m'empêcher de penser à toi, de vouloir en savoir plus. Tout était alors si nouveau et si excitant. L'enthousiasme d'un amour frais et nouveau. C'était comme une drogue à laquelle j'étais accro.

... Mais ce n'est rien par rapport à ce que je ressens maintenant. Je pense toujours à toi. Tous les jours. Je me demande ce que tu fais. Je me demande si tu as encore fait tomber tous tes draps du lit et que tu t'es réveillé dans le froid. Je me demande si tu es si absorbé par le travail que tu as encore oublié de manger. Je m'inquiète à l'idée que tes maux de tête reviennent ou que tu t'es encore endormi sur ton ordinateur portable. Je regarde la lune tous les soirs – et les étoiles. Et je me demande si tu les regardes aussi.

Cher Adam,

Dans moins de deux jours, je te regarderai à nouveau dans les yeux et je t'écris ceci d'une main tremblante, en me demandant ce que j'y verrai. Ces yeux sombres magnifiques seront-ils des fenêtres, ou des miroirs, ou des portes fermées pour moi ?

J'ai peur. J'ai regardé le ciel ce soir et j'ai vu une étoile filante traverser la constellation de Draco. C'est un signe, n'est-ce pas ? Un bon signe ? J'ai fait un vœu, mais bien sûr je ne peux pas te dire ce que c'était. Mais ce vœu est mon espoir. Tout mon espoir enveloppé dans ce petit instant de météorite brûlante. Cela m'a rappelé cette citation :

'Les cieux sont enluminés d'innombrables étincelles ; toutes sont de flammes et toutes brillent.'
– Jules César, Acte III, Scène 1
(ne sois pas trop impressionné, j'ai dû vérifier sur Google...)

Ces étincelles sont comme mon espoir en ce moment. Innombrables. Enflammées. Et je prie afin que tu aies encore de l'espoir, toi aussi.

Je lus pendant des heures, incapable de poser le cahier, et quand j'eus terminé, je revins en arrière, passant son dessin de l'étoile filante à travers la constellation de Draco. Passant les collages, les articles imprimés et collés sur les pages, sa liste de citations de ses films et séries préférés. Jusqu'à sa nouvelle liste de choses à faire.

Et puis je retournai aux dernières lignes de ses dernières notes, écrites quelques heures avant qu'elle emballe le journal et qu'elle me le donne.

... Je me suis donc pardonné ce que j'ai cru impardonnable, mais je me donne la permission d'être parfois triste pour cette perte...

Je fermai les yeux et je dormis. Et pour la première fois, je ne rêvai pas d'elle. Du moins, je ne me souviens pas si c'était le cas. Elle n'était plus un fantôme, un spectre de culpabilité qui tourmentait ma conscience. Elle était faite de chair et de sang et réelle. Et elle était mon avenir.

Le matin, quand je me réveillai et que je vérifiai mon téléphone, je trouvai un texto qui m'attendait... c'était une alerte spéciale que j'avais installée depuis le jeu. Cinq mots simples et je savais qui les avait envoyés.

Je nous choisis. Pour toujours.

***

Juste avant le coucher du soleil, près des rochers paisibles surplombant les cuvettes de marée à la plage historique de Crystal Cove Beach, mon oncle Peter épousa Kim, la maman d'Emilia. Ils prononcèrent leurs vœux en se tenant les mains, mais la cérémonie ne dura que quelques minutes. On les félicita rapidement avant de les envoyer passer leur première soirée en tant que couple marié sans nous.

Mais tout au long de la cérémonie, j'eus des difficultés à me concentrer sur le bonheur de mon oncle, car je n'arrivais pas à arracher mon regard à la femme magnifique qui se tenait à côté de la mariée. Le vent soufflait dans ses cheveux sombres et courts. Sa peau brillait, radieuse dans la lumière dorée du soleil. Elle n'arrêtait pas de sourire, et dans cette robe blanche bordée de dentelle, elle ressemblait à un ange.

Mais elle n'était pas simplement un ange. Elle était vibrante, pleine de vie et de force après tout ce qu'elle avait surmonté. C'était une déesse.

Et je crois qu'elle était tout aussi déconcentrée que moi, car elle tenait le minuscule bouquet de la mariée, elle le sentait souvent et elle me jetait des coups d'œil comme une écolière timide au fond de la classe.

J'étais certain qu'elle était tout aussi ravie du bonheur de sa mère que je l'étais pour Peter, mais il était difficile de se concentrer sur eux quand nous n'avions eu aucun moment pour nous parler. Juste nous deux. Seuls. Et nous avions tant de choses importantes à nous dire.

Chapitre Quarante-trois
Mia

JE M'ATTARDAI SUR LES ROCHERS APRES CETTE COURTE CEREMONIE modeste. La famille avait passé du temps ensemble sur la plage et tout le monde suivait à présent l'heureux couple jusqu'au parking. Mais comme j'avais déjà embrassé et félicité ma mère, je restai en arrière et je me baissai pour regarder les anémones et les bernard-l'ermite dans les cuvettes de marée. Je profitai d'un peu de calme et j'espérais qu'Adam reviendrait pour me parler.

Je n'eus pas besoin de l'espérer, car je me rendis vite compte qu'il ne s'était pas éloigné de plus de quelques mètres de moi. Il se tenait tout près, les mains dans les poches, regardant l'océan et traînant près de moi comme une sentinelle. Je levai les yeux vers lui en plissant les paupières contre le soleil mourant.

— Hé.

Il tourna la tête et me regarda en souriant.

— Salut, cousine.

Je fis la grimace.

— Ne m'appelle plus jamais de cette façon. C'est dégoûtant.

Il gloussa en faisant quelques pas jusqu'à se tenir à côté de moi. Je me redressai et je grimpai sur un groupe de rochers près de nous.

— Quelqu'un a dit avoir vu un groupe de baleines nager là-bas un peu plus tôt. J'ai cherché et cherché et je n'ai rien vu.

Il monta sur le rocher à côté de moi et scruta l'océan. Nous restâmes silencieux et même si je cherchais toujours les baleines, chaque centimètre de mon corps avait conscience de la proximité du sien. Quelques centimètres seulement, mais qui étaient comme des kilomètres. Comme si chaque cellule de mon corps appelait chaque cellule du sien. J'avais la gorge serrée et je me forçai à déglutir.

— Là-bas ! dis-je en faisant un grand geste de la main pour indiquer où j'avais vu le jet d'un évent.

Dans mon excitation, j'avais perdu l'équilibre. Il attrapa mes épaules pour me stabiliser. Ses mains étaient comme des poids sur moi. Elles me maintenaient à terre, m'électrifiaient.

Cela faisait tellement, tellement longtemps que je ne l'avais pas touché et maintenant ses mains chaudes étaient sur mes épaules nues. Je tremblais d'excitation, d'énergie refoulée. J'avais très peu dormi la nuit précédente, errant dans les énigmes du jeu, résolvant la quête qu'il avait réécrite pour moi. C'était comme de voyager dans un labyrinthe et de trouver son cœur non gardé au centre.

Malgré tout ce qui me traversait l'esprit, je gardai les yeux rivés sur l'endroit où j'avais vu le jet d'eau et un autre jaillit juste après. Mais il ne leva pas le regard lorsque je le lui indiquai. Non, il garda les yeux sur moi. Je sentais leur poids, aussi lourd que ses mains. Et maintenant, ses pouces se déplacèrent sur ma peau et ma bouche devint sèche. Je parvins tout juste à contenir un gémissement dans ma gorge.

Sa tête plongea et sa bouche atterrit entre mon cou et mon épaule. Une vague de chaleur s'étendit en moi et je gémis un peu cette fois, réagissant immédiatement. Il ne retira pas sa bouche, ajoutant sa langue à ce contact délicieux, parcourant l'arrière de mon cou et de mon épaule, ses mains serrant un peu plus mes épaules. Je fermai les yeux et ma main gauche monta vers sa tête, serrant ses cheveux dans mes doigts, appuyant sa tête contre moi. Je ne voulais pas qu'il s'écarte.

Ma peau sensible picotait à tel point que tout était presque douloureux. Chaque fois que ses lèvres bougeaient sur ma peau, je dus lutter pour m'empêcher de bondir. Je tournai la tête et il retira sa bouche. On se regarda longtemps dans les yeux. Ses mains glissèrent de mes épaules et vinrent serrer ma taille, ses bras m'entourant. Je tombai contre lui avec un soupir et sa bouche atterrit sur la mienne.

J'ouvris la bouche pour lui, mais je n'attendis pas sa langue. J'avançai la mienne et je l'explorai. Il inspira brusquement, sans doute surpris par mon audace. Je me tournai dans ses bras et j'appuyai ma poitrine contre son torse, posant mes mains autour de son cou. Le baiser s'approfondit et je m'y perdis, tourbillonnant alors que tout tournait. Comme si nous étions l'axe du monde et que tout tournait autour de nous.

On dit que l'amour fait tourner le monde, et ce petit monde que nous formions tournait autour de nous et au centre, au niveau de l'axe : l'amour. Mon cœur se pressa contre le sien. Le monde s'assombrit quand le soleil descendit sous l'horizon, mais nous n'en avions pas conscience. L'océan continua son rythme incessant, mais ce n'était rien par rapport à nos cœurs qui battaient l'un contre l'autre.

Quand il retira sa bouche, la réalité onirique que nous avions créée autour de nous continua. Il appuya son front contre le mien et on se regarda dans les yeux. Mes mains se posèrent sur ses joues, mes pouces caressant sa mâchoire exquise. Il était encore plus beau dans la lumière violette du crépuscule qu'en plein jour, si c'était possible.

— Emilia, chuchota-t-il en fermant les yeux, puis en passant ma tête sous son menton quand il me serra contre lui. Tu m'as manqué.

Le manque était un terme tellement faible pour exprimer ce que j'avais fait pendant les deux mois précédents. Exister sans lui m'avait donné l'impression d'être incomplète, qu'une grande partie de moi avait disparu.

— Tu m'as manqué aussi – comme un atome ionisé son dernier électron, dis-je avec un rire sur les lèvres.

— Tu es vraiment une intello, rit-il en m'embrassant sur le nez. Mais c'est la chose la plus romantique que l'on m'ait dite.

Deux atomes, partageant une liaison covalente, fusionnés, formant une molécule : quelque chose de mieux que la somme des parties séparées. Et je ne pouvais pas m'empêcher de penser que c'était comme nous. Séparés, nous étions des gens spéciaux, uniques ; ensemble, nous formions quelque chose de rare et de précieux et de plus grand que nos êtres séparés.

— Alors, il se pourrait bien que j'aie appelé le bureau des réservations ce matin et que je nous aie loué une des maisonnettes pour la nuit... si ça te dit de passer la nuit ici à la plage, dit-il.

J'écartai la tête et je regardai la rangée de maisons tout le long de la rive. Il s'agissait de monuments historiques datant tous de la Grande Dépression et habités jusqu'à la décennie précédente. Quand l'état avait repris les maisons, il les avait rénovées puis louées à la nuit au grand public.

Je hochai la tête avec enthousiasme. Passer la nuit dans une de ces adorables maisonnettes avec Adam ? Oh oui alors.

— Ton sac est dans la voiture ?

— Oui. J'avais l'intention de retourner à l'hôtel ce soir si... si tu ne voulais pas que je dorme avec toi.

Il fronça les sourcils un instant, en me regardant comme si j'étais folle, puis il sortit une clé de sa poche attachée à un gros porte-clés.

— J'ai loué la blanche tout au bout, dit-il en la montrant du doigt. Donne-moi les clés de la voiture et j'irai chercher tes affaires.

On échangea nos clés et il m'embrassa encore avant de monter la colline jusqu'au parking.

Chapitre Quarante-quatre
Adam

DES QUE J'EUS QUITTE LE SABLE, JE MONTAI LA COLLINE EN courant. Le parking était assez loin, mais j'espérais que cela permettrait à Emilia de s'installer dans la petite maison pendant que j'allais chercher ses affaires. Je planais encore après l'avoir tenue sur la plage, embrassée, senti son corps tombé contre le mien.

Elle paraissait plus solide à présent... plus forte. Davantage comme elle était avant, mais avec quelques changements essentiels qui la rendaient plus belle, plus mûre, plus incroyable. Ou peut-être avait-elle toujours été ainsi et que le temps que j'avais passé loin d'elle m'avait encore plus fait apprécier ces éléments.

Lorsque j'atteignis le parking, je vis que certains invités du mariage s'y trouvaient encore. Les mariés étaient partis, mais Heath se tenait près de sa voiture, contre laquelle il était appuyé en parlant avec Connor. Lorsqu'il me vit, il se redressa immédiatement en regardant derrière moi. Il avait attendu pour voir si Emilia allait bien.

— Salut, dis-je en m'approchant.

— Elle va bien ? Où est-elle ?

Je souris.

— Elle va bien. Elle rentre à la maison avec moi.

Heath fit un grand sourire.

— Bien. C'est super.

Je lui donnai une tape dans le dos.

— Je sais que nous avons été pénibles pour toi au cours des derniers mois. Mais merci d'être un ami fabuleux.

Heath parut un peu étonné.

— Aucun souci, mon vieux.

— Tiens. Je veux te donner quelque chose.

Je sortis un objet de ma poche et je lui tendis la main en le posant dans la sienne.

Il ouvrit la main, ne comprenant pas tout de suite. Il s'agissait des clés de rechange pour la Porsche.

— Euh. Tu dois être défoncé, dit-il en riant avant de regarder mon visage et de se rendre compte que j'étais sérieux. Vraiment ?

Sa mâchoire tomba de surprise.

— Oui. Dépose-la chez mon garagiste quand c'est nécessaire. Je couvrirai les frais. Mais tu as intérêt à bien t'en occuper, sinon je te pète la gueule.

Il me tendit la main.

— Adam, je ne peux pas accepter. Cette voiture est ton bien le plus précieux.

Je secouai la tête.

— J'adore cette voiture, je ne vais pas te mentir. Mais tu t'es bien occupé d'Emilia quand je ne le pouvais pas… et je l'aime beaucoup plus que cette voiture. Merci.

Heath marqua une pause et son air confus se transforma lentement en un grand sourire idiot.

— Eh bien. Tu as intérêt à prendre soin d'elle. Sinon c'est moi qui te pète la gueule.

Je ris.

— Je n'en doute pas.

Je fis au revoir de la main à Connor, je me dirigeai vers la Tesla qu'Emilia avait utilisée ces derniers mois et je l'ouvris pour attraper ses affaires avant de faire demi-tour et de redescendre la colline.

Chapitre Quarante-cinq
Mia

JE TRAVERSAI PENIBLEMENT LE SABLE ET J'ENTRAI DANS LA PETITE maison. Ce n'était pas le logement de luxe que nous avions eu à Paris, mais le côté pittoresque de l'endroit et sa situation parfaite me plaisaient. Je passai une minute à l'explorer. Il y avait une chambre avec un lit double et un grenier au-dessus. La cuisine avait un micro-ondes et un frigo et un très grand et très vieux poêle qui ne fonctionnait plus, mais qui avait dû être intégré pour l'ambiance. Le sol était fait de simples planches. Le décor avait pour thème la plage, comprenant même une peinture avec des morceaux de verre brillant trouvés sur la plage.

Lorsqu'Adam revint du parking, mon sac sur son épaule musclée, j'étais allongée sur le lit en train de feuilleter un livre d'images que j'avais trouvé sur la table basse. Il récapitulait toute l'histoire de la région de Crystal Cove, depuis l'époque préhistorique jusqu'à maintenant.

— Savais-tu qu'ils se sont servis d'une de ces maisons pour faire une école de japonais dans les années vingt ?

Il laissa tomber mon sac sur le petit banc au bout du lit et il me regarda en souriant.

— Vraiment ? Fascinant.

Je vis bien que ce qui le fascinait n'était pas l'information que je venais de donner, mais ce qu'il voyait sur le lit devant lui. Je fis un sourire entendu. Ses yeux brillaient de cette façon caractéristique : ce regard de braise. Je déglutis et je battis des paupières.

Je tapotai la couverture du livre.

— Je peux t'en lire plus, si tu veux.

Il sourit et la petite fossette se forma à côté de sa bouche. Il était si beau que j'en avais le souffle coupé. Il desserra sa cravate sans me quitter des yeux. J'avais déjà enlevé mes chaussures, mais je fermai le livre et je le posai par terre à côté du lit. Je me rallongeai et je tapotai le lit à côté de moi alors qu'il déboutonnait les manchettes de sa chemise.

— Comme vous voudrez, dit-il en riant et en venant s'allonger à côté de moi.

On se pencha en même temps pour s'embrasser et dans notre hâte, nos nez se cognèrent. On s'écarta tous les deux en riant.

Je me frottai le nez.

— Aïe. Une simple blessure, dis-je en citant un de nos films préférés, *Monty Python : Sacré Graal !*

— Elle m'a transformé en triton, répondit-il en imitant de son mieux John Cleese, l'acteur de ce même film.

— Un triton ?

Il sourit.

— Je me suis amélioré.

Je ris.

— Viens là, espèce de geek canon.

Il m'embrassa puis il s'arrêta.

— Mmm. Ouais, tu es vraiment une sorcière. Et tu m'as complètement ensorcelée. Malédiction du crapaud et tout.

— Tu t'es transformé en crapaud pendant que j'étais partie ?

— J'étais misérable comme un crapaud sans toi.

Je l'observai pendant un moment, puis je me mis à rire très fort

— Ce n'est vraiment pas sexy du tout.

— Contrairement à ce rire. Ce rire est complètement sexy.

Je lui tirai la langue et il passa son bras autour de ma taille, me collant contre lui. Je posai la main sur son torse et j'étalai mes doigts sur ses muscles solides.

— En parlant de complètement sexy... dis-je et ma main vola vers sa chemise et en déboutonna rapidement la moitié.

— Oups. Ta chemise vient de s'ouvrir.

Il se pencha et il captura mes lèvres entre les siennes. Sa bouche se ferma sur moi avec une plus grande insistance, un plus grand désir qu'avant. Les battements de mon cœur faisaient une course à pied : galopant et trébuchant tour à tour.

— Oups, murmura-t-il entre deux autres baisers pressants. Ma bouche est tombée sur la tienne.

— Waouh, tu es si maladroit, soufflai-je contre ses lèvres.

Il continua à m'embrasser, appuyant ma tête contre l'oreiller. Sa main se posa autour de ma mâchoire, puis son doigt traça un chemin jusqu'à mon oreille avant de descendre le long de ma gorge. Il tira la chaîne de mon collier sur le côté, la boussole tombant sur le lit à côté de mon cou. Il était brûlant et glacial à la fois. J'inspirai brusquement.

Son doigt passa sur ma clavicule et il atterrit sur le bouton supérieur de ma robe. Lentement, nos bouches se séparèrent et il me regarda au fond des yeux. Ma respiration devint irrégulière quand il fit glisser le bouton hors de la boutonnière. J'étais à la fois fascinée par son contact et terriblement effrayée qu'il voie ce qui se trouvait en dessous. Et il le savait. Il recula et il s'appuya sur un coude, sans s'arrêter. Son doigt descendit lentement sur ma peau jusqu'au deuxième bouton. Avant que j'aie le temps de réagir ou de protester, ce bouton s'ouvrit également.

Mais il ne regardait pas ce qu'il faisait. À la place, ses yeux étaient fixés sur les miens. En quelques minutes, la robe fut déboutonnée plus bas que ma taille. Adam appuya son doigt dans le creux en bas de mon cou et il le fit lentement descendre sur mon torse, sur mon soutien-gorge, entre mes seins et jusqu'à mon ventre, jusqu'à ce qu'il atterrisse dans mon nombril. Là, il traça un cercle et un feu s'alluma dans mon ventre, mon corps brûlant de désir pour le sien. Une longue respiration siffla entre mes dents quand je me concentrai sur cet unique contact tout simple.

Sa main remonta vers mon épaule. Malgré l'excitation brûlante, une terreur glaciale me prit à la gorge quand il fit lentement glisser la bretelle de ma robe – et de mon soutien-gorge – en bas de mon épaule. Je bloquai ma respiration et je posai ma main sur la sienne, l'arrêtant avant qu'il descende suffisamment les bretelles pour exposer mes cicatrices.

Il se figea et l'on se regarda dans les yeux pendant quelques minutes interminables. J'étais certaine qu'il pouvait voir la peur, l'incertitude dans les miens. Je voyais la passion déterminée dans les siens. Lentement, doucement, il sortit sa main de sous la mienne, prit mon poignet et l'écarta. Je ne résistai pas quand il reposa ma main à côté de moi, la glissant sous mes hanches et la coinçant de façon à ce que je ne sois plus tentée de l'utiliser pour l'arrêter.

Mon pouls était glacial dans ma gorge quand sa main retourna à ce qu'elle faisait. Son autre main, par mesure de précaution, tenait ma main libre. Tout ce que je pus faire, ce fut de le regarder dans ses yeux sombres, respirant de plus en plus vite quand il réussit à glisser les bretelles sur mon bras gauche. Il descendit ce côté de mon soutien-gorge et je fus entièrement exposée. J'étais rouge de honte brûlante, mais Adam n'avait pas regardé. Il examinait toujours mon visage, plongeant ses yeux sombres dans les miens. Puis il se décala de façon à ce que sa jambe coince la mienne et je fus torse nu lorsqu'il tira légèrement sur l'autre moitié de mon soutien-gorge.

Il baissa les yeux et me regarda, et une partie de moi voulut se rouler en boule et mourir. Même si j'avais repris un peu du poids que j'avais perdu pendant la chimio, j'étais toujours trop maigre. Mes seins, en conséquence, étaient plus petits qu'avant, et le gauche était toujours laid et mutilé, des cicatrices rouges zébrant la peau qui était également tatouée de points noirs. Lentement, comme s'il avait peur que je m'enfuie alors qu'il me maintenait en place, il leva la main et il me toucha avec la délicatesse d'une aile de papillon, faisant courir ses doigts sur la cicatrice en relief. Je frissonnai sous lui.

Il fit un bruit apaisant en me regardant dans les yeux, même si j'évitais son regard.

— Emilia. Regarde-moi.

Je le regardai et je vis de la sincérité et de l'admiration dans ses yeux.

— Tu es magnifique. Et ceci, dit-il en longeant les cicatrices du doigt avec un peu plus d'insistance, c'est ta force.

Je clignai des yeux, car ils commençaient à brûler. Je voulais qu'il me touche encore. C'est ce qu'il fit. Ma respiration trembla dans ma poitrine. Il posa la main sur mon sein meurtri et il le caressa de plus en plus fermement jusqu'à ce que mon téton se mette à pointer bien droit et suppliant d'avoir son attention. Il abaissa la bouche et l'embrassa tout doucement.

Je cambrai le dos pour venir à sa rencontre. Il l'embrassa encore, un bisou léger. Et encore, un peu plus fort. Puis sa bouche s'ouvrit et sa langue me goûta très légèrement. Et encore, sa langue passa sur et autour de mon téton jusqu'à ce que je brûle et que je m'agite sous lui, incapable de me satisfaire de la sensation de sa bouche. Il téta et il tira, goûtant et suçant jusqu'à ce qu'un petit sanglot s'échappe de ma gorge. La première fois que ses dents touchèrent mon téton, je bondis comme si j'avais reçu un choc électrique. Ma main, qui avait été coincée sous moi, se libéra et passa dans ses cheveux épais, le tenant contre mon sein qui voulait tant son attention.

Il se tourna et en caressant des doigts mon sein autrefois blessé, il mit sa bouche au travail sur mon sein en bonne santé. Le temps s'étira – peut-être d'une demi-heure, ou plus, je n'avais aucune notion du temps – et il ne fit rien d'autre que de prodiguer son attention passionnée à ma poitrine. Je fus stupéfaite de me rendre compte à quel point j'étais proche de l'orgasme avec ce qu'il faisait à mes seins.

Il le remarqua également. Sa main glissa de mon sein, traversa mon ventre et passa dans ma culotte. Sa bouche faisait toujours des choses merveilleuses et indescriptibles à mon sein, tandis que ses doigts trouvèrent la boule de nerfs enflée qu'il entoura en frottant doucement. Je fermai les yeux et je me cambrai vers lui, mon corps entier enflammé par son contact. J'étais si près...

Il enleva sa tête de mon sein et il recula. Il retira mes mains de ses cheveux avec sa main libre.

— Touche-les, chuchota-t-il en capturant mon regard avec ses yeux scintillants.

J'hésitai et il arrêta de caresser mon clitoris. Ce manque me fit presque gémir.

— Je veux te regarder les toucher. Je veux que tu saches ce que je sais déjà : à quel point ton corps est canon, magnifique.

Je tremblai sous lui quand je posai lentement le bout de mes doigts sur mes tétons, les tirant légèrement, gémissant quand sa main se remit à bouger sur mon sexe.

— Tu es si belle, répéta-t-il encore et encore quand il me regarda caresser mes propres seins.

Je fermai les yeux et je poussai un petit cri quand il m'amena tout près de l'orgasme, qu'il ralentit et qu'il s'arrêta encore une fois. Je faillis crier de frustration.

— Ouvre les yeux.

C'est ce que je fis.

On se regarda dans les yeux et les siens n'étaient pas des miroirs, pas des portes, mais des couloirs qui conduisaient loin à l'intérieur. Je retins ma respiration et il embrassa mes lèvres en faisant tourner sa main sur mon sexe. Je pinçai mes propres tétons, puis je cambrai le dos quand tout se serra en moi.

Il me regarda lorsque je franchis la limite et que je me mis à jouir. Je criai son nom et il souffla contre ma bouche, ses lèvres tirant doucement sur les miennes. Cela faisait longtemps que je n'avais pas eu un orgasme aussi agréable, aussi intense. Mes yeux partirent en arrière alors que je continuai à convulser de plaisir, à crier son nom d'une voix rauque. Ses mains se serrèrent sur moi et j'eus l'impression que les ondées d'extase allaient continuer pour toujours.

Lorsque le plaisir retomba, mon corps était brûlant et il tremblait de l'intensité de ma jouissance, mais il ne s'arrêta pas.

— Je vais encore te faire jouir, dit-il avec férocité, sa bouche maintenant dans mon cou.

Mais je m'écartai de lui en essayant de fermer mes jambes.

— Je veux que tu sois en moi si je jouis encore.

Je pensais qu'il allait émettre une objection, mais ce ne fut pas le cas. Il sortit sa main de ma culotte et il descendit rapidement ma robe et enleva mon soutien-gorge et ma culotte. Je n'étais plus gênée d'être nue devant lui et il me tardait de le voir nu, lui aussi. Je déboutonnai le reste de sa chemise et j'enlevai son maillot de corps pendant qu'il ouvrait sa braguette. Il se retrouva bientôt vêtu seulement d'un boxer tendu sur son érection. Avant de le retirer, il mit la main dans la poche de son pantalon et il en sortit un préservatif emballé.

Il enleva son boxer et il me fit rouler sur le dos. Je vis à la rigidité tendue de ses traits qu'il ne jouait plus.

Je déglutis quand il écarta lentement mes jambes, s'installant entre elles avant de remonter pour glisser le préservatif sur lui d'une main. J'étais appuyée sur mes coudes et je le regardai, même si cela ne prit que quelques secondes. Apparemment, il avait de l'expérience.

J'espérais qu'il n'allait pas interrompre tout ceci, comme les autres fois. Allions-nous nous arrêter maintenant ? Cette même peur allait-elle revenir ?

Je retins ma respiration, comme si respirer pouvait briser le sortilège du moment. Mes yeux croisèrent son regard féroce et il se coucha contre moi en retirant doucement mes coudes afin que je sois couchée à plat sous lui. Son corps planant au-dessus du bien, me brûlant de sa chaleur. Son érection s'appuya contre moi lorsqu'il m'embrassa encore : sa langue et ses lèvres et ses dents réclamant ma bouche, la forçant à s'ouvrir sous lui et prenant possession de chaque centimètre. J'eus à peine le temps de respirer avant qu'il appuie sa verge contre moi, puis qu'il me pénétra.

Il poussa les hanches avec plus d'insistance jusqu'à ce que nos bassins soient collés l'un contre l'autre. J'eus le souffle coupé en sentant cette impression merveilleuse et familière de lui qui me remplissait. J'inspirai profondément et il écarta sa bouche de la mienne pour me regarder dans les yeux. Sa respiration était difficile et ses yeux ivres de désir.

— J'ai failli oublier à quel point c'était bon d'être en toi, putain, grogna-t-il.

Il appuya son front humide contre le mien, balança les hanches en sortant de moi avant de revenir en poussant. Je gémis.

— Je n'ai jamais oublié à quel point c'est bon, murmurai-je. Je te veux en moi tous les jours depuis des mois.

Il retint sa respiration, mais il ne brisa pas le rythme. Je me demandai brièvement si le sexe avec un préservatif ne serait pas aussi agréable pour lui qu'avant, mais je ne m'attardai pas longtemps sur cette question, car il était très clair qu'il prenait du plaisir. Il se releva bientôt sur ses bras, mes longues jambes drapées sur ses épaules, ses yeux à demi fermés, en chemin vers sa propre extase quand il s'enfonçait en moi sans relâche avant de se retirer avec un rythme saccadé et court.

Il s'arrêta à nouveau, m'attirant contre lui pour que nous soyons tous les deux assis. Il posa mes cuisses sur les siennes et nous nous trouvâmes face à face. Il entra encore en moi en poussant un grognement rauque. Tandis que nous poussions l'un contre l'autre, ses bras forts collèrent ma poitrine contre son torse et il m'embrassa le visage : le front, les tempes, les joues, partout. Puis sa bouche se posa sur la mienne, sa langue entrant et sortant au même rythme impitoyable que celui de nos corps.

Pendant ces quelques moments, toute mon existence devint Adam. L'odeur d'Adam, la sueur d'Adam qui se mélangeait à la mienne, le souffle chaud d'Adam sur ma peau, le corps d'Adam qui bougeait contre le mien, les mains d'Adam qui me tenaient, la langue d'Adam dans ma bouche. Le sexe d'Adam qui glissait en moi, qui s'appropriait mon corps. Oui. J'étais à lui pour toujours.

Sa respiration devint plus laborieuse quand, ses mains fixées sur mes hanches, il tira mon bassin sur le sien, de plus en plus vite jusqu'à ce que je jouisse encore une fois, le monde s'écroulant autour de moi, mon corps entier se mettant à convulser. Je rejetai la tête en arrière, criant de plaisir, mais il ne s'arrêta pas, me faisant glisser sur lui. Avec une dernière poussée profonde, il se raidit contre moi en me maintenant immobile. Et je sentis son orgasme pulser en moi comme si je jouissais une nouvelle fois. Il frissonna et il appuya son front contre le mien. Il retint sa respiration et nous fûmes figés dans le temps, formant un corps, une âme.

Il se laissa tomber sur le matelas en poussant un soupir et il me regarda avec des yeux satisfaits.

À ce moment-là, nos corps toujours joints, mes mains étalées sur son torse musclé et humide, je me sentis puissante, féminine, sexy. La femme la plus désirée au monde. Grâce à Adam. Et les larmes s'élevèrent par-dessus leurs barrières habituelles, débordant de mes paupières et coulant sur mes joues.

Il fronça ses sourcils bruns. Il tendit la main pour passer le pouce sur les traces de mes larmes.

— Qu'est-ce qui ne va pas, douce Mia ?

Je secouai la tête, incapable de parler. Je me penchai en avant et j'embrassai sa joue, son cou, je posai ma tête contre son épaule.

— Tout va bien. C'est juste que je suis heureuse. Tellement, tellement heureuse.

Ses mains se serrèrent autour de moi et nous restâmes allongés de cette façon, ne disant rien, profitant l'un de l'autre, nos corps nus appuyés l'un contre l'autre.

J'aurais aimé pouvoir passer le reste de nos vies ainsi. Ne jamais ressentir autre chose que cette bulle protectrice d'amour autour de nous qui maintiendrait la tristesse et la douleur de la vie à distance.

— C'est tellement bon. Je pourrais rester allongé là pendant une semaine, murmura-t-il en exprimant ma pensée.

— Je pourrais être ta couverture, dis-je.

— Parfait. Je pourrais être la tienne, de temps en temps.

— Tu crois que les gens nous amèneraient à manger si nous ne les appelons pour le leur demander ?

Il fit courir ses doigts le long de mon dos humide, le long de ma colonne. Il tourna la tête et il mit son nez dans mes cheveux avant de respirer.

— Tu es une femme incroyable et enivrante, Emilia Strong.

— Tu es un homme absolument merveilleux, Adam Drake. Et tu m'empêches de dormir toute la nuit, que ce soit avec du sexe hallucinant ou ton fichu jeu.

— Quoi ? dit-il d'un air surpris.

— Quand j'ai fini ton programme sur la clé USB, j'ai trouvé comment résoudre la quête.

Sa main sur mon dos s'immobilisa.

— Tu l'as résolue ?

Je levai les yeux vers lui et il souriait.

— Oui… la princesse était liée par son propre désespoir et ses alliés devaient utiliser leur amour pour l'aider à se libérer. Et puis la princesse m'a donné un conseil. Elle m'a dit d'aller trouver mon véritable amour, car il m'attendait.

Adam croisa ses doigts avec les miens.

— Eh bien, la princesse avait raison, alors, n'est-ce pas ? Ton véritable amour t'a attendu toute sa vie. Et il est ravi que tu aies fini par le trouver.

Je devins sérieuse un instant, puis j'inclinai la tête pour le regarder.

— Adam... tout se passera bien pour nous ? Je veux dire, cela fait des mois et nous ne pouvions pas nous parler et je sais que nous avons appris beaucoup de choses sur nous-mêmes, mais... qu'en est-il de nous en tant que couple ?

Sa main se serra autour de la mienne.

— Eh bien, nous avons appris beaucoup de choses ces derniers mois, mais pour ma part je pense que la chose la plus importante que j'ai apprise, c'est qu'il s'agit d'un travail en cours : que nous devons continuer à y travailler et ne pas laisser les choses s'accumuler et pourrir. Nous ne pouvons pas avoir peur d'en parler.

— Et nous n'abandonnons pas, même lorsque les choses paraissent impossibles.

Il laissa échapper un long soupir.

— En tout cas, ceci paraissait tout à fait impossible, il n'y a pas si longtemps. Et je suis certain que ce ne sera pas facile. Mais cela en vaut carrément la peine.

On s'habilla et l'on partit manger un repas tardif au restaurant Beachcomber, situé sur la crique parmi les petites maisons et illuminé de minuscules lumières blanches. Nous étions comme deux tourtereaux, à nous tenir les mains sur la table pendant que nous parlions de choses triviales. Adam me renseigna sur ce qu'avaient fait nos amis mutuels pendant que j'étais à Anza. Ce fut surtout lui qui parla. J'écoutai, je hochai la tête et je gardai mon nouveau petit secret enthousiasmant pour moi-même quelques minutes de plus.

Après le café, je dis vouloir faire une balade sur la plage dans la lumière de la lune. Je pensais devoir le convaincre, mais il sembla ravi. Après avoir payé l'addition, nous marchâmes jusqu'à l'endroit où les vagues se brisaient contre la rive, où le sable était plus dur maintenant que la marée était basse. Une lune argentée presque pleine brillait au-dessus de nous, faisant scintiller le sable et l'eau de manière irréelle.

En arrivant presque au niveau des bassins de marée – pas loin de l'endroit où nos parents s'étaient épousés plus tôt dans la journée –, il se tourna vers moi.

— Nous devons encore parler de beaucoup de choses, tu sais. Je ne veux pas te déprimer en abordant le sujet, mais...

Je m'arrêtai de marcher en hochant la tête.

— Je sais. Je suis d'accord.

Il me fit un câlin et je l'embrassai sur la joue.

— Mais d'abord, je dois te demander quelque chose.

— Bien sûr. Vas-y, dit-il.

— Et bien, c'est en rapport avec les respawns.

— Hein ?

Je m'éclaircis la gorge.

— Une deuxième chance. Ma deuxième chance.

Manifestement, il ne comprenait toujours pas.

— Euh.

Prenant mon courage à deux mains, je ravalai ma peur, je pris ses mains dans les miennes et je me laissai tomber dans le sable devant lui.

Il rit un instant, ne comprenant pas, puis son rire mourut sur ses lèvres quand il me regarda dans les yeux et que je lui demandai en lui serrant les mains :

— Adam Drake... je t'aime plus que tout. Laisse-moi être à tes côtés jusqu'à la fin, quelle que soit sa date. Veux-tu m'épouser ?

Il se figea, ses traits devenant sérieux. Je retins ma respiration. Je n'arrivais pas à savoir ce qu'il se passait dans sa tête. D'où l'intérêt de la question. Je tremblai, prise d'une peur glaciale, terrifiée que sa réponse soit 'non'.

Chapitre Quarante-six
Adam

EMILIA AVAIT MIS QUELQUE CHOSE DANS MA MAIN. J'ARRACHAI mon regard au sien pour ouvrir mes doigts et regarder son contenu. Dans la faible lumière de la lune, l'objet brillait comme une petite étoile et sans même le regarder de près, je sus exactement ce que c'était. J'avais essayé de glisser une bague semblable à son doigt l'automne dernier.

Je serrai la mâchoire.

— Lève-toi, Emilia.

Elle ne dit rien, mais ses yeux évitèrent mon regard et son visage s'assombrit. Je tirai sur ses bras et elle se releva lentement en fronçant les sourcils et en redressant les épaules. Nous étions debout face-à-face et je la regardai dans ses magnifiques yeux bruns. Elle se mordit la lèvre, convaincue que je venais de la rejeter.

— Pourquoi fais-tu cela? Pourquoi penses-tu au mariage maintenant?

Elle fronça les sourcils.

— Parce que je sais ce que je veux et que je ne veux pas attendre, et si j'ai appris quelque chose cette année, c'est que je ne vais pas repousser mon propre bonheur.

Je hochai la tête, soulagé qu'elle ne le fasse pas parce qu'elle se sentait obligée de se rattraper pour l'année précédente. Je sortis la bague de la paume de ma main, je pris sa main gauche dans la mienne, puis je me laissai tomber sur un genou. Elle poussa un petit cri et je dus lui tenir la main sinon elle l'aurait retirée de stupéfaction.

— Non, laisse-la ici, dis-je.

Je trouvai le bon doigt et je glissai la bague dessus en passant son articulation. La taille était parfaite. C'était en effet exactement la même bague que celle que je lui avais achetée. Elle m'avait dit l'avoir vendue, mais la voici qui brillait pour moi au quatrième doigt de sa main gauche.

— Emilia Kimberly Strong, veux-tu me faire l'honneur de me permettre de devenir ton mari ?

Elle resta parfaitement immobile et je me rendis compte que j'avais eu trop peur de la regarder en lui posant la question. Et mon Dieu, ne serait-ce pas particulièrement humiliant de le faire deux fois et d'obtenir le même silence pour réponse les deux fois ?

Je levai les yeux vers elle et je vis qu'elle pleurait, des larmes brillantes tombant sur ses joues. Elle se laissa tomber sur le sable devant moi et nous étions à présent à la même hauteur. J'essuyai ses larmes avec ma main et elle sourit en me regardant.

— Je n'ai encore jamais été aussi sûre de quoi que ce soit. Jamais. Je t'aime. Une chose que j'ai apprise cette année, c'est que la vie peut être très dure. Elle peut faire subir tant de merdes à quelqu'un. Elle peut vous faire tourner en bourrique. Et j'ai essayé d'être forte, mais ce que j'ai appris par-dessus tout, c'est que je ne peux pas le faire toute seule. Et je ne peux pas le faire avec quelqu'un d'autre que toi... s'il te plaît.

Je me moquai d'elle.

— C'est moi qui t'ai posé la question, andouille. Mais je suppose que c'est un 'oui' ?

Elle rit et elle appuya son front contre le mien.

— Oui. C'est un très, très gros 'oui'.

Je l'attirai dans mes bras et je l'embrassai en la serrant contre moi. Son cœur battait fort contre mon torse et ses bras passèrent autour de mon cou. Je me sentis gonflé d'amour et même si elle avait initié la chose, j'étais entièrement certain qu'elle était mon avenir. Je voulais cette femme incroyable, forte, magnifique à mes côtés pour le restant de ma vie.

Lorsque nos lèvres s'écartèrent, je repris sa main gauche dans la mienne et je regardai la bague en la retournant.

— Je pensais que tu avais dit l'avoir vendue pour payer tes frais de santé.

Elle hocha la tête.

— Je l'ai mise chez un prêteur sur gages. Heureusement, elle était toujours à la boutique la semaine dernière quand je l'ai rachetée.

Je levai les sourcils et je la regardai.

— C'est sans doute une question indélicate, mais…

Elle se redressa.

— J'ai vendu le blog, Adam. C'est comme cela que j'ai obtenu l'argent.

Je fronçai les sourcils, ne sachant pas trouver les mots. J'étais plus agacé par le fait qu'elle ait vendu son blog que par le fait qu'elle ait vendu la bague pour commencer.

Elle posa une main sur ma joue.

— S'il te plaît, ne sois pas fâché. C'est quelque chose que je devais faire. J'ai beaucoup investi de moi-même dans ce blog et *Geekette* fera toujours partie de moi… mais il allait y avoir un moment où je n'aurais pas pu continuer une grande partie des articles. Le fait que toi et moi nous soyons ensemble, cela signifie qu'il y aurait eu un sérieux conflit d'intérêts pour ce que j'aurais écrit. J'aurais dû changer l'approche de ce que je faisais de toute façon, alors... j'ai considéré la vente du blog comme une façon ultime et définitive de grandir et de laisser mon ancienne vie derrière moi.

— Je ne t'aurais jamais demandé de le faire.

Elle hocha la tête.

— Je sais. Je me le suis demandé à moi-même. C'est quelque chose que j'avais besoin de faire. En outre, avec la fac de médecine, je n'aurais pas eu autant de temps qu'avant.

C'était l'autre grande question en suspension entre nous, alors je fus ravi qu'elle aborde le sujet.

— Alors, tu as pris une décision pour la fac de médecine ?

Très soulagé, je poursuivis :

— Je suis tellement content que tu y ailles. Mon agent immobilier a trouvé quelques propriétés merveilleuses dans le Maryland...

Je m'interrompis en la voyant secouer la tête.

— J'ai envoyé un refus poli à Hopkins.

Je m'écartai et je m'accroupis.

— Quoi ?

— Je n'irai pas dans le Maryland.

— Mais...

— Je reste ici. Je vais aller à UC Irvine.

J'étais bouche bée. Elle me regarda avec inquiétude.

— Adam, ça va ? Tu me fais peur.

Je secouai la tête.

— Je ne comprends pas. UCI n'était même pas dans ton top cinq.

Elle s'assit sur le sable à côté de moi.

— Tu as raison. Elle n'y était pas. Jusqu'à ce que j'y aille toutes les semaines pour ma chimio. Jusqu'à ce que je rencontre l'équipe et quelques-uns des médecins enseignants et que je fus impressionnée par la façon dont ils interagissaient avec leurs patients. Comment ils se concentraient sur leur confort, leur santé émotionnelle et le fait de les mettre à l'aise. Pour être honnête, je ne sais même pas si j'ai envie de me spécialiser en oncologie. Je ne sais pas si j'en ai encore le courage. Mais si c'est le cas, je veux que ces médecins-là me l'enseignent.

Je la dévisageai, n'arrivant toujours pas à me faire à ce qu'elle disait.

— Tu es sûre ?

Elle sourit et elle hocha la tête.

— J'y ai beaucoup réfléchi. J'ai eu beaucoup de temps dans le désert pour penser.

Je secouai la tête.

— Tu en es absolument certaine ? Parce que je ne veux pas que tu le regrettes.

Elle regarda le ciel en tripotant la boussole autour de son cou.

— Alors, voici le marché... cette année a été, disons, éprouvante et j'ai essayé de faire quelque chose de stupide et de tout traverser par moi-même, car c'est ce que j'ai toujours fait toute ma vie. Pour moi, c'était plus facile à faire que d'avoir le cœur brisé en m'appuyant sur d'autres gens qui ne seraient peut-être pas à la hauteur. C'était une façon stupide de voir les choses. Toi et moi nous avions commencé un lien spécial, mais j'étais encore trop dans cet ancien état d'esprit.

Elle ne scruta plus le ciel et elle chercha mon regard. Je m'appuyai sur mes bras en la dévisageant.

— Alors j'ai appris cette dure leçon. À n'importe quel moment, ta vie peut changer pour le pire ou pour le meilleur. Et lorsque cela se passe, il faut des alliés. Mes proches sont ici. Maman, mes amis... et toi. Même si je déménageais là-bas avec toi, je n'aurais personne d'autre. Et j'ai besoin de tout le monde.

Elle se pencha en avant et posa sa main froide sur ma joue.

— Certains plus que d'autres, bien sûr. Mais j'ai besoin d'Alex, de Jenna, de Kat, de William et de Britt. De maman et de Peter et de Connor. Et, bien sûr, de Heath.

Je secouai la tête.

— J'avais peur que tu mentionnes ce grand gaillard moche.

Elle rit, puis elle se pencha en avant en passant les mains autour de mon cou.

— J'ai besoin de vous tous. Et je ne veux pas partir si longtemps. Être malade... avoir traversé tout ce qui nous est arrivé. Cela m'a beaucoup appris. Cela m'a enseigné ce qui est vraiment important. Il vaut donc mieux que cette place à JHU revienne à quelqu'un qui la veut vraiment. Quant à moi, je veux toujours être médecin, et je pense que j'apprendrai auprès de médecins brillants à Irvine.

Je tendis les bras et je la fis asseoir sur mes genoux. Elle ne résista pas et elle fit passer ses bras autour de mon cou en posant sa tête contre mon épaule.

— Adam...

— Oui ?

— Je veux juste... je veux juste dire que même si je ne sais pas ce que nous réserve l'avenir, ni même si nous avons terminé de traverser tous les moments difficiles... je veux juste dire que quoiqu'il se passe, le bon ou le mauvais, je suis incroyablement chanceuse de partager ces jours et ces nuits avec toi.

Je fermai les yeux, je me tournai et je posai un baiser sur son visage. Ses lèvres trouvèrent les miennes et nous partageâmes un baiser passionné, un baiser qui contenait assez de feu pour raviver les flammes. Je donnai l'ordre à ma libido de se calmer, car je n'avais pas l'intention de l'épuiser ce soir. Elle était toujours en convalescence, sans doute encore faible, et nous devions y aller doucement pour elle.

Cependant, avant de m'en rendre compte, elle m'avait tiré sur elle dans le sable, cherchant à passer les mains sous mon tee-shirt pour toucher mon torse.

— Alors, en ce qui concerne cette liste de choses à faire... dit-elle.

— Sexe en public ? dis-je d'un ton faussement choqué.

— La plage est publique. Et regarde, j'ai apporté les miens.

Elle sortit un préservatif dont je ne reconnus pas la marque. Je plissai les yeux en cherchant à mieux y voir dans l'obscurité.

— Tu ne peux pas le lire, mais crois-moi, j'ai fait des recherches sur les tests auxquels ces machins ont été soumis, et cette marque possède de loin le meilleur record pour la casse.

Je ris. Puis je me levai et quand elle essaya de me refaire descendre dans le sable, je la fis voler dans mes bras.

— Allez, viens, je vais faire l'amour à ma fiancée doucement et en prenant mon temps dans l'intimité de notre petite maison, d'accord ? Aucun risque que le sable soit de la partie.

Elle rit tout le trajet jusqu'à la porte d'entrée. Mais quand je la posai en la faisant glisser lentement sur mon corps dur, elle ne riait plus.

Chapitre Quarante-sept
Jordan

Six semaines plus tard

CE N'ETAIT PAS FACILE DE ME TIRER DU LIT LE PREMIER JOUR après le Comic-Con et bon sang, quelle semaine : des fêtes, des femmes et, ah ouais, des jurys. Je crois avoir réussi à faire un peu de travail au milieu de tout ce plaisir. C'est fabuleux d'être jeune, célibataire et riche.

Mais même moi je devais aller au travail, et après avoir passé une semaine d'insouciance la plus totale, je traînais des pieds pour mon premier jour de retour à Draco. Heureusement que je passai la majeure partie seul dans mon bureau, à boire mon remède préféré contre les gueules de bois et à déplacer des paperasses, même si c'était virtuel sur mon ordinateur. Je n'avais vraiment pas de quoi me plaindre, honnêtement. J'avais un boulot génial dans une entreprise montante qui m'avait fait gagner une tonne d'argent très jeune. Je n'étais peut-être pas une rock star, mais j'étais ravi de vivre comme si je l'étais. Les fêtes, les femmes, la maison de rêve sur la plage. Et le bureau ouvert et spacieux qui possédait sa propre vue sur la cour intérieure. J'avais un beau bureau. Je n'allais pas me plaindre à ce sujet, même les jours où je me sentais comme une merde, posant la tête sur le bureau pendant une grande partie de la matinée en me demandant si j'allais pouvoir sortir un peu plus tôt pour rattraper du sommeil en retard.

Juste avant le déjeuner, je sentis enfin les premiers gargouillis de faim lorsque notre crétin de directeur de la publicité, Weston, passa la tête dans mon bureau... sans frapper, bien sûr.

— Fawkes – besoin de toi dans le bureau d'Adam, ASAP.

Il le dit comme un mot au lieu de prononcer les lettres, comme si cela le rendait cool. C'était un abruti, et son habitude de m'appeler seulement par mon nom de famille m'irritait affreusement. Il semblait le savoir, d'ailleurs.

— D'accord, Preston, lui dis-je en cachant mon sourire sarcastique quand je fis exprès d'écorcher son prénom.

Il leva les yeux au ciel et il se rendit au bureau du PDG en laissant ma porte entrouverte.

Quelques minutes plus tard – assez longtemps pour montrer que je n'avais pas bondi pour lui obéir quand il claquait des doigts –, je me dirigeai nonchalamment vers le bureau d'Adam, où notre illustre PDG faisait les cent pas à côté du mur vitré derrière son bureau avec les mains enfoncées dans les poches de son pantalon.

Il avait été tendu ces derniers mois. Pendant qu'il avait soigné sa petite amie malade, il avait également travaillé sur le projet secret avec moi : un projet qui allait nous faire gagner beaucoup plus d'argent et qui le hisserait parmi les milliardaires si tout se passait comme nous l'avions prévu.

Et bien sûr, il venait de se fiancer. Même un homme que rien ne stressait devait l'être à l'idée du mariage. Pauvre idiot.

J'étouffai un bâillement et je me laissai tomber dans la chaise face au bureau d'Adam. J'avais affreusement faim. Je regardai ma montre – 12 h 30 – et j'essayai de ne pas penser au déjeuner qui allait arriver d'une minute à l'autre grâce à ma délicieuse nouvelle assistante stagiaire.

— Alors, qu'est-ce qui est si important que cela ne pouvait pas attendre la fin du déjeuner ? demandai-je quand Adam s'assit dans la chaise à côté de moi.

Weston ouvrit son ordinateur portable posé sur le bureau devant nous.

— Une très mauvaise situation de relations publiques – et avant que tu l'ouvres pour dire que cela ne te regarde pas – cela te regarde.

Il tendit une main pour empêcher mes objections. Je fermai la bouche et je haussai les épaules.

— Cela nous concerne tous à cause du projet d'entrée en bourse de l'entreprise.

Je me redressai. Il avait toute mon attention à présent. Tout ce qui menaçait mon projet préféré devait être immédiatement écrabouillé. Je me grattai le menton.

— D'accord, de quoi s'agit-il ?

Weston se pencha en avant pour cliquer sur une vidéo.

— Elle vient du Comic-Con. La vidéo est devenue virale pendant le week-end.

Une vidéo ? Ce type s'excitait à cause d'une vidéo ? Quoi ? J'avais une entreprise à gérer, moi. Que pouvait-il bien y avoir dans une vidéo qui menace notre offre d'entrer en bourse ? Weston devait clairement fumer quelque chose, sans doute de la bonne. Je le dévisageai un instant jusqu'à ce que la vidéo se mette en route. À ce moment-là, je fus distrait par le bruit très net d'une partie de jambes en l'air.

Je tournai brusquement la tête vers l'écran. Une fille de dos par rapport à la caméra et qui ne portait pas de pantalon. Un étrange tatouage de tête de mort était visible au creux de son dos. Elle avait enjambé un type assis sur une chaise. Il lui serrait les hanches si fort que la peau sous ses doigts était blanche. Elle faisait tourner son bassin sur lui et tous les deux gémissaient et respiraient fort.

Je m'agitai dans ma chaise, desserrant ma cravate. Cependant, ce n'était pas une sex tape ordinaire, car les deux participants étaient en cosplay de la tête aux pieds – mis à part, bien sûr, le petit cul nu de la fille. On ne pouvait pas les reconnaître avec leurs masques, mais leurs costumes cherchaient manifestement à représenter des personnages de Dragon Epoch. La princesse capturée, Alloreah'ala, et Falco, un célèbre chasseur de primes que le roi elfe avait engagé pour la retrouver, en vain. La princesse avait même des menottes violettes à paillettes qui pendaient de ses poignets et de ses chevilles. Putain.

Je fus distrait par un souffle à ma droite. Adam se pencha en avant, le visage rouge. La veine qui ressortait sur son front quand il était énervé dansait la lambada entre ses sourcils bruns.

D'un geste brusque, il appuya sur le bouton pause.

— Cette merde est devenue virale ? s'étrangla-t-il.

Adam bondit de son siège, passant une main dans ses cheveux. Je croisai les jambes puis je les décroisai, incapable de me mettre à l'aise. Je finis par croiser les doigts et par les regarder sans bouger.

— Allez, mon vieux, dis-je après m'être éclairci la gorge. Ce n'est pas très grave. C'est un couple d'idiots qui s'amusent... ils sont sûrement complètement ivres.

— Des employés, gronda Adam en devenant encore plus rouge. Mes employés qui baisent sur une vidéo, vêtus comme des personnages de ce qui est censé être un putain de jeu familial !

Oh. Merde. Il fallait que je le calme.

Je tendis une main.

— Tu ne sais pas si...

Mais Adam m'interrompit en montrant l'écran figé du doigt, indiquant quelque chose au premier plan : cela ressemblait au badge des employés de Draco, du genre que nous portions tous. J'en avais un sur ma chemise.

Bordel de merde.

— Le nom est caché, dit Weston en se penchant à côté d'Adam pour mieux voir ce qui était immanquablement le logo de Draco Multimedia. Qu'est-ce qui bloque la vue ?

— Le string en dentelle de la fille, dis-je d'un ton sec.

La main d'Adam forma un poing qui atterrit sur le bureau à côté de l'ordinateur avec un gros bruit.

— Bon sang ! siffla-t-il. Je quitte ce putain de Comic-Con avec un jour d'avance pour passer du temps avec ma fiancée et c'est n'importe quoi.

Il se tourna en fronçant les sourcils vers moi et je déglutis nerveusement.

— Tu n'es pas...

— Tu dois découvrir qui c'est et leur trouver un autre travail avant la fin de la semaine. Cette entreprise ne peut pas supporter plus de publicité négative après le procès de l'année dernière. Il faut tout de suite y couper court sinon on peut dire au revoir à notre projet d'entrée en bourse.

Je levai une main apaisante.

— Adam, calme-toi. Ta tirade ne fait pas du bien à ta pression sanguine. Je m'en occupe, d'accord ? Je m'occupe de tout. Ceci n'affectera pas notre projet. Je te le promets.

Il serra la mâchoire.

— Je compte sur toi...

Je déglutis, je lui envoyai un sourire confiant que je ne ressentais pas du tout et je hochai la tête d'un air rassurant. Moi aussi, je comptais sur moi. Car trois choses devaient avoir lieu. Numéro un : *rien* ne devait menacer notre projet. Numéro deux, je devais découvrir comment *et* pourquoi cette vidéo avait été postée sur les réseaux sociaux. Et numéro trois, Adam ne devait *jamais* découvrir que le type de la vidéo, c'était moi.

Epilogue
Mia

Cinq ans dans le futur

JE RENTRAI TARD DU TRAVAIL A L'HOPITAL ET IL ETAIT AU LIT, endormi. Je ne fus que légèrement déçue en m'asseyant au bout de notre lit pour le regarder. Cela faisait presque deux semaines que je ne l'avais pas vu et il était rentré pendant que je travaillais. Mais il était une heure du matin et j'étais certaine qu'il était épuisé et toujours réglé sur l'heure européenne.

J'avais envie de le réveiller et de l'embrasser partout pour fêter son retour à la maison. Mais comment le pouvais-je, alors qu'il était si paisiblement endormi ? Et toujours aussi beau. À trente-deux ans, il était encore plus beau que quand il avait la vingtaine. Je faillis laisser échapper un soupir de petite fille. Mon Dieu, ce qu'il m'avait manqué. Je frottai les muscles raides de ma nuque. J'avais un million de choses à faire, la plus importante étant d'enlever ma blouse et de me coucher, mais je n'en avais pas envie... pas encore.

— Tu vas rester assise là et me regarder comme une voyeuse ou tu vas venir ici et m'embrasser ? marmonna-t-il en entrouvrant une paupière dans la lumière tamisée.

J'aurais dû le savoir...

— Je t'ai réveillé ?

Je me levai et je fis le tour pour venir de son côté du lit.

— Non. Je suis resté allongé là pour attendre ton retour. Et tu as pris ton temps, d'ailleurs.

Je haussai les épaules.

— Désolée. J'ai eu quelques urgences à gérer.

Il roula sur le dos et il passa un bras autour de ma taille.

— Tu as une autre 'urgence' à gérer ici, Docteur.

Sa main glissa dans mon dos et il me fit pencher en avant pour m'embrasser. Cela ne lui demanda pas trop d'efforts, car j'étais plus que partante pour sucer cette bouche délicieuse. Ses mains vinrent s'entortiller dans mes cheveux, son alliance scintillant dans la lumière ténue. Il retira l'élastique qui maintenait mes longs cheveux en queue de cheval.

Ma bouche affamée bougeait sur la sienne, goûtant chaque centimètre, chaque recoin. Entre deux baisers frénétiques, je sortis les bavardages habituels, pendant qu'il retirait mes vêtements de travail.

— Comment était-ce à Londres ?

— Tu m'as manqué, dit-il pour réponse.

Ses mains montèrent pour dégrafer mon soutien-gorge.

— Tu m'as manqué aussi.

Mon chemisier passa par-dessus ma tête, mon soutien-gorge suivant quelques secondes après. Je parcourus son torse nu avec les mains avant de les faufiler sous les draps, où je remarquai qu'il m'avait épargné l'effort de le déshabiller en allant se coucher tout nu.

— Terriblement présomptueux de ta part, non ? fis-je remarquer en faisant courir ma bouche sur les lignes de son torse exquis, goûtant chaque vallée. Il poussa un long grognement.

— Prémonition, murmura-t-il en tirant ma tête vers la sienne pour pouvoir me prendre avec sa bouche. Ses lèvres descendirent le long de ma mâchoire, dans mon cou, évoquant des sensations délicieuses, vertigineuses.

— Je savais que tu allais me sauter dessus à la minute où tu rentrerais.

— Tellement sûr de toi… dis-je en retenant ma respiration quand sa bouche décrivit un chemin brûlant de mon cou jusqu'à ma clavicule puis ma poitrine. Il se fixa sur un téton pendant qu'il caressait son jumeau de sa main libre.

Je cambrai le dos, soupirant de plaisir.

— Non… en fait, c'est de toi que je suis sûr.

Quand je me dis qu'il allait nous faire basculer, je m'écartai en riant et je grimpai sur lui, prête à lui prouver qu'il avait raison.

— Cette cowgirl est prête. En selle !

Je me penchai, j'attrapai un préservatif dans le tiroir de la table de nuit et j'ouvris adroitement le sachet avec les dents, le glissant sur lui d'un geste facile. Il partit de ce rire haletant qu'il avait toujours quand il était excité.

— Tu ne perds pas de temps, hein ?

— Pas quand j'ai un beau morceau de viande d'homme entre les jambes.

— Je me sens traité comme un objet.

Il attrapa mes hanches et il se glissa en moi en ricanant. Nous grognâmes en chœur. La journée avait été longue, le travail aussi. J'aurais dû être éreintée, mais à la place j'étais euphorique : mon sang chantait de frénésie et d'excitation dans mes veines, car j'étais à nouveau dans les bras de cet homme.

— Tu adores ça, soufflai-je.

— Carrément.

Je le chevauchai lentement, profitant de le sentir en moi, ses mains autour de mes seins, ses doigts traçant le tatouage qui couvrait maintenant ma cicatrice : des étoiles formant la silhouette sinueuse de la constellation de Draco.

Puis, de plus en plus pressée, je bougeai vite, glissant mes hanches sur les siennes, nous poussant tous les deux plus près de l'orgasme. Il posa une main sur ma nuque, tira ma bouche vers la sienne et on s'agita l'un contre l'autre, comme le ciel nuageux effleure les montagnes dentelées : lui solide et dur, et moi fluide en glissant autour de lui. Nos bouches étaient collées dans un long baiser passionné. Je jouis ainsi, avec ses pouces glissant sur mes tétons, nos corps verrouillés ensemble. Je me poussai contre lui et je sentis mon monde s'écrouler autour de moi, délivré par des vagues d'extase.

En l'espace d'un instant, Adam nous avait fait basculer, montant sur moi pour finir, me pénétrant durement, rapidement avant de s'immobiliser pendant que je caressais son dos, ses épaules. Il expira lentement et longtemps puis il se baissa pour couvrir mon visage de petits baisers.

Quand il descendit, je restai allongée sur mon oreiller, me sentant revigorée comme après une pleine nuit de sommeil. Avec un soupir rêveur, je le regardai se lever, se rendre à la salle de bains puis revenir s'allonger à côté de moi.

— D'accord, maintenant nous pouvons parler... dit-il avec un grand sourire.

Je me tournai sur le côté et je fis passer mon bras autour de lui.

— Pour l'instant...

Il rit et m'embrassa.

— Alors, dis-moi tout ce que j'ai manqué.

— J'ai eu les résultats de mon scanner des cinq ans aujourd'hui, dis-je. Tout va bien.

Ses bras se serrèrent autour de moi et il respira dans mes cheveux.

— Évidemment.

Sa voix était légère, détendue, mais je savais à quel point il devenait angoissé chaque année lorsque j'allais passer mon scanner. Et maintenant que cela faisait cinq ans, les chances de récidive avaient radicalement baissé.

Heureusement...

On parla encore un peu : il me raconta son voyage à Londres et les dernières histoires de l'entreprise et moi j'expliquai des choses qui avaient eu lieu au travail, et je donnai des nouvelles de la famille et de nos amis.

Adam me garda longtemps dans ses bras, ses mains parcourant mon corps comme s'il ne m'avait encore jamais touchée. Comme d'habitude, il s'attarda sur la cicatrice de l'ablation de ma tumeur mammaire, qui n'était plus qu'une fine ligne blanche cachée par la chirurgie reconstructrice et mon tatouage. Puis une main glissa lentement sur mon ventre jusqu'à une autre cicatrice plus récente juste au-dessus de l'os du pubis et parallèle à celui-ci, avant de descendre plus bas. Je souris. J'étais prête pour le deuxième round...

Un cri perçant se fit soudain entendre et nous nous figeâmes. Adam se raidit contre moi et je tendis le bras pour baisser le volume du moniteur sur la table de nuit. Il voulut s'asseoir, mais je l'arrêtai.

— N'y va pas... la plupart du temps, elle se retourne et se rendort.

Il s'écarta et il me jeta un regard comme pour demander 'tu te fiches de moi ? " Il glissa vite hors du lit et il ouvrit l'armoire pour enfiler sont bas de pyjama. Je soupirai et je m'assis quand il quitta la pièce. Je tendis le bras et j'éteignis l'écoute-bébé, je me levai et j'enfilai ma chemise de nuit. Tant pis pour le deuxième round. C'était rare ces jours-ci, de toute façon.

Une minute plus tard, il était de retour dans la chambre avec l'autre amour de sa vie dans ses bras, déposant des baisers sur ses joues pleines de larmes. Elle tenait un poing potelé dans la bouche. Ses cheveux sombres, de la même couleur que ceux d'Adam, étaient tout frisés et formaient une aura autour de son visage angélique.

— Salut bébé, dis-je en tendant les mains vers elle, mais elle tourna la tête et elle se cacha sous le menton d'Adam. Typique.

— Ah, alors maintenant que papa est rentré, je n'ai plus aucun intérêt.

Adam s'assit sur le lit, puis il s'allongea en installant notre fille sur son torse dur. J'attrapai une tétine dans la table de nuit et je la mis devant sa bouche. Elle la prit et en moins de deux secondes ses longs cils sombres se posèrent contre ses joues douces.

— Tu la gâtes, chuchotai-je.

— Le privilège du papa, répondit-il en me souriant et en prenant ma main dans la sienne pendant qu'il embrassait le haut de sa tête.

Mon cœur s'arrêta de battre comme toujours quand je les regardais ensemble. Même maintenant, alors qu'elle était toute petite, je voyais qu'ils avaient une relation spéciale.

— Elle non plus, je ne l'ai pas vue depuis deux semaines. Et elle a grandi.

Je souris paresseusement en serrant sa main.

— C'est ce que font les bébés.

Maintenant, je n'avais plus besoin de lui demander s'il était content que nous ayons décidé d'essayer d'avoir un enfant malgré le risque, malgré les avertissements de mes médecins qui avaient dit que les hormones de ma grossesse pouvaient causer un retour du cancer.

J'avais mis un moment à le persuader. Il n'avait rien voulu envisager qui pouvait me remettre en danger. Mais finalement, il avait compris à quel point c'était important pour moi. Alors il avait cédé en déclarant fermement qu'il n'y en aurait qu'un seul. Et parce qu'il avait été une boule de nerfs pendant toute la grossesse, je m'étais promis de ne plus jamais lui faire vivre cela. Si nous décidions d'avoir d'autres enfants, nous les aurions d'une autre façon. Et nous les aimerions tout autant.

J'étais si reconnaissante pour tout ce que j'avais. Lui… et elle… et notre formidable vie ensemble.

Je tendis une main et avec mon doigt je traçai les contours du tatouage sur son torse, épelant le prénom de sa sœur — et maintenant de notre fille — en une magnifique écriture vert jade. Et l'autre prénom, le tatouage plus récent juste en dessous, 'le plus près de mon cœur' avait-il expliqué quand il était rentré à la maison pour me faire la surprise. Emilia.

Car j'étais Dr Strong pour certains, Mia, pour tous les autres. Mais j'étais — et je resterai toujours — son Emilia.

Note de l'auteure

En raison du sujet de ce roman, j'ai senti qu'il pourrait être utile d'inclure une note sur la recherche que je menée dans le but de présenter la maladie et le traitement de Mia avec autant de réalisme que possible. Je ne voulais pas que ce soit un livre sur le cancer, mais plutôt, un livre sur la façon dont un jeune couple, déjà mis au défi de vaincre leurs propres faiblesses, doit trouver la force de surmonter ces luttes, à la fois interne et externe, à travers leur amour pour l'autre.

Néanmoins, j'ai senti qu'il était très important de ne pas minimiser la gravité du cancer de Mia, la chimiothérapie, et, surtout, la décision difficile de mettre fin à sa grossesse afin d'obtenir un traitement salvateur.

Il y a eu beaucoup de ressources que j'ai consultées pour en savoir plus sur le cancer du sein. La plupart d'entre eux déchirants furent des blogs et les mémoires de survivants du cancer et de ceux qui, à la fin, ne survivent pas.

Merci

Brenna Aubrey

Au sujet de l'auteure

Brenna Aubrey est une auteure Best sellers USA TODAY d'histoires d'amour contemporaines qui se concentrent sur la culture geek.

Elle a depuis toujours cherché le réconfort dans de bons livres et les longues histoires compliquées qu'elle tisse dans sa tête. Brenna est une fille de la ville avec le cœur d'une amoureuse de la nature. Elle se retrouve donc dans des espaces verts dès qu'elle le peut. Elle est aussi une maman, professeur, fille geek, francophile, une joueuse de jeux vidéo décomplexée et une lectrice compulsive.

Elle réside actuellement sur la côte ouest avec son mari, deux enfants, deux adorables chiots golden retriever, un oiseau et quelques poissons.